Lidewij Martens

STEIGEREILAND

HarperCollins

MIX
Papier van
verantwoorde herkomst
FSC® C083411
FSC
www.fsc.org

Voor dit boek is papier gebruikt dat onafhankelijk is gecertificeerd door FSC®
ten behoeve van verantwoord bosbeheer.
Kijk voor meer informatie op www.harpercollins.co.uk/green

HarperCollins is een imprint van Uitgeverij HarperCollins Holland, Amsterdam

Omslagontwerp: Buro Blikgoed
Omslagbeeld: © Jacobs Stock Photography Ltd./Getty Images
Foto auteur: Wim van de Hulst
Zetwerk: Mat-Zet B.V., Soest
Druk: CPI Books GmbH, Germany

ISBN 978 94 027 0352 8
NUR 305
Eerste druk juni 2019

Deze uitgave kwam tot stand door bemiddeling van Sebes & Bisseling Literary Agency te Amsterdam.
Gebaseerd op de Storytel Original *Steigereiland*.

www.harpercollins.nl

Voor Zijkanaal I

EEN

'Blijf bij de feiten, en schakel emoties uit,' hoort Lin Yvonne zeggen. Yvonne staat midden in de kantoortuin met een stapel dossiers in haar handen. Het is warm, de nazomer is deze week in alle hevigheid losgebarsten, maar Yvonne draagt zoals altijd een strak donker kostuum waarbij haar grijze korte haar mooi afsteekt.

Alle rechercheurs van recherche-eenheid 3b, Regio Rijnmond, kijken op.

'Een drugsvondst, met topprioriteit. Laat allemaal vallen waar je mee bezig bent en lees je in. Je hebt anderhalf uur tot de meeting.'

Yvonne deelt de dossiers rond. Lin vangt Sacha's blik, de collega die ze blindelings kan vertrouwen: hopelijk worden zij aan elkaar gekoppeld. Karel, zijn biceps opzettelijk zichtbaar onder zijn overhemd met korte mouwen, zegt iets tegen Yvonne als hij het dossier aanneemt. Het is denkbaar dat hij haar vraagt of hij níét aan Lin gekoppeld wordt. Yvonne loopt door, naar haar bureau en geeft Lin een exemplaar en een klopje op haar schouder.

Er klinkt geroezemoes, de verwachting hangt boven alle gebogen hoofden, iets groots, een spannende zaak, waarin geprofileerd en punten gescoord kunnen worden. Lin staat op van haar bureau, loopt naar de koffieautomaat in de hoek van de kantoortuin en werpt een blik naar buiten. Witte vegen in een blauwe lucht, de eikenboom staat nog vol in blad, ze hoort de bladeren bijna ritselen en het geplok van een vallend groen eikeltje op de bestrating.

'Lin?' klinkt de lichte, bekende stem. Lin draait zich om en kijkt op naar Sacha, die een kop groter is dan zij en ook een paar uniformmaten slanker. Gelukkig dragen ze alleen een uniform bij speciale gelegenheden. Sacha houdt haar het bekertje koffie voor dat zich gevuld heeft zonder dat zij erop lette. 'Weer met je hoofd buiten?'

Lin haalt haar schouders op. Van Sacha kan ze het hebben, zij begrijpt dat de muren van een bureau niet voor haar gebouwd zijn en dat ze soms lucht nodig heeft. 'Alle hens aan dek, hè.'

Sacha pakt op haar beurt haar koffie uit de automaat en knikt. 'Drugs. Altijd lastig.'

Lin begrijpt wel dat sommige mensen erin vluchten, maar ze verkopen en anderen eraan blootstellen is een tweede. Onwillekeurig kijkt ze in de spiegel die Yvonne naast de koffiehoek heeft opgehangen, met daarboven de tekst: *Kun jij jezelf recht in de ogen kijken?* Ze hoort Karel weer achter haar, toen de spiegel er net hing: 'Tegen wie zou ze het hebben?'

Lin keek hem aan via de spiegel, zag een oudere man, met borstelig kort haar en de adamsappel waar ze altijd naar moest blijven kijken.

Hij sloeg als eerste zijn blik neer.

Nu ziet ze in de spiegel haar eigen roodblonde haar, slordig opgestoken, piekend aan de zijkanten. Lichte grijze ogen, een wipneus, volle, iets te volle wangen. Als ze lacht is ze mooier. De rest past niet in de spiegel, maar ziet ze voor zich: een kakikleurig bloesje met korte mouwen, een zwarte broek met zijzakken, gevoerde werklaarzen met stalen neuzen. Praktisch.

Sacha kijkt op de klok, brandt haar lippen aan de te hete koffie. Nog anderhalf uur inleestijd. 'Je weet dat Yvonne er niet van houdt...'

'... als je onvoorbereid in een meeting zit,' maakt Lin Sacha's zin af.

Lin loopt achter haar aan naar haar werkplek, het stalen bureau met de stoel op wieltjes, de postvakjes, de stapel dossiers, de foto van haar moeder. Ze gaat zitten en opent het dossier. Haar telefoon piept. Op het display ziet ze een bericht van de Steigereiland-buurtapp.

Dirk zit in de kraan. Politie heeft weg afgezet.

Dirk, een van de oudste bewoners van het eiland, haar eiland, met lange grijze haren en een eeuwige stoppelbaard. Hij heeft een stevige aversie tegen walbewoners. Als het complot dat zij tegen hem smeden te dichtbij komt, klimt hij ergens in, of op, en dreigt te springen. Dat hij dat nog nooit gedaan heeft, zegt niet dat hij het nooit zal doen.

Lin sluit het dossier, pakt haar jas van haar stoel en loopt naar de deur. Sacha kijkt haar waarschuwend aan, met een blik op de klok.

'Yvonne...' begint ze.

'... houdt er al helemaal niet van als je te láát op een briefing verschijnt,' vult Lin aan. Karel kijkt haar ook na.

Door het vizier van haar motorhelm ziet ze van ver de kraan boven de steigers uitsteken, de kraan die afkomstig is van de Rotterdamse scheepswerf de Koningpoort, en die op het eiland geplaatst is uit nostalgische overwegingen. De verf bladdert van het metaal. Op een afstandje staan twee mannen van de uniformdienst omhoog te kijken. Dirk hangt half uit de cabine, zijn sandaal schopt de lucht in, hij houdt zich maar met één hand vast.

Ze neemt gas terug, voorzichtig aan met Dirk.

De ene agent heeft een megafoon aan zijn mond gezet. 'Wij komen naar boven. Wacht rustig af, wij komen naar boven.'

Ze rijdt stapvoets nog iets verder door, tot aan de rode linten op het pad naar de zuidelijke steigers.

De andere, jonge agent – type: ik ga de wereld redden ook al zit die er niet op te wachten – heft zijn hand in een stopgebaar. 'U kunt hier niet door, mevrouw, we zijn bezig met een onderzoek.' De klep van zijn diensthonkbalpet is net zo ver omlaaggetrokken als die van Amerikaanse agenten in een tv-serie. Lin ziet dat hij denkt dat hij daar meer indruk mee maakt.

Ze glimlacht omdat het hem juist minder belangrijk maakt en zet haar helm voor hem af. 'Dat weet ik, collega.' Ze reikt in haar leren jas en toont haar badge. De jongen kijkt haar in verwarring aan.

'Wie heeft hier de leiding?' vraagt ze, vriendelijk. De jongen doet zijn best zoals zij ook ooit haar best deed op straat.

Hij fronst. 'Brigadier van Hes,' wijst hij naar de brigadier van middelbare leeftijd, zonder pet, die de megafoon heeft laten zakken en in een walkietalkie praat.

Hij ziet de jongen wenken en komt naar haar toe. 'Goedemiddag?'

Lin houdt zwijgend haar badge op.

'Hebben wij om versterking gevraagd?'

'Nee, maar die hebben wij wel nodig.'

De brigadier kijkt haar verbaasd aan.

'Grijze stoppelbaard, hoedje, sandalen met sokken erin? Hij roept dat hij niet zal wijken?' vraagt ze.

De brigadier wil niet knikken, maar de jonge agent des te meer. 'Hij wil gaan springen.'

Lin stapt af en parkeert haar motor midden op de weg.

'U moet hem ergens anders parkeren, zo komt de brandweer,' zegt de brigadier.

Ze knikt, tilt het lint op en bukt eronderdoor. Ze loopt de steiger op, naar de met leisteen bedekte woonark van Johan. Ze klopt op het raam. Het gezicht van Johan verschijnt onmiddellijk. Het raam schuift open.

'Lin. Appje gekregen dus?' Hij is opgelucht. 'Ik heb al geprobeerd met hem te praten, maar hij lijkt er erger aan toe dan anders.' Samen kijken ze omhoog, waar Dirk nu iets onverstaanbaars roept. Een hond blaft in de verte.

'Mag ik?' vraagt ze aan Johan. Hij weet wat ze wil en knikt. Ze loopt naar de zijkant van de ark, duwt de oranje kano die half op de wal ligt in het water en schopt haar laarzen uit. Ze haalt haar wapen uit de holster en stopt hem in een laars. In de andere verdwijnt haar telefoon; ze mocht eens omslaan.

Ze laat zich voorzichtig in de kano zakken. Hij wiebelt vervaarlijk.

De brigadier kan het niet laten. 'Wat denkt u te gaan doen?'

'Ik ga even met Dirk praten.'

'Zo?' Hij kan de verwachtingsvolle grijns niet onderdrukken.

Lin stabiliseert zich zo kundig mogelijk met een blad van de peddel. Ze duwt zich uit het riet, bukt om onder de treurwilg door te varen, waarvan de blaadjes het water net raken, en hoort het gekwaak van een verstoorde eend. Zonder om te kijken vaart ze in een rechte streep weg van het rode lint, van de blauwe zwaailichten, van de agenten.

Hun stemmen dragen ver over het gladde water. Daarbovenuit klinkt het geluid van haar peddel, het water dat ervanaf druipt. Een aalscholver kijkt haar met een kraaloog aan, duikt dan onverhoeds onder water. Luchtbellen stijgen op. Ze passeert de arken aan de zuidelijke steigers. Gerard mag weleens wat aan zijn buitenbekleding doen, maar ja, daar heeft hij de puf niet voor. Ze kijkt naar de nieuwe zonnepanelen van Peter en Mieke die ver, te ver oversteken. Onder het uithangbord met JORKOS' DELICATESSEN is het uitgifteluik van zijn waterwinkeltje gesloten.

Bij de hengel met het klompje eraan slaat ze rechts af één sloot in, bukt onder het bruggetje. Het ruikt er vochtig, het water golft tegen de betonnen wanden en klotst terug tegen de kano. Een druppel zweet loopt langs haar rug. Ze richt zich op, houdt de peddel stil en kijkt omhoog.

Dirk hangt met zijn rug naar haar toe half uit de cabine. 'Ik zal niet wijken voor het land,' roept hij naar de agenten. De hond blaft weer. Ze herkent de blaf van Banjer, op het landje van Dirk verderop. Dirk ziet haar nog niet.

'Dirk!' roept ze. 'Ik ben het.'

De sandaal stopt met schoppen. Het lichaam van Dirk draait zich haar kant op. Hij bestudeert de wiebelende kano, de vrouw erin, kijkt haar aan.

'Wat is er gebeurd?' roept ze.

Dirk maakt een gebaar naar beneden, dat de agenten omvat.

'Zij weten van niks.'

Ze weet dat hij nu een snuivend, minachtend geluid maakt. De sandaal begint weer te schoppen.

'Waar is Hiske?' vraagt ze.

De sandaal schopt harder. Hiske is Dirks vrouw, die zijn wanen kent, maar ze niet altijd kan ontmantelen. Dan wordt ze boos. Dirk vindt niets erger dan Hiske die boos op hem is.

'Ze wil graag dat je beneden komt.'

De sandaal hangt stil naast de kraan. Dan trekt Dirk zich onverhoeds op aan zijn armen, klimt een dwarsstijl hoger. Hij richt zich op, spreidt zijn armen en balanceert, houdt zich in evenwicht.

De brigadier is haar over de wal gevolgd, met de jonge agent. Ze kijken, naar haar, naar Dirk. Lin weet dat de brigadier in wil grijpen.

'Ze heeft soep,' roept ze naar Dirk.

Als Hiske boos is, maakt ze soep.

'Wat voor soep?' hoort ze Dirks stem.

Lin glimlacht. Nu moet ze gokken, maar ze is er bijna. 'Tomaten-groenten-kippensoep.' Dat vergroot haar kansen aanzienlijk.

Dirk blijft als een koorddanser balanceren.

'Dirk. Kijk me aan.'

Dirk kijkt naar beneden, niet naar haar, maar naar de brandweerwagen, die aan komt rijden.

'Alles wat van het water komt is veilig,' roept ze weer.

De brigadier zet de megafoon aan. Hij piept.

Ze schudt nee naar hem en roept naar Dirk: 'Watervolk is goed volk. En weet wat veilig is.' Als hij nu niet opgeeft, is ze door haar gebruikelijke arsenaal heen.

Dirk pakt een dwarsbalk naast zich vast. Een sandaal daalt af, zoekt steun een stukje lager. De tweede sandaal volgt. De bestuurder van de brandweerwagen, die nog makkelijk naast haar motor paste, maakt oogcontact met Lin, die haar duim opsteekt. De jonge agent stapt in het bakje en wordt naar Dirk toe gebracht. Hij helpt Dirk erin te stappen. Die is mak en volgzaam. Lin hoopt van harte dat Hiske soep heeft, ook al is het erwtensoep. De kano wiebelt als een reiger krijsend van haar weg klapwiekt. Dirk daalt.

Als hij het bakje uitstapt zegt hij, met een frons naar Lin: 'Waarom konden ze dat zelf niet bedenken?'

De brigadier kijkt haar aan, maar het lukt hem niet haar te bedanken, zelfs niet met een knikje.

Ze draait de kano om terug te peddelen en kijkt om naar de jonge agent. 'Schip ahoy,' roept hij haar na, in de hoop dat de brigadier het niet hoort. Lin grijnst, steekt haar hand op en vaart door. Hoe lang zou hij van de politieacademie zijn?

Haar telefoon in haar laars heeft dertien nieuwe berichten. Van Yvonne.

Als ze de deur van de vergaderzaal opent draaien alle gezichten zich in haar richting. Yvonne staat voor een druk beschreven whiteboard. Ze neemt Lin op, van top tot teen. Lin kijkt niet mee omlaag, naar haar modderige broekspijpen.

'Sorry dat ik laat ben.'

Ze negeert de geërgerde blik van Karel. Als Yvonne haar een klein knikje geeft, zakt ze in de vrije stoel naast Sacha. Die schuift haar de hoofdpunten toe, die ze op een vel papier geschreven heeft.

'Heldendaad verricht?' fluistert Sacha.

'Wijkagent gespeeld,' fluistert Lin terug.

Erik, zeven jaar, vindt hardhouten stoel in een poldergebied bij Rhoon, leest ze. *Uit de opengebarsten zitting steekt een pakket met wit poeder. Hij neemt het mee naar huis. Zijn moeder is erbij voordat hij het open kan maken en waarschuwt de politie.*

Lin stelt het zich voor. Erik, in korte broek en op kaplaarzen, loopt het braakliggende terrein op naast de pas aangelegde nieuwbouwwijk. Het gras staat hoog, ertussen bloeien rode en blauwe bloemen. De spleet in het hek dat het gebied af moet sluiten is er nog. Hij wringt zich erdoorheen, stapt dan in een kuil. Zijn kaplaars loopt vol met water. Hij loopt door, met één volle, en een lege kaplaars. Een kikker kwaakt en hij ziet hem springen, zijn poten rekken zich enorm lang uit. Daar staan de lage struiken met de besjes die hij van zijn moeder niet mag plukken, daarachter de bomen waartussen hij vaak speelt met zijn vriendje. Hij loopt naar de boom waar ze altijd in klimmen. Aan de voet ervan ligt een stuk hout. Hij trekt eraan, het wordt een stoel. Een grijzige houten stoel, met mooi houtsnijwerk aan de poten. Hij draait hem om, zodat hij rechtop staat. Ook in de leuningen zijn patronen gekerfd. Als hij op de stoel leunt om te kijken of hij stevig genoeg is om op te zitten, ziet hij iets wits uit de zitting steken. Hij pakt het vast. Het is een plastic zak. De zitting is gescheurd. Hij wriemelt zijn vingers onder de zak en wurmt hem uit de scheur. Het witte is poeder. Een zak waspoeder opgeborgen in een stoel. Is dat niet raar? De zak weegt ongeveer net zoveel als een pak suiker. Hij probeert het plastic open te trekken, peurt erin met een scherp takje, maar het is stevig plastic. Zal hij het kapottrekken met zijn tanden? Nee, waspoeder smaakt naar zeep. Hij kijkt om zich heen, maar niemand kijkt naar hem of zegt dat hij de zak niet mee mag nemen.

Het is een schat. Zijn schat. Als hij de keuken binnenkomt, is hij zijn natte laars vergeten en hij loopt rechtstreeks naar de keukenla met de schaar erin. Zijn moeder ziet onmiddellijk het spoor op de vloer en stuurt hem terug naar de deur om de laarzen uit te trekken. Daarom moet hij de zak, die hij onder zijn shirt verstopte, neerleggen. Zijn moeder kijkt ernaar.

'Waar heb je dat vandaan?' Haar stem klinkt bezorgd, angstig.

'Zat in een stoel.'

'Een stóél?'

Ze is in twee stappen bij zijn schat. Hij weet dan dat hij hem niet mag houden.

Yvonne knikt het team toe. 'Waar komt de stoel vandaan? Wie heeft hem daar gedumpt? Daar gaan we mee aan de slag,' besluit ze de meeting. Ze tikt nogmaals op de lijfspreuk die op het whiteboard geschreven staat. 'Blijf bij de feiten en schakel emoties uit.'

'Ja, M,' fluistert Sacha Lin in het oor. De vergelijking met James Bonds baas maken de rechercheurs niet alleen vanwege Yvonnes uiterlijk.

Lin heeft de lunch gemist en loopt naar de kantine. Daar hangt nog de geur van gebakken eieren en kroketten, maar ze moet het doen met een boterham met kaas. Beter, denkt ze, omdat ze haar broekriem in haar vel voelt snijden. Ze brengt haar dienblad naar een van de lege tafels en eet de boterham, rustig, met aandacht.

'Dan weet je straks tenminste nog dat je gegeten hebt,' klinkt haar moeders stem in haar hoofd. Die moet ze bellen, denkt ze, ze is al twee dagen niet op bezoek geweest in het tehuis en dat stelt haar moeder niet op prijs.

'Eet jij ooit weleens niet?' klinkt een stem achter haar. Ze hoeft zich niet om te draaien om te weten dat het Karel is, maar doet dat toch, uit beleefdheid.

Hij wrijft over zijn sixpack, uit gewoonte – of om haar aandacht erop te vestigen? 'Je eilandje weer? Altijd een goed excuus om je te drukken, hè?'

'En hoeveel tijd verspil jij met letten op de acties van collega's?'

Hij grinnikt. 'Yvonne was ook niet echt blij met je.'

Nee, maar ze is wel loyaal, denkt Lin. Om redenen waar Karel niks van afweet omdat hij toen nog niet bij haar eenheid hoorde.

Het was de grootste zaak waar ze ooit aan gewerkt hadden, samen met de zedenpolitie. Vrouwenhandel in de Rotterdamse binnenstad, met erbarmelijke huisvesting in een smerig pand in de polder, uitbuiting, seksueel misbruik door de pooiers. Bij de inval werd een van de hoertjes gegijzeld. Yvonne praatte haar er bijna uit, ving de kogel op toen ze vluchtte. De kogel perforeerde een van haar hartkamers. Ze kon sindsdien nooit meer leidinggeven aan grote actieve operaties. Het 'hoertje' bleek bij de organisatie te horen.

Lin had Yvonne daar weggehaald, terwijl ze had moeten wachten op versterking. Ze was een week geschorst geweest.

Aan Yvonnes bed pakte ze haar hand, waarin een infuus stak, net als in de andere hand. Die reageerde, ze trok hem los, kwam even bij. Ze schopte de lakens weg en het ziekenhuishemd kroop ver, te ver omhoog. Yvonne zou zo niet gezien willen worden.

'Yvonne,' begon Lin. Yvonne keek helder genoeg uit haar ogen, dacht ze. 'Je moet blijven leven. Voor jezelf, voor mij. Anders hebben we het allemaal voor niks gedaan.'

Yvonnes hand kwam terug en kneep in de hare.

'Karel,' zegt ze nu koel. 'Ben jij weleens nodig?'

Hij staat even met zijn mond vol tanden. Ze glimlacht naar hem, staat op en zet haar bord in een van de afvalwagens.

De middag is lang en warm. Als ze eindelijk op de motor stapt, verheugt ze zich al op het koele water. Haar snelheidsmeter slaat ver uit, ze zou bekeurd kunnen worden, maar ze voelt de wind om haar lijf en geeft extra gas.

In haar eigen ark op het Steigereiland is het ook warm. Ze kleedt zich uit in de slaapkamer, trekt haar badpak aan, opent de schuifpui en stapt het platje op. Ze zet haar zwembrilletje op en laat zich langzaam van de zwemtrap zakken. Het water is extra koel, het omsluit haar tot haar middel, verwelkomt haar tot onder haar borsten. Haar voet vindt de laatste tree van de zwemtrap, glibberig van het aangegroeide wier.

Ze zakt omlaag tot het water aan haar kin staat, laat dan heel langzaam haar hoofd eronder zakken, zodat ze wederzijds kunnen wennen, het water en zij. Het is ondoorzichtig, donker en troebel zoals altijd. Ze zet af, begint haar slag, glijdt door het water. Om de drie slagen heft ze haar hoofd even boven het water, omdat ze geen lijnen kan volgen op een bodem. Haar rechterarm is sterker, zodat ze naar links trekt. De schemering ligt rood over het water, het is stil. Ze hoort alleen haar armen die al crawlend het water raken en haar eigen ademhaling.

Bij haar buurman Thijs is het donker achter de ramen, maar ze zwaait toch omdat ze weet dat hij graag naar het wegvallende licht kijkt. Het inspireert hem tot nieuw werk, werk dat kunst moet worden en hem op de kaart moet gaan zetten als kunstenaar. Ze denkt dat hij er zit en het ringbaardje streelt in het magere gezicht, peinzend over zijn doorbraak en de verdiende roem die hem ten deel zal vallen.

Jorkos is er nu wel, achter een verlicht raam zwaait hij, ze ziet zijn lieve ogen met de zware wenkbrauwen. De temperatuur van het water wisselt sterk; af en toe is het warm tot aan haar voeten, dan weer ligt er slechts een laagje van dertig centimeter warmte op de kou. Ze houdt de mannetjeszwaan in de gaten, die tien meter verderop zwemt. Ze weet nooit of hij haar juist ziet met zijn kop en profil, of met de snavel naar haar toe gekeerd. Hij reageert niet op het vreemde lichaam dat door het water glijdt, maar over een paar maanden, als het weer winter is geweest, moet ze nog meer op haar hoede zijn. Als hij een nest en al meezwemmende jongen te verdedigen heeft, doet hij dat met immense klapwiekende vleugels, zich hoog oprichtend boven het water, blazend.

De klassieke muziek waar George zo van houdt komt haar vlak voor de bocht al tegemoet. De klanken rusten op het water, drijven mee, niet te hard, niet te zacht. Zij en George zijn negentien jaar getrouwd geweest. Na de breuk kocht hij dit kleinere arkje omdat hij de buurt niet kon verlaten. Zijn muziek is een van de dingen die ze mist. Zij slaagt er nooit in een cd te laten klinken zoals hij speelt. Hij staat met zijn rug naar het raam, de strijkstok stijgt en daalt, zijn lichaam stijgt en daalt mee. Ze schakelt over op schoolslag, de stillere slag, blijft even op haar rug drijven, draait zich om en zwemt door. Nostalgie maakt dingen niet beter.

Een schaduw zit op de omloop, en mauwt.

'Jozef,' zegt ze. De grote Siberische zwarte kater loopt een stukje met haar mee, zoals altijd, en mauwt nog een keer.

Bij de witte ark met de Amerikaans aandoende veranda fluit ze een fluitje, dat van buurmeisje Sabine en haar. Twee keer lang, één keer kort, wat betekent: Ik ben er, kom je? Lin wacht, op het gezicht dat verschijnt voor het open raam, op Sabines 'Yo'. Maar Sabine komt niet met klappende zwemvliezen de omloop over, ze springt niet in het water, in haar donkerblauwe wedstrijdbadpak met de lichtblauwe band aan de zijkant en het blote rondje op haar rug. Ze duikt niet onder en komt niet boven terwijl ze het water uit haar losse haren schudt alsof het alle zorgen in haar hoofd zijn. Lin vraagt nooit naar die zorgen en Sabine vertelt er niet over.

Sabine is vijftien en haar maatje. Niet om mee te praten, maar om mee te zwemmen. Sabine is sterk en fanatiek en wil altijd winnen. Lin glimlacht dan en laat haar. Sabine is ook consciëntieus en vergeet nooit een afspraak.

Gisteren vroeg Lin terwijl ze verder zwom: 'Morgen weer?'

'Morgen weer,' antwoordde Sabine.

Maar ze is er niet.

Ze fluit nog een keer en zwemt door.

Vreemd, denkt Lin. Af en toe, als Lin laat is, verhinderd door werk, komt Sabine haar halen, zwemmend. Lin is vandaag laat, maar heeft haar niet gezien bij haar ark, heeft geen roffeltje op de schuifpui gehoord, zoals dat van de zwaan, die dat ook doet als hij om brood bedelt.

Sabine legt het vast morgen uit: ik moest nablijven. Of: ik moest plotseling bij iemand anders thuis leren voor een proefwerk en mijn telefoon was leeg.

Omdat Sabine er niet is, mag ze het vandaag laten bij één rondje om het eiland. Ze denkt aan de meeting van vanmiddag, aan de blikken van haar collega's, aan Karel. Ook anderen ergeren zich aan het feit dat Lin alles wat op Steigereiland voorvalt voor laat gaan, en het meest aan het feit dat Yvonne dat door de vingers ziet. Maar Lin kan niet anders. Ze kent elke woonbootbewoner, elke woonbootbewoner kent haar. Ze houden niet van instanties, niet van de gemeente, die altijd eerst 'nee' zegt, en ook niet van de politie, van wie ze zich aan overbodige regels moeten houden. Naar Lin luisteren ze wel omdat ze bij ze hoort. En ze rekenen op haar.

Er hangt nog licht aan de horizon boven de plas, dat weerkaatst op het water. Een schaduw strijkt erover. Ze kijkt nog een keer, zwemt daar iets of vergist ze zich? Haar ademhaling versnelt, ze gaat harder zwemmen, in de richting van de schaduw, maar houdt zichzelf tegen. Ze weet dat ze iets ziet wat er niet is – iets *wil* zien. Ze haalt diep adem, watertrappelt terwijl ze haar ogen sluit. Inademen door je neus, uitademen door je mond, langzaam.

Ze bereikt haar zwemtrap, trekt zich op het platje en rilt. De handdoek die op haar wacht op het platje is vochtig, haar blote natte voeten petsen op de vloer in haar woonkamer en laten afdrukken achter. Het rode lichtje op haar antwoordapparaat knippert. Sabine? Nee, die weet haar vaste nummer niet.

Nadat ze een hete douche heeft genomen en een paar keer geeuwt, krijgt ze meer lucht. Het witte licht van de koelkast schijnt op haar gezicht. Pasta bolognese of Indiase kip curry?

Ze zet de spaghetti in de magnetron, de twee minuten lang blijft ze ervoor staan. Ze haalt het bakje eruit, opent het deksel en brandt haar vingers. Ze schept een lepel spaghetti recht uit het stomende bakje in haar mond. Ze opent haar mond wijd, draait de slierten rond in haar mond terwijl ze ze koelt met haar adem. Dan pas doet ze het licht aan en gaat aan tafel zitten.

Ze eet en kijkt. Een woonkamer van vijf meter breed, zes meter lang en twee meter zestig hoog. Er hangen tekeningen aan de muur, portretten van slachtoffers of van verdachten, die zij in haar vrije tijd maakt, om alles op een rijtje te krijgen in een zaak. Een zithoek met een bruine leren en een rode stoffen bank. De kachel in het midden, die tweehonderd kilo weegt en de ruimte in de winter tot achtentwintig graden warm stookt. De paarse fleece over de stoel, de tafel van haar moeder die ze niet mee kon nemen naar het tehuis en de veel te grote stoelen die er niet onder passen, maar die ze niet weg kan doen omdat George en zij daar altijd op zaten. Het kleed op de vloer is versleten en langs de randen ligt stof. De ramen mogen gewassen. De pasta smaakt naar zout, tomaat en rubber. George maakte niet alleen goddelijke muziek, maar ook goddelijke maaltijden.

Ze likt het bakje leeg, staat op en zet het antwoordapparaat aan.

'Met je moeder. Waar ben je toch steeds? Ik heb je al zo lang niet gezien. Maar ja, je bent natuurlijk druk met belangrijker zaken dan je oude moeder. Misschien kun je een keer bellen.'

Geen: Hoe is het met je, hoe is het op het bureau, gaat alles goed? Natuurlijk niet. Lin staat op, duwt het lege bakje in de overvolle vuilnisbak en trekt de deur achter zich dicht. De smalle loopplank naar de ark van Thijs kent ze zo goed dat ze geen zaklamp nodig heeft. Als ze klopt, en nog een keer, gaat de lamp in de hal aan. Vanbinnen wordt een sleutel in een slot omgedraaid. Een pop van papier-maché doet open. Lin doet een stap naar achteren, het gezicht van de pop schreeuwt, handen omvatten de wangen.

‘En? Lijkt het?’ Thijs’ verwachtingsvolle, magere gezicht verschijnt naast dat van de pop. ‘De Schreeuw? Munch? Dát ken je toch wel?’

Hoewel Lin graag tekent weet ze niets van kunst. Ze tekent technische portretten, kloppend, in proportie, zonder ruimte voor emotie.

Thijs laat de pop zakken, lacht omdat hij ziet dat Lin geen idee heeft en daar ook niet mee zit, draait zich om en gaat haar voor de kamer in. Tenger, lichtvoetig maar vastberaden, met de gecultiveerde krullen van de kunstenaar.

‘Biertje?’

Op elke stoel zit een schreeuwer. Er staat er een in de hoek, met zijn schreeuw naar de muur, er kijkt er een uit over de plas en er zweeft er een, vastgemaakt aan het plafond met visgaren.

‘Nieuw project?’ vraagt Lin op zo neutraal mogelijke toon.

‘Het gaat om emotie.’

‘Ja, dat zie ik,’ zegt Lin, mompelt sorry tegen een pop en tilt hem van een stoel bij de tafel.

Het blikje bier landt voor haar. Thijs kijkt haar opgetogen aan, vervolgt: ‘En het menselijke failliet daarvan.’

‘Aha,’ zegt Lin. Het blikje sist als ze het opentrekt.

Thijs neemt een slok uit zijn wijnglas en morst van enthousiasme een rode druppel in zijn sikje, dat hij elke ochtend bijknipt, omdat ‘het lichaam ook kunst is’.

‘Mensen denken dat ze individuen zijn, maar als ze schreeuwen, huilen of lachen, verliezen ze de individualiteit omdat elke emotie identiek is.’

‘Ik heb anders heel wat mensen totaal verschillend horen huilen, schreeuwen of lachen. Om uiterst individuele redenen.’

Thijs fronst. Nu gaat hij pruilen, weet Lin, net als toen hij zeven was en zij niet geloofde in de spoken die volgens hem om de arken boven het water zweefden, om de mensen te komen halen.

Thijs ziet haar blik en houdt de pruil in. ‘Maar vind je het wat?’ Ze weet dat hij haar wil horen zeggen dat het werk briljant en origineel is en vernieuwend en dat het niet onderdoet voor dat van Damien Hirst en dat dit zijn definitieve doorbraak naar de toonaangevende musea gaat betekenen.

Ze proost met serieuze blik naar de poppen en zegt: 'Ik vind het van groot belang dat jullie er zijn.'

Thijs begint eindelijk te lachen, zet ook een pop op de vloer en schenkt zijn glas opnieuw bij.

'Hoe was jouw dag?' vraagt hij. 'Ook van belang?'

Ze lacht dankbaar naar hem.

Ze weigert het derde biertje, staat op op het moment dat er op de deur wordt geklopt.

'Heb je er ook één tot leven gewekt?' vraagt Lin. Thijs gebaart naar haar, zij doet open en schrikt.

Het is Karen, de moeder van Sabine. Ze schreeuwt niet, al ziet Lin aan haar gezicht dat ze dat eigenlijk wel wil doen. Karen weet dat ze na het werk soms even bij Thijs langsgaat.

Ze kijkt naar Lins natte haar. 'Heb je gezwommen?'

Lin knikt en is Karen voor: 'Ik heb Sabine geroepen, maar ze was er niet.'

'Je was laat, maar ze zou op je wachten. Ik moest even een boodschap doen. En nu is ze weg.'

'Weg?' vraagt Lin.

Karen maakt een vermoeid handgebaar. 'Niet op haar kamer, nergens.' Karens stem hapert, ze hoest.

Lin pakt het glas water aan dat Thijs al in heeft geschonken. Ze vragen haar niet binnen; als ze nu geconfronteerd wordt met een kamer vol schreeuwende mannen raakt ze vast nog meer van streek. Thijs lijkt dat ook te begrijpen.

Lin is ook van streek. En boos op zichzelf. 'Zullen we even naar mij gaan? Dat praat wat makkelijker.'

Karen knikt. Samen lopen ze over de steiger. 'Jullie zwemmen toch nooit zo lang?'

'Karen. Sabine was er niet.'

Karen hoeft geen koffie. Ze zit onder het lamplicht in Lins woonkamer.

'Heb je Sabines vriendinnen al gebeld?'

'Niemand heeft haar gezien. Niemand heeft iets van haar gehoord. Na school heeft niemand haar meer gezien,' ratelt Karen.

'Ben je al bij Sam gaan kijken?' Sam is de zoon van Peter en Mieke, van de zonnepanelen, zit bij Sabine op school en is af en aan haar vriendje.

'Het was uit.'

'Misschien is het weer aan,' zegt Lin voorzichtig.

Karen schudt nee. 'Daar was ze ook niet,' zegt ze, bozig. Ze hoeft verder geen moeite te doen om Lin zich schuldig te laten voelen; dat doet ze al.

Niets laten merken, zegt Lin tegen zichzelf, jij bent de rechercheur, jij bent de verantwoordelijke die gaat zorgen dat dit allemaal goed komt.

'Haar telefoon?' vraagt Lin.

'Die gaat over, maar ze neemt niet op.' Karens stem trilt. 'Ze is niet zomaar de hort op. Er is iets. Ik voel het.' Het is de stem van een moeder die niet meer kan ademen, die snel ongerust is, maar nu is het anders.

'Straks staat ze vast gewoon weer voor de deur. Of ze slaapt stiekem bij een vriendinnetje.'

'Ik heb ze toch allemaal gebeld? Ze is daar niet!'

Lin zegt niet dat vriendinnen op die leeftijd komen en gaan, van de ene dag op de andere, omdat ze weet dat Sabine niet zo is. Sabine is op zichzelf, autonoom, trouw en zelfstandig.

'Heb je een recente foto?'

Karen kijkt haar aan met paniek in haar ogen.

'Nee, sorry. Hoeft niet. Ik heb zelf foto's,' herinnert Lin zich. De selfies, die Sabine vaak maakt, nog druipend, net uit het water, en die ze dan trots aan haar doorstuurt.

'Denk je...' Karen durft haar zin niet af te maken.

'Ik denk nog niks. En dat moet jij ook niet doen.'

Ze klopt Karen op de rug en begeleidt haar tot aan de weg. Als ze terugloopt klotst het water onder de steiger.

Sabine zou gaan zwemmen. Inademen. Uitademen. Rustig.

Binnen pakt ze haar helm en jack.

Het geluid van de startende motor stelt even gerust.

De hond blaft achter het hoge metalen hek, het lichtje van de intercom gaat aan. Yvonne kan haar nu zien, zij Yvonne niet. Yvonne zegt ook haar naam nooit.

'Lin?' Als je haar niet kent weet je niet of er een man of een vrouw spreekt.

'Ja.'

Verderop, aan het eind van de oprijlaan, hoort ze een fluitje, dan gekletter. De hond gaat terug de kennel in. Het hek schuift automatisch open, ze stuurt de dikke banden er voorzichtig langs over het grind. Een keer is ze hier in de haast onderuitgegaan. Weken later kwamen er nog steentjes uit de muis van haar hand. Een van de straatlantaarns, die Yvonne langs de oprijlaan heeft laten installeren omdat ze beter licht geven, knippert. Yvonne heeft dat vast al gezien, maar ze zal haar er toch op attenderen.

Het idee dat ze een vesting betreedt verlaat haar zoals altijd zodra ze de hal binnenkomt. Het indirecte licht is warm, de houten vloer kraakt zachtjes als ze langs de donkerrode vaas in de nis naar de kamer loopt. Vandaag staan er twee volle paarse lisdodden in. Alsof Yvonne wist dat ze zou komen en een stukje eiland hier neer heeft gezet. Het ruikt zoet, maar ook kruidig, zoals het altijd ruikt bij Yvonne thuis.

Waar Lin van zichzelf de kachel niet voor oktober mag aansteken, brandt er een goed vuur in Yvonnes open haard. Het ruikt naar gebakken tosti. Hoewel er een hypermoderne keuken met kookeiland in het huis aanwezig is, houdt Yvonne van simpel voedsel en eenpansgerechten.

'Het is dringend, hoop ik?'

Het strakke donkere pak is vervangen door een lichtblauw joggingpak, maar wel van Valentino.

Yvonnes blik is calculerend en tevens zacht en betrokken. Ze reikt Lin een mok aan, cappuccino met extra melk, en gaat aan tafel zitten, waar een stapel ongeopende post ligt, dossiers en Yvonnes pennen. Alles netjes in rechthoeken en op een rij.

'Ik zou gaan zwemmen met Sabine. Ze was er niet. Haar moeder kwam aan de deur, ze is verdwenen.'

'Sabine is vijftien, toch?' Daarmee zegt ze: het is een puber en die verdwijnen weleens, voor kortere of langere tijd.

'Sabine komt haar afspraken na. Kunnen we een amber alert uit doen gaan?'

'Is er enig vermoeden dat ze ontvoerd is?'

Dat is nodig bij een amber alert, weet Lin. 'Haar moeder heeft haar tig keer gebeld, ze neemt haar telefoon niet op, is niet bij vriendinnen, niet bij haar vriendje. Dat is hoogst ongebruikelijk.'

'Voor een amber alert heb je toestemming nodig van de officier van justitie.'

'Ja?' zegt Lin, tegen beter weten in.

'Sabine is nog geen vierentwintig uur vermist.'

'En als ze dat straks wel is zijn we misschien te laat.'

Yvonne verplaatst haar pen, de vulpen met de gouden kap, van boven de documenten naar ernaast. 'Lin. Jij bent niet de moeder van Steigereiland.'

'Wat als er echt iets is? Dan hebben we morgen spijt. De eerste uren zijn het belangrijkst.' Lin slaat haar blik neer, draait met haar wijsvinger rondjes over de rand van de mok.

'En ook niet hun grote zus,' zegt Yvonne.

Lins vinger stopt. Yvonne weet van Fem, maar verwijst er zelden naar. Is het een waarschuwing na haar reddingsoperatie van vanmiddag?

Lin kijkt haar aan.

'Er komt een reorganisatie aan,' zegt Yvonne.

Lin geeft met een knikje te kennen dat ze de waarschuwing opgevangen heeft.

'Sabine mag van haar moeder nooit alleen gaan zwemmen. Ze wacht altijd op mij. En dan let ik op haar. Dat is de ongeschreven afspraak. Ook als ze niet komt, moet ik op haar letten.'

Ziet Yvonne de pijn in haar ogen, de noodzaak?

Ze vraagt: 'Heb je een foto?', klapt haar laptop open en begint te tikken.

Lin kiest er een van Sabine die met een klein lachje de lens in kijkt, haar haar nat naar achteren gestreken, de ogen met de nieuwsgierige blik, de glimlach. Yvonne werpt er een blik op en knikt. De klem om haar borst wordt iets losser. 'Dank je.'

'Blijf voorlopig uit zijn buurt en geef nergens aanleiding toe.' Ze bedoelt Beukering, de officier van justitie, een grote forse man die niet zou misstaan op een trekker in het weiland, maar die het wetboek uit zijn hoofd kent en de rechtsstaat op alle punten heilig verklaard heeft, hoe vaak het systeem ook faalt. Het amber alert komt er zonder zijn medeweten.

Ze laat de motor nu wel brullen, hangt schuin, te schuin in de bochten. De koplamp werpt een bundel licht op de witte strepen, en even bestaat er niets meer dan die strepen, de snelheid, de wind en een vorm van gewichtloosheid. Dan schuift het beeld van de lach in het jonge meisjesgezicht eroverheen. Ze weet niet zeker welk meisjesgezicht het is. Maar ze gaat het zoeken.

De fles met perslucht staat op zijn gewone plek in de gangkast, het masker, de automaat met het mondstuk en de zwemvliezen liggen op de plank erboven. Ze zijn vaak gebruikt, op de duikclub waar ze al jaren lid van is. Het lijkt nu onderdeel van haar leven, deze hobby, maar ze zou er zonder George nooit aan zijn begonnen.

Die eerste duik nam ze nadat ze twee jaar niet had gezwommen, twee jaar na Fem, een maand na haar eigen negentiende verjaardag.

George kwam haar toen regelmatig opzoeken, hij was vasthoudend en zat uren in dezelfde woonkamer van vijf bij zes bij twee meter zestig, met zijn koffiekopje netjes op het schoteltje in zijn hand en beleefd deelnemend aan de conversatie.

Lin luisterde niet mee als haar moeder zei: ‘Alles is veranderd in dit huis,’ of: ‘Er wordt zelden meer gelachen.’ Ze humde in zichzelf als daarop volgde: ‘Dit alles had voorkomen kunnen worden als iemand beter had opgelet.’ Ze vroeg zich wel af of haar moeder haar George gunde of dat ze hem van haar weg probeerde te jagen.

George vroeg niet of Lin mee ging duiken, maar boekte een vakantie naar Turkije, voor haar zus Nina, hem en Lin. Die boeking betrof drie kamers, alle maaltijden en drankjes en een duikcursus, die begon in het zwembad.

Ze vertelde hem over angst.

Over troebel zicht.

Over niet ophouden, maar door blijven gaan totdat ze je uit het water halen.

Over falen, over hoop en over onherroepelijkheid.

De hyperventilatie vond hij het enige praktische probleem.

‘Geen sprake van,’ zei Nina aan de rand van het zwembad. George had de flessen perslucht klaargemaakt, had de automaat en het mondstuk gecontroleerd, het lood. Hij keek Lin vragend aan. Ze gordde de verrassend zware duikfles om, zette de bril op haar voorhoofd. George pakte haar hand. Ze daalden samen voorzichtig af over de treden van het zwembad met het lauwe water, tot waar ze nog kon staan. George hield haar hand vast en bleef hem vasthouden. Lin zag de instructeur kijken, maar hij zei niets. Misschien wist hij van claustrofobie en overwinnen.

Ze knikte naar George, zette het masker goed op, deed het mondstuk in, en dook onder. De tegels op de bodem waren duidelijk zichtbaar, het water was helder en schoon.

Ze ademde rustig, haar adem ruiste door het mondstuk. Ze wilde door haar neus ademen, wat niet lukte, en hoestte in het mondstuk. In paniek schoot ze omhoog.

'Rustig,' zei George toen ze uitgehoest was. 'Nog een keer?'

Omdat ze zijn zorg en zijn vertrouwen niet kon weerstaan lukte het deze keer beneden te blijven en alles op en in te houden.

Het was stil, op het geluid van haar adem en opstijgende bellen na. Het zonlicht viel tot op de bodem, langzaam leidde George haar dieper, bleef vragen om het oké-teken. Ze leek te zweven in een veilige cocon, onder het gefilterde licht en de gedempte geluiden van boven.

Die nacht bleef de derde hotelkamer leeg.

De tweede dag sloeg de boeg van de boot op de golven, ze moesten zich vasthouden aan de stang die daarvoor bedoeld was. Het anker werd uitgegooid, ze deinden op en neer op de niet zo rustige zee.

Met Georges hand in de hare viel ze achterover. En zonk.

Er was geen licht. Het water droeg haar niet, maar trok haar naar beneden. Onder zich zag ze wuivende vormen, die naar haar reikten, ze zag vissen schuw wegschieten onder rotsen, boven haar hoofd rolden golven. Ze kon niet ademen, er was te weinig lucht, haar hartslag versnelde. Sijpelde er water binnen langs de randen van haar duikbril? Ze voelde eraan, moest ze het nu afnemen en het water eruit blazen, zoals ze geleerd had? Toen keek ze George recht in het gezicht. Hij maakte een teken. Rustig maar. Pauze. Even wachten. De wolk verdween voor de zon en er verscheen kleur. De wuivende vormen waren roze en parelmoerwit, een school donkerblauwe vissen zwom niet van haar weg maar naar haar toe. Als ze zich in een oogwenk omdraaiden, waren ze geheel lichtblauw en gaven hun vinnen licht. Het was stil, op het geluid van de luchtbellen na die George en haar vooruitgingen, en haar adem, die veilig was. Ze zweefden.

Nu, in de gangkast, aarzelt ze tussen de duiklantaarn en de grote set, die onder het stof zit. Ze kiest voor de lantaarn; ze wil zich zo goed mogelijk kunnen bewegen. Ze weet dat ze zichzelf voor de gek houdt; er is niets te zien, bij daglicht is het water al ondoorzichtig. Bovendien heeft ze tijdens haar vrijwillige training bij het duikteam van de politie geleerd om nooit ongericht, en zeker niet alleen, te gaan zoeken. En toch.

Op het platje, bij de duiktrap, trekt ze haar zwemvliezen aan en gordt ze het harnas om. De lucht is donker. Het water is zwart. Het meisje op de foto, Sabines foto, lacht. Ze zet een voet met flipper op de zwemtrap, draait zich om om zich achterover te laten vallen als een stem zegt: 'Lin?'

Ze trekt zich omhoog, snel, trekt zich niets aan van het gewicht van de fles, omdat ze denkt dat het Sabine is, die komt uitleggen waarom ze er niet was, dat ze er nu is, alles is in orde.

Haar zus, Nina, staat op de drempel van de schuifpui. Nina, die in Thailand zit om 'haar grenzen te verleggen' en die niet eerder dan over drie maanden thuis zou komen. Die aan haar Facebookpagina te zien de tijd van haar leven heeft op beachhouse- en afterparty's, met nieuwe vrienden op dezelfde golflengte en overgave, vooral veel overgave.

Lin dwingt haar lichaam onmiddellijk te stoppen met trillen. Ze doet zo rustig mogelijk haar mondstuk uit en zet haar masker af. Ze kan niet uitleggen waarom ze het water in moest, niet aan Nina, en niet aan zichzelf.

'Niet blij me te zien?' Het donkerrode haar krult bij Nina mooi om haar hoofd als ze haar gezicht scheef houdt, zoals ze het vroeger altijd scheef hield.

Een alarmbelletje klinkt in Lins hoofd. Bij wat voor gelegenheden deed Nina dat ook alweer, haar hoofd scheef houden? Maar Lin lacht zo oprecht mogelijk naar haar, opent haar armen en Nina springt erin, ook al lijkt Lin een kikker met haar vliezen aan en voelt de wetsuit niet als huid. Nina houdt haar lang vast.

'Gaat het wel?' vraagt Lin zachtjes, terwijl ze haar zus, de middelste, over haar rug strijkt.

Het hoofd op haar schouder knikt, of schudt het nee? Lin maakt zich los, kijkt haar zus aan. Ziet ze een traan?

'Kom,' zegt Lin. 'Eerst koffie.' En wanneer was Nina's blik ook alweer zo dankbaar?

Nina helpt haar de fles af te doen en uit haar wetsuit, al kan ze dat natuurlijk zelf. Ze neemt de lamp aan. 'Duik je tegenwoordig ook al 's nachts?'

'Soms.'

Nina kijkt haar aan alsof ze niet weet hoe ze de toon van Lins stem moet peilen, maar glimlacht terug. Lin is voor een keer blij dat Nina niet doorvraagt, en dat ze niets aan haar ademhaling merkt. Ze is weer Lin: verantwoordelijke, betrouwbare, evenwichtige Lin.

Als ze nadat ze de duikspullen heeft opgeborgen en zich heeft aangekleed de kamer weer binnenkomt, staat de koffie met extra melk al op haar te wachten.

'Heb je er iets sterks bij?' klinkt Nina's stem vanuit haar open voorraadkast. Ze draagt kleren die nog bij het Thaise strandleven passen: een wittige korte broek – of is het een rok? – een wijde bloes met diepe v-hals, een motiefje erin geweven, teenslippers. Lin heeft haar nog nooit zo bruin gezien.

'Bovenste plank rechts.' Er staan een fles rum (kerstpakket), twee flessen prosecco (gekregen), een fles likeur (voor haar moeder) en jenever (het enige waar ze zich soms nog aan bezondigt).

Nina schenkt twee glaasjes likeur in en gaat tegenover haar aan tafel zitten. 'Proost.'

Lin protesteert niet. Ze legen hun glazen ad fundum, zoals vroeger.

Het wordt stil. De vogels slapen, in de verte klinkt slechts de suizende snelweg. Het eiland slaapt. Alleen de klok tikt.

'Dus,' zegt Lin.

'Dus,' antwoordt Nina. 'Het klikte niet echt tussen Azië en mij.' Nina ziet natuurlijk wat ze denkt, zoals ze vaker ziet wat ze denkt, of dat denkt te weten. Daarom vervolgt ze: 'Ja, op Facebook lijkt het allemaal happy happy joy joy.'

'En?' vraagt Lin.

'En ik sta oppervlakkig in het leven.' Lin wil al knikken als Nina met een lachje toevoegt: 'Denk jij.'

Lin glimlacht. Nina is slim, altijd geweest, en ze weet hoe ze mensen voor zich in moet nemen. Daar maakt ze immers haar levenswerk van.

‘Maar dat oppervlakkige gefeest wilde je niet meer. En daarom ben je hier?’

‘Het gaat niet om feesten alleen, nee.’

‘Er is geen nieuwe liefde in het spel?’

‘Als je een Australische surfer met blonde manen, een gebruinde torso en te witte tanden een liefde noemt wel.’ Lin glimlacht. Diepte-interview voorbij, op naar de scorelijst.

Nina is altijd de mooie, de spontane en de roekeloze geweest. Lin was de verantwoordelijke, de observerende, degene die secundair reageerde. Maar daarna, na de afwegingen, de onverschrokkene. Nina stapte al liftend in iedere auto die stopte. Ook die keer bij die man alleen, die het raampje naar beneden draaide en haar van top tot teen opnam. Hij maakte ongegeneerd smakkende geluiden. Nina liep om de auto, een vuilgele Ford Escort, heen, opende het portier en plofte naast hem. Dat Lin ook instapte kon de man niet voorkomen.

‘Zo,’ zei hij, terwijl hij snelheid maakte. ‘Waar zijn we naar op weg?’

‘Het zuiden,’ zei Nina, omdat ze dat zo romantisch vond klinken.

‘Zon, zee en rock-’n-roll?’

Nina lachte naar hem en knikte.

Lin keek naar zijn hand, die de versnellingspook bediende, en steeds net even Nina’s been raakte.

‘Wat is je favoriete cocktail?’ vroeg de man, weer smakkend.

Lin zei: ‘Voor jou een vraag, voor…’

Nina onderbrak haar met: ‘Wat is de jouwe?’

‘Een Sex on the Beach gaat er altijd wel in.’

De hand landde nu echt op Nina’s been en kroop naar haar kruis.

Lin leunde voorover, tussen de twee stoelen in, pakte die hand en draaide de arm in een klem, zoals ze dat op de academie geleerd had. De man kreunde, geschokt, trok het stuur naar links. Nina pakte het stuur en corrigeerde.

‘Zij is minderjarig,’ zei Lin, ‘en ik zit bij de politie.’

'Vuile kut,' bracht de man uit.

Lin draaide de arm nog iets verder. 'Dus. Zet jij nu de auto aan de kant en laat je ons eruit.'

Hij riep hen nog na: 'Slettenbakken!'

Nina lachte en riep terug: 'Veel plezier met je cocktail.'

Nu zitten Nina en zij samen aan hun oude tafel, onder de wereldkaart met vlaggetjes op de plekken waar Nina allemaal geweest is. Op de stoelen die ze niet weg mag doen, onder het lamplicht. Haar korte bovenlijf en Nina's lange, naar elkaar toe gebogen, alsof ze een spelletje doen, en ze mist Fem. Weer, opnieuw, nog steeds. Altijd. Fem, met haar melksnor die je niet af mocht vegen, met haar lichte ogen waar altijd verwondering in te zien was, de rimpel die ze in haar kleine neus trok als ze het ergens niet mee eens was. De kuiltjes in haar wangen. Fem, die haar hand in de hare liet glijden en dat bleef doen, ook al was ze dertien en moest ze stoer meedoen met de meisjes uit de klas, die niemand meer nodig hadden en zeker geen grote zus.

Lin staat op en pakt de fles likeur van het aanrecht. Ze schat dat Nina bij slachtoffer c.q. verovering nummer zes is. Ze vraagt niet, nog niet, of ze morgen haar onderhuurder uit haar huis zet, omdat Nina vraagt: 'Hoe is het met George?'

Daar is ze niet op voorbereid. 'Hoezo? Waarom vraag je dat nu ineens?' Weer dat zachte, maar onmiskenbare alarmbelletje.

'Gewoon. Zomaar. Nee, eigenlijk omdat ik wil vragen hoe het met jou is.'

Nina kijkt haar met open blik aan. Lin zoekt naar de agenda erachter, maar vindt die niet. Ze ziet betrokkenheid, familie, iemand die ze al haar hele leven kent en niets uit hoeft te leggen. De likeur verhindert haar zich te herinneren dat dat een illusie is en even voelt ze de aandrang om Nina te vertellen van Sabine.

Ze schenkt nogmaals in, zet de glaasjes op de kringen die er nog staan en gaat zitten. 'Cocaïne gevonden in gedumpte stoel in het weiland.'

Nina fluit zachtjes. 'In een stoel?' Heel even valt ze stil. Dan: 'Wat voor stoel?'

Lin is verbaasd; wanneer heeft Nina ooit een vraag gesteld over een zaak? Alleen al daarom zou ze willen antwoorden, maar ze schudt haar hoofd.

'Daar mag je niks over zeggen,' vult Nina in. 'Yvonne?'

'Hetzelfde.'

Lin verandert van onderwerp. Na het derde likeurtje hebben ze de slappe lach en is de fles leeg.

Lin doet voor Nina haar moeder op het antwoordapparaat na. 'Maar ja, je bent druk met belangrijker zaken dan je oude moeder natuurlijk. Misschien kun je een keer bellen.' Lins stem klinkt zoals die van haar moeder en ze zit net zo rechtop; fier, beledigd. 'Nee, doe maar gewoon hoor, het lijkt toch al alsof ik niet besta voor jou,' vervolgt ze, met het verwijt dat haar moeder haar steevast maakt.

Nina lijkt het minder grappig te vinden dan zij.

Toch gaat ze door: 'Hoe is het mogelijk dat ze je willen houden daar. Ik dacht altijd dat de politie er was om voor je te zorgen. Dan moeten daar toch mensen werken die om kunnen gaan met verantwoordelijkheid?' Lin hikt van het lachen, of is het geen lachen meer?

'Misschien moeten we naar bed,' zegt Nina, terwijl ze over haar rug wrijft.

'Ga jij morgen bij haar langs?' vraagt Lin. 'Bij mam, bedoel ik.'

'Tuurlijk,' zegt Nina.

Lin wil haar geloven, zoals ze haar wilde geloven als ze zei dat ze op tijd thuis zou zijn om haar te helpen met de boodschappen of zich zou houden aan het schoonmaak-, afwas- en kookrooster dat Lin op de koelkast plakte. Iedere week weer. Iedere week weer was het Lin die zichzelf terugvond met een wc-borstel in haar hand en haar hoofd boven de pot. Nina wilde wel, echt wel, maar er was de jongen die een ijsje voor haar wilde kopen en die ze dat niet kon weigeren, er was make-up die opgebracht moest worden, wat haar vriendin in haar eentje niet kon en er waren de bankjes in het winkelcentrum in de stad, waar gerookt, gekeken en bekeken moest worden. Nina hield haar hoofd scheef. Lin zuchtte dan en knikte. Nina omhelsde haar dankbaar.

Lin wankelt en moet zich vastpakken aan de rand van de tafel. Nina vangt haar op en lijkt zelf broodnuchter.

'Help je even je bed opmaken?' vraagt Lin aan Nina. Het bed in Nina's oude kamer, de kamer die nu ingericht is als logeerkamer en vol staat met spullen die over zijn of nooit gebruikt worden. Dozen met administratie, een zitzak met brandgaten erin, metalen buitenlantaarns die branden op olie maar altijd omvallen, een loopband. Lin heeft nooit logés.

Nina zwaait haar rugzak op haar rug die blijkbaar in de hal stond, een gevaarte met binnenframe en een hoge bult. De hoge bult zwaait heen en weer, of is Lin het zelf? 'Ik heb mijn slaapzak toch.'

Lin knikt. En het is maar voor één nachtje, wil ze concluderen.

'Ik doe het morgen zelf wel als jij naar je werk bent.'

Niet dus.

Nina trekt zich terug, de wc spoelt door, er klinken tandenpoetsgeluiden, het bed wordt verplaatst. Nina houdt er niet van om met de muur in haar rug te slapen.

Lin zoekt in de voorraadla, opent de schuifpui en sluit hem weer achter zich.

De nazomernacht is al koud, de wind is iets opgestoken en maakt rimpelingen in het water. Boven de kruinen van de bomen zweven flarden wolken in het nachtblauw. Een eend, net zo wakker als zij, kwaakt.

Lin zucht, opent de zak geribbelde chips met paprikasmaak, pakt er een hand uit en stopt er zo veel mogelijk van in haar mond. Het kabaal van haar kauwen lijkt niet alleen in haar hoofd te klinken, maar hoorbaar te zijn voor het hele eiland. Haar wetsuit, die over de zwemtrap hangt, flappert in de wind.

Ze staat op, pakt het pak ervanaf om het naar binnen te halen. Er blijft een broekspijp achter in het water. Ze fronst. Dat kan niet. Lin zucht nogmaals, schudt haar hoofd en kijkt nog eens. Ze pakt de duiklantaarn die nog op het tafeltje ligt. Het is geen pijp die daar drijft. Het is een badpak. Een donkergekleurd badpak met een lichtblauwe baan aan de zijkanten. En een rondje op de rug.

TWEE

Lin rent achter de trein aan, ziet de voet die tussen de deuren uitsteekt, probeert op de ramen te bonzen, maar de trein rijdt al te snel. De afgeknelde voet scheert langs het perron, straks zal hij haken aan een stroomhuisje naast de rails. Fems lichaam zal in de trein tegen de deuren worden getrokken, de afgerukte voet blijft bloedend achter in het weiland. Lin probeert te roepen, te waarschuwen, er komt geen geluid, ze roept harder, gilt. En kreunt zichzelf wakker.

Ze opent haar ogen, thuis, in haar bed naast het raam waar geen gordijn voor hangt zodat ze zich niet opgesloten voelt. Het is nachtstil. Ze reikt naar het flesje water op de vloer, maar tast en vindt niets. Niet gevuld voordat ze naar bed ging. De droge mond, de zure smaak, de pijn die achter haar linkerslaap zit en die niet verdwijnt als ze er met haar wijsvinger op drukt. De holle honger. Ze weet weer hoe het was.

Op de digitale wekker is het 4 uur 17. Zonder lenzen vormen die cijfers gewoonlijk een vage rode vlek. Ze sluit haar ogen, drukt haar hoofd in het kussen. Nina. Likeur. Hoofdpijn. Vergeten lenzen uit te doen.

Dan verschijnt in net zo felle scherpe rode letters op haar netvlies: BADPAK!

Ze schiet happend naar adem omhoog.

Lin herinnert zich haar poging om het masker weer op te zetten en de duikfles op haar rug te tillen. Ze herinnert zich haar wankeling, het suizen in haar hoofd.

Ze hoort weer het verbod dat klonk in haar hoofd: nooit met alcohol op te water.

De duikbril heeft ze weer afgezet, ze heeft de fles laten vallen en is gaan zitten. De palmen van haar handen drukte ze aan weerszijden tegen haar hoofd, als om te voorkomen dat het openbarstte. Ze heeft niet Nina om hulp gevraagd, is niet in paniek geraakt, heeft de lege chipszak gepakt, erin geademd, uitgeademd, zodat hij zich vacuüm zoog tegen haar wangen en weer opbolde. Haar hartslag ging omlaag. Ze heeft al heel lang geen last meer van hyperventilatie. Toch?

Ze kijkt weer op de klok. Ze vraagt zich af of ze Karen al kan bellen? Is Sabine gewoon thuisgekomen, ligt die in haar bed, onder het te kinderachtige astronautendekbed waar ze geen afscheid van kan nemen?

Het dekbed waar Sabine een keer over zei: 'Ik kan me daaronder voorstellen dat ik buiten de aarde besta.'

Lin vroeg toen: 'En is dat fijn?'

'Ja,' zei ze, 'want dat troost.'

'En waarvoor moet je getroost worden?' vroeg Lin.

Sabine trok haar onderlip naar binnen en een frons in haar voorhoofd en antwoordde niet.

Natuurlijk niet, dacht Lin; ze zijn immers zwemmaatjes en praten niet.

Nu is het 4 uur 25. Nog geen zweem van licht boven de einder van de plas, nog geen eend die de dag welkom kwaakt.

Heeft Sabine haar badpak uitgetrokken in het water en is ze terug gezwommen? Waarom? Sabine verkleedt zich op het strand met een handdoek stijf om zich heen gevouwen. Ze wringt zich in vreemde houdingen om in haar bh te komen en doet het liefst ook nog haar T-shirt aan voordat ze de handdoek laat zakken. Heeft ze nu toch haar badpak voor iemand uitgetrokken?

De volgende gedachte in de rij kan Lin niet tegenhouden: heeft iemand anders haar badpak uitgetrokken?

Lin heeft pijn in haar buik, haar onderbuik, de pijn die ze zo goed kent en die eigenlijk nooit over is gegaan, maar nu opvlamt. Omdat hij wordt gevoed.

Ze draait haar kussen op de koele kant, gaat op haar zij liggen. Haar benen plakken aan elkaar, het dekbed is te zwaar. Haar zweet droogt koud aan de lucht, ze gaat op haar buik liggen. Ze is misselijk en heeft honger tegelijk.

Lin blaast uit. Ze staat op en trekt haar badjas aan. In de woonkamer brandt nog licht, de likeurglazen plakken in hun kringen op de tafel.

Ze opent de koelkast, de deur is zwaar en zwaait te ver open zodat er met een klap een pak melk uit valt. Het is open. De melk vormt een plas op de vloer.

Lin blijft even half gebukt staan, raapt dan het pak op en drinkt eruit, dept dan pas de melk van de vloer.

Er klinkt geen geluid uit Nina's kamer: Nina is altijd een diepe slaper geweest, zorgenvrij, zich overgevend aan het niets omdat ze er niet bang voor is.

Lin pakt het spek dat altijd van pas komt uit de koelkast. In de voorraadkast staat een doos eieren. De dooiers glijden vet en geel in de pan, de spekreepjes breken ze. Ze snuift de geur op, de geur die George terugbrengt, of liever gezegd, het gemis van George. De geur brengt de tijd terug waarin George haar net verlaten had.

Toen haar moeder niet langer over de steiger liep maar door gangen met gesloten deuren, waren George en Lin in de ark van haar moeder getrokken. Lins vader was toen allang dood en haar moeder kon niet meer voor zichzelf zorgen. Nina was op haar achttiende uit huis gegaan en zwierf van de ene naar de andere kamer. Lin deelde eerder een flat met een collega-student van de politieacademie. George en zij waren toen een jaar samen. George kwam uit een kamer van vier bij drie, waar weinig meer in paste dan zijn vioolkist en zijn bladmuziek en gaf niet om meubels.

Lin bestelde een nieuw tweepersoonsmatras en kocht één groot dekbed waar ze samen onder hoorden. Het netje, dat ze na Fem over haar ziel had gespannen, een fijnmazig netje dat dingen buiten en binnen hield, bleef heel.

George studeerde en kookte, zij liep stage op straat. Ze waren gelukkig, voor zover dat kon.

Totdat George behoefte kreeg aan een derde stem in huis. Eén die zou krijsen, één die zou brabbelen, één die een eerste 'papa' zou laten horen, één die naar hem zou lachen onder verbaasde ogen en een kleine neus.

Hij dacht dat hij alleen maar geduld moest hebben, wist Lin.

Twee jaar geleden werd Lin veertig en was zijn geduld op. Omdat het immers de ark van haar ouders was, moest George vertrekken.

Ze werd na zijn vertrek wakker aan één kant van het bed onder een te groot dekbed. Er was geen muziek, er was geen geluk.

'sAvonds was er wel drank. 's Ochtends waren er gebakken eieren met spek, die de holle honger niet konden stillen.

De eieren stillen ook nu haar honger niet. Lin schuift het laatste restje dooier naar binnen, veegt het bord af met een witte boterham en schuift het van zich af.

Als Nina blijft, blijft Lins likeurglas in het vervolg leeg.

De staande klok, die nog van haar vader is geweest, met de grote witte wijzerplaat met Romeinse cijfers, zegt dat het halfzeven is. Dat zegt de kleurende hemel buiten ook. Ze kijkt naar haar telefoon, die op de tafel ligt, maar weet dat ze Karen niet kan bellen. Sabines moeder kan door de telefoon niet horen of het badpak dat zij gevonden heeft aan haar zwemtrap, dat van Sabine is. Ze weet op afstand niet of het om haar meisjeshuid heeft gespannen. Karen moet het zien, voelen en ruiken. Lin zal de vragen die op haar paniek volgen niet kunnen beantwoorden.

Dan schrikt Lin en vraagt zich af: waar ís het badpak eigenlijk?

Ze schuift de pui naar het platje open. Dauw ligt op het plastic tafellaken en op de bladeren van de campanula's in de bakken, die nog een laatste paarse bloeipoging doen.

Het badpak hangt niet aan de zwemtrap. Het ligt niet op de tafel, niet op de stoel. Ze haalt het moment terug, het moment waarop ze dacht dat de pijp van haar wetsuit bleef hangen, het moment dat ze het badpak zag en opraapte. Ja, ze heeft het opgeraapt. Lin loopt naar binnen. Ook daar niet op de tafel, niet op het aanrecht, nee, ook niet in de koelkast.

Even gaan zitten. Nadenken. Wat doet ze normaal gesproken met een potentieel bewijsstuk? Dat raakt ze zo min mogelijk aan, ze stopt het met plastic handschoenen aan in een bewijslastzak.

En dan?

De klok geeft geen antwoord. Er klinkt gehoest.

Ze wilde niet dat Nina het badpak zou zien, herinnert ze zich nu, en stelt zichzelf de vraag: waar verstopt ze spullen waarvan ze niet wil dat iemand ze ziet? Natuurlijk. Haar slaapkamer. Haar bed.

Het matras is zwaar en moeilijk handelbaar omdat ze de hengsels niet kan vinden. Eronder ligt een plastic zak met een nat badpak erin. Ze trekt het weg, eronder liggen de tekeningen, de tekeningen die ze niet hoeft te bekijken, maar waarvan ze wel wil weten of ze niet nat geworden zijn. Ze controleert dat, ze zijn droog, dan laat ze het matras weer zakken en stopt de zak in haar werktas.

Lin kijkt naar buiten. Er hangt een laagje mist over de stille waterspiegel, de lucht is grijs bewolkt. Een waterhoentje verjaagt met veel kabaal een tweede; de spiegel golft.

Ze is nog steeds alleen, zonder buddy, maar ze is niet dronken meer. Het is licht. Haar fles heeft nog ongeveer lucht voor een duik van een uur, de automaat en haar manometer zijn in orde. En ze heeft een koord, dat aan de andere haak in de gangkast hangt, een koord dat ze langer en korter kan maken, een koord waaraan ze steeds grotere halve cirkels kan maken om de ark heen, als ze dat vastbindt aan de zwemtrap, de schuldige zwemtrap, en om haar middel gordt. Ze moet.

Ze trekt haar wetsuit aan, en stapt het platje weer op. Ze hoort Georges stem – 'Altijd met een buddy' – tilt de fles in het harnas en op haar rug.

'Je brengt jezelf in gevaar,' dringt George aan.

'Sabine is vermist,' denkt ze terug.

Ze slaat het koord om haar middel, knoopt het vast met een paalsteek, nog een. Ze trekt de zwemvliezen aan, zet de duikbril op, zuigt hem aan en pakt de lantaarn.

Ze weet dat het, ondanks het koord, een riskante missie is. Ze kan alsnog gedesoriënteerd raken, onder een ark terechtkomen, in paniek raken. Maar ze moet. Omdat er geen geluid klinkt, geen fluitje lang lang kort, geen roep om hulp.

Ze zet haar mondstuk in, ademt een keer in en uit, stapt achterwaarts de zwemtrap op.

Haar zwemvlies raakt het water, dompelt zich erin, haar voet voelt het water, maar ze trekt terug. Het water lijkt vuil, bezoedeld haast. Huist er misschien een lichaam in? Het dode lichaam van een jong meisje, dat daar zweeft, gaaf nog, zonder gerimpelde huid, witte lippen of starende ogen, nog niet opgezwollen als een ballon. Ze kan er nog bij, als ze verder zwemt, sneller, naar haar toe die daar schreeuwt en die dan kopje-onder gaat, ze kan er nog bij als ze duikt en naar haar reikt, nog verder reikt, dieper.

'Stop!' zegt ze, en ze laat de zwemtrap los en valt achterover.

Lin draait, het gewicht op haar rug voelt ze niet meer, knipt de lamp aan. Een donker, ondoordringbaar, fijnmazig gordijn hangt voor haar. Als ze de lamp op haar andere hand richt, kan ze die maar net zien. Toch zwemt ze door, tot zover het koord reikt en het straktrekt. Ze zwemt zo dat de spanning op het koord blijft en ze dus in een halve cirkel zwemt.

Ze hoort alleen haar eigen ademhaling en de bellen die opstijgen. Als er iets om haar heen zwemt, zal ze het eerder voelen dan zien. Ze duikt dieper, strekt zich uit naar waar de bodem moet zijn. Ze reikt nog verder. Iets zachts raakt haar hand, ze schrikt en licht bij. Modder. Iets vierkants met ronde hoeken wat uit die modder steekt, blijkt een lege jerrycan, het stuk ijzer kan ze niet thuisbrengen.

Ze laat het koord vieren, maakt het langer en trapt zich weer naar het eind.

Ze denkt aan het lege badpak.

Ze zwemt verder, zet kracht met haar vinnen, steekt haar armen voor zich uit, alsof ze iets wil pakken.

Ze wil iets roepen, haar mondstuk zit in de weg, wil adem opsnuiven door haar neus, ze trekt het masker vaster, STOP.

Ze gaat horizontaal hangen, zonder beweging, luistert naar de bellen.

Ze hoort George: 'Check je meters,' en ze kijkt op het wit oplichtende display met de digitale cijfers die een diepte van anderhalve meter aangeven. De manometer staat op 150 bar. Ze dwingt een ademteug door haar mond en ziet een meisjesgezicht. Met grote verschrikte ogen en een hand voor haar mond, een meter van haar verwijderd. Ze krijgt geen lucht, haar ledematen weigeren, als in een droom waarin je niet vooruitkomt en het uit alle macht probeert. Ze klauwt er door het water naartoe, naar het meisje, dat haar mond opent en geluidloos haar naam roept. Ze duikt dieper en reikt, maar haar hand wordt tegengehouden. Een koud, hard oppervlak. Glas. Het gezicht zit achter een raam, een raam van de verdieping van een buurark, die onder water ligt. In de slaapkamer zit niet Fem, maar een buurmeisje dat ze nu heeft laten schrikken. Ze steekt in een vergeefs gebaar haar duim op, het is al te laat. Ze wendt zich af en zwemt weg, terug naar haar ark.

Als ze met klappende vliezen de zwemtrap op probeert te komen trilt ze over haar hele lichaam. Ze ademt in door haar buik, ademt uit door haar mond.

Nina staat op het platje en kijkt alleen maar.

Zwijgend trekt Lin, nog in het water, haar zwemvliezen uit. Ze trekt zichzelf op, pauzeert, haar adem is nog niet rustig genoeg.

Terwijl ze zich ontdoet van het materieel kijkt Nina naar het koord.

'Zoek je iets?'

'Ik moet het bijhouden,' antwoordt ze. Ze voegt toe: 'Het duiken,' als ze ziet dat Nina het niet begrijpt. Het badpak zit veilig in haar tas, binnen.

Nina steekt een sigaret op en kijkt uit over de plas in de vroege ochtend. De plas waarboven de zon elke dag anders opgaat, het water dat elke dag anders stroomt en rimpelt. De plas die kan kabbelen maar ook golven en waar soms witte koppen op staan. Vandaag is het water glad, schuldenloos. Of wacht het ergens op?

'Wil je ook wat eten?' vraagt Lin aan Nina, terwijl ze haar wetsuit afpelt, wat niet snel genoeg gaat. Ze wil naar binnen, en Karen bellen. Is Sabine toch gewoon thuisgekomen gisteren? Is het badpak een vergissing?

'Ik had heimwee, weet je dat?' zegt Nina terwijl ze rookt en voor zich uit staart.

Lin dacht niet dat Nina dat woord ooit zou gebruiken.

'Heimwee naar de ochtendstilte. Het water. De verre lucht.'

'En die heb je in Thailand niet?'

Nina kijkt haar aan, nu gekwetst.

'Sorry.'

Nina schudt haar hoofd, laat haar sigaret vallen en trapt die uit onder haar hak. Ze gaat naar binnen. Lin zal straks de peuk oppakken en in de vuilnisbak doen. Dan ziet ze eruit als haar moeder. Die raapte peuken op en hield ze tussen haar vingers alsof ze er een besmettelijke ziekte van kon krijgen, de lippen op elkaar geperst in afkeuring.

Nina rookt vanaf haar elfde. In het winkelcentrum, uit het zicht van de leraren op het schoolplein. Op de steiger, net om het hoekje waar haar moeder het niet kon zien. Nina had Lin de sigaret voorgehouden, tussen duim en wijsvinger. 'Probeer dan?' Dat had Lin gedaan. Ze inhaleerde, blies de rook zonder te hoesten in Nina's gezicht en gaf haar de sigaret terug. Daarna hadden ze het er niet meer over gehad. Ze verraadde Nina niet, zíj wist van niks, maar waarschuwde ook niet als haar moeder belde dat ze zo thuiskwam en of ze zo kon helpen met de boodschappen uitpakken. Toch had Nina altijd de tijd gevonden om de asbak te legen vanuit haar slaapkamerraam, in het water, en de kamer te luchten met een wapperende theedoek, die ze speciaal daarvoor onder haar bed bewaarde.

Fem was vier jaar jonger en mocht zeker niet roken, niet van haar moeder, maar ook niet van Lin.

Daar was Lin heel duidelijk in, ook tegen Nina. Lin wist zeker dat Nina het niet zou wagen Fém een sigaret aan te bieden.

Nina staat met haar rug naar haar toe, half gebukt, en inspecteert de inhoud van de koelkast. Zij legt de telefoon weer neer. Karen neemt niet op. 'Nog steeds niet aangeraakt door het healthvirus?'

Lin weet hoe de flessen frisdrank vrolijk in het gelid staan, hoe er chocoladerepen lonken, dat er een emmertje volvette Griekse yoghurt opengemaakt wil worden. Ook ligt er een stapel kant-en-klaarmaaltijden op haar te wachten.

Nina pakt de yoghurt uit de koelkast, kijkt op de achterkant om de calorieën te checken en zet het emmertje weer terug. 'Is Jorkos er nog?'

Jorkos is de man met het winkeltje aan huis en de wenkbrauwen waar je als kind naar moest blijven kijken omdat ze toen al balkons vormden boven zijn lieve ogen. Door het magische luik in de buitenbekleding van zijn ark kwam van alles naar je toe, drankjes, chips, maar ook ijsjes en warme pizza. Op een zomerdag voeren de kinderen soms wel vier keer langs, heen en weer op de surfplanken of in de bootjes met buitenboordmotor, omdat Jorkos vaker vrijgevig was dan stipt.

Even wisselvallig behandelde hij toeristen. De ene boot kreeg alle egards, met een foldertje erbij en servetjes, de andere boot kreeg op iedere bestelling het antwoord dat die uitverkocht was. Op hele slechte dagen ging het luik niet open. Dan moest je Jorkos met rust laten, een dag of twee, tot zijn gezicht weer lachend verscheen.

'Jorkos weet niet eens wat healthfood is,' zegt Lin, met een tikje leedvermaak. Nina lacht gelaten.

'Ik moet wat dingen regelen vandaag,' zegt Nina.

Lin knikt, vraagt niet of haar moeder onder de te regelen dingen valt.

'Ben jij druk?' biedt Nina aan.

Lin knikt en pakt haar tas, haar telefoon, haar sleutels. 'Je hebt nog een sleutel, hè?'

Nina lijkt haar niet te horen, is druk met haar telefoon, fronst, stuurt zo te zien een berichtje.

Lin knikt haar gedag zonder dat ze het ziet.

Ze duwt haar motorfiets over het dijkpad naar boven, zet hem weer op slot en gaat terug de steiger op. Als ze via de steiger bij Karen komt, is ze er meer als buurtbewoner dan als politierechercheur, wat de schrik misschien wat zal dempen.

Lin is eerder bij familie van vermiste personen aan de deur geweest, ook bij ouders van vermiste kinderen, maar die kende ze niet. In zo'n geval handelt ze volgens de procedure, houdt zich aan de feiten, toont medeleven maar niet te veel omdat het dan lijkt dat het hopeloos is of dat ze meer weet. Ze verwijst naar instanties. Een rechercheur moet alle tijd gebruiken om de vermiste te vinden, en niet om psychische hulp te verlenen.

Nu heeft ze zelf hoop, hoop dat Karen vannacht zo blij was dat Sabine weer thuis was, dat ze stomweg vergeten is Lin te bellen. Wat ze haar totaal niet kwalijk zal nemen.

Karen doet na één klop open, alsof ze achter de deur stond.

'Hé,' begroet ze Lin voorzichtig. Haar blik is hoopvol, maar er staan al wallen onder haar ogen en ze klappert zenuwachtig met haar voet.

Sabine is niet thuisgekomen, weet Lin dan al. 'Ik heb niets meer gehoord,' zegt ze.

De hoop in Karens ogen gaat liggen.

'Kom je even binnen?' Karen draait zich om en gaat haar voor de trap op. Haar schouders trekt ze hoog op en Lin durft niet te vragen of ze even in Sabines kamer mag kijken, die beneden is.

De ark is ruim en licht, meters breder en langer dan de hare, een van de grootste van het eiland, met twee verdiepingen. Lin kijkt uit het raam van de woonkamer, kan pas op het water kijken als ze er vlak voor gaat staan, drie meter erboven.

Karen zet koffie. De plastic zak met het badpak brandt in Lins tas.

Ze haalt hem eruit en legt hem op tafel. De moderne espressomachine maakt herrie. Karen zet de mok voor haar neer en dan pas haakt haar blik aan het badpak.

Ze wendt haar blik af alsof ze het niet wil zien, kijkt dan weer.

Lin kent de schrik die Karen voelt en die haar even de adem beneemt.

'Wat is dat?'

'Een badpak.'

Het blijft stil. Karen loert naar het badpak, drukt de plastic zak plat zodat ze het beter kan zien.

'Ik wil graag dat je er goed naar kijkt en me vertelt of het van Sabine is.'

Lin houdt de plastic handschoenen op voordat Karen de zak met haar blote handen openmaakt en het badpak eruit trekt.

'Hoe kom je hieraan?' vraagt Karen met schrille stem. 'Waar heb je dit gevonden?' Karens blik is vol wantrouwen. 'Het is niet van Sabine. Dat kan niet.'

Ontkenning.

Lin reikt de handschoenen aan. Karen trekt haar handen weg alsof de zak bloedheet is.

'Wil je dat ik het voor je doe?'

Karen kijkt haar alleen maar aan, ziet de donkerblauwe stof, de lichtblauwe baan.

Ze knikt langzaam.

Lin trekt de handschoenen aan. Ze schrikken allebei van het plotselinge geluid van het opwarmende espressoapparaat.

'Waar is Rick?' vraagt Lin, om Karen heel even af te leiden.

'Als hij zijn target niet haalt, zijn er veertig anderen die het over willen nemen.'

Rick is een ambitieus nerveus type en werkt op de beursvloer.

Lin opent de druk-en-sluitsluiting van de zak, pakt voorzichtig, heel voorzichtig, als een pasgeboren baby, het badpak eruit. Ze pakt het bij de hengsels en houdt het voor Karen op, draait het om om de rug te laten zien.

Voordat ze het weet heeft Karen het met beide handen vastgepakt en haar neus erin gedrukt.

Lin blaast uit. 'Karen.'

Voordat ze erin begint te snotteren verovert Lin het badpak weer.

'Waar? Hoe?' Karens adem raspt, haar stem sterft langzaam weg.

'Het haakte aan mijn zwemtrap.'

'Jouw zwemtrap? Hoe kan dat?'

Groter wantrouwen. Karen en zij zijn geen vriendinnen en Lin verdenkt Karen van jaloezie om haar frequente zwemtochten met haar dochter en het contact dat Karen daaraan toedicht.

'Ik heb geen idee,' zegt Lin.

Karen schudt haar hoofd.

'Heb je een tandenborstel voor me? Of een haarborstel?'

Karen kijkt haar aan alsof ze tegenover een psychiatrisch patiënt zit.

'Van Sabine?' vervolgt Lin. Ze baalt van zichzelf; ze moet glashelder zijn, want deze vrouw kan niet meer logisch denken, is alleen maar paniek.

Dus legt ze uit: 'Zodat we haar DNA hebben?'

Karens blik wordt leeg. 'DNA,' herhaalt ze monotoon.

Lin neemt een slok van haar koffie en laat Karen zelf haar conclusies trekken.

'Goed,' zegt Karen. Ze staat op en gooit in de beweging haar koffiemok om.

Keukenrol, deppen, gedoe dat Karen even terug op aarde zet.

Ze komt terug uit de badkamer met een tandenborstel, groen, en een haarborstel met genoeg haar voor een pruik van DNA.

Lin pakt een nieuwe plastic zak, neemt de borstels aan.

'Sabine vindt het verkooppraat dat je je tandenborstel zo vaak zou moeten vervangen.' Het klinkt als een verontschuldiging.

De haren van de kop hebben hun beste tijd inderdaad gekend.

Lin reageert niet, stopt de spullen in de zak en staat op. 'Lukt het om vanmiddag even langs te komen?'

'Bij jou?'

'Op het bureau. Dan kunnen we even praten.'

'Waarover?'

Vijandigheid.

'Over Sabine. Hoe het met haar gaat de laatste tijd. Met wie ze omgaat. Dat soort dingen.'

Karens agressie zakt in elkaar als een leeggelopen ballon.

Bij de glazen deur naar de kamer draait Lin zich om. 'Was er ruzie?'

Karen wil haar niet meer aankijken.

Op het bureau zit een jonge man achter haar computer. Een jonge man met blond, goed geknipt haar dat in een lok over zijn voorhoofd valt die hij steeds wegveegt. Hij is geconcentreerd, bedient het toetsenbord met een snelheid die Lin nooit meer zal halen, tovert schermen tevoorschijn en weer weg. Sacha kijkt op van haar werkplek, haalt haar schouders op: zij weet het ook niet. Of bedoelt ze dat ze er ook niks aan kan doen? Zonder haar jas uit te trekken loopt Lin in een rechte lijn door de kantoortuin, langs de spiegel en het koffiezetapparaat, de gang op. Ze voelt de blikken meer dan dat ze ze ziet, maar weet dat ze er zijn. Nieuwsgierige blikken, blikken met licht leedvermaak, maar ook bezorgde blikken. Lin staat, als ze boos is, niet bekend om haar tact.

Ze klopt één keer, geeft geen ruimte om nee te zeggen en opent de deur van Yvonnes tempel. De systeemplafonds zijn hier afgedekt met zalmroze hoogglansplaten, aan de muren hangt stoffen bordeauxrood behang met motieven die je zou verwachten in een paleis van Lodewijk de Veertiende. Het behang heeft gouden krullen en vilten ronde knoppen in een terugkerend patroon. Yvonne werkt niet aan een bureau maar aan een tafel, met een licht chromen onderstel dat in hoogte verstelbaar is, en een simpel blad.

Yvonne kijkt op van het dossier dat keurig recht voor haar ligt, met een pen en een potlood aan weerszijden. 'Ik weet dat het je niet aanstaat,' zegt ze, 'maar...'

Lin schudt haar hoofd, opent haar tas en legt de plastic zak op Yvonnes bureau. Die kijkt ernaar, pakt hem op en bekijkt het badpak.

'Van je buurmeisje?' vraagt ze.

Lin knikt. 'Ik vond het gisteravond laat bij mijn zwemtrap.'

Yvonne trekt haar wenkbrauwen op, ze is onder de indruk.

'Breng maar naar het lab,' zegt ze.

'Hebben we al iets op het amber alert?' vraagt Lin.

Yvonne schudt nee. 'Er is gebeld naar diverse bureaus, er zijn meldingen via de app, maar niks bruikbaars.'

Yvonne kijkt op de designklok: 'Je bent laat.'

'Ik moest Sabines moeder vragen of ze het badpak herkende.'

Yvonnes wenkbrauwen staan nu in de hoogste stand. 'In je eentje?'

Lin weet dat ze afgeweken is van de procedure; in dit soort vermissingszaken ga je altijd met een collega naar de verwanten.

Lin zoekt naar een excuus; ze had haast, beter om de moeder meteen op de hoogte te stellen, anders had die háár wel opgezocht. Maar het blijft een procedurefout.

'Zit die jongen daarom op mijn plek? Omdat ik me een keer niet aan de procedure hou?' Lin bijt op haar lip; ze is niet trots op de kinderachtigheid waartoe ze kan vervallen als ze zich aangevallen voelt.

'Hij is je partner in Operatie Houtworm.' Lin ziet Yvonne glimlachen om de naam die ze de drugszaak, de zaak 'coke gevonden in hardhouten stoel', heeft gegeven.

'Ik dacht dat er gereorganiseerd ging worden?'

'Tom is afgestudeerd recherchekundige met een waardevolle analytische blik en grote technische kennis,' negeert Yvonne Lins opmerking.

Lin slikt haar conclusie in, de conclusie dat het dan wel weer zal gaan om een jongen die alleen maar feiten ziet en geen mensen. Die uitgaat van een theorie die koste wat het kost bewezen moet worden. Iemand die daardoor geen voelsprieten meer heeft voor subtekst, lichaamstaal en zeker niet voor toevalligheden.

Alsof Yvonne alles wat Lin denkt en niet uitspreekt toch gehoord heeft, merkt ze op: 'Jullie vullen elkaar uitstekend aan in jullie verschillende vaardigheden.'

Lin knikt, pakt de plastic zak met het badpak weer van de tafel.

'Hoe ís het met Sabines moeder?' vraagt Yvonne, nu met de zachte blik die haar in Lins ogen tot een goede commissaris maakt.

Lin schudt haar hoofd. 'Ze komt vanmiddag praten.'

Yvonne pakt haar pen op, de vulpen met de gouden kap, ten teken dat Lin kan gaan.

Die aarzelt, maar zegt toch: 'Nina is terug uit Thailand.'

Yvonne vraagt niet door, maar wacht af, en daarom durft Lin toe te voegen: 'Ik heb haar niets verteld over Sabine.'

De rest houdt ze voor zich; dat ze al naar haar heeft gedoken – wat niet professioneel is en misschien een contaminatie van de plaats delict heeft veroorzaakt – dat ze licht duizelig is van de kater en dat haar hyperventilatie als een duveltje uit zijn vacuüm afsluitbare doosje is gesprongen. Er moet gewerkt worden aan Operatie Houtworm met haar nieuwe collega Tom.

Lin recht haar rug en loopt de kantoortuin weer binnen.

Tom, de afgestudeerd recherchekundige met een waardevolle analytische blik en grote technische kennis, is nog steeds gefixeerd op het scherm van haar computer. Hij zit ook op haar stoel. Ze voelt de ogen van haar collega's in haar rug en ze wacht. Ze test hiermee de aan- of afwezigheid van Toms voelsprieten. Ze slaat haar armen over elkaar. Achter haar verstomt het geroezemoes, een enkele telefoon gaat over en wordt opgenomen, maar verder is het stil. Lin glimlacht voor zich uit en schraapt haar keel. Tom kijkt op, ziet haar staan. Ziet hij ook de ogen van de hele zaal op zich gericht?

'Hai,' zegt hij en hij lacht zijn glimlach. De glimlach die bij Nina onmiddellijk zou werken, en die bij de meeste vrouwen en ook een aantal mannen gegarandeerd succes heeft. Lin kent deze combinatie tussen surfdude en nerd nog niet. Interessant.

'Tom.' Hij steekt zijn hand uit en Lin drukt die. Zijn handdruk durft niet echt, de palm van zijn hand is klammig. Hij is zenuwachtiger dan hij zich voordoet, concludeert Lin. 'Ze zijn bezig met een computer,' zegt hij.

'En met een stoel?' voegt Lin er een beetje vilein aan toe.

Nu veegt hij geschrokken de papieren van zijn exemplaar van Operatie Houtworm bij elkaar, stopt ze in de map en staat op.

'Blijf rustig zitten. Ik moet nog even naar het lab.'

Lin loopt al door, tevreden over haar performance, als Toms stem klinkt: 'Dat hoeft niet. Ik heb de resultaten hier al.'

Lin staat stil. Heeft deze surfnerd al resultaten voordat het badpak bij het lab is?

Dan schudt ze haar hoofd en draait zich om. Hij heeft het natuurlijk over Operatie Houtworm.

'Het is tropisch hardhout, en het is waarschijnlijk tussen de vier en negen weken in Nederland. Dat leid ik af aan de scheuring van het hout, die veroorzaakt is door het verschil in vochtigheid tussen het land van herkomst en hier. Dus ik heb er een paar klimaatkaarten bij gepakt…' Tom verkleint een venster, opent een ander, klikt, vergroot, zoomt in. 'Op basis hiervan kunnen we met grote waarschijnlijkheid zeggen dat de stoel afkomstig is uit Thailand of omgeving.' Tom draait de stoel naar haar toe, kijkt verwachtingsvol naar haar op.

'Prima,' zegt Lin, 'en kun je daaraan…' Ze knikt even naar de over elkaar buitelende vensters. 'Kun je daaraan ook zien wie de stoel in dat weiland heeft gedumpt?'

Tom kijkt van het scherm naar haar. 'Nee, maar…'

'En weet je al waarom de stoel daar gedumpt is? En of degene die de stoel dumpte wist of er cocaïne in zat? Of dat hij hem juist daarom gedumpt heeft?'

'Ik heb geleerd eerst de feiten te analyseren en dan pas te gaan speculeren.'

'Ik stel vragen. En alles wat je leert moet je ook een keer afleren,' antwoordt ze.

Uit haar ooghoek ziet ze Sacha, die zo dichtbij zit dat ze het gesprek heeft kunnen volgen. Sacha schudt haar hoofd. Ze bedoelt: pak die jongen niet meteen zo hard aan.

Maar Lin houdt van duidelijke verhoudingen, van meet af aan. Dus glimlacht ze weer naar Tom en zegt dat ze zo terug is. Als ze bij de deur nog even omkijkt, ziet ze aan de manier waarop hij zijn schouders optrekt dat hij in lichte verwarring achterblijft.

Ze heeft het badpak afgegeven aan de laborant in het forensisch lab tien minuten rijden van het bureau.

'Spoed,' zei ze, en ze probeerde hem zo overtuigend mogelijk aan te kijken.

'Het is altijd spoed,' mompelde hij, labelde de zak, trok een la van een systeemkast open en legde hem erin. De la schoof dicht, met Sabine erin.

Nu parkeert ze haar motor voor het bureau en gaat op weg naar surfnerd Tom, die het wil hebben over een cocaïnevondst, en er wachten ongeduldige telefoontjes met de technische dienst over de levering van computers en nieuwe stoelen. Ze wenst dat er iets tussenkomt, wat dan ook.

Als ze Karen ziet staan voor de ingang, een sigaret in haar hand, haar tas vast tegen zich aan gedrukt, blijft ze even staan. De opluchting waar ze op hoopte bij het zien van een afleiding verandert in de steek van paniek in haar onderbuik.

'Fijn dat je er bent,' zegt ze tegen Karen.

Die laat haar peuk vallen en trapt hem uit. Ze is nog niet over haar vijandigheid heen.

Lin laat Karen binnen in een van de gesprekskamers, ze haalt koffie, zonder in Yvonnes spiegel te kijken en zet er voor Karen een bekertje water naast.

'Er was geen ruzie,' zegt Karen, op luide, monotone toon, die betekent dat ze zich aangevallen voelt.

'Dat zegt toch ook niemand?' sust Lin. 'Zet je tas even neer, dan kom ik er zo aan.'

Karen lijkt zich nu te realiseren dat ze de tas nog steeds tegen zich aan klemt.

Klem je zo een baby tegen je aan, vraagt Lin zich onwillekeurig af.

Op de gang houdt ze zich vast aan de deurpost, blaast uit, schudt haar hoofd, blaast nog een keer uit. Ze hoort dat Karen in de tas grabbelt en hem dan op de grond zet. Op het bureau is roken verboden, maar Lin loopt door. Soms zijn regels er om je er niet aan te houden.

Het plafond van de gang lijkt lager dan anders, het tl-licht harder. Het ruikt naar koffie, maar daaronder hangt een zweem van oud zweet, of van tapijt dat te lang niet is schoongemaakt. Op de vloeren van het bureau ligt geen tapijt, maar zeil. Is het ventilatiesysteem in de war? Of is haar systeem in de war, nu Sabine vermist is en er donker, ondoorzichtig water om haar hersenen lijkt te klotsen, dat haar verstikt en belemmert logisch te denken?

Lin zoekt in haar zakken naar kleingeld, vindt een twee-euromuntstuk. Een Mars kost een euro en de automaat heeft zelden wisselgeld.

Het muntstuk wordt met de vertrouwde klik verwelkomd door de machine. In de afgiftela valt een Mars. Er is nog een keus. Denkend aan Nina overweegt ze een pakje Sultana's, zegt tegen zichzelf dat daar toch ook te veel suiker in zit en drukt op de knop van de M&M's.

Als ze de kantoortuin binnenkomt, loopt ze tegen Sacha aan. Die kijkt haar aan, veegt met haar hand langs haar eigen mondhoeken. Lin pikt de waarschuwing op en veegt haar mond af.

Sacha knikt en ze loopt door naar Tom. Die staat onmiddellijk op van haar stoel.

'In de omgeving van Rhoon is een aantal transportbedrijven dat met vrachtwagens containers uit de Rotterdamse haven vervoert naar afnemers in het land. Misschien wonen er medewerkers in die nieuwbouwwijk?'

Lin knikt goedkeurend en vraagt: 'Wil je mij even assisteren bij een gesprek?'

Tom is zichtbaar opgelucht door de verandering in toon.

'Het gaat om een andere zaak.'

Tom weet niet wat hij met die mededeling moet, kijkt even rond, maar Yvonne is niet in de buurt. Hij knikt en loopt met Lin mee naar de gesprekskamer. In de gang praat Lin hem bij. De geur van oud zweet, of van vies tapijt is veel minder sterk.

Voordat ze de deur naar de gesprekskamer opent, besluit ze de briefing met: 'Er was geen ruzie.'

Tegen Karen zegt ze: 'Karen. Dit is mijn collega, Tom...' Ze hoopt dat Tom zijn hand uitsteekt voordat opvalt dat ze Toms achternaam niet weet, maar nee. 'Mijn collega,' voegt ze toe.

'Tom de Klerk,' zegt Tom nu en hij glimlacht zijn glimlach naar Karen.

Ze gaan tegenover Karen zitten en Lin legt haar telefoon op tafel. 'Als je het goedvindt, neem ik het gesprek even op.'

Karen neemt een laatste haal van haar sigaret, blaast de rook weg van de tafel, en van Toms gezicht. 'Waarom?' vraagt ze. Toms glimlach doet zijn werk al, want het wantrouwen in Karens stem is veel minder.

'Standaardprocedure.'

'In films doen ze dat altijd alleen maar bij verdachten.'

Lin zegt niet dat dit helaas geen film is en dat ze niemand kunnen uitsluiten, wat het correcte antwoord is. Ze glimlacht alleen, alsof Karen een grapje maakt, en zet de spraakrecorder aan.

'Goed. Sabine zat te wachten om te gaan zwemmen...'

'Ze wachtte op jou,' onderbreekt Karen haar.

Toms gezichtsuitdrukking blijft blanco, ziet Lin vanuit haar ooghoek.

'Ze wachtte op mij om te gaan zwemmen. Waar zat ze?'

'Op haar kamer, dat weet je toch?'

Lin gaat onverstoorbaar door: 'Waar was jij?'

Karen wordt ongeduldig. 'Boven, in de woonkamer. Gewoon.'

'En toen?'

'Toen ging ik die boodschap doen.'

'Wat voor een boodschap?'

'Het wc-papier was op. En Jorkos is altijd open tot zeven uur.'

'Hoe laat was dat?'

'Vlak voor zevenen dus. Maar wat doet dat er allemaal toe?'

'We willen weten wanneer je Sabine voor het laatst hebt gezien.'

'Vraag dát dan.'

Lin wil Karen niet de voldoening geven dat ze haar vraag moet herhalen.

'Mevrouw van Weelden. Hoe lang was u weg?' vraagt Tom.

'Tien minuten. Max.'

'Je kwam thuis. Was Sabine er toen nog?' neemt Lin het weer over.

'Ik heb niet meteen gekeken.' Karens stem klinkt nu zacht, schuldig.

'Hoe laat heb je wel gekeken?'

'Om kwart voor acht riep ik of ze thee wilde. Ze antwoordde niet en toen ben ik gaan kijken.'

'En toen was ze er niet.'

Karen schudt nee, haalt diep adem. 'Dus toen dacht ik dat ze jou was gaan halen.'

'Stond de pui naar de omloop open?' Sabine duikt altijd van de omloop rond de ark het water in.

'Ja. Die vergeet ze altijd dicht te doen. Maar ze kwam steeds maar niet terug.'

Lin wacht even. Karen trekt ook een conclusie.

'Het lijkt er heel erg op dat ze echt is gaan zwemmen, hè?' Ze zit nu in elkaar gedoken en klinkt als een bang kind. 'Maar het badpak? Hoe komt dat daar dan? Sabine gaat toch niet zwemmen en doet onderweg haar badpak uit?' zegt Karen gehaast.

Lin reageert niet, want ze herinnert zich iets wat Karen eerder zei. 'Haar telefoon ging over.'

Karen kijkt haar in verwarring aan.

'Dat zei je gister. Dat je haar belde en haar telefoon overging, maar ze nam niet op.'

Karen bukt, grabbelt in haar tas.

'Haar telefoon ligt niet thuis?'

'Ik heb me al gek gezocht, maar ik hoor 'm niet.'

Met trillende handen bedient ze haar telefoon, luistert, geeft hem dan aan Lin.

Die zet hem op de luidspreker.

Hij gaat over. Drie keer.

'Met Sabine. Ik ben er even niet, spreek iets in. Doei.'

Karen schokt, huilt.

Lin zet de spraakrecorder uit.

'Je gaat niet zwemmen met je telefoon,' zegt Lin. Wat die conclusie betekent weet ze niet.

Een kwartier later begeleidt Lin Karen naar de buitendeur.

'Ik hou je op de hoogte,' zegt ze. Karen lijkt tien jaar ouder geworden.

Ze heeft Lin nog een lijst gegeven met vrienden en vriendinnen, telefoonnummers, adressen. De meeste contacten zijn klasgenoten. Er was met niemand ruzie, Sabine had met niemand een afspraak voor zover Karen weet. Dat Karen alleen haar vriendje Sam persoonlijk kent, heeft ze schouderophalend verklaard met: 'Sabine neemt nu eenmaal niet graag mensen mee naar huis. Dat vindt ze ongemakkelijk.'

Lin heeft nog gevraagd: 'Waarom vindt ze dat ongemakkelijk?'

Karen antwoordde vermoeid: 'Je weet toch hoe ze is?'

Op Lins bureau staat een extra beeldscherm en er ligt een toetsenbord voor. Alleen vaste computers worden aangesloten op het politienetwerk, om fraude te voorkomen. Dat er met een tablet aanzienlijk meer ruimte zou overblijven voor Tom en haar, is natuurlijk geen argument. En al was het een argument, dan nog kan ze het niet gebruiken, want Max, de systeembeheerder, is nergens te bekennen. Wel steken er twee benen onder het bureau uit. Toms benen.

Lin bukt. 'Gaat het?'

Tom krabbelt overeind. 'Max had weinig tijd, dus ik zei, ik sluit 'm wel even aan, dan komt hij zo met de wachtwoorden.'

Lin knikt. 'Ga jij zo verder met dat vervoerbedrijf en die woonwijk?'

'Tuurlijk,' zegt Tom.

Ze ziet dat hij niet durft te vragen wat zij dan gaat doen. Ze gaat zitten, bekijkt de lijst die Karen haar gegeven heeft. Vier meisjes, drie jongens van school. En Sam. Sam is de zoon van Peter, een imker, die bijen houdt op het landje naast zijn ark. Zijn moeder Mieke maakt honing, stopt die in ambachtelijke potjes met nog ambachtelijker etiketten, geeft er steeds een ander aroma aan en verkoopt goed aan een biologische winkelketen. Sam is opgevoed met raw food, wat wil zeggen dat er geen voedsel gekookt wordt en ze geen producten afkomstig van dieren eten. Dat Sam klein is voor zijn leeftijd en vaker ziek is dan anderen, heeft daar volgens zijn ouders niets mee te maken. Sabine en Sam kennen elkaar al hun hele leven. Toen ze vier waren zijn ze een keer getrouwd, met jurk en kostuum en lieve kusjes op wangen. Met hem gaat ze eerst praten.

Ze voelt een blik op haar rusten en kijkt op. Tom kijkt naar hoe ze aantekeningen maakt, naar de manier waarop ze schrijft.

'Alexander de Grote, Nietzsche, Angelina Jolie, Barack Obama…'

Ze kijkt hem blanco aan.

'Allemaal linkshandig,' voegt hij met serieus gezicht toe.

Ze glimlacht en vraagt hem: 'Wat denk je dat Karen bedoelde toen ze zei: "Je weet toch hoe ze is?"'

Tom steekt de stekker van het beeldscherm in de computer en kijkt haar niet aan. 'Ik weet niet.'

Omdat Lin erover na wil denken geeft ze zelf antwoord. 'Sabine is autonoom en op zichzelf, heeft niet zoveel gezelligheid nodig.'

'Ja?' Tom vraagt zich waarschijnlijk af wat er van hem verwacht wordt.

'Dat is iets anders dan je ongemakkelijk voelen als je vrienden mee naar huis neemt,' vervolgt Lin.

Tom staat met zijn pakweg 25 jaar dichter bij Sabine in leeftijd dan zij. Heeft ook vrienden die hij wel of niet mee naar huis nam.

Ze wil van hem weten: 'Waarom zou ze zich ongemakkelijk kunnen voelen?'

Hij laat het beeldscherm voor wat het is, nu er direct om zijn mening wordt gevraagd. 'Er is iets waarvan ze niet wil dat anderen het zien? Of weten?'

'Misschien,' zegt Lin.

Ze pakt haar jack en loopt naar de deur.

'Wat ga je doen?'

Omdat zijn stem kwetsbaar klinkt als van een jongetje dat door zijn moeder op zijn eerste schooldag alleen wordt gelaten, antwoordt Lin: 'Ik ga poolshoogte nemen op Sabines school.'

Daarop staat Tom op. 'Ik ga met je mee.'

Lin wil protesteren, maar Tom zegt: 'Ik heb ook geleerd dat je altijd met zijn tweeën met mogelijke getuigen praat. En ik geloof niet dat dat valt in de categorie "afleren".'

Op het schoolplein is het pauze. Leerlingen roken, hangen, brugpiepers zitten elkaar achterna. Lins motor staat voor het hek geparkeerd. Een paar opgeschoten jongens kijken er vol bewondering naar. Tom stapt aan de overkant van de straat uit zijn auto en loopt naar haar toe.

Lin kijkt naar een groepje meisjes. Ze schudden allemaal hun lange haren en lachen. Ze tuiten hun lippen en maken een selfie. Een meisje wordt uit beeld geduwd. Lin voelt spanning onder haar middenrif, ze wil wel en niet naar de meisjes blijven kijken omdat ze het herkent, het gedrag.

Tom wacht.

De bel gaat, de meisjes spelen wanhoop, gooien hun armen in de lucht, drama.

Een kwartier later wachten ze in een kamertje op twee leerlingen. De rector was ongerust, maar Sabines mentor had niets bijzonders aan haar gemerkt de afgelopen tijd. Sam is – weer eens – zei de mentor, niet op school. Ze lichtte toe dat zijn ouders hem vaker thuishouden dan normaal, maar hij is ook ziekelijk, hè.

Maaike en Jolien zijn de meisjes met wie Sabine het meeste omgaat, volgens de mentor. Op de vraag of ze ook vriendinnen zijn, haalde de mentor haar schouders op. 'Dat weet je bij die twee nooit.'

Maaike is lang en nog te dun, haar neus lijkt een eerdere groeispurt ondergaan te hebben dan de rest van haar gezicht. Jolien is klein en heeft babyvet, waar ze niet mee lijkt te zitten. Ze hebben allebei lang donkerblond haar, wat ze los dragen. Als ze Tom een hand geven, zwaaien ze het in een identieke beweging naar achteren.

'We willen graag even met jullie praten over Sabine,' begint Lin.

De meisjes hebben heel even oogcontact, dan kijken ze Lin recht aan. 'Ze zeggen dat ze vermist is.'

'Wie zegt dat?' vraagt Lin.

'Gewoon, ze,' zegt Jolien snel.

'Dat klopt. Wanneer hebben jullie haar voor het laatst gezien?'

Lin merkt weer die bijna onzichtbare blikwissel op.

Het gevoel dat ze eerder had, bij het schoolplein, komt terug. Iets verontrustends. Moet ze naar deze gevoelens luisteren? Of hebben ze niks met deze zaak te maken, alleen met haarzelf?

'Gisteren. Het laatste uur hadden we Engels,' zegt Jolien weer.

'Merkte je iets aan haar? Was ze anders dan anders?' vraagt Lin rechtstreeks aan Maaike. Die lijkt meer interesse te hebben in Tom, ze kijkt naar hem met licht getuite lippen en houdt haar gezicht scheef.

'Hoezo anders?'

'Was Sabine vrolijker dan anders? Minder vrolijk? Praatte ze meer of minder?'

'Weet ik het,' zegt Maaike.

Lin onderdrukt een zucht. Pubers.

Jolien springt snel in: 'Je weet nooit zo goed wat Sabine denkt of voelt.'

Lin denkt: dat was de vraag niet, maar het is een intrigerend antwoord.

'En na het laatste uur?'

'Toen gingen we naar huis.'

'Met zijn drieën?'

'Op de fiets. Bij het derde stoplicht ging Sabine naar links, naar het eiland. Zoals altijd.'

Lin kijkt Jolien aan. Ze kent die blik, die onschuldige blik, die een agenda verbergt. De blik van Nina, als ze niet helemaal eerlijk is.

'Gaan jullie weleens met haar mee, naar het eiland?'

Daar moet Maaike lachend van proesten.

'Dat wil Sabine niet,' zegt Jolien, terwijl ze Maaike waarschijnlijk onder tafel aantikt. Die vertrekt haar gezicht.

'Wat is er?'

'Niks,' zegt Maaike. 'Ik stootte mijn elleboog.'

'Waarom moest je lachen toen ik vroeg of jullie weleens met Sabine meegingen?' vraagt Lin.

Maaike knikt naar Tom, kijkt Lin niet aan. 'Waarom zit hij eigenlijk bij de politie? Zonde.'

Lin, Maaike en Jolien kijken naar Tom. Tom buigt zich naar Maaike toe.

'Boe!' zegt hij in haar gezicht. Maaike deinst verbijsterd terug.

Lin onderdrukt een glimlach en zegt op droge toon: 'We kunnen je meenemen naar het bureau. Als dat het beantwoorden van een simpele vraag makkelijker maakt.'

Jolien is ongerust, ziet Lin.

Maaike trekt nu een bezorgd gezicht, ze slikt. 'Het is gewoon… het is de spanning. De schrik. Dan ga ik altijd lachen. Mijn vader zegt ook…'

'Welke spanning?' breekt Lin in.

'Dat Sabine weg is natuurlijk.' Dat is Jolien weer, licht verontwaardigd.

Lin knikt. 'Hebben jullie gisteravond nog appcontact gehad? Of gebeld?'

De lange haren gaan van links naar rechts.

'En vanmorgen?'

Het blijft even stil.

'Maar jullie waren toch bezorgd? Dan bel je toch even?'

Maaike zegt snel: 'Ik heb haar gebeld. Maar ze nam niet op.'

Jolien is zichtbaar niet blij met dit antwoord, maar kan het niet terugdraaien. Ze heeft er genoeg van. 'Kunnen we nu gaan? We willen niet te veel van wiskunde missen.'

Lin knikt. 'Is Sabine een vriendin van jullie?'

Het blijft een fractie van een seconde te lang stil.

'Ja. Natuurlijk,' zegt Jolien.

'Er is natuurlijk weleens iets,' zegt Maaike.

'Hoe bedoel je?'

'Heeft u geen vriendinnen of zo?'

Als ze de school uit lopen vraagt Tom: 'Waarom liet je ze gaan?'

'Omdat ze nu een kloppend verhaal moeten gaan verzinnen. En dat gaat verschillen met wat ze net verteld hebben. Maaike heeft haar bijvoorbeeld niet gebeld vanmorgen. Als we toegang krijgen tot Sabines telefoongegevens zal dat blijken.'

Tom veegt de blonde lok van zijn voorhoofd. Aan de manier waarop hij dat doet, ziet Lin dat hij onder de indruk is, maar dat niet wil laten merken.

Hij is nog steeds onder de indruk als ze de steiger aan de noordkant van het eiland aflopen, naar de ark van Sam en zijn ouders.

'Dus jij woont hier ook ergens?'

'Zuidkant. Ligt beter op de zon,' zegt Lin, terwijl ze op de voordeur klopt.

Er komt geen reactie. Ze wenkt Tom en ze lopen om de ark heen en een smal bruggetje op, naar de tuin achter de ark. Als ze aan de wal stappen komt Peter gehaast naar ze toe lopen, geheel in wit pak, met het imkermasker voor.

Hij pakt Lin bij de elleboog. 'Wegwezen. Ik heb ze net weer rustig.' Tom ziet dat het ernst is en loopt terug het bruggetje op.

Lin kijkt Peter vragend aan.

'Eens in de zoveel tijd gebeurt dat. Dan slaat de vlam in de pan en worden de bijen hysterisch. Mieke is met Sam naar het ziekenhuis.'

'Is hij...' begint Lin.

'Aangevallen, ja. Gestoken. In het water gesprongen gelukkig, zoals ik hem geleerd heb. Dus het valt mee, hij is oké. Maar er zat er ook één in zijn keel.'

Lin concludeert voor zichzelf dat Sam dan niet kan praten en dat ze het gesprek moet uitstellen.

'Sterkte,' zegt ze.

Sams vader is alweer terug naar zijn bijen en vraagt niet waarom ze er is, met een collega nog wel.

Tom is doorgelopen naar het eind van de steiger en staat uit te kijken over de plas. Het grijs van de lucht maakt het water ook grijs, en niet zo aanlokkelijk als op andere dagen. Of ligt dat niet aan de kleur, maar aan iets anders? Lin doet even haar ogen dicht, wat is er toch met haar aan de hand?

Tom vraagt zich dat ook af, ziet ze, als ze haar ogen weer opendoet.

'Sorry,' zegt ze.

Tom neemt haar op. 'Zal ik teruggaan naar het bureau? Dan kijk ik nog even naar die woonwijk.'

'Ik ga met je mee,' zegt Lin.

'Je ziet lijkbleek,' antwoordt Tom. 'Ik denk dat het beter is als je je motor hier laat staan en naar huis loopt.'

Lin wil haar hoofd al schudden, maar Tom voegt toe: 'Je moet een partner altijd tegen zichzelf beschermen, dacht ik.'

Lin probeert een glimlach en knikt. Onder de steiger hoort ze het geplons van een vis, die even bovenkomt en weer onderduikt. Misschien moet ze inderdaad naar huis. Misschien is het het gebrek aan nachtrust. En misschien moet ze vandaag niet gaan zwemmen.

Nina staat in de keuken, met een theedoek over haar schouders en een verhit gezicht. Het aanrecht is een chaos van gebruikte schalen en pannen, groenteafval puilt uit een leeg melkpak, klodders oranje saus kleven aan de tegels achter het fornuis. Nina draait aan de knop van de oven. Ze begint te stralen als ze Lin ziet: 'Ik heb lasagne met dingen gemaakt.'

'Lasagne met dingen' is lasagne met allerlei groenten, zo vers mogelijk. Die maakte hun moeder in het voorjaar, als ze allemaal zin hadden in de zon die weer vroeger opging en het water dat langzaam opwarmde, de regen die wegtrok.

Lin glimlacht en zet haar tas neer.

'Ik heb alles geregeld,' zegt Nina.

Lins blik dwaalt naar de deur van de logeerkamer. Zou het bed daarachter opgemaakt zijn of niet?

Dat ziet Nina. 'Ik mag toch nog wel even blijven?' vraagt ze, met een kleinemeisjesblik, maar er zit ook onrust achter.

'Natuurlijk,' zegt Lin. Dan wordt het zwart voor haar ogen.

Ze komt bij op de bank, een koel washandje dept haar voorhoofd.

Nina vraagt: 'Hoe kan dat nou ineens?'

Lin kijkt door het raam naar buiten, naar het platje, de zwemtrap. De weerkaatsing van het water in het plotselinge zonlicht rimpelt op het plafond.

'Sabine is vermist,' zegt ze.

'Hè?'

'Ze zou met me gaan zwemmen, gisteren, ze wachtte op me. Karen ging een boodschap doen en daarna was ze weg.'

'Jeetje,' zegt Nina.

Lin kijkt weer naar de zwemtrap. Zal ze ook vertellen van het badpak? 'Haar telefoon ligt niet thuis maar gaat wel over,' zegt ze in plaats daarvan.

Dat stelt Nina gerust. 'Weet je nog hoe vaak ik 's avonds ineens pleite was? En dan lag ik 's morgens gewoon weer in bed?'

Als Lin niet reageert gaat ze door: 'Omdat jij me 's nachts door jouw raam naar binnen had gelaten?'

Lin glimlacht bij de herinnering. Nina ook.

'Vind jij dat dit ook mijn schuld is?' durft Lin te vragen.

Het washandje verdwijnt.

'Ah,' zegt Nina, 'dat is het.'

In de plas had toen nog een vlot gelegen, waar de kinderen vanaf doken en de pubers zich op verzamelden, met blote lijven en hormonen die daarin rond gierden. Die middag waren ze er met zijn drieën, Nina, Lin en Fem. En een groep vrienden van Nina, aan wie Lin zich ergerde omdat het niet ging om een leuke zwemmiddag op hun plas, maar om het meeste indruk maken op elkaar. Het waren meisjes die giechelden, elkaar van het vlot af duwden, dramaqueen speelden. Nina wilde indruk maken op een nieuwe jongen in de groep. Zijn broek hing laag over zijn billen, aan de voorkant kwam het schaamhaar er nog net niet bovenuit. Goed getrainde buikspieren waren zichtbaar, zijn huid was al bruin.

Lin wendde haar blik af naar de plas, het zonlicht dat erop viel. Naast het vlot, vlak onder het wateroppervlak, zwom een vis, een karper. Ze keek naar de arken rond het eiland, het riet eromheen, de futen die om elkaar heen zwommen, zich oprichtten uit het water, weer zakten. Het was een dans, waarbij de dans van de jongen en Nina bleek afstak.

'Ga je mee zwemmen?' vroeg Lin aan Fem, die lag te zonnen en met haar bleke huid al de warmte leek te absorberen.

Fem schermde haar ogen af met haar hand. 'Straks. Goed?' Ze glimlachte, waarbij de kuiltjes in haar wangen zichtbaar werden.

Vanaf dat moment staakt Lins geheugen. Ze zou op Fem letten, zoals ze altijd op Fem lette, Fem die beïnvloedbaar was en naïef en het gevaar niet zag waartegen zij haar kon beschermen. Fem viel ergens vanaf als ze erop klom, stak in gedachten de straat over, gaf antwoord op vragen van vreemde mannen. En toch. Moet Lin het water in gegaan zijn. Zonder Fem, die ze achter heeft gelaten. Lin heeft een stuk gezwommen, dat hebben ze haar later verteld.

Haar herinnering begint weer als ze een hand ziet, boven water, een hand die in paniek zwaait, die ondergaat. Ze zwemt ernaartoe, vergeet adem te halen, haar armen petsen op het water, ze duikt onder. Het water omvat haar, ze ziet niets meer, het geluid van roepende stemmen verstomt. Een donker, ondoorzichtig gordijn, niets wat oplicht. Ze voelt een koudere stroom, een beweging in het water en ze duikt dieper. Ze reikt, graait, maait om zich heen, om iets te raken, te pakken. Fem!

Het gewicht op haar wordt te zwaar, haar longen barsten, ze graait nog een keer, schiet dan naar boven, door het wateroppervlak heen, hapt naar lucht. Ze hoest, er is geschreeuw, maar ze duikt weer onder. En weer.

Zes dagen later spoelt Fem aan aan de overkant van de plas. Ze had niet naar het lichaam moeten gaan kijken.

Nina zit op de grond en leunt met haar rug tegen de bank waar Lin op ligt. Ze heeft een sigaret opgestoken. Haar blik is hard, heeft Lin gezien, ongevoelig voor de vochtige ogen van Lin.

'Fem zei dat ze geen klein kind meer was,' zegt Nina.

'Die middag?' vraagt Lin.

Nina's hoofd knikt. Er kringelt rook bovenuit.

De oven piept.

'Waarom zeg je dat?'

Nina staat op, loopt naar de oven en opent hem.

'Zomaar,' zegt ze dan, terwijl ze in de lasagne prikt. 'Omdat ik eraan dacht.'

Nina zegt nooit iets zomaar. Ze doet de oven weer dicht en pakt haar tas.

'Wat ga je doen?'

'Eet smakelijk,' zegt Nina alleen maar.

Lin hoort de deur dichtslaan. Weet Nina wel wat er met Fem gebeurd is?

DRIE

'Goed,' zegt Yvonne, 'je kunt die duikexpeditie regelen, maar je bent vanmiddag weer op het bureau.'

Lin knikt. Yvonne loopt door naar haar kantoor, door de verder nog verlaten kantoortuin. Het zonlicht valt laag en scherp door de beslagen ramen, de ochtendschemering is nog niet helemaal vertrokken. Yvonne draait zich om en neemt haar op. Onwillekeurig voelt Lin aan haar haar, trekt haar bloesje, hetzelfde bloesje als gisteren, naar beneden. Ze heeft het niet kunnen opbrengen een schone uit te kiezen.

'Ben je daarom zo vroeg?' vraagt Yvonne.

Lin zou kunnen antwoorden: 'Ja en nee. Ja, omdat iedere minuut dat Sabine langer vermist is zij verder van ons weg is en nee, ik ben zo vroeg omdat ik niet kon slapen om iets wat Nina zei.' Lin zegt dat allebei niet, maar knikt. Als ze toegeeft dat ze wakker heeft gelegen om Nina's opmerking, dan maakt ze hem groter, belangrijker. Misschien verbeeldt ze het zich allemaal, misschien is ze gewoon niet meer gewend aan Nina's manier van communiceren. Of de manier van niet-communiceren.

Nina was na tien minuten, twee sigaretten, teruggekomen, had zonder iets te zeggen haar jas uitgedaan. Zwijgend pakte ze de schaal met de 'lasagne met dingen' uit de oven. Ze zette twee borden op tafel, pakte bestek uit de la en zei: 'Kom je?' alsof er niets gebeurd was. Alsof Lin niet was flauwgevallen, alsof Nina niet de suggestie had gewekt dat zij meer wist van Fems gedachten of beweegredenen dan Lin. Lin wilde er niet aan denken dat ze dan misschien ook meer wist van wat er gebeurd was, die middag op de plas, op het vlot. Dat wilde ze niet omdat ze zich dan ook moest afvragen waarom Nina haar daar niets over verteld had.

Nina schepte voorzichtig vierkantjes lasagne op de borden.

‘Eet smakelijk,’ zei ze, en ze keek met verwachtingsvolle blik toe hoe Lin haar eerste hap nam en knikte.

‘Heerlijk,’ speelde Lin het spel mee.

‘Weet je dat varkensoren eigenlijk heel lekker zijn? Geroosterd, met allerlei specerijen? Worden heel lekker krokant.’

Lin luisterde naar de geheimen van de Thaise keuken die wij hier in Nederland niet kennen.

Ze probeerde Nina steeds aan te kijken, maar dan keek Nina net opzij, of op haar bord. Ze vermoedde dat het andersom hetzelfde was. Als zussen iets voor elkaar geheimhouden kan dat heel lang duren.

Toch probeerde ze: ‘Nina…’

Op dat moment pakte Nina haar sigaretten. Had ze haar niet gehoord of negeerde ze het?

‘Even roken hoor. En niet meer flauwvallen, daar krijg ik stress van.’ Ze bood een glimlach aan, een bezorgde glimlach. Lin kon niet zien of die echt was. Nina stapte het platje op, trok de schuifpui netjes achter zich dicht. Lin ruimde de tafel af en hoorde, ondanks die dichte pui, Nina’s stem. Haar telefoon lichtte op in het donker, rook kringelde om haar hoofd. Met wie belde Nina nu en waarover? Lin schudde haar hoofd, opende de vriezer. In de onderste la vond ze wat ze zocht, een beker slagroomijs met aardbeien. Nina belde verder. Zonder haar welterusten te wensen ging ze met het ijs naar bed. Onder het dekbed bleef haar hoofd ook malen.

Ze voelt de klappen op de golven in haar onderrug en houdt zich met één hand vast aan de reling. De wind is behoorlijk aangetrokken en ze hoopt dat dat de duikmissie niet zal verstoren. Yvonne had de noodzaak van een zoektocht naar Sabine gelukkig ingezien, maar het kostte even moeite de Zeehavenpolitie er ook van te doordringen. Natuurlijk kon ze telefonisch geen duikteam inschakelen. De Zeehavenpolitie moest zelf de locatie checken, de veiligheid en de voorwaarden. Ze mocht wel meevaren, ook om de zoekplaats aan te geven.

Aan het roer staat een meisje, ja, een meisje nog, in uniform. Een blonde paardenstaart wipt vanonder haar pet vandaan en danst mee boven de golven. Lin ziet dat het meisje dit het leukste deel van haar baan bij de Zeehavenpolitie vindt. Haar mannelijke collega loopt tegen de vijftig en heeft alles al gezien. De rubberboot neemt voorrang en steekt bijna diagonaal de vaargeul van de Nieuwe Maas over. Lin kijkt om; het zonlicht valt op de slanke hellende zuil van de Erasmusbrug, de spinnenwebachtige verstagingen glanzen. Het meisje duwt op de Nieuwe Waterweg de gashendel nog wat verder naar voren. Ze maakt geen aanstalten rechts af te slaan, de binnenwateren in. Met moeite staat Lin op uit haar kuipstoel, door de snelheid wordt ze teruggedrukt. Ze tikt de collega op de schouder en gebaart dat daar de Oude Maas is, dat ze daarin moeten. Roepen heeft geen zin.

Als het meisje de boot, voorzichtig nu, het smalle water achter het gat van de Noorderklip op vaart, dat naar het eiland leidt, zegt Lin: 'In het midden blijven, anders zitten we straks met een bos waterlelies in de schroef.'

Het meisje kijkt haar aan met een blik van: wie is hier de schipper, maar volgt Lins advies. Een school ganzen met jongen, waarschijnlijk de tweede leg van het jaar, zwemt voor ze uit, alsof de ganzen de weg wijzen. Bij de wijde plas maakt Lin een gebaar: alsmaar rechtdoor, en ze steken over. In de verte blinken de licht geschilderde arken op. Lin kijkt naar de golfslag, die hier stukken minder is, maar nog steeds gemeen kan zijn. Niet alleen Johan staat op de steiger, met zijn armen over elkaar geslagen, ook andere buurtbewoners zijn naar buiten gekomen. Miekes gezicht verschijnt achter een open raam. Ze passeren de ark van Dirk en Hiske; Hiske zwaait vanachter een raam. Haar gezicht is oud geworden, valt Lin nu op, en haar grijze wijd uitstaande haar is al heel lang niet geknipt. Even later worden ze nageroepen door Dirk: 'Jullie hebben hier niks te zoeken. Het concept ordehandhaving is een illusie!'

'Wat?' vraagt het meisje aan het roer. De collega reageert niet, lijkt het niet te interesseren. Lin haalt haar schouders op, zolang Dirk nergens in klimt hoeft ze niks uit te leggen.

Achter zich hoort ze: 'Of willen jullie soep?'

Ondanks alles grinnikt Lin; Dirk is in een goede bui.

'Hier moeten we zijn,' zegt Lin, terwijl ze de dubbeldekker, een ark met twee woonlagen, aanwijst. Het meisje stuurt de boot met verrassende precisie langszij en werpt een lijn over de bolder van de omloop. Lin stapt erop met de andere lijn. Ze kijkt door de schuifdeur van Sabines ark naar binnen. Hij wordt niet opengeschoven, Sabine vraagt niet verontwaardigd wat ze komen doen; of ze het bord 'niet afmeren' niet hebben gezien. Ook Karen en Rick melden zich niet, waar Lin dan weer blij om is.

'En nu?' vraagt het meisje.

'Wachten we op de duikploeg,' zegt de collega.

'Hoe lang duurt dat?'

'Ze varen wat langzamer. Dus ik schat drie kwartier.'

Het meisje knikt en pakt haar telefoon. Haar collega kijkt op de dieptemeter van de boot, fotografeert oevers en beschoeiing en begint op een tablet een rapportje te typen.

Drie kwartier later is het meisje nog bezig met een spelletje, de collega is in slaap gesukkeld. Lin aarzelt om hem te waarschuwen voor het kwijl dat in de boord van zijn overhemd druipt, maar omdat ze jaloers is op zijn diepe slaap doet ze dat niet. Hij schrikt overeind als het geluid van een naderende motor klinkt.

In de boot die naast hen aanmeert maken twee duikers zich gereed.

Een fitte man van een jaar of veertig met een zongebruinde, verweerde kop stapt bij haar aan boord.

'Hai. Sjoerd. Wat hebben we?'

Lin waardeert dat hij recht op zijn doel afgaat.

'Ze is hier vanaf de omloop het water in gegaan. Ze zwemt altijd die kant op,' zegt Lin.

'Hoe ver die kant op?'

'Het eiland rond,' geeft Lin toe.

Zijn blik spreekt boekdelen: zo'n groot gebied kunnen ze nooit coveren.

'Ze is waarschijnlijk niet ver gekomen. In ieder geval niet tot die ark daar,' voegt Lin daarom toe. Ze leunt uit de boot en wijst haar eigen ark aan.

Sjoerd leunt mee en zegt: 'Dan nog.'

Maar hij stapt van de boot, praat met handgebaren met de duikers. De duikers gorden koorden om, zoals Lin die ochtend, maar het voordeel is dat zij gestuurd worden door iemand boven water, die overzicht heeft en hen systematisch langs een uitgezet grid kan voeren. De duiker weet wat elke beweging van het koord betekent; naar links, naar rechts, rechtdoor, omhoog. Degene boven water ziet waar de duikers zijn aan de bellen die ze uitblazen.

Het duurt drieënhalf uur om het gebied tussen Sabines ark en de hare te coveren. De politieboot, met Lin erop, en de boot van de duikers, liggen naast elkaar op de plas om het gebied af te schermen. Schuin aan de overkant staat ook George te kijken, op zijn terras. Jozef, de eilandkat waar hij zich over ontfermd heeft sinds hij alleen woont, draait rondjes om zijn enkels. George steekt zijn hand op en ze groet terug.

De bellen van een van de duikers blijven op één plek naar boven komen. Lin knijpt haar ogen dicht tegen de weerkaatsing van de zon, ziet dan het gemaskerde hoofd boven water komen. De duiker maakt gebaren. Lins hartslag versnelt, haar mond wordt droog. Er ligt iets, er is iets gevonden. De luchtbellen van de andere duiker bewegen zich naar de vindplaats. Sjoerd maakt de boot los. Voordat hij af heeft kunnen duwen springt Lin aan boord. Hij kijkt op, maar zwijgt, start de boot en stuurt hem achter de duiker aan.

De banden van een takel zakken in het water. Ergens onder de waterspiegel tillen, duwen, trekken de duikers de banden onder de vondst. Langzaam rolt de ketting zich op via de lier. Water stroomt van de banden af, iets is verwikkeld geraakt in een grote blauwe plastic zak. Of is het erin gestópt? Lin wendt haar blik af; wil ze het wel zien? Als de bulk in de kuip van de boot landt, blijft het stil. Lin hoort iemand zijn keel schrapen en opent haar ogen.

Het kadaver heeft zwemvliezen. Echte zwemvliezen. Sjoerd trekt de plastic zak los. De kop van de zwaan ligt in een vreemde hoek, het verendek is al half vergaan. Ondanks de stank haalt Lin diep adem en blaast een zucht van opluchting uit.

Sjoerd doorbreekt de stilte met: 'Nou. Dat is ze niet.' Hij klinkt teleurgesteld.

Lin zoekt Georges blik aan de overkant, die ook moet hebben gehoord van Sabines verdwijning, ze wil hem geruststellen maar meer nog haar opluchting delen. George staat niet meer op zijn terras. De schuifdeur ernaartoe is dicht.

Als ze, pas halverwege de middag, de kantoortuin binnenkomt, kijken zowel Tom als Sacha op. Sacha trekt vragend haar wenkbrauwen op, waarop Lin nee schudt. Tom probeert niet op zijn stoel te wippen, maar ze ziet dat hij opgetogen is. Ze gaat zitten in de nieuwe stoel, opent haar la en zoekt erin.

'Ik heb de verkoper van de stoel gevonden,' kan Tom niet wachten.

Terwijl Lin de wikkel van een Snickers afscheurt, knikt ze bemoedigend.

'Een meubelwinkel in Rotterdam. Heeft bevestigd dat ze dergelijke stoelen leveren.'

'Dat is nog geen bewijs dat die stoel ook daarvandaan komt.'

'De stoel heeft een keurmerk, op de zitting. Weliswaar niet helemaal goed meer zichtbaar, vanwege de scheuring van het hout, maar ik heb een kleine bewerking uitgevoerd.' Tom klikt een venster open. Het toont een stempel, in rode en groene inkt. 'In de winkel werd het direct herkend.' Tom lacht trots, opener, niet bezig met het effect, zodat nu zichtbaar is hoe jong hij eigenlijk is. En hoe goed hij heeft gekeken naar CSI *Miami*, denkt Lin. Hij wil de briljante geest zijn die opspoort wat anderen ontgaat.

'Waar worden de stoelen gemaakt?'

'Bij de importeur kan ik niemand te pakken krijgen.'

Lin knikt, zet haar computer aan. Stoelen. Winkels. Importeurs.

Lin ziet Tom een aanloop nemen, hij laat een pauze vallen en komt dan met zijn grootste wapenfeit: 'Maar ik heb wel het transportbedrijf gevonden dat de meubels bij de winkel aflevert.'

Lin kijkt op. Misschien heeft ze hem onderschat.

'Draaisma Transporten in Vlaardingen-Oost. Yvonne zegt dat we er zo snel mogelijk heen moeten.'

Ze kijkt naar Yvonne, die staat te praten bij een van de bureaus, iets aanwijst op een computerscherm.

'En wie doen het jongetje dat de stoel gevonden heeft en diens moeder?' vraagt ze. Die had ze liever gedaan; ze kan goed horen wat kinderen niet zeggen.

'Sacha en Karel.'

Zoals altijd als Lin oogcontact zoekt met Yvonne voelt die dat en kijkt op. Ze knikt naar Lin.

Dus hoeft Lin niet te gaan zitten en haar jack uit te trekken, maar kan ze weer naar buiten.

In Toms auto heerst de gespannen stilte van mensen die elkaar niet goed genoeg kennen om samen te kunnen zwijgen. De auto is zo schoon dat hij nieuw lijkt, Lin vraagt zich af of dat wat ze ruikt de geur van dashboardspray is. Ze ziet Tom ervoor aan; hij lijkt haar iemand die graag alles onder controle heeft. Zijn rijstijl is daar tot Lins verrassing mee in tegenspraak. Bij de uitrit van het bureau wacht hij niet om naar links en rechts te kijken, zoals zij op de motor altijd doet. Het stoplicht springt op oranje en hij remt niet, maar geeft gas. Hij kleeft achter de auto voor hen, trommelt ongeduldig op het stuur, kijkt in de achteruitkijkspiegel. Het lijkt bijna alsof hij zichzelf erin kan zien.

'Ik wist niet dat we haast hadden?'

Tom kijkt opzij, lijkt zich nu pas te realiseren met wie hij in de auto is gestapt. 'Sorry,' zegt hij en hij geeft haar zijn glimlach.

'Draaisma Transporten rijdt voornamelijk voor winkels en groothandels in de regio, vooral meubels,' praat hij haar bij.

'Waarvandaan?'

Tom moet daar even over nadenken, camoufleert die onzekerheid met een inhaalmanoeuvre. De tegenligger komt gevaarlijk dichtbij.

In een reflex strekt hij zijn arm voor haar, om haar tegen te houden.

Zoals zij Fem tegenhield, als ze samen achter in de auto van hun moeder zaten. Dan kwamen ze ook met de schrik vrij.

Tom neemt haar op, is bang dat ze boos is.

Lin kijkt naar buiten. Groene weilanden, sloten, koeien. In een sloot kun je ook verdrinken.

Ze gaat rechtop zitten. 'Rijden ze met vracht uit de haven?'

Dat weet Tom niet. Aan zijn frons ziet ze dat hij van zichzelf baalt, en ze merkt dat ze hem van dat gevoel wil bevrijden. Waarom eigenlijk?

'Geeft niet. Kunnen we vragen, toch?'

Tom knikt. Ze laat de stilte de ruimte weer overnemen.

Hij rommelt in de kaartenbak van zijn portier en stopt een cassettebandje in de recorder die blijkbaar in deze nieuwe auto is ingebouwd. Hij ziet haar verbaasde blik, haalt een hand door zijn haar en zegt: 'Cassettebandjes zijn het nieuwe vinyl.' Een haar onbekende band speelt de stilte weg, maar ze luistert niet.

George maakte cassettebandjes voor haar, met klassieke muziek, maar ook met muziek waar ze energie van kreeg: The Cure, Bruce Springsteen. En met haar guilty pleasures: Barry White, Rod Stewart, Tavares. Voor die laatste soulband was ze gevallen vanwege de muziek, maar vooral omdat de zanger een bril droeg. Zoals zij, totdat ze lenzen kreeg. Mensen op een podium droegen nooit brillen. Haar fascinatie voor Julio Iglesias, die opspeelde in haar puberjaren, had ze gelukkig voor zich gehouden. Ze vraagt zich af of ze die bandjes nog heeft, en waar dan?

Ze schiet voorover en wordt nu tegengehouden door de blokkerende gordel.

‘We zijn er,’ hoort ze Toms stem.

De auto staat op een industrieterrein, tussen drie trucks met de trotse letters DRAAISMA TRANSPORTEN op de afdekzeilen. Als ze de metalen roostertrap naar een bouwkeet opgaan, heeft Lin ‘Sailing’ van Rod Stewart in haar hoofd. En bedankt.

De vrouw van middelbare leeftijd achter het bureau heeft een mobiele telefoon onder haar kin en praat in de hoorn van een vaste, die ze aan haar andere oor houdt. Op planken aan de muren staan modellen van vrachtwagens, er hangen foto’s van vrachtwagens met trotse mannen ervoor, van met bier proostende mannen in een bar. Het bureau ligt bezaaid met papieren. Als het kunststof deurtje achter Tom dichtvalt, steekt de vrouw haar hand op in afweer. Lin denkt dat ze daarmee wil zeggen; alles komt altijd op mij neer en ik moet ook altijd alles oplossen. Tegelijkertijd vermoedt Lin dat ze van haar rol geniet en zich op feestjes omschrijft als ‘de spin in het web’ van Draaisma Transporten.

Lin wacht dus geduldig, zij zal de laatste zijn om haar status te ondergraven nu ze haar nog nodig hebben.

‘Ik moet hangen, er staan alweer nieuwe problemen te wachten,’ rondt ze haar gesprekken af. Als ze heeft opgehangen trekt ze haar mondhoeken op in een beroepsmatige lach. ‘Wat kan ik voor u doen?’

Lin heeft haar badge uit haar binnenzak gehaald en houdt die omhoog.

‘Ik dacht dat ik een grapje maakte, met die nieuwe problemen,’ zucht de vrouw. Ze steekt haar hand uit en stelt zich voor: ‘Debby Draaisma.’

Natuurlijk, denkt Lin, vrouw van de baas.

Ze gaan zitten en krijgen koffie – ‘Sorry, vanmorgen vroeg al gezet, geen tijd gehad om nieuwe te zetten’ – en Lin legt uit waar ze voor komen. Stoel in weiland, cocaïne, meubelwinkel, transportbedrijf.

Debby’s masker valt af. ‘Wilt u nou zeggen…’

Lin wacht, helpt haar niet.

Debby trekt zich op de stoel met wieltjes dichter tegen het bureau aan. ‘U zegt dat wij spullen met cocaïne vervoeren.’

'Wij komen u vragen of en wanneer u ladingen heeft gereden voor...' Lin kijkt vragend naar Tom.

'Terra Incognita,' springt Tom snel in met de naam van de meubelwinkel. 'In de periode van nu tot negen maanden geleden.'

'Is dat niet een beetje een ruime tijd?' Debby herstelt zich iets.

Lin zegt: 'Ik vermoed dat u uw systeem zo op orde heeft dat u dat zo op kunt zoeken voor ons.'

Debby hapt. Ze begint te tikken op haar computer, een printer produceert lijsten, die ze Lin overhandigt.

'Fantastisch,' zegt Lin, en ze geeft alles door aan Tom.

Tom scant de papieren.

Debby slaat haar armen over elkaar, leunt iets naar achteren. Haar kunnen ze niks maken.

'U vervoert eens in de drie weken spullen van de Rotterdamse haven naar Terra Incognita,' concludeert Tom.

'En een heleboel andere afnemers,' zegt Debby. De frons in haar voorhoofd wordt steeds dieper.

'Worden de spullen aangeleverd in containers?' vraagt Tom.

'Nee, natuurlijk niet,' zegt Debby, blij dat ze meer weet dan Tom. 'De containers worden van de schepen gehaald, gaan naar een overslagloods en daar worden ze in kratten geladen en op de wagen gezet.' Ze glimlacht. 'Dus als er drugs in de spullen zitten, dan worden die er daar waarschijnlijk uit gehaald. In die loods. En hebben wij er niks mee te maken.'

'Helpt de chauffeur bij het overladen?' vraagt hij.

Debby wil nee zeggen, denkt Lin, maar durft dat niet omdat ze dat niet weet, dus zwijgt ze.

'Heeft u, bij deze ritten,' vraagt Tom, terwijl hij op de papieren klopt, 'ook de namen van de chauffeurs?'

'Vast wel,' zegt Lin zonnig tegen het betrokken gezicht van Debby.

De printer is weer gehoorzaam.

'Adressen misschien?' vraagt Tom.

Debby aarzelt.

'Het had verkeerd af kunnen lopen. Met Erik, het jongetje dat de coke gevonden heeft.' Lin weet dat ze op het gemoed speelt, en dat ze Eriks naam niet mag noemen, maar alles voor de goede zaak.

Debby slikt, maar stribbelt nog tegen. 'Ik weet niet of ik... ik denk dat ik mijn man even moet bellen.'

'Natuurlijk,' zegt Lin, hoewel ze weet dat daar tijd in gaat zitten.

Dus voegt ze toe: 'U heeft toch kinderen?'

Ze knikt naar een foto van een gezin: Debby, een man en twee volwassen kinderen.

De keet is veel te warm, te klein, te vol.

'En kleinkinderen?' probeert Lin.

Debby neemt Lin op. 'Jij?' vraagt ze.

'Helaas,' liegt Lin. Debby hoeft niet te weten dat ze inderdaad geen kinderen heeft, maar ze ook niet heeft gewild.

Ze voelt Toms blik op haar rusten, maar gelukkig is daar de printer weer. Met adressen.

Tom herkent een straatnaam in de nieuwbouwwijk in Rhoon, knikt naar Lin.

'Nog één vraag,' zegt Tom. Debby kijkt zuchtend op. 'Deze Arno de Lange. Die heeft maar één rit gedaan naar Terra Incognita. Op... veertien december vorig jaar. Hoe kan dat?'

Debby gromt licht, kijkt op haar scherm, scrolt. 'Hij viel in voor Hans. Hans Hooghoudt.'

'Kunnen we De Lange spreken?' vraagt Lin. 'Of zit hij op de weg?'

'Ik weet niet of u hem kunt spreken, en nee, hij zit niet op de weg,' zegt Debby pinnig.

Lin wacht op de verklaring.

'Hij heeft zich ziek gemeld.'

'Sinds?' Tom kijkt in de papieren terwijl hij dat vraagt.

Debby kijkt op het computerscherm als om het op te zoeken, maar Lin ziet dat ze precies weet sinds wanneer De Lange zich ziek heeft gemeld.

'Sinds twee maanden.' Debby probeert haar mondhoeken weer omhoog te trekken; niets aan de hand.

Lin staat op, knikt naar haar en belooft: 'We komen nog bij u terug.'

Als ze de trap weer zijn afgedaald grinnikt Tom: 'Je klonk als Arnold Schwarzenegger.'

Lin kijkt hem vragend aan.

Met een Duits accent vervolgt hij: 'I'll be back?'

Lin moet lachen. 'Ben jij niet een beetje jong voor die films?'

Tom haalt zijn schouders op. 'Mijn vader?'

Lin beseft dat zij oud genoeg is om zijn moeder te kunnen zijn. En George zijn vader.

Ze opent het portier van de auto, pakt haar telefoon en toetst. Op het beeldscherm verschijnt het portret van Yvonne, een mooi portret, minder streng dan ze gewoonlijk klinkt.

'We zijn bij dat transportbedrijf geweest.'

'Ja?'

'Kun je Sacha en Karel zeggen dat ze even moeten wachten met dat jongetje?'

'Hoezo?'

'Ik denk niet dat het nodig is hem te onderwerpen aan een verhoor.' Ze formuleert het expres zo en niet als: het is niet nodig dat ze met hem gaan praten.

Ze hoort Yvonne even nadenken. 'Goed.'

Lin wil al ophangen.

'Nu ik je toch aan de telefoon heb…' Lin hoort al dat het niet gaat over hardhouten stoelen.

'De resultaten van het lab zijn er.'

Het gaat over de uitslag van DNA-sporen of vingerafdrukken op het badpak. Sabines badpak.

Lin leunt op het portier, al ziet ze dat Tom wil dat ze instapt.

'DNA van Sabine. Van een verwant in de eerste lijn. En vingerafdrukken.'

De verwant in de eerste lijn is Karen. Voordat Lin de volgende vraag stelt, weet ze het antwoord al. 'Vingerafdrukken van een onbekende,' vult ze voor Yvonne in.

'Op de bandjes. Aan de binnenkant.' Yvonnes stem klinkt zachter nu, vol mededogen.

Lin weet waarom. Iemand heeft Sabine het badpak uitgetrokken. Of haar ten minste geholpen.

Lin houdt zich nog even staande aan het portier, laat zich dan in de bijrijdersstoel zakken en trekt het portier dicht. Met een klap. Fems badpak is destijds niet onderzocht op vingerafdrukken. Het was immers wel duidelijk wie schuldig was aan haar dood.

Die middag hadden twee dienstdoende politiemensen Lin bij Fem vandaan moeten trekken, terwijl ze klauwde en vocht om bij haar te blijven. Ze was van het water gekomen, niet over land, daar hadden ze niet op gerekend. De rood-witte afzetlinten waren op het strandje uitgezet, men hield hardlopers in de gaten, en spelende kinderen. Lin had de gefluisterde geruchten opgevangen dat er een lichaam was gevonden, aan de overkant van de plas, bij de kreek naast de molen. De molenaarszoon had het aangetroffen, zijn vader had de politie gebeld.

Lin had zich afgevraagd of ze met het speedbootje zou gaan, het Baylinertje dat afgemeerd lag naast de ark, maar koos voor de surfplank. Die maakte geen lawaai en viel niet zo op. Ze was er liggend op haar buik naartoe gepeddeld, door het inmiddels te koude water. Haar vingers waren gevoelloos toen ze de politielinten zag en de fietsen op het strandje, die daar wel konden komen. Ze richtte haar bovenlichaam iets op, peddelde toen verder, snel, met grote slagen. Toen ze vlakbij was, vlak bij het hoopje, dat daar nat lag aan de waterlijn, onder overhangend struikgewas, liet ze zich van de plank afrollen. Ze zwom onder water verder. Niemand had haar opgemerkt. Niemand wist dat ze kwam. Ook Fem niet. Zij lag daar niet en keek niet op, vanonder haar witblonde haar, haar ogen sprankelden niet toen ze de naderende zwemmer herkende, ze riep niet en zwom al helemaal niet naar haar toe. Er lag wel een meisje, haar haar in slierten, haar gezicht in het zand.

Lin kwam overeind, druipend, waadde naar dat lichaam toe, dat lichaam dat nog niet van Fem was, waar ze nog vandaan kon zwemmen zodat het dat ook niet zou worden. Het lichaam van haar zusje. Ze zwom niet weg, maar hurkte bij haar neer. Ze herkende het badpak. Ze herkende het armbandje met de vlinders. Ze zag de smalle nek met de donshaartjes. Toch draaide ze het lijf, het zware lijf, om. De buik was opgezwollen als een ballon, de huid van de armen wit en geribbeld. De lippen in het gezicht waren blauw, stonden strak alsof ze ieder moment konden barsten. Geen kuiltjes in de wangen. Haar ogen lagen diep verzonken onder dikke oogleden, de wimpers niet meer zichtbaar in dat witte vlees. Niets herinnerde aan de oogopslag van Fem.

Ze was boven op haar gaan liggen. Ze voelde koud en dood.

Pas toen handen haar eraf wilden trekken hoorde ze het gekrijs. Niet dat van Fem, maar dat van haar.

Tom kijkt recht voor zich uit de weg op. Hij heeft de muziek hard gezet, alsof hij haar gedachten kon horen en ze buiten wil sluiten. Lin ademt in door haar neus, houdt de adem vast in haar buik, ademt uit door haar mond.

Tom ziet dat ze er weer is, hier, in de auto op weg naar een chauffeur die mogelijk een stoel met een pakket coke heeft gedumpt in een weiland, en zich daarna ziek heeft gemeld.

'Mag ik je iets vragen?' vraagt hij.

Lin waardeert zijn voorzichtigheid. Of is het angst, omdat hij niet weet wat er in haar omgaat?

Ze glimlacht haar toestemming naar hem, gaat rechtop zitten, herpakt zich.

'Waarom heeft hij die stoel vlak bij zijn huis gedumpt? Als hij weet dat het foute boel is, dan rij je toch ergens anders heen? Naar een vuilstort of zo?'

'Paniek,' antwoordt Lin, zonder erover na te hoeven denken. 'Hij heeft die stoel, waarom weet ik niet, het is niet zijn eigendom. Dan gaat die zitting stuk, en wat zit daar nou in! Weg ermee, snel, hij heeft er niks mee te maken.'

'Dus jij denkt dat hij er niks van wist?'

'Zullen we daar eerst maar van uitgaan?'

Tom kijkt haar aan.

'Ik blijf graag geloven in de goedheid van de mens,' laat Lin zich ontvallen. Ze wil graag blijven geloven in die goedheid, omdat er dan nog hoop is. Omdat zij er dan nog een beroep op kan doen. Zodat ze de illusie heeft dat ze mensen kan behoeden voor fouten. En hen kan wijzen op hun verantwoordelijkheid. Om alles goed te maken. Maar daar heeft Tom niets mee te maken. De auto rijdt nu stapvoets door een Vinexwijk met verkeersdrempels. De Basilicumdreef, Korianderdreef, Patchoelidreef. 'Is patchoeli een kruid?' vraagt ze zich af. Of dacht de stedenbouwkundige dat hij zich een grapje kon veroorloven?

Tom parkeert in een vrije parkeerhaven, met slechts één hand draaiend aan het stuur, zoals bekwame rechercheurs dat doen in politieseries. Omdat hij er bloedserieus bij kijkt onderdrukt ze de neiging om te applaudisseren.

Voor het raam in de vensterbank van de familie De Lange staan houten ganzen, hun kwakende snavels naar elkaar toe gekeerd. Lin verwacht binnen spreuken aan de muur als 'Home is where the heart is', een IKEA-wandmeubel met zogenaamde kunst erboven en dat tapijt met wild gedurfd motief. Een man in een witte badjas doet open. Hij trekt snel de ceintuur wat strakker als hij vermoedt wie ze zijn. De badstoffen manchetten zijn vuil en vettig, ziet Lin.

'Wij hadden morgen toch een afspraak?' zegt de man.

Lin laat zwijgend haar badge zien.

De ceintuur gaat nog strakker. 'O. Ik dacht dat u de bedrijfsarts was.'

Lin glimlacht vriendelijk. 'Mogen we even binnenkomen?'

'Ja, ja, natuurlijk,' zegt De Lange snel, te snel, concludeert Lin. Zijn ogen schieten alle kanten op.

'U had geen politie verwacht?' gaat ze daarom door.

'Nee, waarom zou ik politie verwachten?'

De Lange probeert het rustig te zeggen, luchtig, maar hij liegt, want hij kijkt weg, is druk met het openen van de deur. Hij verwachtte wel degelijk politie.

Het is stil in huis. Er ligt stof op de ganzen, een dot haar zweeft over de lichte houten vloer. Ook de tafel is van hout, mooi hout, en de bank is bijpassend gebroken wit. Met een wijnvlek op een van de leuningen.

De spreuk aan de muur refereert niet aan thuis en je hart, maar citeert Toon Hermans: 'Pas als je iemand hebt die met je lacht en met je grient, dan kun je zeggen, ik heb een vriend.'

In de open keuken zet De Lange Senseo-koffie. Hij vraagt niet waarom ze er zijn, alsof hij weet dat alles wat hij zegt de val eerder kan doen dichtklappen.

'U bent alleen thuis?' vraagt Lin.

Hij kijkt haar kort aan, dan zwerft zijn blik naar een foto aan de muur, een portret van een vrouw aan het strand, stralend, met wapperend blond haar. 'Mijn vrouw is al een tijdje ziek. Ze ligt in het ziekenhuis.'

Lin knikt, zo respectvol mogelijk.

Als de koffie voor haar en Tom staat en De Lange is gaan zitten, zegt ze: 'U heeft twee maanden geleden een rit overgenomen van Hans Hooghoudt.'

Lin ziet hem nadenken: ze weten dus al wat voor werk hij doet, weten van de rit. Maar hij houdt zich nog op de vlakte.

'Dat zou goed kunnen. Waar gaat het precies over?'

Ze wisselt even een blik met Tom. Die snapt de hint en neemt het over: 'U reed met een vracht meubels van de Rotterdamse haven naar woonwinkel Terra Incognita, op de Witte de Withstraat.'

De Lange zwijgt. Zijn linkerhand balt hij tot een vuist, opent hem weer als hij ziet dat Lin kijkt.

'Ik heb een burn-out,' leidt hij af. 'Ik rij al jaren op de wagen, vaak onregelmatig, ik heb de neiging om te lang door te rijden. Omdat ik niemand teleur wil stellen.' Hiermee zegt hij dat hij hart heeft voor de zaak en betrouwbaar is, weet Lin.

'Waar is die overslagplaats precies, waar u met de kratten heen reed?' vraagt ze.

De Lange haalt zijn hand door zijn uitdunnende haar. 'Op de Dantzigerkade in Rhoon.' Zijn armen steunen op zijn knieën.

'En wie waren daar om de boel over te laden?'

'Ik weet het niet. Ik stond buiten een sigaretje te roken.'

Lin neemt een slok koffie. Ze haat Senseo-apparaten en de koffie die ze produceren. 'Wist u wat u vervoerde?'

De Langes adem stokt, maar hij zet door. 'Spullen voor die winkel.'

'Heeft u de spullen gezien?'

'Nee.'

'Die meubels, die ze daar verkopen, die zouden hier mooi staan,' zegt Lin, terwijl ze quasi-peinzend rondkijkt.

De Lange schraapt zijn keel. 'Waar wilt u nou eigenlijk heen?'

'Hier verderop, in het braakliggende veld, is een hardhouten stoel aangetroffen met een lading cocaïne erin verstopt.'

'Ik hoorde zoiets, ja,' zegt hij.

'Dan hoorde u ook dat hij is gevonden door een buurjongetje van u.'

De Lange staat nu op. Hij pakt zijn koffiemok en loopt naar de keuken. Daar zet hij de mok neer en steunt op het aanrecht.

'We kunnen u vragen om DNA. Er staan vingerafdrukken op die stoel.'

De Lange blaast uit. 'Luister. Mijn vrouw is ziek. Ik wou haar verrassen. Maar die prijzen in zo'n winkel, die kan ik niet betalen. Ik wist dat zij hem mooi zou vinden. Eén zo'n stoel? Wat maakt dat nou uit?'

Lin kijkt hem zwijgend aan.

'Heeft u nooit een pennetje gepikt? Een notitieblok?'

Lin negeert het. 'U gaf de stoel aan uw vrouw. Ze was er blij mee. Maar toen ging hij kapot. Hij scheurde bij de zitting. U zag dat er iets in zat.'

De Lange draait zich naar haar toe, leunt met zijn kont tegen het aanrecht, vermoeid. 'Als ik de politie had gebeld was ik op staande voet ontslagen. Vanwege diefstal. Dat kan ik me niet permitteren.'

'Dus dumpte u de stoel hierachter.'

'Ik had er niet aan gedacht...'

'Er spelen daar kinderen, meneer De Lange. Dat moet u geweten hebben.'

'Ik was in paniek!' Zijn stem slaat over. Hij trekt de ceintuur van de badjas weer aan, alsof die hem kan beschermen.

'Draaisma rijdt dus met drugstransporten,' concludeert Lin.

'Dat kan niet. Ik bedoel, ze kunnen daar niks van afweten. Het zijn die Chinezen, die regelen dat, maar wij?'

'Die Chinezen?'

De Lange zucht. 'Twee spleetogen, in die loods, die haalden die container leeg.'

Lin knikt en staat op. 'Als u morgen even op het bureau komt voor een compositietekening, heel graag.'

'Maar... ik heb ze maar heel even gezien. En die gasten lijken toch allemaal op elkaar?' Maar de frons in zijn voorhoofd is verdwenen, ziet Lin.

Bij de deur zegt ze: 'Sterkte met uw vrouw.'

Heel even knijpt De Lange zijn ogen iets dicht, dan bedankt hij haar oprecht.

In de auto blijft Tom even zitten, zijn handen op het stuur en zijn blik op de ganzen gericht.

'Zijn we nu heel erg opgeschoten?' vraagt hij.

'Weet je hoeveel stoelen er ontbraken? Bij die zending?'

Tom knippert met zijn ogen.

'Bel maar even.'

Tom is overrompeld, pakt zijn telefoon. Hij wordt twee keer doorverbonden, heeft dan de juiste persoon met de juiste lijst aan de lijn. Hij luistert, kijkt met zijdelingse blik naar Lin. 'En dat weet u zeker?' Hij luistert, knikt weer en hangt op. Lin wacht.

'Drie,' zegt hij. Lin opent het portier al als hij eraan toevoegt: 'Dat wist ze zeker omdat het een bestelling was en die klant was nogal pissig.'

Lin loopt door de voortuin terug naar de ganzen.

Tom komt achter haar aan, opgewonden. 'Wat ga je doen? Je hebt geen doorzoekingsbevel.'

'Dat is niet in alle gevallen nodig,' zegt Lin op luchtige toon, terwijl ze haar vinger op de deurbel laat liggen.

De Langes haar is nat, hij heeft een T-shirt en een onderbroek aangeschoten. 'Bent u iets vergeten?' zegt hij met overslaande stem. Hij is dus bang, weet Lin.

In de kamer blijft ze staan. 'Waar wilde u het geld voor gebruiken?'

De Lange slikt. Ze ziet hem kijken, naar de foto van zijn vrouw, en nog een keer slikken.

Lin gokt: 'Het was voor uw vrouw, hè? Een behandeling in het buitenland? Een second opinion?'

De Langes gezicht valt in elkaar. Tom kijkt overrompeld toe als Lin hem troost, geruststelt, als hij meewerkt zal het meevallen. Lin wilde dreigen met honden die onderweg waren, maar dat blijkt niet nodig. Hij gaat haar met gebogen schouders voor naar het schuurtje in de achtertuin. Hij haalt de deur van het slot, pakt een kunststof koffer vanachter een grasmaaimachine vandaan en opent hem. Twee pakken cocaïne schuiven naar de bodem.

'De stoelen heb ik verbrand.'

'Waarom heeft u die eerste gedumpt?'

'Dat was de enige met een kapotte zitting. Ik schrok me een ongeluk, dacht niet na. Toen ik weer thuiskwam, realiseerde ik me pas dat de andere stoelen waarschijnlijk ook vol zaten. Maar toen durfde ik niet meer dat terrein op om die kapotte op te halen.'

'En bedacht u wat u allemaal met het geld kon doen.'

De Lange slaat zijn blik neer. Hij schaamt zich. Lin schaamt zich ook een beetje, zoals altijd als ze mensen met open ogen in de val heeft laten lopen. Aan Toms blik ziet ze dat ze daar als rechercheur best ook trots op mag zijn.

Als Lin met Tom de kantoortuin op het bureau binnenkomt, zingt Barry White in haar hoofd. Ze merkt dat ze zacht meezingt: *My first, my last, my everything*, als Karel haar met de armen over elkaar de weg verspert.

'Wat dacht je, toen je er bij M op aandrong dat een gesprek met een moeder en een kind nergens voor nodig was?'

Ze kijkt Karel aan, haar blik zakt onwillekeurig even naar zijn adamsappel, dan richt ze zich snel weer op zijn ogen. Boze hardblauwe ogen. Boze lichaamstaal. Hij praat nu zachtjes, beheerst. Over zijn schouder ziet Lin Sacha kijken en verontschuldigend haar schouders ophalen.

'Dacht je, ik ben degene die hier gaat scoren? Over de rug van mijn collega's?'

'Ik dacht: Erik is al genoeg geschrokken van een moeder in paniek. Hij hoeft niet ook nog moeilijke vragen te beantwoorden van een grote boze politieman, als dat niet nodig is.'

Karel duwt zijn vuisten steviger onder zijn biceps, zodat ze opbollen. Lin komt tot aan zijn schouders en moet naar hem opkijken.

'En waarom zou dat niet nodig zijn?' vraagt hij cynisch.

'Omdat degene die de stoel heeft gedumpt is geïdentificeerd, omdat hij bekend heeft dat hij ze uit een transport achterover heeft gedrukt, en omdat er in zijn bezit nog twee pakketten cocaïne gevonden zijn waar Erik niks meer mee te maken hoeft te hebben.'

Karels mond vertrekt in frustratie. Hij laat zijn armen zakken, maar begint dan te applaudisseren. 'Wie had dat verwacht van onze wijkagent?'

De rest van de kamer kijkt toe, er wordt gesmoesd en gelachen.

'Nu je het zegt. Ik heb belangrijker dingen te doen,' geeft Lin terug.

Ze doet een stap naar voren en Karel wijkt opzij. Gewonnen. Lin loopt met zo recht mogelijke rug door naar de veiligheid van Yvonnes kamer.

Yvonne heeft een eigen espressomachine die andere koffie levert dan het slootwater van het koffiezetapparaat in de kantoortuin. Ze belt met officier Beukering. 'Omdat Sabine slachtoffer kan zijn geworden van een misdrijf en haar telefoongegevens ons verder kunnen helpen.' Yvonne luistert. 'Ik weet wat prioriteit heeft. Maar het gaat om een meisje dat ofwel verdronken is, ofwel ontvoerd. En in het laatste geval hebben we haast.' Ze trekt een gezicht naar Lin, die een boos gezicht terug trekt, het gezicht van officier van justitie Beukering zoals ze dat kennen.

'Ja, ik ben misschien iets te stellig. Maar dat is bij jou nu eenmaal nodig, Willem. We weten allebei dat je van vrouwen houdt die weten wat ze willen. Toch?'

Lin verdenkt Yvonne wel vaker van een affaire met Beukering, maar heeft dat nooit bevestigd gezien. Nu lacht Yvonne, een geamuseerde lach, die hem moet vleien en overtuigen.

'Prima. En die afspraak voor een borrel staat nog steeds.' Yvonne hangt op en knipoogt naar Lin. 'Telefoongegevens van Sabine mogen gecheckt. En haar bankrekening, als ze die heeft.'

Die heeft ze, weet Lin. Karen schept er eer in dat ze haar puberdochter met besef van geld opvoedt.

'En ga nu maar naar huis.'

Lin kijkt verbaasd op. Yvonne kijkt naar de klok. Het is halfzeven.

'Je hebt vannacht niet geslapen. En Nina is er.'

Soms verdenkt Lin Yvonne van telepathische gaven.

Als ze de deur opendoet voelt ze al dat Nina er niet is. Haar bed is opgemaakt, haar rugzak staat er nog. Lin pakt haar telefoon, maar belt niet. Even tijd voor zichzelf is ook niet verkeerd. Ze pakt de rubberen mand die naast de kachel staat en gaat de loopplank weer over, naar de houtstapel onder het afdak dat haar vader nog getimmerd heeft. Het hout heeft geademd, is een zomer lang gedroogd, en ze stapelt de mand vol met blokken. Bij Thijs klinkt muziek, hij houdt van dansen, in zichzelf gekeerd in dat tengere lichaam dat dierlijk wordt en zijn onhandigheid verliest. Ze mag van Thijs weleens meedansen en aarzelt, maar pakt de mand op en gaat terug naar binnen.

De aanmaakhoutjes vatten vlam en al snel raast het vuur achter de ruit.

Ze gaat aan tafel zitten. Het licht boven de plas trekt zich al terug, de laaghangende wolken beloven regen. Regen die meer water zal brengen, water dat zwaarder op Sabine zal drukken, dat haar belet naar boven te zwemmen, terug naar de wereld, terug naar haar. Lin sluit haar ogen, schudt haar hoofd, ze ademt te snel, te licht.

Morgen weet ze waar Sabines telefoon zich bevindt, wie ze de uren voor haar vermissing gebeld heeft, wie haar geappt heeft, welke sites ze bezocht heeft via haar telefoon. Morgen weet ze of Sabine geld gepind heeft, of ze iets heeft aangeschaft de laatste dagen, iets wat misschien meer kan vertellen over waar ze nu is. Wat meer kan vertellen over of ze nog ademt, wat kan voorkomen dat ze opzwelt, dat haar huid wit ribbelt, dat haar dikke oogleden haar ogen de schedel in drukken – STOP!

Haar adem versnelt nog verder, is al oppervlakkig, te oppervlakkig, ze wordt duizelig. Snel staat ze op, trekt met een ruk de onderste keukenla open en pakt een plastic zak. Hij bolt op, zuigt zich vacuüm, bolt weer op. Als haar adem weer rustig is en haar hartslag gedaald, opent ze de koelkast. Ze eet de overgebleven lasagne recht uit de ovenschaal, koud, met grote happen.

Lin opent de schuifpui naar het platje, stapt in het bootje dat nog steeds langszij ligt, het Baylinertje waar ze vroeger al mee over de plas voer, waar ze boodschappen mee deed bij Jorkos. Haar vader had het geld ervoor overgehad, het speedbootje was snel en makkelijk te besturen voor zijn dochters. Het schommelt onder haar gewicht, meer dan vroeger. Ze steekt de sleutel in het contact, draait. De motor hoest, slaat aan. Ze gebruikt het bootje zelden meer. Maar met de boot is ze het snelst bij George.

De ramen van zijn arkje zijn verlicht, er hangen geen gordijnen voor. Ze heeft zicht op een ronde tafel met vier witte stoelen eromheen, het licht van een tv flikkert. Hij kan haar niet zien, zowel het toplicht als het heklicht van de boot weigeren. Er zal wel een zekering doorgebrand zijn. George zou haar kunnen horen, maar hij houdt ervan het geluid van de televisie hard te zetten. Doet hij dat om iets te overstemmen?

Omdat hij haar niet hoort of ziet werpt ze een lijn over de bolder op de steiger, in één keer raak, ze trekt aan en meert af. Ze blijft even zitten in de boot, in de oktoberkilte. Het is nu helemaal donker. Een reiger krijst en vliegt op van het dak, met ruisende vleugelslag. De lachband op de tv lacht. Ze klopt met haar knokkels op het raam, dat koud is en weinig uitnodigend. Zal ze weer wegvaren? Maar dan schuift het raam open, Georges hoofd komt tevoorschijn. Ze staat op, wankelt.

'Jezus, Lin!'

Het hoofd verdwijnt, zijn gestalte opent de schuifdeur voor haar, hij steekt zijn hand uit en helpt haar in de ark. Daar is het warm en licht. Jozef mauwt, geeft haar enkels kopjes. Ze bukt en aait hem over het lange haar. Hij begint onmiddellijk luid te spinnen. George zegt iets, maar dat wordt overstemd door het geluid van de tv. Hij zoekt en vindt de afstandsbediening, zet het geluid eerst harder, dan uit.

'Ik schrik me een ongeluk.'

'Sorry.' Misschien was het geen goed idee, denkt ze, misschien had ze thuis haar eigen tv aan moeten zetten en op afstand moeten meegenieten van het programma waar George ook naar kijkt. Maar ze ziet zijn ogen, die haar opnemen, ongerust, vragend, de ogen die er altijd voor haar waren. 'Gaat het?' vraagt hij. Dat betekende altijd: ik ben er, het komt goed. Of het dat nu ook betekent weet Lin niet, maar als hij zijn armen spreidt kruipt zij erin.

'Shhhh,' zegt hij in haar haar. Is het zo duidelijk dat ze in de war is, vraagt ze zich af. Maar ze herinnert zich dat ze voor George nooit iets kon verbergen, hij doorzag haar altijd. Zijn lijf voelt nog hetzelfde, warm, met sterke armen en schouders van het vioolspelen.

Abrupt laat hij haar los. 'Sorry.'

Het ongemak nestelt zich tussen hen.

'Wat kom je doen?'

Lin zoekt George nooit op, niet zomaar, om het niet moeilijker te maken dan het is.

'Ik weet het niet,' antwoordt ze naar waarheid. 'Maar Sabine is vermist.'

George knikt, dat weet hij natuurlijk al.

'Wat was het, een zwaan?' vraagt hij. Dus hij heeft het wel gezien. Hij leidt haar naar de bank, knikt dat ze kan gaan zitten. Zonder verder iets te vragen pakt hij een glas en vult dat met rode wijn. Hij kijkt zoekend rond, vindt zijn eigen glas en vult bij. Hij kijkt en wacht.

Na een kwartier, waarin ze alles verteld heeft wat ze weet over Sabine, omhelst hij haar weer. En troost. En tilt haar op, waartegen zij lachend protesteert: 'Dat is slecht voor je rug, ik weeg een ton tegenwoordig.' Hij negeert haar protest, draagt haar de slaapkamer in en kust haar, trekt haar kleren uit, snel, hongerig. Ook zij kan niet wachten huid op huid te voelen, zijn streling, haar vingertoppen op zijn rug. Het lijkt korter geleden, geen jaar, het lijkt alsof ze hem weer terugvindt, hij haar weer terugvindt. Als ze later naast elkaar liggen, hun hoofden op twee kussens, weet ze dat dat niet zo is.

Zij wilde het kind niet waar hij op wachtte. Of liever gezegd, ze durfde niet. Een verantwoordelijkheid voor een wezen dat afhankelijk van je is, dat niets zelf kan, dat geheel op jou vertrouwt. Ze durfde niet. Niet na Fem.

George vond dat ze zichzelf – en hem, en het te verwachten kind – daarmee tekortdeed. Dat ze juist zou groeien als ze zich over haar angst heen zou zetten, zoals ze zich over haar duikangst heen had gezet. Dat ze zou merken dat ze wél een hele goede moeder was, dat het moederschap ook zou troosten en helen. Lin wist dat hij gelijk had, maar kon het niet.

Ze hoort Georges licht raspende adem, zijn mond staat een beetje open. Een paar amberkleurige ogen kijkt haar aan. Jozef slaapt dus bij George in bed, glimlacht ze. Hij stapt op Georges lichaam dat blijft slapen. Ze schat dat Jozef acht kilo weegt. Ondanks alles schiet Lin in de lach. Zo was het, zo viel hij altijd meteen in slaap. Omdát hij slaapt, en ze zijn diepe slaap kent, rolt ze naar hem toe, erop lettend Jozef niet weg te jagen, en kruipt tegen hem aan, om te verlengen. Voor even.

Ze wordt wakker van een grommend geluid, het is niet George, het nadert van buiten, over het water. Fel licht schijnt de kamer in. Het is een boot, die op hoge snelheid nadert. Veel te hoge snelheid. George hoest, gaat rechtop zitten en kijkt gedesoriënteerd rond. Lin heeft haar bh al aan, trekt haar bloesje over haar hoofd.

'Wat...' zegt George.

'Een zaklamp?'

Hij kijkt naar haar, zijn ex-vrouw, die altijd politieagent blijft, ook midden in de nacht.

Hij valt terug in het kussen. 'Eerste keukenkastje rechts.'

Lin is de deur al uit als ze zijn stem nog hoort: 'Lin?'

Maar ze pakt de zaklamp, rukt de schuifpui open en start de boot.

De golfslag klotst nog na tegen de arken. Het geluid van een motor draagt ver over het water.

Lin duwt de gashendel helemaal naar voren, het bootje richt zich iets op en gaat in plané, iets wat ze vroeger nooit mocht doen. Ze had haar jas aan moeten trekken, haar haar wappert om haar hoofd. Even is ze vrij, vrij als toen, die keer op het wilde Turkse water, met George.

Ze vaart achter het groene en rode licht aan bakboord- en stuurboordzijde van de boot aan. De wind staat goed, ze horen haar pas laat, maar de bestuurder geeft gas. Aan het geronk meent ze te horen dat het de boot van Sams vader is, de imker. Ze ziet de lichtjes kleiner worden, gooit dan het stuur naar links en vaart tussen de steigers door. Via deze route kan ze ze waarschijnlijk afsnijden. Ze hoort nu haar eigen golfslag, kijkt om en zegt zachtjes tegen de arken die ze passeert: 'Sorry. Sorry.'

Als ze door de smalle doorvaart weer de plas op vaart, heeft ze beet.

Ze pakt de zaklamp, laat de lichtbundel op de boot vallen, die maar drie meter van haar verwijderd is.

'Politie,' roept ze.

'Shit,' klinkt een stem. Een andere roept: 'Gaan!'

Ze richt de bundel op zichzelf. De boot mindert vaart, ligt stil. Alleen het geluid van haar motor klinkt nog. Ergens achter hen wordt geroepen: 'Zijn jullie helemaal van God los?'

Ze vaart langszij. In het licht van haar lamp staat Sam aan het roer en kijkt haar niet aan. De twee andere opgeschoten jongens wel.

'Gaan we interessant doen?' zegt de grote blonde, met zijn vingers achter zijn riem.

'Ik zie geen blauw,' doet de andere stoer mee.

Ze kan de drank van een afstand ruiken.

Ze zou kunnen zeggen dat de boot harder dan 60 kilometer per uur voer en dat Sam dus een vaarbewijs nodig heeft. En dat hij nog geen achttien is, dus dubbel strafbaar. Omdat ze zelf ook geen vaarbewijs heeft, nooit gehaald, vraagt ze Sam: 'Heb je ook gedronken?'

Sam kijkt nu op, met smekende blik. Bij Sam thuis is alcohol uit den boze. En ze denkt ook dat Sam Peter niet om toestemming heeft gevraagd om midden in de nacht een stukje te gaan varen.

'Je vaart naar huis. Rustig. Ik kom morgenochtend vroeg langs.'

De andere jongens zien aan Sams reactie dat het menens is, dat dat vrouwtje waarschijnlijk echt bij de politie is en dat ze maar beter kunnen opzouten. De boot keert, vaart rustig weg. Ze vaart erachteraan, totdat de jongens zo stil mogelijk de boot aan de ark vastgelegd hebben en vaart door. Zal ze teruggaan naar dat warme lichaam dat zich om het hare zal vouwen?

Beter van niet.

Achter haar ramen schijnt geen licht. De kachel is uit en Nina ligt niet in haar bed. Ze verbiedt zichzelf zich zorgen te maken over haar zus: ze is een nachtbraker en het is pas halfdrie. Het lampje van het antwoordapparaat knippert. Ze zucht; ze is weer niet bij haar moeder langs geweest.

Ze drukt op het knopje. '*I know where you are. Call me back now.*' Het is een mannenstem met een Aziatisch accent. Ze spoelt nog een keer terug. Wat heeft dit te betekenen? Zijn dit de 'Chinezen'? Zo snel? Morgen neemt ze dit mee naar het bureau en laat ze het doorlichten, op achtergrondgeluid.

Als ze gaat liggen en haar ogen sluit ziet ze Sabine, die op vierjarige leeftijd met Sam trouwt.

De volgende ochtend is Sam nog bleker dan anders. Er staan donkere wallen onder zijn ogen en hij probeert het feit dat hij af en toe moet kokhalzen te verbergen. Peter en Mieke zitten aan weerszijden naast hem op de bank. Mieke heeft haar lange blonde haar los, het is nog nat van de douche. Peter is wel aangekleed, hij staat altijd vroeg op voor zijn bijen. Hij duwt zijn bril omhoog op zijn neus.

'Hoe haal je het in je hoofd,' zegt Peter.

Sam kijkt ook nu niemand aan.

Mieke wil zijn hand pakken, maar die trekt hij terug.

'Ik wil het graag laten bij een waarschuwing,' zegt Lin.

Peter snuift onderzoekend en kijkt naar Sam. 'Je gaat me toch niet ook nog vertellen dat er drank in het spel is, hè?'

Sam zwijgt.

'Kijk me aan als ik tegen je praat.'

Mieke legt nu een hand op Peters arm en bedoelt: er is iemand bij, je moet een beetje dimmen.

'Ik heb ze laten blazen,' zegt Lin. Sam kijkt verbaasd op. 'Zijn vrienden hadden gedronken, behoorlijk, maar hij niet.'

De dankbaarheid straalt haar tegemoet.

'Dan laten we het hierbij,' zegt Lin. Ze ziet dat Sam bijna niet kan geloven dat hij er zo makkelijk vanaf komt. 'Maar ik wil je wel iets anders vragen.'

Hij vergeet op zijn hoede te zijn, vertrouwt haar na haar reddingsactie en kijkt haar nietsvermoedend aan.

'Waar is Sabine?'

Er valt een stilte. Peter en Mieke fronsen.

'Hoe moet ik dat weten?' antwoordt hij snel, te snel. Hij neemt niet de tijd om verbaasd te reageren, zogenaamd in te laten dalen wat ze eigenlijk vraagt.

Lin neemt Sam op.

Mieke vraagt: ‘Kun je ons wat meer vertellen? Over Sabine? Wij… iedereen maakt zich nogal zorgen.’

‘Terecht,’ zegt Lin.

Sam vraagt: ‘Wat is er gebeurd?’

‘Dat weten we niet. Maar als jij ons ergens mee kan helpen…’

‘Hoe zou Sam kunnen helpen?’ vraagt Mieke. Ze slaat een arm om hem heen, die hij nu laat liggen.

‘Het was uit,’ zegt Sam zachtjes.

‘Was ze daar verdrietig over?’

Er staat paniek in zijn ogen. ‘Nee. Ja. Ik weet het niet.’

‘Had jij het uitgemaakt?’

‘Wat doet dat er nou toe?’ zegt Mieke. Moederleeuw steekt haar klauwen uit.

‘Sam? Geef Lin antwoord.’ Peter vertrouwt zijn zoon niet, dat heeft Lin vaker gemerkt.

‘Ik had het uitgemaakt. Vorige week.’

‘Waarom?’ vraagt Lin, met compassie in haar stem.

‘Gewoon.’

‘Ze hebben een knipperlichtrelatie. Dat weet jij toch ook,’ zegt Mieke op beschuldigende toon tegen Lin.

‘Is er iets wat je me wilt vertellen? Moet vertellen?’

Sam kijkt weg en schudt nee.

‘Mocht je toch iets bedenken, dan kun je altijd langskomen. Op het bureau of gewoon bij mij thuis.’

Hiermee geeft Lin hem de mogelijkheid haar alleen te spreken, zonder zijn ouders.

Als ze de steiger op loopt, waarvan de planken hier en daar doorzakken staat daar Tom. Ze kijkt op haar horloge. Ze had al op het bureau moeten zijn en ze heeft haar telefoon uit staan.

‘Hoe wist je dat ik hier was?’

'Ik heb wat rondgevraagd. Mensen zien hier veel.'

Lin knikt. 'Sam zegt niks.'

'George… de Vries misschien wel.' Tom kijkt op van zijn telefoon waarin hij die aantekening gemaakt heeft.

'George?'

'Jorkos Katsouranis heeft verklaard dat hij Sabine de middag voordat ze verdween nog met George heeft zien praten. In het winkeltje. George kwam een boodschap doen.'

Er spant zich iets boven Lins middenrif. Ze heeft George alles verteld. Hij heeft met geen woord over deze ontmoeting met Sabine gerept. George is jarenlang de man geweest van een rechercheur en hij kan inschatten welke informatie belangrijk is in een onderzoek en welke niet.

Over de wal duurt de rit langer en ze rijden langzaam omdat Tom de weg niet weet en zij gewend is aan het rijden op een motor. Door de spanning denkt ze er niet aan dat sommige paden niet begaanbaar zijn voor auto's.

Als Tom de auto parkeert en ze de steiger op lopen is Lin licht in het hoofd, maar ze heeft haar adem onder controle. Ze weet dat ze nu alert moet zijn, al haar zintuigen moet gebruiken om Georges antwoorden te interpreteren.

Ze klopt nu officieel aan met de koperen klopper, een berenkop.

Het duurt even. Dan doet George open.

Hij schrikt. Als ze de kamer binnenkomt ziet ze waarom. Er zit een vrouw aan tafel, met alleen een T-shirt aan. Haar rode krullen staan wijd om haar hoofd.

'Hai,' zegt Nina, haar zus, alsof er niets aan de hand is.

VIER

Lin draait zich om naar George. Die kijkt haar smekend, misschien schuldig aan. Beperkt die schuld zich tot nu en hier, of is er eerder iets voorgevallen tussen hem en Nina, vraagt Lin zich af. Nina is een flirt, en vaak niet meer dan dat. Toch heeft Lin tijdens de jaren met George vaker iets gevoeld, iets waar zij buiten stond als ze met zijn drieën waren. Dus zorgde Lin ervoor dat ze niet zo vaak meer met zijn drieën waren.

'Het is niet wat je denkt,' zegt George. Lin kijkt naar Nina. Die heeft al haar aandacht bij haar toast, die ze in een zachtgekookt eitje doopt. Boven tafel piept de kop van Jozef uit, die op haar schoot zit. Nina eet toast uit de broodrooster die Lin George had gegund, na de scheiding. De beelden komen ongevraagd bij Lin binnen, ze móét het zich voorstellen. George wordt wakker van de bel. Hij is even gedesoriënteerd, herinnert zich dan Lin, glimlacht en voelt naast zich. Maar daar ligt Lin niet. Hij fronst. De bel gaat nog een keer. Even is hij ongerust, schiet dan zijn badjas aan en haast zich naar de deur. Hij opent hem. Voor Nina. 'Ik kan nergens terecht,' zegt ze, vanonder haar rode krullen. George kijkt even rond, laat haar dan binnen. Binnen lacht ze naar hem. En drukt haar lijf tegen hem aan. Een lijf met andere, slankere vormen dan waar hij net nog naast lag. Maar zijn lichaam antwoordt.

Iemand schraapt zijn keel, ergens.

Lin ziet Tom naar haar kijken. En Nina en George. Dus zegt ze: 'George, mogen mijn collega en ik je een paar vragen stellen? Onder vier ogen?' Lin laat haar stem zo professioneel en afstandelijk mogelijk klinken.

Nu krijgt ze wel een reactie van Nina. Die gooit haar toast neer, schuift met kabaal haar stoel naar achteren en staat op. De kat spurt naar de deur. 'Jezus Lin. Stel je niet zo aan.'

Als Nina de kamer verlaat, de onderkant van haar billen nog net zichtbaar onder het T-shirt, ziet ze Tom ernaar kijken. Dan zoekt hij Lins blik, in verwarring.

Lin gaat aan de tafel zitten, duwt het bord van Nina weg. Het liefst zou ze alle toast die nog in het mandje ligt dik besmeren met de aardbeienmarmelade en die in haar mond proppen. Ze kan George ook voorstellen om armpje te drukken, zoals ze altijd deden als ze ruzie hadden. Degene die verloor moest sorry zeggen. Met de jaren won zij steeds vaker. Maar die tijd is voorbij.

'Je bent gezien met Sabine op de middag voordat ze verdween.'

George kijkt naar Tom en weet niet of hij dit toneelstukje mee moet spelen of niet. Lin hoopt van harte dat hij begrijpt dat het voor haar op zijn zachtst gezegd ongunstig is als duidelijk wordt dat zij als rechercheur heeft geslapen met een mogelijke getuige. Maar dat kan haar eigenlijk niets schelen. Wat haar wel kan schelen is wat hier aan de hand is en daarom wil ze George het bloed onder de nagels vandaan trekken.

'Hoe bedoel je?' George kiest eieren voor zijn geld.

'Je hebt met haar gepraat in het winkeltje van Jorkos, om...'

Tom kijkt al op zijn telefoon. 'Om tien voor halfvijf. Meneer Katsouranis wist dat nog precies omdat...'

'Waarom heb je dat niet verteld?' Lin kijkt George strijdlustig aan, ze mag niet gekwetst overkomen.

'Wanneer zou ik dat hebben moeten vertellen?'

Lin bijt op haar onderlip. Slimme George. Maar, houdt ze zich voor, ze moet weten waarom hij haar niets verteld heeft. Al was het maar om hem vrij te pleiten van iets dat niets met haar boosheid te maken heeft. Dus vraagt ze: 'Vannacht?'

Toms ogen schieten van Lin naar George.

In de stilte die volgt voegt ze toe: 'George is mijn ex-man.'

Een ballon van spanning loopt leeg.

George gaat tegenover haar zitten. 'Nina was gaan stappen. Ze was laat en luidruchtig, zoals ze dan is, dat weet je. Dus kwam ze hier, omdat ze jou niet wakker wilde maken.'

'Ik vróég waarom je mij niet verteld hebt dat je Sabine de middag voor haar verdwijning nog gesproken hebt.'

George kijkt naar Tom. 'Nina is Lins zus. Maar dat wist je misschien al.'

'Wil je antwoord geven op mijn vraag?'

George kijkt haar nu aan. 'Ik weet het niet,' zegt hij. Ze denkt naar waarheid, maar misschien heeft hij leren liegen, het afgelopen jaar. Al was de leugen over Nina bepaald níét geloofwaardig.

'Hoe kwam Sabine op je over?'

'Boos.'

Lin buigt zich naar hem toe. 'Boos?'

George knikt. 'Ik vroeg wat er was, maar ze wou niks zeggen.'

'Zei ze nog iets over dat ze 's avonds zou gaan zwemmen?'

George schudt een klein 'nee'. Aan de manier waarop hij zijn hoofd scheef houdt, ziet Lin dat hij nog iets wil zeggen, iets moeilijks.

'Ik zag haar langs zwemmen.'

Lin gaat rechtop zitten. Al haar spieren spannen zich in verdediging. In deze modus kan ze doorvragen, emotieloos, alsof ze George niet kent.

'Hoe laat?'

'Halfzeven? De spreeuwen zwermden.'

In het vroege najaar verzamelen alle spreeuwen zich boven de plas, ze strijken neer in een boom, vliegen dan weer op, in niet te volgen patronen, elkaar volgend en afzwaaiend. Ze bedekken de hemel in zwart, dat grillig stijgt en daalt, uitwijkt naar links, naar rechts, terwijl ze onheilspellend krijsen. Lin heeft het weleens gefilmd. Het is alsof ze voorspellen dat de aarde vergaat.

'Verder nog...' Lins stem slaat over.

Hadden de spreeuwen aangekondigd dat er iets met Sabine zou gaan gebeuren? Had zij de spreeuwen ook moeten horen, moeten zien, was ze simpelweg te laat thuis geweest? STOP!

George reikt haar een glas water aan. Ze heeft niet gemerkt dat ze bijna stikt in een hoestbui.

'Lin? Misschien komt dit allemaal iets te dichtbij,' zegt George.

'Dicht bij jou of bij mij?' vraagt Lin snel, scherp.

Aan Georges gezicht ziet ze dat ze iets geraakt heeft.

'Hou je je beschikbaar?' vraagt ze voor de vorm, terwijl ze opstaat.

George blijft zitten als ze Tom wenkt en de deur uit loopt. Hij zal zo zijn viool pakken en iets van zich af spelen, dat weet ze. Wist ze ook maar wát.

Als Tom en zij het bureau binnenkomen en langs de balie lopen, wordt Lin geroepen.

'Er is iemand voor je.' Tom en zij kijken om. Tom heeft niets gevraagd, tijdens de rit hiernaartoe, heeft ook niets gezegd, heeft de muziek laten spelen en reed.

Lena, de wachtcommandant van wie niemand zich nog kan herinneren dat ze níét in dienst was, steil zwartgeverfd haar dat ze volgens Lin strijkt, knikt naar een man die op een bankje zit te wachten.

Lin herkent hem aan de manier waarop hij met zijn ellebogen op zijn knieën geleund zit, zijn blik op de vloer gericht.

'Meneer De Lange,' zegt ze, terwijl ze quasi-monter haar hand uitsteekt. 'U bent hier voor de compositietekening?'

De Lange staat op. 'Ik heb mijn vrouw alles verteld.'

Lin knikt. 'De rechter zal ook laten meewegen dat u spijt heeft.' Dit vult ze voor hem in. 'We kunnen u helpen aan een advocaat.'

'Ik dacht, misschien kunnen we nog iets...'

'Regelen?' vraagt Lin. Ze is hard, weet ze, door het gebeuren met George, ze moet zich afschermen van haar emoties, anders functioneert ze niet.

De Lange opent zijn handpalmen, kijkt hulpzoekend naar Tom.

'Bel jij de tekenaar even?' vraagt ze hem. En ze vervolgt tegen De Lange: 'Hij brengt u even naar een andere ruimte waar u kunt wachten.'

'Maar ik zit hier al een uur.'

'Het spijt me,' weet Lin nog uit te brengen voordat ze doorloopt, de gang in.

Als ze alleen is leunt ze even tegen de muur en stelt zich Sabine voor in het water bij de ark van George. Ze zwaait, al zwemmend, lacht naar hem en maakt vaart, laat zien hoe hard ze kan. Na tien meter kijkt ze om, een grote glimlach op haar gezicht.

'Lin?'

Een hand rust zacht op haar schouder. Ze opent haar ogen. Yvonne neemt haar op. Zonder iets te zeggen leidt ze haar via het trappenhuis, niet via de kantoortuin, naar haar kamer.

'Misschien moet je ook iets eten,' zegt Yvonne, terwijl ze een kop koffie voor haar neerzet. Ja, denkt Lin, dat moet ze. Vanmorgen heeft ze het hele emmertje Griekse yoghurt opgegeten, ook al was het vroeg toen ze naar Sam vertrok, maar haar maag voelt leeg en hol. Ze denkt aan de toast op Georges tafel, ziet dan Nina die een stukje in haar ei doopt. Ze laat een zucht ontsnappen. Yvonne heeft ergens een gevulde koek vandaan gehaald en breekt die doormidden. Ze geeft Lin graag de illusie dat haar eetpatroon normaal is.

Dan gaat Yvonne achter haar tafel zitten en schuift een mapje naar Lin toe. 'Sabines telefoongegevens van de afgelopen maand.'

Lin kijkt verrast op.

'Ik heb er wat spoed achter gezet,' zegt Yvonne met een klein glimlachje.

Lin glimlacht zo dankbaar mogelijk terug, scant dan de lijst met uitgaande en inkomende gesprekken. Een vaak terugkerend nummer, vooral Whatsapp-verkeer. Sabine was ook veel op het internet met haar telefoon. Haar laatste inkomende telefoontje was op dinsdag om zeventien over vier. Vlak na het telefoontje kwam ze George tegen bij Jorkos. Vlak na het telefoontje was ze boos.

'De technicus heeft de telefoon nog uitgepeild. Hij is nu dood. Maar vannacht stond hij nog aan.'

Hoop fladdert in Lins borst.

'Het kán betekenen dat het toestel toch gewoon thuis ligt. En dat ze het geluid uit had gezet,' probeert Yvonne de hoop weer te temperen.

Maar het kan ook betekenen dat Sabine ergens aan de wal is en nog leeft, denkt Lin.

Ze grabbelt de papieren weer bij elkaar en staat op.

'Ik moet weer naar die school,' zegt ze. Yvonne begint niet over hardhouten stoelen, maar knikt. Lin is haar dankbaar, wil het nu ook niet over Thaise drugssmokkel hebben, maar zegt toch: 'Er stond een man met een Aziatisch accent op mijn antwoordapparaat.'

Yvonne kijkt haar peinzend aan. 'Wat zei hij?'

'I know where you are. Call me back now.'

'Ik neem aan dat je geen Aziatische lover voor me verborgen houdt?'

Lin glimlacht ondanks alles.

Maar Yvonne gaat door: 'Hoe kan je hem dan terugbellen?'

'Nummerherkenning?' zegt Lin.

Maar Yvonne heeft gelijk, daar had ze even bij stil moeten staan.

Ze komt tegelijk met Yvonne tot de conclusie: 'Misschien was het voor Nina.'

Lin weet niet of dat goed of slecht nieuws is. De man klonk nogal dreigend.

'Ik breng het naar het lab,' zegt ze. En ze voegt toe: 'Dank je.' Als ze Yvonne niet had.

'Ga nou maar. En neem die koek. Ik word er dik van.'

'Ik toch ook,' zegt Lin quasi-beledigd.

'Ja, maar jij kunt het hebben,' geeft Yvonne nog terug.

Even later steekt ze haar hoofd om de deur van de gesprekskamer waar Tom, De Lange en een tekenaar zich ophouden. Ze wenkt Tom.

'Hoe lang ben je hier nog bezig?'

Hij kijkt haar niet in de ogen, maar naar haar mond. Zijn hand gaat omhoog, maar hij laat hem weer zakken. Kruimels van de gevulde koek, begrijpt ze, en ze veegt haar mond af. Tom glimlacht naar haar. Het heeft bijna effect.

'Ik heb de telefoongegevens van Sabine,' zegt ze.

Tom kijkt om. Ze kijkt met hem mee en ziet een bijna voltooide tekening van twee Aziatische mannen. Of iemand ze daarvan zou herkennen betwijfelt ze ten zeerste.

'Ik kom er zo aan,' zegt Tom.

De rit in de auto wordt al bijna routine. Muziek, hoge snelheid, Tom die mompelend moppert op medeweggebruikers. Het wegdek glimt van de regen, het is schemerdonker. Donkergrijze wolken hangen laag boven de bebouwing. Het college waar Sabine op zit is nog een halfuur weg. Lin bestudeert nogmaals de lijst met Sabines telefoonverkeer.

'Luister,' zegt ze. 'Ik ga bluffen. Dus niet verbaasd reageren.'

'Ik denk dat ik daar niet meer verbaasd over ga zijn. Inmiddels.'

Lin glimlacht. Niet elke collega staat te springen bij haar onorthodoxe methodes.

'Maar is het verstandig?' vraagt Tom toch onverwacht. 'Sukkel!' roept hij erachteraan, niet tegen haar, maar tegen een slingerend fietsend meisje met een rugzak die haar topzwaar lijkt te maken. De ruitenwissers kunnen de regen niet bijhouden. 'Die kleine leek me nogal bijdehand,' vervolgt Tom.

'Die Jolien wel, ja. Dus praten we eerst met Maaike. Alleen.'

Tom draait, weer met één hand, de straat naar de school in. Hij rijdt het hek door en parkeert op het schoolplein. Op de stoeptegels staat een verkeersbord geschilderd met een streep door een geparkeerde auto. Tom knipoogt naar haar en schuift een envelop met het politielogo op het dashboard onder de voorruit. Hij leert snel.

Midden op het schoolplein blijft Lin even staan. Kramp. Haar darmen kunnen slecht tegen onregelmatige etenstijden. En tegen te veel voedsel, denkt ze erachteraan. Ze loopt met moeite door. De schuifdeuren openen vanzelf en de hal is leeg. Het is een school waar de detectiepoortjes nog niet zijn doorgedrongen. Op een 'niets aan de hand'-toon zegt ze tegen Tom: 'Ik ben zo terug. Wacht jij hier even?'

Ook de toiletruimte is gelukkig leeg. Ze opent een van de wc-deuren, draait hem op slot en gaat zitten. Van dit soort geluiden wil je niet dat iemand ze hoort, laat staan een collega of pubermeisjes met wapperende haren.

Alsof ze het met die gedachte over zich afroept hoort ze de deur opengaan.

'Laat zien dan,' zegt een meisjesstem die verontrustend veel op die van Jolien lijkt. Lin blijft zo stil mogelijk zitten. Dat zou wel heel toevallig zijn.

'Jezus,' zegt de stem weer. 'Dat is hartstikke gaan ontsteken.'

'Het doet onwijs pijn.' Dat is de slepende dictie van Maaike.

'Is het niet beter om brandwonden niet te verbinden? Dat las ik ergens,' zegt Jolien.

'Weet ik het. Doe dat verband nou maar gewoon terug.' Maaikes stem klinkt schril.

'Ik zeg net, het is beter om…'

'Dan ziet iedereen het toch?'

'Niet als je je mouw gewoon omlaag houdt.'

'Ja, dan gaat het helemaal ontsteken.'

Lin maakt zich zo geluidloos mogelijk schoon, staat op en maakt haar broek dicht. Pas dan trekt ze door en zwaait in één gebaar de deur van het toilet open.

Maaike en Jolien kijken om. En schrikken. Maaike verbergt onmiddellijk haar arm achter haar rug.

'Kunnen we jou zo even spreken?' vraagt ze aan Maaike, zonder Jolien aan te kijken.

'Mij?'

'Ja. We willen je nog wat vragen. En dan kunnen we meteen even een dokter laten komen.'

Maaike kijkt in paniek naar Jolien, maar ook die heeft even geen tekst.

Lin loopt door, stapt de ruimte uit. 'Ik wacht in de kamer waar we de vorige keer zaten.'

'U kunt haar niet zomaar ondervragen. Ze is minderjarig.' Bijdehante Jolien.

'We kunnen het nu hier doen of op het bureau met haar ouders erbij.'

Lin kan het gezicht van Maaike door de halfopen deur nog net nee zien schudden.

'Tot zo.' Ze laat de deur terugzwaaien en loopt de gang in.

In het kamertje is het koud en kaal. Aan de muur hangt alleen een poster van een jongen, die met zijn benen opgetrokken tegen een muurtje zit. Het is een poster voor een antipestcampagne. Tom en zij wachten zwijgend. De rector deed niet moeilijk en liet een thermoskan koffie brengen. De ontsnappende lucht piept, verder is het stil. Lin schrikt als een doordringende bel klinkt, die ze bijna voelt in haar lichaam. Meteen vult de gang zich met het geluid van stemmen, hollende voetstappen, gelach. Dan wordt er geklopt.

'Binnen,' roept Lin.

Maaikes haar valt recht en glamourloos op haar schouders, ze kijkt Tom niet aan. Lin en hij hebben afgesproken dat zij het woord voert.

'Ga zitten.'

'Ik heb zo een toets economie. Dus.'

'Ga zitten.'

Maaike gaat zitten. Ze legt de gewonde arm voorzichtig op het tafelblad.

'De vlam sloeg in de pan,' is ze de vraag voor.

'Wanneer?'

'Eergisteren.'

'En waarom ben je niet naar een dokter gegaan?' Lin probeert Maaike recht aan te kijken, maar haar ogen blijven hangen op een punt net boven Lins schouder.

'Mijn moeder was niet thuis. En dan mag ik zelf geen eieren bakken.'

De meisjes hebben dit deel goed gerepeteerd, denkt Lin, hoewel ze het nogal knap vindt om een vlam in een pan te laten slaan waar je een ei in bakt. Maar ze laat Maaike even gaan.

Ze schuift haar de lijst met telefoongegevens toe. Daarop heeft ze met een gele marker het nummer gehighlight dat Sabine die middag om zeventien over vier gebeld heeft. 'Is dit jouw nummer?'

Maaike kijkt en schudt nee.

Op dat moment begint Beyoncé te zingen.

Maaike kijkt geschrokken naar Tom, die zijn telefoon ophoudt. Op het display wordt het nummer op de lijst gebeld.

'Dat nummer gaat nu anders over in jouw broekzak,' zegt Lin.

'Ik keek niet goed,' komt de onmiddellijke verdediging.

'Je hebt Sabine drie uur voordat ze vermist werd gebeld,' valt Lin aan.

'O?' zegt Maaike, natuurlijk om tijd te winnen.

'Gisteren zei je dat je haar die middag niet meer gesproken had.'

'Dan vergiste ik me.'

Jolien heeft heel goed werk verricht, denkt Lin. Die heeft waarschijnlijk gezegd: 'Blijf zeggen dat je het niet weet, dat je het vergeten bent.'

'En je hebt haar die ochtend daarna helemaal niet gebeld. Omdat je bezorgd zou zijn.'

'Ik zeg toch, het is de spanning. Daardoor haal ik dingen door elkaar.'

'Waar ging dat telefoontje 's middags over?'

Het blijft nu even stil. Lin ziet Maaike aarzelen; moet ze volhouden dat ze ook dat vergeten is, of is dat heel dom? Ze verzint: 'Ik ehm... Ze had boeken van me geleend, en ik vroeg wanneer ze die terug zou geven. Ze wilde ze nog even houden en toen zei ik ja. Omdat ze het nog niet geleerd had en ik niet wilde dat ze een onvoldoende zou halen.'

'Wat voor boeken?'

Maaike zegt snel: 'Latijn.' Verzint ze het?

'Weet je zeker dat die vlam eergisteren in de pan sloeg? En niet de dag daarvoor?'

'Wat heeft dat er nou mee te maken?'

Lin wendt zich tot Tom: 'Hoe laat zou die dokter hier zijn?'

'*Any moment,*' speelt Tom mee.

'Die kan zien van wanneer die brandwond is,' zegt Lin.

'Oké, dan was het de dag daarvoor. Ik ben een beetje in de war, zeg ik toch?'

'Laat eens zien?' vraagt Lin.

Maaikes ogen schieten van haar naar Tom.

'Dat hoef ik niet... daar hebben jullie toch niks mee te maken?'

'Mag ik je telefoon even?' vraagt Lin.

Maaike legt een hand op haar broekzak en schudt nee. Panisch nu.

'Je hebt gelijk. Heb je dan alleen maar het nummer van je moeder voor me? Je moet oppassen met ontstoken brandwonden.'

Maaike wil niet dat haar moeder van de brandwond weet, schat Lin in. En de brandwond heeft iets met Sabine te maken, dat weet ze bijna zeker. En misschien ook wel met het telefoontje.

Maaike heeft geen keus. Ze trekt haar mouw op. Daaronder zit een verband. Lin reikt ernaar om het los te trekken, maar Maaike trekt snel haar arm terug. Langzaam, heel langzaam, met een van pijn vertrokken gezicht, haalt Maaike het verband los. De wond is rood, met gele etterplekken.

Klik.

Maaike schrikt, kijkt naar Tom, die zijn telefoon alweer wegstopt, en staat op. Als ze de kamer uit beent, valt het verband van haar arm.

'Niet slecht,' maakt Lin Tom een compliment.

Hij glimlacht trots.

De kantoortuin is stil en leeg. Computers staan aan, er hangen jassen over stoelen, maar er is niemand. Lin kijkt op haar horloge, de lunchpauze is allang voorbij.

'Hebben we iets gemist?' vraagt Lin.

Tom opent de Office-agenda op zijn computer.

'Halfdrie. Briefing Operatie Houtworm. Vergaderruimte twee,' deelt hij monotoon mee. Hij staat al op, maar Lin schudt nee.

'Richard zit toch niet bij die briefing?' vraagt ze.

Tom kijkt op de lijst van aanwezigen en schudt zijn hoofd.

'Dan kunnen we hem meteen vragen om het socialmediagedrag van Sabine te bekijken.'

'Mogen we dat?'

'Als we Sabines telefoongegevens mogen checken, dan kunnen we toch niet om social media heen?'

Technicus Richard zet binnen een kwartier een filmpje voor. Van een naakte Sabine, liggend op een eenpersoonsbed. Met een dekbed waarop tekeningen staan van astronauten, het dekbed waaronder Sabine zich getroost voelt. Ze kijkt verleidelijk in de camera. Die wordt neergezet en blijft lopen, terwijl de rug van een jongen in beeld komt. Hij trekt zijn shirt over zijn hoofd, maakt zijn broek los. De jongensrug is erg mager. De magere jongen gaat bij Sabine op het bed liggen en kust haar, met een oog op de camera. Lin herkent Sam. Sabine draait zich boven op hem, hij duwt haar schouders naar beneden.

Terwijl hij kreunt en met zijn 'Yes, baby' een pornofilm imiteert, opent Sabine zijn broek en haalt hem eruit.

'Stop maar,' zegt Lin.

Het beeld blijft doorlopen, Tom en Richard kijken roerloos toe. Lin slaat op de muis en het beeld bevriest. Ze slikt. Wendt haar blik af, maar moet dan weer kijken.

'Wanneer is dit gepost?'

Richard kijkt naar het scherm. 'Een week geleden.'

'Door wie?'

Richard tikt en zoekt. 'Adres afgeschermd.' Hij zoekt verder. 'Het stond op haar Instagramaccount. En toen werd het verder gedeeld.'

'Iemand wilde dat ze dit zag,' concludeert Lin.

'De reacties liegen er niet om,' gaat Richard door.

'"Slettenbak, hoer, hoe kun je je zo laten filmen?" En zo verder.'

Tom en Lin kijken elkaar aan. Lin ziet Sabine voor zich, die het water uit haar haren schudt, ze ziet Sabine op volle snelheid langs crawlen en dan lachend omkijken, ze ziet haar lange benen uitsteken onder het blauwe badpak waar DNA van een ander op zit.

Een deur wordt opengegooid, stemmen komen de kantoortuin binnen. Lin rukt zich los van het computerscherm en kijkt Karel recht in de ogen.

'Jullie dachten, we hebben andere leuke dingen te doen?'

Richard klikt het scherm weg.

'Ik neem in ieder geval aan dat onze drugssmokkel niet ook over porno gaat?'

Lin verwaardigt zich niet hem te antwoorden. In plaats daarvan zegt ze tegen Tom en Richard: 'Gaan jullie even door met haar bankgegevens?'

De jongens knikken. Tom slaat zijn benen over elkaar. Om iets te verbergen?

Lin staat op en loopt langs Karel heen naar Sacha. Ze wenkt haar en ze lopen samen naar het koffiezetapparaat. Lin strekt haar rug, blaast uit en zet het apparaat aan.

'Je kent Karel,' zegt Sacha.

Lin knikt, pakt het bekertje en reikt het Sacha aan. 'Extra suiker, toch?'

Sacha knikt.

'Wat heb ik gemist?'

'Fabrikant van de stoelen zit in Thailand. Twee Nederlandse broers. Hebben geen website. Dame aan de telefoon spreekt geen Engels. Bestellingen gaan via winkels en groothandels.'

Lin knikt, interessant.

'Die overslagloods in Rhoon was op slot en verlaten. Niks in gevonden.'

'Hebben jullie die compositietekening gezien?'

Sacha knikt, schokschoudert. 'We kunnen hem vergelijken met de database. Maar ja.'

In Lins hoofd echoot De Langes stem: *Die Chinezen lijken allemaal op elkaar.*

'En jij?' vraagt Sacha.

'Sabine wordt gecyberpest. En was daar boos om. Is,' voegt ze snel toe, alsof ze Sabine zo weer tot leven kan wekken. Ze vraagt zich af of Sabine niet alleen boos was, maar ook wanhopig. Gekwetst. Eenzaam. Zo eenzaam dat ze...

Sacha stoot haar aan. Ze vraagt niets, daar is Sacha goed in, iemand laten als die dat nodig heeft.

Lin schudt haar hoofd, kijkt in de spiegel als om zichzelf te helpen herinneren waar ze is.

Haar telefoon zoemt de zoem van een Whatsapp-berichtje.

Johan, van de kano, vraagt op de buurtapp om iemand met EHBO en met verstand van hondenbeten.

Als ze naar haar bureau loopt om haar jack te pakken spreekt Karel haar weer aan.

'Het is de bedoeling dat jij en Tom met de ouders van die Nederlandse jongens in Thailand gaan praten. Ze wonen in Winterswijk.'

'Ik wilde altijd al eens naar Winterswijk,' zegt Lin.

Karel kan niet zomaar geloven dat ze zo makkelijk instemt met een rit van tweeënhalf uur heen en dito terug, ziet Lin aan zijn opgetrokken wenkbrauwen. Dat hoeft ook niet, denkt ze.

'Ja, Winterswijk. Altijd al heen gewild. Maar vandaag niet.' Lin ziet Karels adamsappel rollen.

Lin drinkt in één teug haar bekertje leeg, brandt haar mond en loopt naar haar bureau. Sacha kijkt haar hoofdschuddend na.

Als ze de motor heeft geparkeerd en de steiger op loopt, hoort ze het woedende geblaf al. Ze loopt door de miezerregen, die fijn in haar gezicht stuift, voorbij de ark van Dirk en Hiske, voorbij het bord met PAS OP VOOR DE HOND. Het is een grote, hoge ark met een mooi schuin dak, maar zo van dichtbij is zichtbaar dat de buitenbekleding aan het rotten is. De ark was ooit paars geschilderd, dieppaars, maar de verf is nu verkleurd tot een flauw oudroze. Een raam is dichtgetimmerd, het kozijn buigt zo ver door dat het binnen moet lekken. Ze probeert eerst met haar voet of het smalle wiebelige loopplankje haar gewicht houdt, stapt er dan op. Het is nat en glad. Het leidt naar een enorm stuk braakliggende grond, grond die bij de ark van Dirk en Hiske hoort. Een bord op een paal zegt: PRIVÉTERREIN. VERBODEN TOEGANG VOOR ONBEVOEGDEN. Gras groeit tot aan haar knieën, takken die bij een vorige herfststorm van de bomen zijn gewaaid liggen er nog, naast stapels doorweekt hout onder een ingezakt lekkend afdak, een verroeste grasmaaimachine en groen uitgeslagen stootwillen aan rafelig touw.

Banjer rukt aan de lijn waar hij aan zit, de halsband snijdt in zijn nek. Hij springt op, blaft woedend naar haar als ze de hoek om komt. Hij is slank, afgetraind, zijn oren liggen plat op zijn kop. Zijn bek laat paars tandvlees zien en blikkerende tanden. Ze kent Banjer en Banjer kent haar. Ze fluit het fluitje dat Hiske haar geleerd heeft, het fluitje dat betekent: goed volk. Banjer houdt op met blaffen, maar trekt nog hard aan de lijn. Zijn achterpoten zetten af, ze kan de spieren onder de vacht zien rollen. Iemand of iets heeft Banjer heel kwaad gemaakt.

Die 'iemand' is een man van een jaar of vijfendertig. Hij zit op de grond, zijn kostuum is besmeurd en er hangt een reep stof naast. Een schoen steekt drie meter verderop in de modder. Johan helpt hem overeind, heeft een noodverband aangelegd, ziet ze, om zijn kuit.

'Goedemiddag,' zegt ze. 'Wat is hier aan de hand?'

De kostuumman kijkt op. Zijn ogen staan hol en angstig. De hond slaat weer aan nu hij staat. Lin loopt op Banjer af, zegt: 'Zit.'

Banjer aarzelt, blaft nog een keer naar de man en gaat bijna zitten, zijn achterwerk zweeft millimeters boven de grond. Lin steekt voorzichtig haar hand uit, Banjer laat zijn kop zakken maar trekt hem weg als Lin hem achter de oren wil kroelen. Hij blijft grommen.

De man loopt met Johan richting de loopplank.

Lin loopt naar ze toe en spreekt de man direct aan. 'Politie. Wat is er gebeurd?'

Ze hoort zijn tanden klapperen.

'Hij is een beetje in shock, geloof ik,' zegt Johan.

'Wie bent u en wat doet u hier?' vraagt Lin.

De man schudt zijn hoofd, wil weg, vluchten over de loopplank, weg van de hond. Lin bukt en pakt een aktetas uit het gras. De tanden van Banjer hebben het leer ernstig beschadigd. Ze reikt de man de tas aan. Die grist hem uit haar handen, drukt hem tegen zich aan.

'Breng je hem naar een dokter?' vraagt Lin.

Johan knikt.

'Waar zijn Hiske en Dirk?'

'Wat denk je? Binnen, met de deur op slot.'

Lin zucht. Ze loopt weer naar de hond, kijkt hem in de ogen en mag hem nu over zijn gladde kop aaien. 'Wat heb je nou gedaan, Banjertje? Stoute hond, hè?'

Banjer gaat liggen en kijkt op zijn liefst-schuldig met scheve kop naar haar op, zijn tong hangt uit zijn bek.

Lin schudt haar hoofd. Ze loopt om en klopt met haar knokkels op de deur. Op de deurpost is een knopje van een elektrische bel bevestigd, maar die heeft het voor zover zij weet nooit gedaan. Van binnen klinkt geblaf. Banjers oren gaan recht overeind staan. Als Dirk denkt dat hij in opperste staat van belegering is, gaat hij blaffen.

'Dirk! Lin hier! Goed volk.'

Er wordt weer geblaft, Banjer begint hoog te janken.

Boven haar wordt een raam geopend.

Hiskes lange grijsblonde haar wappert voor haar gezicht.

'Je kunt beter weggaan,' zegt ze.

'Hiske. Er is hier een man aangevallen door jullie hond.'

'Hij kwam zonder toestemming op privéterrein.'

'Als hij aangifte doet moeten we dat nog maar zien.'

Het gezicht verdwijnt, maar het raam blijft op een kiertje staan. Ruimte.

'Er is tegenwoordig niet zoveel meer nodig om agressieve honden af te laten maken.'

Het raam slaat nu tegen de buitenkant van de ark, glas rinkelt en Lin duikt weg voor de scherven. Binnen wordt gevloekt. Het kapotte raam wordt dichtgetrokken.

Na vijf minuten gaat de deur op een kier open.

'Groentesoep?' biedt Hiske aan.

Lin stapt naar binnen.

Ze kijkt automatisch omhoog. Dirk hangt in een tuigje in de nok, een tuigje dat gebruikt wordt om in de mast gehesen te worden van een zeilboot.

'Wegwezen! Opzouten! Blijf van mijn terrein af!' En een salvo aan blafgeluiden.

De soep is lauw en te zout, maar de groente is nog knapperig. Hiske kijkt aan de andere kant van de tafel toe hoe zij eet. Als ze de kom leegeet, geeft ze te kennen dat ze het verzoeningsoffer accepteert, en daarna kunnen ze praten. Dirk mompelt in zichzelf, schommelt in het tuigje heen en weer en zet zich af met zijn voet tegen de wand.

'Die balk gaat dat een keer niet meer houden,' zegt Lin tegen Hiske.

'Het is de enige plek waar hij rustig is.'

Lin schraapt expres met de lepel over de bodem van de lege kom, schuift hem weg en leunt op haar armen. 'Wat is er gebeurd?'

'Dit.'

Hiske pakt in één beweging de kom op en legt een aan elkaar geniet stapeltje A4'tjes voor haar neer.

'Wat is dat?'

Hiske draagt de kom naar het aanrecht en zet die in de spoelbak.

Lin leest: *Overeenkomst tot onteigening van perceel 24, Steigereiland. Kondor & Wessels, projectontwikkelaars, en de heer en mevrouw D.C. Geleijnse, hieronder genoemd 'partijen', komen het volgende overeen...*

Lin bladert door tot de laatste bladzijde. Er staan twee handtekeningen onder het document. 'Wie heeft dit getekend?'

'Dirk. Zegt dat mannetje. Wij hebben dat hele contract nog nooit gezien.'

Lin fronst. Ze begrijpt eruit dat het stuk braakliggende grond achter de ark door Dirk is verkocht aan deze projectontwikkelaar. Voor een 'nader overeen te komen prijs'.

'Hij stond ineens op het land te zwaaien met die papieren. Dat vond Banjer niks.'

Lin weet dat Banjer alleen aanvalt als hij daartoe een commando krijgt.

'Wat willen ze met dat land?'

'Weer dat gezeur over die jachthaven. En de ark moet weg, zegt hij. Dat we daarmee ingestemd hebben.'

Boven Lins hoofd klinkt gekreun als van een man in doodsnood. Buiten slaat Banjer aan.

Projectontwikkelaars azen al jaren op het Steigereiland. Ze hebben geprobeerd de gemeente zover te krijgen het bestemmingsplan te veranderen, er een economisch belang aan te koppelen, het beschikbaar te maken voor toerisme en een jachthaven. In die plannen passen geen vervallen woonarken, maar ze zijn er nooit in geslaagd ze te realiseren.

Dus zegt ze: 'Misschien is het de zoveelste poging. En zijn jullie daar per ongeluk ingetrapt.'

Minachtend gesnuif klinkt boven haar hoofd. Dirk maakt een zwaai van de ene kant van de ark naar de andere.

Ze weet dat ze niet verder gaat komen, dus vraagt ze aan Hiske, terwijl ze naar de papieren knikt: 'Mag ik dit meenemen?'

Hiske knikt. 'Hoe eerder het mijn huis uit is, hoe beter.'

'En heb je een recente handtekening van Dirk?'

Hiske neemt haar op.

'Denk jij dat taugé lekker is in groentesoep?' vraagt ze, met bloedserieus gezicht.

Even bloedserieus antwoordt Lin: 'Wel als je die even kort bakt in vissaus en op het laatste moment toevoegt.'

Hiske lijkt dat te overwegen, staat op en pakt een bankenvelop die in een schaal op een dressoir ligt. Ze ritst de envelop open en legt de overschrijving voor Lin neer. De handtekening lijkt veel op die op het contract.

'Ik laat er iemand naar kijken,' zegt Lin, terwijl ze opstaat.

'Blijf van mijn land af,' hoort ze Dirk nog roepen, als ze weer op de steiger staat. Banjer blaft met hem mee.

Lin kijkt op haar horloge. Tom is waarschijnlijk nog op het bureau. Ze selecteert zijn nummer, hij neemt na één ring op met: 'Kramer?'

Lin kijkt op het display om zich ervan te vergewissen dat ze het goede nummer heeft gekozen, en zegt verbaasd: 'Wat zeg je nou?'

'Ik zag dat jij het was,' hoort ze.

'Maar ik heet toch Lin?'

'Lin Kramer.'

Dan valt het kwartje. In politieseries, vooral Amerikaanse, spreken de rechercheurs elkaar altijd aan met de achternaam. Lin grinnikt en zegt: 'Natuurlijk. Kwam er nog iets uit die bankgegevens van Sabine?'

'Ze heeft drie dagen geleden een aankoop gedaan bij Waterworld.'

Lins hart hapert. Waterworld is de grootste keten van watersportwinkels in het land.

'Een drijftasje.'

'Een drijftasje?'

'Een waterdicht tasje dat je met een koord kunt bevestigen aan je pols of badpak als je gaat zwemmen. Dan drijft het achter je aan.'

Lin knippert met haar ogen.

Tom gaat door: 'Ik heb die technicus nog even gebeld die haar telefoon heeft uitgepeild. Maar hij kon niet specifieker worden dan dat de telefoon zich naast of in de plas bij de woonarken moet bevinden.'

Sabine ging zwemmen. Met een nieuw drijftasje waar ze haar telefoon in had gestopt. George zei niets over een drijftasje.

'Lin?'

'Wat voor kleur heeft zo'n tasje?' vraagt ze.

'Fluorescerend geel. Oranje. Of wit.'

Als Sabine is verdronken, is het tasje mee gezonken. Als ze haar badpak heeft uitgetrokken, en het zat daaraan vast, dan heeft iemand het tasje eraf gehaald voordat het badpak bij haar zwemtrap aanspoelde. Die heeft dan haar telefoon. Als Sabine ergens anders is, waarom heeft ze haar tasje en telefoon dan achtergelaten? Als ze er zelfs mee gaat zwemmen?

Tom wacht, heeft waarschijnlijk dezelfde gedachtegang gevolgd.

Als hij merkt dat ze weer luistert: 'En ik heb die foto van die brandwond van Maaike laten analyseren door de forensisch arts op het lab.'

'Nou, Tóm…'

'Was dat niet de bedoeling?' Hij klinkt plotseling weer als een klein onzeker jongetje.

'Jawel. Juist wel.'

'De wond zit voor het grootste deel op de bovenkant. Bij een vlam in de pan zou je vrijwel zeker verbrand zijn op je onderarm, als je er een deksel op doet of zo.'

Lin is onder de indruk. Van Tom en van zijn daadkracht. Ze gaat straks nadenken over wat het drijftasje precies te betekenen heeft. Nu zegt ze, met een glimlach: 'Heel goed, De Klerk.'

Tom grinnikt charmant, hoort ze.

'Tot morgen?' vraagt hij.

'Yep,' zegt ze en ze hangt op. Haar telefoon gaat direct weer.

Aan het kengetal herkent ze het nummer van haar moeders verzorgingstehuis. Niet haar moeders eigen nummer, maar een ander.

'Met Lin Kramer.'

'Met Betty.' Betty is haar moeders vaste verpleegkundige, die nooit ergernis toont en in alles iets positiefs ziet. Nu zegt ze: 'Je moeder is gevallen en ze staat niet meer op.'

'Ze staat niet meer op?' Even denkt Lin dat dit het moment is, het moment waarop ze al zo lang wacht en waar ze nu toch enorm van schrikt.

'Ze wíl niet meer opstaan, sorry.'

Lin zucht. Niet van opluchting. 'Ik kom eraan.'

Ze hangt op. Haar vinger aarzelt boven Nina's nummer. Maar haar moeder wil Nina niet. Ze wil haar. Om haar in te wrijven wat ze haar heeft aangedaan.

Betty wacht haar op in de hal, met een clipboard onder haar arm. Haar witte tanden lichten op in haar zwarte gezicht en ze steekt haar hand naar Lin uit. Die verbaast zich als altijd over de zachtroze kleur van de palm van die hand, die Betty daarna even op Lins wang legt.

'Ze is boos,' zegt Betty.

'*What's new*,' zeggen Lin en Betty tegelijk.

'En verder?' vraagt Lin.

'Gisteren was er weer bonje met de rest van de gang. Vanwege het zingen.'

Lin knikt.

Betty moet vaak bemiddelend optreden tussen Anna en haar naaste buren, als Anna hartstochtelijk meezingt met de opera's die ze draait. Dit doet ze meestal na een bezoek van Willeke Alberti of Ronnie Tober, die zich inzetten voor bejaarden met dementie.

Nu is het stil in haar moeders kamer. Die is klein, maar ondanks alles smaakvol ingericht. Er hangen de Japanse prenten die haar vader op de wilde vaart had verzameld, er staat een ronde tafel die ze voor de verhuizing bij een gerenommeerde meubelzaak hadden gekocht, deze wel met bijpassende stoelen. Haar moeder, Anna, haat IKEA.

Anna ligt op de grond, op haar buik, haar wang tegen het tapijt gedrukt. Dat tapijt had ze ook willen vervangen toen ze in de kamer trok, maar daar had het personeel een stokje voor gestoken. In de hoeken ligt het nog steeds los.

'Mama?' vraagt Lin, terwijl ze zich vooroverbuigt.

Het blijft stil, Anna blijft roerloos liggen. Die wang moet zeer doen, denkt Lin.

Ze kijkt op naar Betty.

'Mevrouw Kramer,' zegt die op luide, te luide patiëntentoon. 'Uw dochter is er.'

Anna mompelt iets.

'Mama. Je gaat nu opstaan. En ik ga je helpen.'

Haar moeder gromt licht. Ze kijkt omhoog naar Betty. 'Mijn dochter is verdronken. Dat weet je toch?'

Lin en Betty wisselen een blik, die van Lin is moedeloos.

'Mama. Het spijt me dat ik drie dagen niet heb gebeld.'

'Drie?' Anna's stem klinkt verontwaardigd. Ze heeft moeite verstreken tijd op waarde te schatten, is soms nachten wakker en telt die als dagen. Of weken. Maar als Anna verontwaardigd is kan Lin contact maken.

'Kom,' zegt ze, en ze pakt haar moeder onder haar oksels en tilt haar op, als een reddingszwemmer die een drenkeling redt. Zwaar is ze niet meer.

Ze laat zich optillen en in een stoel zetten, mompelt wat voor zich uit en accepteert het glas water dat Lin voor haar neerzet. Lin knikt naar Betty; ze hoeft er niet meer bij te blijven. Betty mimet succes, en gaat de kamer uit.

Als Betty weg is, zegt Anna wat ze altijd zegt: 'Ik ga hier nog eens dood.'

Lin zegt niet: Ja, mama, waarom ook niet, het zou eens tijd worden. Ze zegt: 'Nina is terug uit Thailand.'

'Thailand?' Haar moeder gaat snel achteruit.

Haar rancune en bitterheid gaan vooruit. Vooral ten opzichte van Lin, haar oudste dochter, op wie ze altijd kon vertrouwen, die Fem in slaap zong zodat zij Nina een boterham in dobbelsteentjes kon voeren die steeds op de vloer terechtkwamen. De dochter die haar zusje achter een stoel zette op het ijs en haar naar haar toe liet krabbelen. Fem kon uitstekend schaatsen.

Dat alles had Lin allemaal weggegooid, die namiddag op het water, die middag die een einde heeft gemaakt aan Anna's leven zoals het was.

Anna herhaalt nu: 'Ik ga hier nog eens dood.'

Ze geeft Lin de schuld dat ze nu elke avond met dezelfde mensen aan tafel zit en dat mevrouw Van de Velde altijd het grootste stuk vlees krijgt. Ook is het Lins schuld dat ze stiekem geniet van de bingo. Bingo!

Nu staart ze voor zich uit, ver weg. Lin kijkt op haar telefoon, ze heeft vier nieuwe berichten. Van Nina. Ze staat al half op als haar moeder vraagt: 'Wil je me even helpen met mijn gezicht?'

Anna vermoedt waarschijnlijk hoe haar gezicht eruitziet; met vouwen erin, de mascara, die ze nog steeds iedere morgen aanbrengt, doorgelopen, haar haar, eens glanzend donkerbruin, nu dof en kort geknipt. Dat ze er nog steeds in slaagt het permanentje te weigeren bewondert Lin. Ze helpt haar stijve moeder overeind, posteert haar voor de spiegel in de badkamer. Ze maakt haar ogen schoon met een watje, smeert de huid voorzichtig in met dagcrème, borstelt haar haar.

Anna pakt zelf de mascara, strijkt met het borsteltje over haar wimpers. Het lukt. Dan komt de aanval, de aanval van haar moeder, die immers altijd komt.

'Fem zou me wel elke dag opzoeken.'

Lin kijkt haar moeder aan via de spiegel.

Het beeld van een lachend meisjesgezicht schuift over dat van haar moeder heen. Lin doet haar ogen dicht, ademt in, ademt uit.

'Wat heb jij nou?' vraagt haar moeder op verbaasde, onschuldige toon. Zij weet niet van Sabine, weet niet van de beelden die Lin overvallen, weet ook niet van haar hyperventilatie.

'Ik zie je snel weer,' zegt Lin, draait zich om en verlaat de kamer. Op de gang, de hoek om, leunt ze tegen de muur en reguleert haar ademhaling. Dan haast ze zich zo snel mogelijk naar buiten. Betty hoeft haar niet ook nog te gaan verzorgen.

Lin kijkt door het vizier van haar helm naar Georges ark. Achter zijn ramen is het donker. Ze laat haar motor brullen en rijdt door, snel, te snel. Nina én George zouden het geluid herkennen. Zou Nina nog bij George zijn? Of wacht ze zo op haar, thuis? Ze kent Nina door en door, maar kan op dit moment niet voorspellen hoe Nina zich zal opstellen. Schuldig? Of superieur en de bal terugspelend, zoals vanmorgen?

Achter het raam van de woonkamer van haar eigen ark brandt licht. Ze snuift de geur van brandend hout op. Voor de deur blijft ze even staan, drukt dan de deurklink naar beneden en stapt binnen. De kamer ziet blauw van de rook. In twee stappen is ze bij de schuifpui en rukt die open. Nina ligt met haar gezicht op tafel. Een leeg glas en een bijna lege fles wodka naast haar. De kachel gloeit alleen nog. Hoestend wappert Lin de rook naar buiten, ziet dan dat de afvoerpijp bij de dakdoorvoer verschoven is. Daaruit kon de rook ontsnappen.

Is Nina er met haar dronken kop tegenaan gevallen?

Ze kijkt naar Nina en ziet dat de kant van haar gezicht die zichtbaar is, gaaf is. Ze pakt de handen op die naast het glas liggen en draait ze naar boven. Gave handpalmen.

Geen brandwonden op haar kleren.

Kille lucht waait binnen.

Ze kan er niet nog een verongelukte zus bij hebben.

Lin schudt Nina bij de schouders, geen reactie. Dan pakt ze een glas, vult dat met water en gooit dat tegen Nina's wang.

Nina kreunt, een hand gaat naar de wang, ogen gaan open. 'Wat doe je?' zegt ze, wonderlijk verstaanbaar.

'Jou naar bed brengen,' antwoordt Lin, terwijl ze een hand onder Nina's oksel steekt, haar andere arm om haar nek legt en haar omhooghijst.

'Ik ben nog niet moe,' zegt Nina. Haar lichaam is slap en zwaar, maar Lin houdt haar gewicht als ze naar de slaapkamer lopen.

'Dat is volstrekt irrelevant,' zegt Lin haar moeder na. Nina grinnikt erom. Lin weet dat ze boos moet zijn, op die onverantwoordelijke zus, die profiteert en overal mee wegkomt. Ze is ook boos, ze is woedend; met George! Dat die niet meer de hare is, doet daar niets aan af. Nina ploft op het bed, Lin laat haar los en ze zakt achterover. Lin kijkt naar haar mooie gezicht, de gesloten ogen, het rode haar in een krans eromheen. Dit blijft haar zus, voor wie ze zorgt als dat moet. Dus zal ze haar op termijn vergeven. Wat Nina zou moeten doen om haar echt kwaad te maken, kan ze niet bedenken.

Als ze een kuiltje in Nina's kussen heeft gestompt, zoals ze vroeger voor haar deed, en haar heeft ingestopt, gaat ze de kamer weer binnen. De rook is zo goed als verdwenen, het is nu alleen koud. Ze sleept een stoel naar de boekenkast, pakt er een etui uit, zoekt en vindt een stuk leeg wit papier en gaat aan tafel zitten.

Ze pakt de afstandsbediening en zet de tv aan, zodat ze niet naar haar eigen gedachten hoeft te luisteren. Terwijl er op de achtergrond een familiehereniging plaatsvindt met diners en limousines tekent ze. Met het krijt en de potloden uit het etui.

Ze denkt niet maar tekent, let erop dat ze met haar linkerhand geen vegen maakt. Een hoog voorhoofd, veel ruimte tussen beide wenkbrauwen, een recht klein neusje daaronder. Een mond met een duidelijk hartje in de bovenlip. Ogen, moeilijke lichtblauwe ogen met de vlekjes in de iris.

Ze tekent de halslijn, de schouders, de heupen en verrast zichzelf als ze de voeten laat vervagen in een staart. De staart van een zeemeermin. Nu pas beseft Lin dat ze niet Sabine heeft getekend, zoals ze van plan was, maar Fem.

Ze schrikt op van de deurbel.

Lin aarzelt, legt dan het witte potlood neer dat ze gebruikt om licht in de tekening te krijgen en loopt naar de deur. Een rechercheur geeft thuis als zij thuis zegt te zijn.

Ze opent de deur voor een grote bos bloemen, die in haar gezicht geduwd wordt. Erachter staat Thijs.

'Waar heb ik die aan te danken?'

Thijs loopt zonder te antwoorden langs haar heen naar binnen.

Hij kijkt rond, ziet het zwartgeblakerde plafond boven de kachelpijp en fluit tussen zijn tanden. Lin geeft geen verklaring en legt de bloemen in cellofaan op het aanrecht.

'Ze moeten even acclimatiseren,' zegt ze. Dat ze een onprettig gevoel heeft bij het boeket zegt ze niet, maar het gevoel wordt sterker als Thijs zegt: 'Ik blijf maar aan Sabine denken.'

'Ja?' De vraag is verdedigend, hoort ze zelf ook.

'Ik kan me voorstellen dat je je er vervelend over voelt.'

Dat antwoord neemt haar rotgevoel niet weg.

Pas als Thijs verklaart: 'Ik kwam Karen tegen vanmiddag,' en haar daarbij met de trouwe vriendjesblik van vroeger aankijkt, wordt ze weer zachter. 'Laat je niks aanpraten, hè,' voegt Thijs nog toe, voor hij de tekening oppakt van tafel.

Dat wil ze niet, niet als het niet Sabine is maar Fem, maar het is te laat. Hij heeft haar één keer eerder betrapt boven zo'n tekening, een tekening van Fem in het water. Toen zweeg hij alleen maar toen ze hem omdraaide met de betekende kant naar beneden.

'Ach. Fem. Het lijkt goed. Als je die wenkbrauwen iets hoger maakt, en nog even kijkt naar de kin...'

Lin slikt. Ze wil dat hij weggaat.

'Mooi thema,' zegt Thijs nog. 'Meerminnen zijn altijd een dankbaar onderwerp in de kunst.'

'Ik maak geen kunst, maar compositieportretten,' probeert ze de schade te beperken.

'Wat is er nou precies gebeurd?'

'Dat weten we nog niet. Ze is voor het laatst om een uur of acht door Karen gezien, op haar kamer.'

Thijs heeft de krijttekening weer op tafel gelegd en streelt er even over met zijn duim. 'Ik bedoelde met Fem. Dat is me nooit helemaal duidelijk geworden.'

De plechtigheid was zeven dagen later, omdat er geen ruimte vrij was in het crematorium. Lin had gehoopt op een graf waar ze heen kon gaan om haar verdriet te stallen, maar zij had niets in te brengen.

Er was geen stoel meer leeg, er stonden mensen achter in de zaal en ook nog buiten. Veel kinderen, leerlingen van Fems school. Er klonk gehoest, er werden zakdoeken vol gesnoten, een enkeling hikte van het huilen. Lin zat stil rechtop, de hand van Nina in de hare, tussen hun ouders in, op de voorste rij. Haar vader wílde wel, stond achter de katheder, maar stokte na zijn eerste zin: 'Fem is hier wel en niet bij.'

De voorganger leidde hem naar zijn stoel. Er werd muziek ingestart, iets klassieks, daar hield haar moeder van. Dat Fem vast het liefst een ballad van Take That had gehoord, had Lin wel geopperd, maar er werd niet naar haar geluisterd. Toen de kist zakte ging iedereen staan. Zij stond ook, rechtop, en hield Nina overeind, wier knieën het begaven. Ze keek langs de foto van het lachende meisje met het witblonde haar, totdat die met de kist meegezakt was in de bodem.

Toen haar een snik ontsnapte, één enkele snik, keek haar moeder haar aan. Zo vijandig had nog nooit iemand naar haar gekeken.

De zin 'De politie vraagt nogmaals uw aandacht voor een amber alert', brengt haar terug in het heden, in haar ark, waar de televisie aanstaat. Vanaf het scherm lacht een ander meisje haar toe. 'Zij droeg waarschijnlijk slechts een badpak, een blauw badpak met lichtblauwe biezen.' Een foto van het badpak. 'Als u Sabine nog gezien heeft, of iets kan vertellen wat het onderzoek verder kan helpen, dan kunt u bellen met de politie in uw woonplaats.' Sabine verdwijnt uit beeld, wordt weer vergeten voor een nieuwe aflevering van *The Voice*.

Daar keek Sabine niet naar, uit principe, omdat iedereen ernaar keek.

Ze kijkt naar de man die voor de tv zit, Thijs, die er pas zijn blik van afwendt als ze zijn naam noemt.

Hij staat op. 'Ja. Daarvoor ben ik hier eigenlijk.'

Lin begrijpt niet wat hij bedoelt.

'Karen wilde wel langs de deuren gaan, maar dat vond ze moeilijk. Dus daarom vroeg ze het aan mij.'

Lin kijkt naar hem, naar de tv, waar heeft hij het over?

'Ze willen geld inzamelen. Om een echte zoektocht uit te zetten.'

Kennen Thijs en Karen elkaar zo goed dat zij het hem toevertrouwt haar verhaal te vertellen? Blijkbaar.

Maar ze heeft gehoord wat Thijs met die mededeling impliceerde: 'De politie heeft het niet goed genoeg gedaan?'

Thijs haalt zijn schouders op, hij is slechts de messenger, veroordeel hem niet.

Lin loopt met nieuwe energie, boze energie, naar de la in het kastje waar de telefoon op staat. Ze pakt het doosje eruit, het doosje met het goud-met-bruine logo van een koekjesmerk uit de tijd van haar moeder, en opent het.

Ze pakt er twee briefjes van twintig uit en reikt ze Thijs aan.

'Is dat niet een beetje veel?'

'Om Sabine echt goed te zoeken? Nee toch?' Haar sarcasme wordt door Thijs niet opgemerkt. Hij neemt de briefjes aan en maakt een terugtrekkende beweging richting de voordeur.

Thijs vindt conflicten iets uit een wereld waar hij liever niet in vertoeft. Liever huist hij in de kunst, die troost en inzichten biedt.

Hij knikt nog even naar de bloemen, die verweesd op het aanrecht liggen. 'Ze moeten wel water.'

De voordeur slaat achter hem dicht.

Lin kijkt in het nog geopende gelddoosje. Er missen minstens drie briefjes van vijftig.

Langzaam en zorgvuldig sluit ze het doosje, langzaam en zorgvuldig opent ze de la, langzaam en zorgvuldig zet ze het doosje terug.

Ze loopt naar de keuken, opent een voorraadla en pakt een pak Bastognekoeken. Als de vierde te droog wordt en ze kruimels uitblaast, houdt ze haar mond onder de kraan en drinkt.

'Lin?'

Nog gebukt kijkt ze onder haar arm door. Nina staat in de deuropening van de woonkamer in alleen een T-shirt, leunt tegen de deurpost.

Lin richt zich op. 'Zo. Weer wakker?'

Nina slaat haar blik neer. Ze trekt de schuldbewuste kaart, concludeert Lin.

Nu kijkt ze nadrukkelijk naar de kachelpijp en het roet op het plafond. 'Ik dacht, ik steek vast lekker de kachel aan. En toen viel er een blok, tegen die pijp aan. Maar ik zag het niet.'

'Dus toen bezatte je je maar?'

'Het spijt me.'

'Nee, het spijt je helemaal niet. Het enige wat je spijt is dat je nu moet uitleggen waaróm je je bezat hebt. Want misschien gaat het dan over George. En kan ik jou verwijten gaan maken. Verwijten die verder gaan dan die over vanochtend.'

'Wat bedoel je?' Nina kijkt haar in verwarring aan. Als je haar niet kende zou je denken dat het oprechte verwarring was.

'Ga zitten,' zegt Lin.

Nina trekt kleumend haar T-shirt vaster om zich heen. Ze staat op blote voeten.

'Ja, het is hier koud. Maar als ik niet thuisgekomen was, en gezorgd had dat hier frisse lucht binnenkwam, was je nu gestikt.'

'Nou...'

'Of er lag hier geen ark meer. Maar een rokende puinhoop. Met jouw verkoolde lichaam erin.'

Nina bijt op haar lip.

'Zitten,' herhaalt Lin.

Nina gaat zitten, aan tafel. Kijkt ze echt verlangend naar het bodempje wodka in de fles, of draait Lin nu door?

Lin gaat tegenover haar zitten, rechtop. 'Luister. Als jij en George al iets hadden toen we nog getrouwd waren...'

'Hoe kom je daar...'

Lin steekt haar vinger op.

'... dan wil ik dat niet weten,' vervolgt Lin. 'Maar als je het waagt nu iets met hem te beginnen, of door te gaan met waar jullie mee bezig waren, dan... dan kun je nu vertrekken en kom je er nooit meer in.'

Nina neemt haar op. 'Misschien moet je het goedmaken.'

'Ik wíl niks met jou goedmaken. Ik wil alleen niet dat jij mijn leven overhoop komt gooien.' Lin wil eraan toevoegen: en ik wil niet dat je van me steelt. Maar dat doet ze niet. Dat bewaart ze voor later. Als ze weet wat er met Nina aan de hand is.

'Ik bedoelde, het goedmaken met George.'

Lin kijkt Nina aan. Haar zus, die ze nooit moet onderschatten. Die altijd met iets kan komen wat je niet verwacht.

'Lin. Hij mist je.'

Lin zegt niet: Ik mis hem ook. Elke dag nog. Als ik wakker word aan één kant van het bed. Als ik thuiskom in een huis zonder muziek. Als ik ook een keer vastgehouden wil worden, heel even maar, en dat alles dan goed komt.

Dat zegt ze allemaal niet, maar wel: 'En omdat hij me mist ga jij met hem naar bed?'

Ze weet dat ze nu alle schuld bij Nina legt, maar dat wil ze, dat moet ze, omdat George George moet blijven, wat er ook gebeurt.

'Het is niet wat je denkt.'

'Die tekst ken ik al.' Lin spuugt de woorden uit.

'Het kan nog,' zegt Nina op kalmerende toon.

'Wát kan nog?'

'Samen een kind krijgen.'

Lin blaast uit, schudt dan haar hoofd. 'Je weet waarom ik dat niet wil. Niet kan.'

'Ja. Maar het is zo zonde,' zegt Nina, terwijl ze een rode krul rond haar vinger draait.

Lin realiseert zich plotseling dat Nina ook bijna veertig wordt. Projecteert ze haar verlangen nu op Lin? Of...

'Als je het wáágt hem in plaats van mij zijn zin te geven...' Haar stem klinkt hoog en schel.

'Het komt door Sabine, hè? Dat je zó niet jezelf bent.'

Lin voelt zich heel erg zichzelf, alleen iets bozer en emotioneler dan normaal. Ze krijgt geen kans dat uit te leggen, en ook niet terecht op te merken dat Nina steeds haar vragen omzeilt, want er wordt op de deur gebonsd. Hard.

Lin en Nina schrikken. Nina meer dan Lin, ziet ze.

Lin staat op.

Nina probeert zo nonchalant mogelijk te klinken: 'Doe je altijd open, zo 's avonds laat?'

Lin aarzelt, loopt dan naar de deur.

'Wacht.' Nina is nu openlijk nerveus. 'Moet je niet eerst kijken wie het is?'

'Hoe?'

In de voordeur zit geen raampje, van binnenuit kun je niet zien wie er voor de deur staat.

'Je verwacht toch niemand?' dringt Nina aan.

Lin neemt haar op en terwijl ze vraagt: 'Jij?' trekt ze de deur open.

De buitenlamp floept aan. Daaronder staat een Aziatisch ogende man.

Binnen hoort ze de schuifpui naar het platje openschuiven.

VIJF

Onwillekeurig tast Lin naar haar heup, maar haar wapen ligt veilig in de kluis, op het bureau.

Ze kijkt de Aziatische man die voor haar deur staat recht aan, hij is even groot, of even klein, als zij. Zijn ogen zijn donker, maar zonder expressie. Ze schat dat hij vijftig kilo weegt. Maar ze weet ook van Thaise vechtsporten. Tom zou nu een film kunnen noemen met een vliegende filmheld die alle belagers eenvoudig uitschakelt.

'*What can I do for you?*'

De man probeert langs haar heen naar binnen te kijken. Daarbij moet hij haar uniformjas zien, die ze nooit draagt, maar altijd aan de kapstok hangt. '*Where is Nina?*'

Ze kent dat accent. Antwoordapparaat. '*Call me back now,*' zei hij daarop. Tegen Nina.

'*She's not here anymore.*'

De man lijkt naar haar te lachen. Hij doet een stap naar voren en brengt zijn gezicht vlak bij het hare. Ze blijft staan, deinst geen millimeter terug en ruikt zijn zoete adem.

'*We know you are police,*' zegt hij. '*Don't interfere.*'

'*Interfere with what?*'

Voordat hij haar bij de keel heeft kunnen grijpen, heeft zij zijn hand gepakt en zijn arm in een klem gedraaid. Hij geeft geen kik, maar vecht ook niet terug.

'*Nina is not here. Leave me alone.*'

Ze laat de man los.

'U mag ook even binnen kijken?' zegt ze, terwijl ze opzijstapt en een uitnodigend gebaar maakt. De man weet niet hoe daarop te reageren. Als hij haar aanbod aanneemt, hoopt ze van harte dat Nina verderop op de omloop onder het raam is gaan liggen, waar ze van binnenuit onzichtbaar is.

De man trekt zijn leren jasje recht, schraapt zijn keel, spuugt voor haar voeten op de grond, draait zich om en loopt de steiger weer op. Geruisloos verdwijnt hij in het donker. Eenden zitten elkaar woelend en spetterend in het water achterna. Bij Thijs is het donker, in de verte ziet ze de lichten van Georges ark. Nooit eerder in haar leven als rechercheur heeft ze zich afgevraagd wie ze het eerst belt, als er echt iets is.

Ze sluit de deur, de buitenlamp floept weer uit.

Ze gaat aan tafel zitten. Nina mag best nog even bang zijn, dan weet ze hoe dat voelt. Is zij zelf bang geweest? Ja, maar die angst heeft ze omgezet in adrenaline. Vechten, vluchten, bevriezen. Die keus heeft ze altijd makkelijk gevonden.

Het trillen komt meestal later. De oppervlakkige adem ook. Ze staat op, opent de koelkast. Een rol ossenworst ligt onaangebroken in plastic. Bordje, mosterd, stukken afsnijden. Druppels tabasco erover.

De substantie is zacht in haar mond, scherp op haar tong, zoals het hoort.

Ze hoort het geluid van de schuivende pui, maar blijft staan, aan het aanrecht, met haar rug naar Nina.

'Je vond het niet nodig me te vertellen dat hij weg is?'

Nu draait Lin zich om. Nina's woorden zijn stoer, aanvallend, maar ze ziet armen die zich in verdediging om haar romp klemmen. De planken op het platje moeten koud zijn geweest onder haar blote voeten.

'Hij ís toch weg?' Ook Nina's stem klinkt nu bang.

Lin loopt naar haar slaapkamer, ziet Nina afwachtend kijken, op haar hoede; wat gaat Lin doen?

Ze pakt sokken uit een la, een trui en een joggingbroek uit de kast.

Ze overhandigt ze zwijgend aan Nina, pakt het bord met ossenworst en gaat ermee aan tafel zitten. De worst heeft alle troost verloren, proeft ze.

De trui en de broek zijn Nina veel te wijd, ze ziet eruit als een kind, een kind waarvoor gezorgd moet worden, door Lin natuurlijk. Ze neemt nog een hap. Laat Nina eerst maar met een verklaring komen, denkt ze, terwijl ze voor zich ziet hoe Nina de la in het kastje onder de telefoon opent, het doosje pakt en er drie briefjes van vijftig uit haalt.

'Hoe kun je nú eten?' valt Nina uit.

Lin slikt de hap door. 'Ik weet niet wat er "nu" allemaal aan de hand is. Waar ik bang voor moet zijn. Dus is er niks mis met mijn eetlust.'

Nina gaat tegenover haar zitten, ze zet haar ellebogen op tafel, haar gezicht steunt in haar handen. Zo is ze mooi en onschuldig, en dat weet ze. Lin leunt juist achterover, laat haar lichaamstaal spreken. Waar die politietrainingen toch allemaal goed voor zijn.

'Ik was op Ko Phi Phi. Een toeristeneiland. Met bars, clubs, hoerententen. Ik was uit met vrienden.'

Lin blijft afwachten.

'Dacht ik. Maar aan het eind van de avond was ik in mijn eentje over, met de rekening. Ik wilde alleen voor mezelf betalen, maar dat vond de eigenaar geen goed idee.'

Lin leunt onwillekeurig naar voren. 'Jezus, Nina. Jij bent toch degene met mensenkennis?'

Nina herkent profiteurs onmiddellijk en van een afstand, waarschijnlijk omdat ze er zelf een kan zijn. Het is niets voor Nina om mensen blind te vertrouwen, dat was iets voor het jongste zusje. Ze ziet Fem nu voor zich, zoals ze voor haar zat, jaren geleden, met een frons tussen haar wenkbrauwen. Ze had met vrienden ergens een broodje gegeten, met zes man. Toen de rekening kwam had iedereen geld op tafel gelegd, zij ook. Sommigen hadden het niet gepast en pakten geld terug. De rekening en het geld verdwenen en daarmee ook Fems briefje van vijfentwintig gulden. Er kwam geen wisselgeld. Fem keek Lin aan, toen die het uitlegde, er zijn er altijd die die truc toepassen, net doen of ieder voor zich betaalt, maar dan gewoon meer terugpakken dan ze neergelegd hebben. Fems blik was gekwetst en vol onbegrip.

'Maar waaróm dan?' In het waarom lag alles wat Fem was.

'Luister je eigenlijk wel?' hoort ze Nina zeggen.

'Jawel.'

'Dus ik wilde niet voor hem werken om het af te betalen en dat werd vervelend.'

'Hoe vervelend?' Lin is terug in het nu, onder het zwartgeblakerde plafond, bij een andere zus, van wie ze ook af moeten blijven.

'Ik moest daar weg. Dus ben ik nu hier.' Nina legt haar handen op tafel, de palmen omhoog.

'Die eigenaar is jou toch niet naar de andere kant van de wereld gevolgd voor een onbetaalde rékening?'

'Misschien heeft hij hier familie.'

Het blijft stil, Nina pakt een stukje ossenworst, haalt het door de mosterd, verplaatst het op het bordje, laat het dan liggen.

'Ik heb hem nogal geraakt. In zijn edele delen, zeg maar. Voordat hij die in mij kon stoppen.' Nina grinnikt, een bange, maar ook triomfantelijke grinnik.

Lin kijkt haar even ongelovig aan, grinnikt dan mee. Ondanks alles. Omdat ze samen wíl grinniken, wil dat dat blijft kunnen.'Hoe? Een knietje?'

'Een knietje en een schop na. Toen hij op de grond lag.'

Ze lachen weer zoals ze vroeger konden lachen, samen tegen de rest van de wereld. Lin hoort bijna ook de hoge lach van Fem.

Lin diept een papieren zakdoekje op uit een zak en geeft dat aan Nina. Die snuit haar neus en veegt haar tranen, van het lachen of van het huilen, weg.

Dan pakt Nina Lins handen. 'Ik zou dat nooit doen, dat weet je toch?'

Lin kijkt haar in de ogen. Nina's blik is oprecht. 'Een kind maken met George?'

Wil Lin haar handen terug of wil ze Nina juist dichterbij trekken?

Ze schudt nee naar Nina. Zo oprecht mogelijk.

'Maar dit gedoe met die Thai heeft me wel voorzichtiger gemaakt. Minder onbezonnen. Minder "er kan mij niks gebeuren". Snap je dat?'

Dat snapt Lin heel goed. Ze vraagt zich alleen af hoe lang Nina's voorzichtigheid gaat duren.

Als ze in de badkamer haar tanden poetst, verschijnt Nina's hoofd naast het hare in de spiegel.

'Lin? Ik ben hier veilig, toch?'

Lin glimlacht geruststellend, voor zover dat gaat met een mond vol tandpasta.

In bed, diep onder het dekbed, realiseert ze zich dat ze het koektrommeltje vergeten is.

Als ze wakker wordt en opzijkijkt, raken roze wolkenflarden de horizon van de plas. Het wordt al later licht, maar het zou weer even warmer worden, regen zou uitblijven. Een eend snatert, wil brood en aandacht, of alleen brood, dat weet ze ook wel. Lin rekt zich uit, ziet dan de Thai weer voor zich.

Zouden het zíjn edele delen zijn geweest? Mogen ze erom grinniken of loopt Nina echt gevaar? Ze recht haar rug, zal een afspraak op locatie maken op het bureau. Dat betekent dat als er vanuit haar ark 112 wordt gebeld, er verder niets hoeft te worden uitgelegd, maar dat er binnen tien minuten hulp ter plaatse is.

Hoewel het binnen nog schemerig is, pakt ze haar wetsuit uit de kast en trekt hem aan. Ze twijfelt even: misschien kan alleen haar badpak, maar het water is kouder, er is al vorst aan de grond gemeten de afgelopen week.

Haar voet voelt aan het water, maar voordat ze niet meer durft trekt ze hem terug, zet het zwembrilletje met de rubberen randen op, zet dan af en duikt in het water, hoofd vooruit, iets wat ze nooit doet. Maar ze wil niet rustig wennen, ze wil niet denken over schuld en wat het water gevangenhoudt. Ze laat het schrikken.

Ze komt boven, crawlt er dan doorheen, slaat erop, ploegt erdoorheen, het kan haar niks maken. Vervolgens neemt ze snelheid terug, zwemt in een rustige schoolslag. Ze kijkt zoekend naar de oever, haakt daar iets aan?

Twee zwanen komen aanzeilen over het water, beide met de veren hoog opgebold, ze maken zichzelf groter. Als ze omkijkt ziet ze waar ze heen zwemmen: naar een andere mannetjeszwaan, die verjaagd moet worden uit het territorium. De onwelkome zwaan maakt zich ook groot, wacht op ze, maar wordt verjaagd, met lawaai, harde snavels en veel opspattend water. Hij blaast de aftocht met klapperende vleugels, zijn vliezen petsen meterslang over het water.

De zwanen negeren haar, een onbelangrijk niet-waterdier. Ze blijft zoekend kijken, zet het brilletje op haar voorhoofd. Ziet ze ergens een drijftasje in fluorescerend oranje, geel, of wit?

Maar er drijft nergens een tasje met Sabines telefoon, ook Sabine drijft er niet. De zon komt nu op boven de bomen, vogels kwetteren de dag binnen.

Zou de natuur het weten als Sabine niet meer leeft? Zouden de vogels dan rouwen en stil zijn, of juist samen zingen, en niet ieder voor zich?

Intrekken, spreid, sluit. Intrekken, spreid, sluit.

Sabines telefoon is hier ergens. De telefoon zat aan haar vast.

Ze is Sabines ark al gepasseerd, heeft niet gekeken of het gordijn dichtgeschoven is, wil Karen of Rick niet zien achter de ramen, maar toch stelt ze het zich voor. De stilte van het huis. De kamerdeur die niet opengaat, de voetstappen die niet klinken op de trap. Sabine komt niet binnen, vraagt niet wat haar moeder vandaag op haar brood heeft gedaan. Karen herinnert haar niet aan haar gymspullen en zegt niet dat ze ook een boterham met kaas moet nemen en niet alleen met hagelslag.

Karen gaat op de bank zitten, iets prikt in haar been. Het is een haarspeld, goudkleurig, een clip die Sabines haar zo mooi opsteekt. Karen klemt de speld in haar hand, ze voelt de scherpe naald niet, voelt het bloed niet langs haar pols glijden. Pas als Rick zichtbaar schrikt, opent ze haar hand. Ze vindt dat zij dat bloed verdient, niet Sabine.

Lin keert om, weer in crawl, als ze even pauzeert zwaait Thijs achter het raam.

Ze duikt onder, de druk op haar oren neemt toe, ze ziet niets, het is donker.

Bij haar zwemtrap komt ze weer boven.

Nina rookt en vraagt niets. Ze reikt haar wel de handdoek aan die ze vergeten was klaar te leggen. Lin staat voorzichtig stil als ze een blauw-gele flits ziet. Het ijsvogeltje zit heel even op de rand van het platje, boven het water, flitst dan weer weg. Ze laat de handdoek zakken, lacht naar Nina. De ijsvogel is een vogel die graag bij water vertoeft en nestelt in oeverwanden, maar zo schuw dat ze hem zelden ziet. Ze wil graag geloven dat hij met zijn komst wil zeggen dat alles goed komt, maar weet dat ze zichzelf niet voor de gek moet houden. Fem spoelde ook pas zes dagen later aan.

Als ze de kantoortuin binnenkomt zit alleen Karel nog maar achter zijn bureau. Hij blijft stug met zijn rug naar haar toe zitten. Ze overweegt hem koffie te brengen, ze zijn tenslotte collega's ook al mogen ze elkaar niet. Als haar telefoon gaat is ze blij dat ze dat niet gedaan heeft. Yvonne.

'Lin, kan ik je even spreken?'

Karels rug blijft vijandig. Ze weet zeker dat hij hierachter zit. Hij kijkt haar niet aan als ze langsloopt. Als ze de deur van Yvonnes kantoor opent, bevestigt die onmiddellijk haar vermoedens met: 'Er is geklaagd.'

'Over het feit dat ik gisteren weer voor wijkagent heb gespeeld.'

'Over het feit dat je de opdracht naar Winterswijk te gaan, om met de ouders van de stoelenfabrikanten te praten, genegeerd hebt.'

'Ik vond het echt iets voor Karel. Daar houden ze toch van rechercheurs die duidelijk zijn?'

Yvonne zucht licht. 'Het houdt een keer op, Lin.'

Lin weet dat ze hiermee bedoelt: ik kan jou niet eeuwig de hand boven het hoofd blijven houden.

Yvonne, toen nog niet zo grijs, had haar bij de recherche gehaald. Zij leidde het bureau waar Lin als agent in uniformdienst gestationeerd werd. Yvonne kende Steigereiland en enkele van haar bewoners, en keek geamuseerd naar de ambitieuze en eigengereide Lin, in wie zij zichzelf herkende, de Yvonne van lang geleden.

Op een regenachtige dinsdagmiddag, tijdens een bureaudienst, staarde Lin naar de druppels die hun grillige weg over de ruit zochten. Ze zag Yvonne pas toen die haar keel schraapte.

'Kan ik je even spreken?'

Lin knikte, stond nerveus op; als agent werd je niet zo vaak bij de commissaris geroepen.

Ze liep achter Yvonne aan de kamer in, waar ze al veel over gehoord had maar die ze nooit in het echt had gezien en nam het glimmende zalmroze in zich op. Het rook zoet, alsof er altijd bloemen stonden, maar ook kruidig. Die geur zou ze later terugvinden in Yvonnes huis, afkomstig van de builtjes die Yvonne tussen haar kleren hing.

Lin keek naar de potloden en de dossiers in het gelid.

'Ik val maar direct met de deur in huis,' begon Yvonne, nadat ze was gaan zitten.

Had haar moeder haar verteld dat ze niet geschikt was voor politiewerk? Dat deze keuze een foute was?

'Jij hebt meer in je mars.'

Lin begon verbaasd te lachen.

'Dat is zeker reden tot vrolijkheid, maar je moet er wel wat voor doen.'

Lin keek haar vragend aan.

'Voel je iets voor een opleiding tot rechercheur?'

Hoezó, ze was niet geschikt voor politiewerk, dacht ze. Hoezó, ze had geen verantwoordelijkheidsgevoel?

Lin grijnsde zo breed dat haar keus direct duidelijk was.

Na de opleiding nam Yvonne haar mee toen ze werd gepromoveerd. Zij werd een van de hoofdcommissarissen van de regio Rijnmond. Lin kon blijven werken aan zaken die met Steigereiland te maken hadden, maar moest ook begrijpen dat sommige zaken belangrijker waren en dat recherchewerk iets anders was. Dat begreep Lin, maar handelde er niet altijd naar. Dat ze Yvonne later het leven redde, gaf haar het krediet waardoor ze dat kon blijven doen.

Nu knikt ze. 'Ik begrijp het,' zegt ze. 'Het komt door mijn buurmeisje.'

'Ja? Volgens mij was je gisteren op de ark van…' Yvonne raadpleegt een briefje '... Dirk en Hiske Geleijnse. En dat ging niet over een vermist meisje.'

Lin lacht, gemaakt moedeloos. 'Je kunt voor jou echt niks verborgen houden, hè?'

Yvonne schudt haar hoofd. 'Ik ben serieus, Lin.'

Dat ziet Lin, en ze knikt. 'Sorry.'

'Dat bezoek aan Winterswijk heeft nulzesnummers en privé-emailadressen opgeleverd van die houtfabrikanten. Die broers. En het gegeven dat het schatten van jongens zijn, die hun droom waarmaken. Maar dat is logisch.'

Lin hoopt van harte dat ze de ouders van de broers niet zal hoeven vertellen dat hun zoons cocaïne verpakken in houten stoelen, en dat ze heel veel geld verdienen aan de verslaving van anderen.

'Je gebruikt de website van die winkel, Terra Incognita,' legt Yvonne uit. 'Je doet een bestelling, verandert alleen het afleveradres.'

'We hebben nog niet met die mensen gesproken. Dus weten we ook niet of ze op de hoogte zijn.'

'Precies. We gaan geen slapende honden wakker maken, die kunnen waarschuwen.'

'Is dat geen uitlokking?'

Yvonne strekt haar armen boven haar hoofd, rekt haar nek. 'Ik heb een uiterst plezierige borrel gedronken met Beukering.' Beukering, de officier van justitie die ook met een trekker op het land diepe voren zou kunnen trekken.

Lin lacht toch nog ongelovig.

'Wat?' zegt Yvonne, als ze Lin ziet kijken. Die kan zich niets, maar dan ook niets voorstellen bij een naakte Beukering. Hoewel, hij heeft vast een woud aan borsthaar. Bijna vraagt ze: heeft hij ook haar op zijn rug, maar ze slikt het net op tijd in.

Alsof ze het wel heeft gevraagd laat Yvonne haar armen zakken en zegt: 'Je verstuurt die mail samen met Karel.'

Lin vraagt zich af of dit een les in nederigheid is.

'Het is een grote zaak, Lin. Ik wil niet dat hij verpest wordt.'

Lin knikt.

'En ik hou graag zo veel mogelijk mensen aan boord. Als die reorganisatie er komt.'

'Oké.'

Als ze naar haar bureau loopt, waar Tom nu zit, blijft het beeld van Beukering met haar op zijn rug op haar netvlies staan.

Een dampende kop koffie staat voor haar klaar. Ze glimlacht, maar heeft ook zin om het bekertje in Karels nek te legen.

'Ik moet even iets doen. Wil jij deze handtekeningen scannen en aan de grafoloog mailen?' vraagt ze aan Tom. Ze pakt het contract en de overschrijving met Dirks handtekening uit haar tas en schuift die naar Tom.

Ze voelt zijn blik in haar rug als ze naar Karel loopt, die in korte mouwen achter zijn bureau zit.

Hij negeert haar. Ze haalt diep adem.

'Sorry.'

Karel kijkt zo langzaam mogelijk op, lijkt het. 'Waarvoor?' Hij wil natuurlijk dat ze door het stof gaat.

'Ik liep ooit stage op straat.'

Karel slaat zijn armen over elkaar.

'Serge, de agent met wie ik meeliep, deed maar één ding. Luisteren. Naar een jongen die op heterdaad betrapt werd voor het stelen van een fiets. Hij had hem nodig om een schuld af te betalen. Er was ook een man, woonde ergens selfsupporting aan de rand van de stad. Serge kreeg eruit dat hij elke avond naar de film ET keek omdat hij hoopte dat iemand hem zou komen redden. Of die vrouw die verboden inheemse hagedissen hield. Waarom deed ze dat? Omdat die zich aanpasten aan haar lichaamstemperatuur.'

Karel wil reageren, maar ze is hem voor.

'Op Steigereiland wonen ook zulke mensen. Die graag willen dat er naar ze geluisterd wordt. In plaats van dingen opgedragen krijgen. En dat doe ik. Naar ze luisteren. Ook als ik eigenlijk iets anders zou moeten doen.'

'Lin,' begint Karel, maar ze schudt haar hoofd.

'Als jij ziek bent, ook al heb je veertig graden koorts, dan kom je naar het werk.'

Karel knikt.

'Maar als je kind zo ziek is niet. Toch?'

Ze weet dat hij twee dochters heeft, maar verder niets. Ze gokt op de morele kaart. Op verantwoordelijkheidsgevoel. Wat Karel zeker heeft, hoe zwart-wit hij ook is.

'Dat was het?' Karel haalt zijn armen uit elkaar en kijkt haar aan. 'Ik wilde bij je tweede zin al vragen waar je me voor nodig had.' Nu lacht hij breed. Zijn ogen lachen mee. Ze heeft Karel nog nooit zien lachen, het wordt een andere man.

Lin lacht terug.

Een kwartier later heeft Richard hun toegang verleend tot de site van Terra Incognita en tikt Karel de bestelling uit. Hij maakt geen enkele spelfout.

'Karel. Mag ik je dan eindelijk vragen wat ik je altijd al wilde vragen?'

Karel kijkt haar verrast aan en begint te lachen. 'We moeten niet gaan overdrijven.'

Bij wijze van antwoord trekt Lin haar trui uit. Karel is nu volledig in verwarring, kijkt rond, wat gebeurt hier, kan iemand hem dat vertellen? Lin ziet Sacha kijken en glimlachen. Zij kent Lins geheime wapen, met George ontwikkeld als grap en doorontwikkeld tijdens het zwemmen.

Ze zet haar rechterelleboog op tafel en opent haar hand. Haar arm is bloot onder de korte mouw van haar bloesje.

Karel lacht ongelovig: wil ze hem uitdagen om armpje te drukken? Hem?

Hij grijnst. 'Jij bent linkshandig, toch?' Dat Karel dat weet.

'Doen we het met links.'

Hij knipoogt naar het publiek, dat Sacha inmiddels om het bureau heeft gemobiliseerd. Lin haalt haar schouders op; hij moet het zelf weten. Sacha seint: pas op.

Lin en Karel zetten hun linkerellebogen tegenover elkaar. Haar hand past twee keer in de zijne. Hij is droog en warm.

Richard heeft zich uit de voeten gemaakt, Tom probeert niet te kijken maar doet dat toch.

Karel drukt.

Hij grinnikt als ze niet meegeeft. Drukt harder. En harder.

Hij fronst, kijkt haar dan aan, beseft dat ze hem in een val heeft laten lopen.

'Karel, man!' klinkt aan de zijlijn.

Iemand fluit zachtjes, een ander roept: 'Hup Lin!'

De aderen op Karels biceps zwellen op, hij loopt rood aan in zijn gezicht, zijn hand zweet. Hij lacht niet meer en zijn ogen staan in de vechtersstand.

Lin drukt. En drukt. Karels arm geeft, waarschijnlijk tot zijn eigen stomme verbazing, een stukje mee. Hij drukt uit alle macht terug. Nog even blijven de armen overeind. Lin kan nu doordrukken, weet ze, ze kan het winnen van dit afgetrainde lichaam. Verstandiger is hem te laten winnen, fluistert een stemmetje in haar hoofd. Ja, fluistert ze terug. Als hij niet had geknipoogd had ze hem laten winnen. Als ze Nina niet bij George had aangetroffen had ze hem laten winnen.

In één keer slaat ze Karels arm plat op het bureaublad.

Er wordt geapplaudisseerd. Lin ziet in Karels ogen dat het inderdaad een onverstandige actie was. Dan laat ze los.

'Wauw,' probeert hij zijn waardigheid te redden. 'Chapeau!' Hij lacht met de anderen mee.

Lin ziet Sacha toekijken, hoofdschuddend.

Lin haalt haar schouders op, staat op en loopt naar Tom. Die kan de grijns op zijn gezicht niet verbergen.

'Zullen we maar eens naar de school?' zegt Lin, met een grote grijns terug.

Tom reikt haar haar jas aan. Als ze de deur uit gaan lijken ze allebei tien centimeter gegroeid.

Tom draait de auto weer vol bravoure het schoolplein op, maar Lin schudt nee. ‘Parkeer maar om de hoek.’ Tom neemt haar op maar doet wat ze vraagt. Van hier hebben ze goed uitzicht op het schoolplein. Dat is leeg. ‘Hoe laat hebben ze hier pauze?’ vraagt ze.

‘Kleine pauze om kwart voor elf, grote pauze om halfeen.’

Lin glimlacht naar Tom. Natuurlijk weet hij dat. Ze kijkt op haar horloge. Het is tien voor halfelf.

Tom opent het portier al, maar ze legt een hand op zijn arm.

‘We wachten hier op Sam. Ik denk dat hij niet wil dat zijn klasgenoten weten dat wij met hem praten.’

Tom fronst.

‘Als hij zelf dat filmpje online heeft gezet, deed hij dat waarschijnlijk om aanzien te krijgen. Wat hij niet had.’

Tom knikt bedachtzaam. ‘En hoe weet Sam dat wij hier op hem wachten?’

Lin houdt haar telefoon omhoog. ‘Whatsapp?’

‘Hoe kom jij aan zijn nummer?’

‘Buren?’

Tom grinnikt, zakt onderuit in zijn stoel. Lin tikt op haar telefoon: Ik wil je iets laten zien. Parkeerplaats om de hoek rechts van schoolplein.

Ze legt haar telefoon naast de versnellingspook, opent het dashboardkastje en zoekt erin. Tom zegt niks.

‘Normale mensen hebben hier ten minste een potje Mentos-pepermunt liggen.’

Tom reikt in de kaartenbak aan zijn portier en haalt er een reep uit. Een reep in een verantwoord groene wikkel, een reep van quinoa en gojibessen.

‘Geen suiker, zeker?’

‘Alleen natuurlijke.’

Lin zucht gemaakt wanhopig.

‘Probeer nou gewoon.’ Hij scheurt de wikkel eraf en geeft de reep aan Lin. Ze neemt een hap. Taai. Droog. Maar er volgt een heel verrassende crunch met pepersmaak op het eind. Ze maakt een goedkeurend geluid.

Het hoofd van Sam verschijnt naast de ruit van haar portier. Ze slikt snel de hap door, weet niet wat ze met de rest van de reep moet, laat hem vallen. Tom ontsluit de portiervergrendeling. Ze gebaart naar Sam: instappen.

Ze ziet weer hoe klein en dun hij is. Zou een quinoa-gojibessenreep in zijn menu passen?

Lin kijkt om als Sam op de achterbank schuift. Zijn ogen schieten van haar naar Tom. Als zij niks zegt, vraagt hij: 'Je wilde iets laten zien?'

Lin knikt naar Tom. Die klikt het filmpje aan op zijn telefoon en laat het aan Sam zien. Zijn schouders zakken iets in elkaar.

'Hoe komt dat op Sabines Instagramaccount?'

Sam slikt, zakt dan achterover in de bank. 'Heeft ze zelf erop gezet?'

Lin draait de achteruitkijkspiegel zo dat ze Sam kan aankijken. 'Vind jij Sabine dom?'

Natuurlijk niet, ziet ze Sam denken.

'Zij weet toch ook wat voor reacties dat oproept?'

Tom dreunt ongevraagd op: 'Slettenbak, hoer…'

Sam schudt zijn hoofd, fronst.

'En dat wist jij ook.' Lin houdt Sams blik vast. Ze ziet er schaamte in, die nu ook omhoogkruipt in zijn nek.

'Ze wou het zelf!'

'Wat? Dat filmen? Of dat jij het online zette?'

'Dat heb ik niet gedaan.' Sam is nu vol in de verdediging.

'Maar zij wilde dat filmpje maken?'

Sam kijkt weg, uit het raam.

'Sam? Sabine is vermist. Misschien wel dood. We willen haar vinden.'

'Wat heeft dat filmpje daarmee te maken?'

'Dat weten we niet. Jij?'

'Nee.'

Hij liegt. Of houdt iets achter.

Lin rommelt in haar tas, haalt er lipgloss uit en stift haar lippen, in de achteruitkijkspiegel. Ze ziet Sam kijken. Hij beseft dat ze hem niet laten gaan voordat hij iets heeft verteld.

Hij zucht. 'We hadden samen porno gekeken.'

Onwillekeurig blijft Lins hand in de lucht hangen.

'Is dat verboden?'

Nee, niet verboden, denkt Lin. Ze ziet Sabine voor zich, het jong-onschuldige gezicht van Sabine, het nog onschuldigere gezicht van Fem.

'Jullie hadden lol. Wilden ook zo'n filmpje maken,' gaat ze door, om het beeld te verdrijven.

'Ja.'

'Maar het was van jullie samen. Dat heeft ze je op het hart gedrukt. Toch?'

Sam kijkt weer weg. Op het schoolplein gaat de bel. Sam reikt naar de deurhendel. De sloten springen dicht. Lin is weer positief verrast door Tom, die stoïcijns voor zich uit kijkt.

'Maar jij zette het toch online. Op haar Instagramaccount zelfs. Waarom?'

'Ik stuurde het naar een vriend. Dat is alles. Wist ik dat hij...'

'Heb je hem Sabines inloggegevens gegeven?'

Sam schudt nee.

'Sam. Welke vriend?'

Sams mond vertrekt. 'Dat zeg ik niet.'

'Waarom niet?'

Sam zwijgt.

'Kan het ook een vriendin zijn?'

De flikkering in zijn ogen bevestigt dat, ook al zwijgt hij.

'Sam? We kunnen dit gesprek ook afmaken op het bureau. Dan moeten we wel even je vader bellen.'

Dat wil Sam niet, zo te zien. 'Jullie moeten bij George zijn,' flapt hij er nu uit.

Lin draait zich om. 'Bij George?'

'Daar zit ze altijd.'

'Waarom?'

'Weet ik wat ze doen!'

Er krampt iets onder haar middenrif. Maar ze moet ontspannen. Sam weet dat George haar ex-man is. De aanval is de beste verdediging, denkt hij misschien.

Ze houdt Sams blik vast. 'Oké. We kijken ernaar.'

'Dus kan ik gaan?'

Tom kijkt zijdelings naar Lin. Die geeft een klein knikje. De sloten springen open, Sam weet niet hoe snel hij het portier open moet doen.

Als hij al met één voet op de grond staat, zegt Lin: 'We komen er vanzelf achter wie die vriend is. Of vriendin. Weleens van belemmering van een politieonderzoek gehoord?'

Het portier valt hard dicht. Sam rent weg. Een klein, bang, mager jongetje. Dat wijst naar George.

Tom start de auto. 'Naar George?'

Lin schudt haar hoofd. Ze tast en zoekt op het tapijt onder haar voeten. Ze vindt de reep, neemt een grote hap en zegt met volle mond: 'Hier moet ik even over nadenken.'

Tom knikt. Ze ziet hem denken: eerst betrappen we hem met Nina, nu blijkt er iets onfris met een meisje van vijftien.

'Ik hou van George.' Dat verrast haar zelf ook, maar ze realiseert zich dat het waar is. Ze hield van hem, houdt van hem en zal altijd van hem houden. Dus gaat ze hier niet in mee. Niet in verdachtmakingen, niet in insinuaties, niet in de twijfel die zich om haar hart klemt. Nina was een vergissing. Hij heeft niet verteld dat Sabine hem opzoekt omdat ze elkaar nooit spreken. Punt.

Ze opent een willekeurig cassettedoosje, dat ook naast de versnellingspook ligt, stopt het bandje in de installatie. Barry White begint zwoel en donker te zingen. Het vrouwenkoor zingt met hem mee. '*My first, my last, my everything!*'

'Mijn moeder. Sorry,' zegt Tom, terwijl het bandje er weer uitwipt.

Lin duwt het onverstoorbaar, schijnbaar onverstoorbaar, terug.

George was haar first. En zal dat blijven. Ze draait het volume nog hoger.

Rechts van haar schieten weilanden voorbij, een kudde schapen deint op de klanken van Barry en zijn koor. Ze rijden op de linkerbaan en veel te hard.

'*My everything!*' zingt ze mee.

Tom kijkt haar aan. Begint dan ook mee te zingen: '*My kind of wonderful, that's what you are.*'

Hij is solidair, wil hij daarmee zeggen. En zingen lucht op, denkt ze terug. Tom drukt het gaspedaal nog dieper in. Ze zeilen over golven die hen dragen, niet naar beneden trekken. Ze lopen over water, winnen ervan.

Op het bureau trekt de zwaartekracht aan haar voeten, maar ze stapt door.

'Ik haal even een broodje,' zegt ze, als ze haar jas over haar stoel heeft gehangen. 'Jij?'

'Ik heb een salade bij me,' zegt Tom.

Ze kijkt hem aan, begint dan te lachen. 'Laat me raden. Linzen, tomaat, geitenkaas en pompoen?'

'Spelt, bleekselderij, bimistengels, avocado. Zelf gemaakt. Vanmorgen om halfzeven.'

Wat zijn in godsnaam bimistengels, vraagt ze zich zwijgend af. Ze realiseert zich nu pas dat hij nog niet één keer is aangeschoven in de kantine, bij de lunch.

Ze neemt Tom op. 'Waarom heb je eigenlijk geen baard? Of een staartje?'

'Omdat mensen me dan in een hokje duwen.'

Touché, denkt Lin, touché.

In de kantine aarzelt ze tussen een broodje kroket en een uitsmijter. Omdat de dooiers haar weer herinneren aan George, neemt ze de uitsmijter. Alleen aan een tafel, het is nog geen lunchtijd, snijdt ze stukjes van de boterham. De zachte dooier in het midden bewaart ze. Als alleen die nog maar over is, schuift ze hem voorzichtig met het brood op haar vork en brengt die naar haar mond. Hij moet er nu niet af vallen. Ze sluit haar ogen als het zachte, warme, vloeibare haar mond vult. Troost.

Terug in de kantoortuin loopt Sacha haar tegemoet. Ze geeft haar een envelop.

Lin fronst. 'Wat is dat?'

'Je winst.'

Lin kijkt Sacha blanco aan. Die knikt naar de onverzettelijke rug van Karel.

'Het ging heel snel. Maar er werd goed ingezet. Op Karel. Dus.'

Beduusd kijkt Lin in de envelop. Het zijn veel briefjes.

'Geniet dáár dan in ieder geval van,' zegt Sacha veelbetekenend.

Ja, het was dom, denkt Lin. Maar bijna net zo lekker als die eidooier.

'En stop die envelop weg. Ik denk niet dat M het waardeert als we op de werkvloer een gokje wagen.'

Lin lacht kort en stopt de envelop in een van de zijzakken van haar broek. Ze kan hiermee de koekjestrommel aanvullen.

Achter zijn computer zit Tom ernstig te kijken. Hij bestudeert iets. Ze gaat achter hem staan en kijkt met hem mee. Het scherm wordt gevuld met twee handtekeningen. Die niet geheel identiek zijn. Maar wel bijna.

'Van de grafoloog,' zegt Tom. 'De handtekening op het contract is met negenennegentig procent zekerheid gezet door dezelfde persoon als die op de overschrijving.'

'En vervalsing is uitgesloten?'

'Als het een expert is niet.'

'Digitaal gekopieerd?'

'Daar zit ik ook naar te kijken. Het is wel echte inkt. Maar met de juiste apparatuur kun je een hoop.'

Lin pakt het contract dat op Toms bureau ligt en bladert. 'En die parafen?'

'Die zijn zeker met de hand gezet. Te verschillend.'

Lin bekijkt het briefhoofd. 'Weleens in het oude Vlaardingen geweest?'

'Visserij was vroeger de belangrijkste inkomstenbron. Dat zie je nog goed in de Oude Haven en de Wilhelminahaven.'

Lin glimlacht. 'Ben je er weleens gewéést?'

'Ze schijnen net zulke lekkere haring te hebben als in Volendam. Maar misschien moeten we ook de specialiteit, ijzerkoekjes, proberen.'

Lin kijkt op Toms computerscherm. Hij zit het gewoon allemaal op te zoeken! Ze begint te lachen en pakt haar jas.

Als ze het bureau uit lopen vraagt ze: 'Waarom ijzerkoekjes?'

Tom kijkt haar van opzij aan. 'Zoet?'

Het kantoor van Kondor & Wessels Vastgoed zit aan de Oude Haven, pal tegenover de oude Visbank. Er liggen nog oude vissersboten aangemeerd. Daarvoor staat een haringkraam met erin een man en een vrouw in klederdracht. Dat komt straks, denkt Lin. Ze wil geen uienlucht dat kantoor mee indragen.

De geschrokken man in pak die gered moest worden van Banjer komt na een kwartier de ontvangsthal binnenlopen. Zijn kostuum is donkerblauw en heel, zijn schoenen van suède en schoon.

'Wouter Post. Wat kan ik voor u doen,' steekt hij zijn hand naar hen uit.

'Beetje bekomen van de schrik?' vraagt Lin, nadat ze die gedrukt heeft.

Dan pas herkent hij haar en zijn bravoure verdwijnt enigszins. Hij lacht verontschuldigend: 'Ik heb het niet zo op honden.'

Hij gaat haar en Tom voor naar een vergaderkamer. Daar is de wand gevuld met een computergetekende impressie van een jachthaven. Lin gaat er met haar gezicht naartoe zitten.

Ze pakt het contract uit haar tas en schuift het naar Wouter Post toe.

'Dit is een overeenkomst tussen u en de heer Geleijnse.'

Zonder ernaar te kijken knikt Post. 'We zijn erg blij dat we eruit gekomen zijn.'

'De heer Geleijnse zegt dat hij het contract nog nooit gezien had, voordat u er van de week mee aankwam. Zijn vrouw zegt hetzelfde.'

Post leunt achterover in zijn stoel. Ze kan niet zien of zijn verbazing oprecht is. Glad en geoefend, denkt ze. 'Dat is heel vreemd,' zegt hij. 'Wij zijn van de zomer een keer op het terrein geweest en hebben met de Geleijnses gesproken. Dat resulteerde hierin.' Hij klopt op het contract.

'Wij?'

Post kucht. 'Ik. Als vertegenwoordiger van ons. Het kantoor.'

'En wanneer heeft meneer getekend?'

Post denkt na. 'Een kleine maand geleden kreeg ik het contract retour. Getekend en in tweevoud.'

'Dirk zegt dat hij niet getekend heeft.'

Post haalt zijn schouders op. 'U heeft de handtekening laten verifieren, neem ik aan?'

Lin verlangt naar een blaffende, boze Banjer. 'Er is een marge.'

Post zucht. 'Mevrouw Kramer. Ik kan me voorstellen dat de heer Geleijnse koudwatervrees krijgt. Nu het allemaal zo dichtbij komt. Zeker gezien zijn...' Post neemt haar op. 'Toestand.'

Waar jullie misbruik van gemaakt hebben. Dat denkt Lin, ze zegt het niet. Nog niet. Ze staat op. Dat verrast Post. Ze loopt naar de impressie aan de muur. 'Mooie jachthaven, hoor.'

Post trekt zijn mond in een glimlach.

'Voorzien van alle faciliteiten, zie ik. Douches, toiletten, horeca, een supermarkt. Hoeveel ligplaatsen?'

'Driehonderd.'

Lin fluit alsof ze onder de indruk is. 'U weet dat het eiland het niet wil.'

'Het betekent werkgelegenheid, recreatie, ontsluiting van het gebied.'

'En geluidsoverlast, toeristen op de steigers, bedreiging van het natuurgebied aan de westkant. En de verstoring van een hechte gemeenschap.'

'We hebben alle benodigde vergunningen.'

Lin stelt het zich voor. Ze daalt haar zwemtrap af, daalt af onder water, komt weer boven. Ze hoort geen stilte, ze hoort geen krijsende reiger of een fuutjong dat om zijn moeder piept, maar geplons en gillende kinderstemmen. Vanachter haar klinkt muziek, ze kijkt om naar het polyester jacht. Een koeler met een fles witte wijn staat op een tafeltje aan dek. Eromheen zitten twee vrouwen en twee mannen. De vrouwen zijn van haar leeftijd en in het wit, de mannen iets ouder en in polo's met een merkje en bermuda's. Ze drinken en proberen een hapje. Ze zien haar niet en ze wijkt uit totdat ze bijna tegen een ark aan zwemt. Als ze om de jachthaven heen gaat, een groot stuk de plas op, hoort ze gevloek. Een man aan het roer van een veel te grote en te dure Jan van Gentsloep maakt een stuurfout. Zijn vrouw staat voorop met een lijn. De boot is te ver van de steiger af. Ze werpt mis, naast de bolder. 'Jézus,' verwijt de man haar, en hij zet de motor met veel gebrul in zijn achteruit, dan weer in zijn vooruit.

'Mevrouw Kramer?'

Post kijkt naar haar. Tom is bezorgd, ze ziet hem denken: is ze er wel helemaal bij?

'In het contract staat dat de verkoopprijs nader overeen te komen is,' zegt ze, terwijl ze de impressie de rug toekeert.

'Dat vonden beide partijen prettig.'

Hebben Hiske en Dirk hun deel van het eiland verkocht, vraagt ze zich af. Of staat deze man keihard te liegen en is Dirk erin geluisd? 'Dus de overeenkomst is met instemming van beide partijen getekend?'

'Ja.'

'Waarom viel de hond u dan aan?'

'Ik heb geen idee! Ik kwam het terrein op, over dat loopplankje, en ineens komt dat beest op me afstuiven.'

'Heeft u overwogen aangifte te doen?'

'Nee.'

'Waarom niet?'

Post geeft geen antwoord.

'Omdat u uw dealtje niet in gevaar wilde brengen,' concludeert Lin. 'Waar gaan Dirk en Hiske heen?'

Nu is de verbazing op het gezicht van Post niet gespeeld. 'Naar een andere ark. Hebben ze dat niet verteld?'

Nee, dat hebben ze niet verteld, denkt Lin. En waarom niet? Aan Toms blik ziet ze dat hij hetzelfde denkt. 'Het eiland is vol. Er kunnen geen arken meer bij,' zegt ze.

'Aan de westkant wel.'

'Dat strookt niet met de natuurbestemming die is opgenomen in het bestemmingsplan.'

Ze zijn jarenlang om de oren geslagen met dat bestemmingsplan, en met de natuurbestemming, maar Lin is daar nu blij mee. Geen jachthaven, geen bewoners die het hip vinden op een ark te wonen. Geen wittewijnboten en patserig gebrul op het water. Geen muziek, geen aanvaringen met een slok te veel op, geen claims omdat het hun schuld niet was en de boot ernstig beschadigd is.

Maar dat gaat misschien veranderen, omdat Dirk heeft getekend. Vrijwillig, met Hiskes medeweten? Maar ze is toch niet zo dom dat ze een nieuwe ark op een andere plek geaccepteerd heeft zonder ligplaatsvergunning? Die krijg je niet als het bestemmingsplan beslist heeft dat er geen woonarken aan de westkant van het eiland mogen liggen. Zonder ligplaatsvergunning krijg je dwangbevelen en word je uiteindelijk weggesleept. Naar de bewaarhaven. En daarna naar de sloop.

'En de ligplaatsvergunning?' vraagt ze daarom.

Post fronst. 'Dat zou ik even moeten navragen bij mijn assistent. Die heeft alle vergunningen geregeld. U kunt zich natuurlijk niet voorstellen wat daar allemaal bij komt kijken, maar…'

'Jawel, hoor. Ik woon er ook.' Ze laat Post zo fijntjes weten dat hij praat met de vijand.

Post trekt zijn wenkbrauwen op. Begrepen.

'Kunt u uw assistent dan even vragen naar die ligplaatsvergunning?'

'Mijn assistent is net een weekje op vakantie.'

Lin kijkt Post strak aan.

Hij wendt zijn blik niet af. 'Mevrouw Kramer. Wij hebben begrip voor de emoties die hierbij komen kijken...'

'Dat heeft u niet. U bent commercieel ondernemer. U wilt geld verdienen. Meer niet.'

'Dat is niet verboden in Nederland.'

Lin verlangt nu naar de blikkerende tanden van Banjer in de broek van Post, misschien zelfs in zijn been, waarbij de huid is stukgescheurd en bloedt naast blauwe bloeduitstortingen.

Ze wenkt Tom. 'We komen nog bij u terug,' zegt ze. Posts hand is warm en droog. Geen hand vol met zenuwen.

De haring is zacht en smelt op haar tong, maar smaakt haar niet. Tom eet geen vis en is even weggelopen naar een nabijliggend winkelcentrum. In de stad lijkt het licht altijd harder, eropuit om van alles te onthullen. Het weerkaatst in de glimmende lak van de auto's, en het goud van de klok in de toren van het gebouw waar vroeger de visafslag plaatsvond, schittert in haar ogen.

Ze vraagt zich af: wie speelt vuil spel en waarom?

Terwijl ze tegen de auto leunt en wacht op Tom, ziet ze Post het kantoor uit komen, met een vrouwelijke collega, in een mantelpakje. Ze onderdrukt de neiging om ernaartoe te lopen en te vragen of zij zijn assistente is en nu al terug van vakantie. Eerst maar eens terug naar Dirk.

Als Tom de auto parkeert op het pad naar de steigers is het zakje ijzerkoekjes, dat hij voor haar gekocht heeft, leeg. Tom heeft er niet één genomen. Lin voelt zich opgeblazen en dik. Vanavond eraf zwemmen, denkt ze.

Banjer slaat al aan als ze de steiger op lopen. Ze kijkt Tom van opzij aan. Die vertoont geen tekenen van stress. Hij volgt haar de loopplank over. Banjer komt op ze afrennen en blaft, zijn ogen staan wild. Als Lin een stap naar hem toe doet, legt hij zijn oren plat en gromt. Hij spant zijn spieren aan om te springen, ziet ze. Ze kijkt omhoog, naar het raam waar Hiske vaak op de uitkijk zit. Daar is niemand te zien. Maar Banjer wacht op een commando.

Tom gaat op zijn hurken zitten. 'Hé, jongen,' zegt hij zachtjes.

Lin begint bijna te lachen, maar dan ziet ze wat Banjer doet. Hij stopt met blaffen. Zijn tong hangt uit zijn bek en zijn oren komen overeind.

'Hé, jongen,' zegt Tom weer, en hij steekt zijn hand naar de hond uit.

Banjer kijkt naar het raam, dan weer naar Tom. Hij loopt op Tom af, buigt zijn kop en laat zich kroelen.

Lin kijkt Tom verbaasd aan.

Die haalt zijn schouders op. 'Dat heb ik met beesten.'

'Voelen ze dat je ze niet opeet?'

Daar moet Tom om lachen.

Hiske doet na lang kloppen open. In de ark hangt er niemand onder de nok in een tuigje. Dirk voelt zich niet lekker en mag niet gestoord worden, zegt Hiske. Ze biedt geen soep aan.

Lin besluit met de deur in huis te vallen. 'Het is Dirks handtekening.'

Hiskes haar staat nog wijder uit om haar hoofd dan normaal, alsof ze onder elektriciteit staat. Ze loopt op blote voeten voor het raam heen en weer. 'Maar hoe kan dat dan?' zegt ze fronsend.

'Meneer Post is hier van de zomer geweest. Hij zegt dat dat gesprek resulteerde in dat contract. Dat Dirk ondertekend heeft.'

'Hij heeft dat achtergelaten, ja. En ik heb het teruggestuurd.'

'Eerder zei je dat je het nog nooit gezien had.'

'Ik was overstuur.'

Het blijft even stil.

'Je hebt het teruggestuurd zonder dat Dirk getekend had?' vraagt Lin.

'Dat dacht ik, ja.'

'Je hebt dat niet gecheckt?'

'Ik was kwaad. Dirk was kwaad. Waarom zou hij in godsnaam zoiets tekenen? Het betekent dat we hier weg zouden moeten!'

'Naar de westkant.'

Hiske stopt met ijsberen. 'Ze boden dat aan, ja. Een ark aan de westkant. Maar Dirk krijg je hier met geen kanon weg.'

Lin hoort iets in wat Hiske zegt, maar kan het niet duiden. 'Boden ze ook een ligplaatsvergunning aan?'

'Zo ver zijn we toch niet gekomen?'

Er klopt iets niet, denkt Lin. 'We kunnen het voorleggen aan een rechter. Dat Dirk zich niet realiseerde dat hij met die handtekening zijn land verkocht.'

'Nee.' Dat klinkt heel beslist, uit Hiskes mond.

'Waarom niet?'

Hiske wacht een fractie te lang. 'Dirk is nu al in alle staten. Dadelijk wordt hij bij me weggehaald!'

Lin weet dat dat niet zo snel zal gebeuren, Hiske heeft bewezen goed voor hem te kunnen zorgen en Dirk is geen gevaar voor zijn omgeving. Behalve voor meneer Post misschien. Ze knikt en laat het voor nu.

'Dus als dit allemaal volgens de regels is, moeten jullie vertrekken.'

'Hebben we een keus?'

Lin wil niet geloven dat het mogelijk is. Een malafide projectontwikkelaar kan toch niet zomaar mensen uit hun leven zetten?

Hiske is gaan zitten, in haar schommelstoel bij het raam en kijkt uit over het water. Ze wil niet verder praten.

Daarom vraagt Lin: 'Die taugé in de soep, was dat lekker?'

Volgens afspraak antwoordt Hiske: 'Met die vissaus erdoor wel.'

Als ze de loopplank weer af zijn en Banjer aan de andere kant naar Tom staat te janken, vraagt hij: 'Maken ze een kans?'

'De ligplaatsvergunning,' zegt ze. 'Dat is nog een uitweg. En misschien kunnen we ervoor zorgen dat Dirk niet hoeft te getuigen.'

Tom knikt, opent het portier van de auto, en ze stappen in. Hij wil achteruit steken, maar Lin schudt haar hoofd.

'Naar George is die kant op.'

Als ze bij de ark van George aankomen, heeft Lin het warm. Omdat het warm is? De plas is rimpelloos, het enige wat klinkt is een viool. Mozart. Dat speelt George als hij zich ergens op wil concentreren, als hij zich wil afleiden en alleen maar aan de muziek wil denken. Ze knikt naar Tom: ga maar voor. Die haalt diep adem en belt aan. De muziek blijft klinken. Lin ziet George voor zich, zijn bovenlichaam dat meebeweegt met de strijkstok, zijn schouder die rond de viool lijkt te draaien, hem draagt en er ook door gekweld wordt.

Tom kijkt haar vragend aan. Ze fluit op haar vingers. Twee keer lang, één keer kort. Het wordt abrupt stil. Lin ziet de strijkstok voor zich die boven de snaren zweeft, het ietwat verwilderde gezicht van George. Dan komen zijn voetstappen naar de deur toe, die opengaat. Hij loopt meteen weer terug naar binnen en laat de deur open.

'Wat is het noodgeval?'

Zo floot Lin als ze hem nodig had, als ze op het strand zijn silhouet niet terug kon vinden. Zo floot hij als zij een tochtje maakte met het bootje en het eten klaar was, of via de telefoon als hij vond dat de werkdag nu echt voorbij was.

'We spraken Sam.'

George gaat aan tafel zitten. De viool ligt op de bank, bladmuziek ligt uitgespreid op de vloer. Jozef is nergens te bekennen; die houdt niet van het geluid van de viool.

'Hij zegt dat Sabine hier vaak kwam.'

George geeft geen antwoord.

'Is dat een ja?'

'Ze had behoefte aan iemand die naar haar luisterde.'

'En waarom heb je dat niet verteld?'

'Ik had de indruk dat ze niet wilde dat mensen dat wisten.'

'Of wilde jíj niet dat mensen dat wisten?'

George kijkt op, gekwetst nu, ziet Lin.

'Wat kwam ze doen?'

'Ik zeg toch: praten!'

Al haar spieren spannen zich, als bij een dier in doodsnood, een dier dat moet vluchten of vechten. Voelt George het ook?

Lin slikt, opent haar handen, ontspant ze. 'Waarover?'

'Gewoon. Puberdingen. Dingen die je als kind overkomen?'

'Kun je iets specifieker zijn?'

'Waarom?'

'Omdat ze vermist is en jij de laatste bent die haar levend gezien heeft.'

'Toen zwóm ze langs.'

'En daarvoor was ze bij Jorkos. En jij hebt haar daar gesproken. Ze was boos. Kun je me nu vertellen waarom?'

George steunt zijn hoofd in zijn handen en zegt iets onverstaanbaars.

'George?'

Een boos gezicht komt uit die handen, een gezicht dat haar aanvalt. 'Ze werd gepest.'

'Door wie?'

'Dat wou ze niet zeggen.'

'Op welke manier?'

George kijkt haar in verwarring aan.

'Hoe werd ze gepest? Wat deden ze?'

'Het gewone. Uitlachen. Treiteren. Voor gek zetten.'

Hij aarzelt. 'Soms werden ze ook fysiek. Als ze iets terugzei. Duwen. Schoppen. Haren trekken.'

'Meisjes, dus.' Lin weet dat Tom naar haar kijkt. Dat is een vooroordeel, maar wel een vooroordeel dat nog steeds klopt.

George haalt zijn schouders op.

'Zwom ze met een drijftasje?'

'Een drijftasje?'

'Waar je geld in kunt doen en een telefoon. Oranje of wit?'

'Dat is me niet opgevallen.'

'Fluorescérend oranje of wit.'

George haalt zijn schouders op. Hij weet het echt niet.

'Wie zette dat filmpje online?'

'Filmpje?'

Lin kijkt hem onderzoekend aan. Ze kan niet zien of hij zijn verbazing speelt.

Ze wenkt Tom. Die pakt zijn telefoon en wil hem aan haar geven, hij wil zijn vingers er niet aan branden, niet aan een man die misschien iets met haar verdwijning te maken heeft, die haar misschien…

STOP, schreeuwt Lin in haar hoofd. Dan zegt ze zachter tegen zichzelf: het is George. George is geen pedofiel. Hij hield van haar. Hij is geen ontvoerder, daar is hij niet stiekem genoeg voor. George is George, beschaafde, vriendelijke, af en toe kwetsbare George. Zoals nu, als hij zijn hoofd afwendt van de beelden van Sabine die een geslachtsdeel in haar mond neemt. Hij walgt ervan, ziet Lin.

'Dat wist je niet?'

George herpakt zich, schraapt zijn keel, gaat rechtop zitten. 'Is dat wat je komt doen? Me Sabine afpakken?'

Waar heeft hij het over? Wat bedoelt hij?

George leunt naar voren, woede maakt hem groter, hij durft. 'Jij komt mij hier vertellen dat mijn contact met Sabine niks voorstelde. Dat ze dingen die er echt toe deden niet vertelde. Dat ik geen vaderfiguur kan zijn, hoe graag ik dat ook wil.'

Haar borstkas lijkt een doelwit, zijn woorden een pijl die erin natrilt. Hij is woedend. Niet om het vermiste kind, maar om het gemiste kind. Zij heeft hem een levensvervulling afgepakt.

'George,' klinkt haar stem, harder dan ze wil.

'Hóú je mond!' klinkt de zijne schel.

Tom kijkt haar aan. Aan zijn blik ziet ze hoe ze eruitziet: haar gezicht bleek, haar lippen een samengeperste smalle lijn, haar ogen koud.

'Waar is ze?'

'Wat kan het je schelen? Is het jouw dochter?'

Het voelt alsof ze een trap in haar buik krijgt. Een harde.

'Tom. Kun jij George even mee naar buiten nemen?'

George slikt, slikt nog een keer. Hij laat zich naar buiten leiden, durft haar niet meer aan te kijken. Ze pakt haar telefoon, haar vingertoppen voelen de toetsen niet als ze ze aanraakt.

'Yvonne.'

Pas als Yvonne vraagt: 'Lin? Ben je daar?' beseft ze dat ze geen woord uit heeft gebracht.

'Ja. Ik ben bij George. Met Tom. Ik wil graag een doorzoekingsbevel.'

'Voor George?' Yvonne kan niet verbaasder klinken.

'Hij heeft Sabine vlak voor haar verdwijning langs zien zwemmen. Dat heeft hij niet verteld. Hij had veel contact met haar, ze kwam regelmatig op bezoek. Ook dat heeft hij niet verteld.'

Terwijl ik met hem geslapen heb, denkt ze erachteraan. Terwijl ik het gevoel had, heel even, dat we elkaar terug hadden gevonden. Dat ik mocht schuilen bij hem, zoals vroeger, als ik even moest uitrusten.

'Je klinkt niet geheel onpartijdig.'

'Dat ben ik ook niet.'

Ze hoort Yvonne zuchten.

'Lin, bij een doorzoekingsbevel wil Beukering meer dan een leugen en een vermoeden.'

'Misschien reageert hij zijn frustratie dat ik geen kinderen wilde af op Sabine.'

Het blijft stil. Lang.

'Hij wist dat ze gepest werd,' zegt Lin. 'Misschien wilde hij haar redden?'

'George is toch geen gestoorde gek?'

'Ik heb hem nog nooit zo gezien.'

Pas nu valt haar oog op de fles op het aanrecht. Een literfles Glenfiddich. Leeg. Een glas in de spoelbak dat naar whisky ruikt. Als ze hem begroet had met een kus had ze het geroken. Als ze het niet zo warm had gehad, had ze aan de nervositeit in de muziek gehoord dat hij zichzelf niet was.

'Hij is straalbezopen,' voegt ze toe.

'Oké. Ik bel Beukering.'

'Zal ik hier wachten?'

'Lijkt me verstandig.'

Yvonne hangt op. Lin heeft zin om George onder de koude douche te zetten, hem in het gezicht te slaan, hem overboord te duwen. Niet om naar buiten te gaan en te zeggen dat er zo een forensisch team aankomt dat aan al zijn spullen zal zitten.

Ze hoeft niet naar buiten, want George komt naar binnen. De bezeten blik is verdwenen, de spanning uit zijn lijf. Hij heeft gehuild.

'Het spijt me,' zegt hij.

Mij ook, wil Lin zeggen; ze wil schreeuwen, met hem meehuilen. Omdat ze het meent. Het spijt haar dat ze niet over zichzelf heen heeft kunnen stappen. Haar verdriet niet opzij heeft kunnen zetten. Gebukt is blijven gaan onder tekortschieten en de angst daarvoor. Maar het spijt haar vooral dat Fem dood is. En Sabine vermist. Dus zegt ze niks.

'Ik krijg zo een doorzoekingsbevel.'

Daar schrikt hij toch nog van.

Hij laat zijn lichaam voorzichtig op een stoel zakken, alsof het overal zeer doet. 'Wat hoop je te vinden?'

Niks, wil ze hem toebijten, niks, in godsnaam niks. Zodat jij George blijft en ik Lin en ik van je kan blijven houden. Tegelijkertijd vraagt ze zich af of dat nog kan. Of is er de afgelopen minuten te veel kapotgemaakt?

'Dus jij denkt dat ik er iets mee te maken heb?' Hij is bang. Teleurgesteld. Murw geslagen.

'Ik weet niet wat ik moet denken.'

'Ik ook niet, Lin. Ik ook niet. Al een hele tijd niet.'

Ze ziet zijn verdriet, dat groot is, maar niet zo groot dat ze het zich niet kan voorstellen. Een kind niet krijgen of een zusje verliezen, zouden er gradaties in dat verdriet zitten? Of is het allebei even erg? Lin loopt naar hem toe, bukt en slaat haar armen om zijn bovenlijf. Haar kin rust op zijn hoofd. Ze ruikt nu de alcoholwalm, snuift die op alsof hij ook haar nog kan bedwelmen. Hij leunt in haar armen. Hij heeft haar nodig. Nee, denkt Lin, hij heeft een vrouw nodig die hem vader kan maken.

Dan gaat haar telefoon.

Het team is er binnen een kwartier; een zwijgend kwartier, zij buiten, George en Tom binnen. In het stille, rimpelloze water verschijnt een kring, afkomstig van een onzichtbare vis. De kring wordt wijder, wijder, lost dan op. Ze wil zich laten zakken in dat water, dat afwachtende, voor altijd schuldige water. Ze wil de verdenking doven, ze wil het niet voor zich zien.

Sabine die aan komt zwemmen. Een fluorescerend oranje tasje drijft achter haar aan. Ze is in haar slag, de rustige, maar krachtige crawl waarmee ze het water bedwingt en gebruikt om snelheid te maken. Dan rijst haar gezicht op, het breekt open in een lach als ze George ziet, die zwaait achter het raam. Hij wenkt haar, kom, laat zien dat tasje, wat een leuke gadget. Ze zwemt naar de ark, duwt zich met haar handen op de omloop, schijnbaar moeiteloos, haar lenige benen strekken zich. De deur schuift open, George steekt zijn hand uit, zij pakt hem aan. Het rondje in het blauwe badpak, de bruine huid van haar rug bloot. Ze drupt als ze de ark binnenstapt, maar George schudt nee, het geeft niet, geen probleem, dat dweilt hij zo toch gewoon even op, het is maar water.

Het beeld bevriest en wil niet meer in beweging komen.

Het forensisch team bestaat uit vijf man. Plastic handschoenen worden aangetrokken, Tom leidt George naar buiten, waar hij op de omloop gaat zitten. Er past net een ligstoel op. Lin en hij kijken elkaar niet aan. De doorzoeking duurt een uur en zeventien minuten. Dan komt de leider van het team naar buiten met een knalgele rugzak. Een meisjesrugzak.

Sabine houdt van de kleur geel.

ZES

Zwijgend trekt Lin de plastic handschoenen aan die de leider van het forensisch team haar aanreikt. Hij draagt het witte pak dat voorgeschreven is, kijkt ernstig, alsof dat ook in de regels staat. Hij heeft een sliertje vermicelli in zijn baard, ziet ze. Het is nu niet het moment om daar iets van te zeggen.

De rugzak die in de ark van George gevonden is, is niet zwaar. Op de buitenkant staat geen naam, er hangt wel een minibeertje aan de rits. Zwijgend ritst ze de rugzak open. Ze voelt erin en haalt er twee boeken uit. *Inleiding in de Biologie* en het *Tirocinium Latinum*. Het zijn nieuwe, ongekafte boeken. Met het laatste boek komt een snoertje mee. Van een iPod. In de boeken staat niks geschreven, op sommige pagina's zijn wel passages onderstreept, met potlood.

'Tom?'

Hij heeft op een afstandje staan wachten, ziet ze, nu hij op haar af komt lopen. Hij durft haar niet aan te kijken, alsof zij George is, bij wie een rugzak is aangetroffen die heel goed van een jong meisje zou kunnen zijn. Een jong meisje dat vaak bij George thuis kwam en voor wie hij graag een vaderrol wilde vervullen. Accepteerde zij hem in die rol? George zegt van wel, maar is dat waar?

'Wat staat hierop?' vraagt ze aan Tom, die al handschoenen aanheeft. Hij neemt de iPod van haar aan, tovert een eigen snoertje uit een zak en stopt een dopje in een oor.

'The Beatles. Simon en Garfunkel. Beach Boys.'

Lin weet dat Sabine houdt van de muziek die bij oude mensen in de kast staat. Dat ze uit principe niet luistert naar Justin Bieber. Dat ze Beyoncé een geweldige vrouw vindt, maar dat ze niet van haar muziek houdt.

Tom haalt het dopje uit zijn oor en kijkt haar aan. 'Zal ik het doen?' vraagt hij. Hij bedoelt: zal ik George confronteren met de vondst of doe jij het liever zelf?

Nu rustig blijven ademen, zegt Lin tegen zichzelf. In door je neus, uit door je mond, voel de adem in je buik, hou hem vast. Het enige wat ze in de zak van haar jack vindt is een halve Bounty. Terwijl ze de blik van de onderzoeksleider negeert, propt ze hem in haar mond. Tom wacht rustig tot ze is uitgekauwd. De gojibesreep was lekkerder, realiseert ze zich nog, voordat ze de plastic zak aanpakt, de rugzak, de boeken en iPod er weer in laat glijden en de omloop op loopt.

Daar ligt George in de stoel, met kat Jozef op zijn zij. Zijn mond staat open en hij snurkt met luide, regelmatige halen. Tom kijkt haar vragend aan. Ze kán nu nee schudden, hoeft hem niet wakker te maken, hoeft hem nog niet schuldig te maken, ze kan uitstel krijgen.

Ze loopt naar hem toe en trekt aan zijn oorlel. Hard. Daar wordt hij wakker van, weet ze.

Het duurt wat langer vanwege de alcohol, maar zijn ogen gaan open. Hij blijft even stilliggen, dan komt binnen waarom hij daar in die stoel ligt en waarom Lin naar hem kijkt. Hij schiet overeind. Met een luide beledigde mauw springt Jozef van George af. Diens haar ligt plat tegen zijn hoofd. Hij heeft ongetwijfeld dorst. Ze pakt het vuile koffiekopje dat naast de stoel staat, loopt naar de buitenkraan en vult het met water. Hij drinkt gretig. Dan pas houdt ze de plastic zak met de rugzak voor hem op.

Hij fronst.

'Is deze van Sabine?'

Hij kijkt, kijkt nog eens. Hij heeft geen oog voor dat soort details, ziet het niet als je een nieuwe trui aanhebt of naar de kapper bent geweest.

'Of is hij van jou?' biedt Lin aan.

Hij schudt meteen nee, realiseert zich dan dat ze de rugzak in zijn ark moeten hebben gevonden. 'Waar...'

'In je gangkast.'

'Hè?' Zijn verbazing is oprecht. Hij haalt diep adem. 'Hij is niet van mij en ik weet niet hoe die in de kast terechtkomt.'

'Wanneer was Sabine hier voor het laatst?'

Hij denkt na, zoekt achter de nevelen in zijn hoofd. 'Vorige week... woensdag. Dan heeft ze altijd de laatste twee uur vrij.'

Dat is voor hun ontmoeting bij Jorkos, ze is daarna nog op school geweest, bedenkt Lin.

George kijkt haar nu smekend aan. 'Ik zweer het.'

Ze wenkt hem – kom maar naar binnen – en gaat hem voor. 'Kan ik ervan op aan dat je hier blijft?'

Tom schrikt zichtbaar van die vraag, die geeft George immers de mogelijkheid te ontsnappen, maar Tom kent George niet, weet niet dat George niet wegloopt van verantwoordelijkheden.

George knikt en vraagt: 'Wat betekent dit?' Lin geeft geen antwoord, maar loopt naar een van de forensisch onderzoekers.

'Heb jij spullen bij je om DNA af te nemen?'

De onderzoeker knikt, opent een kistje en pakt er een steriel verpakt wattenstaafje uit.

George kijkt verbijsterd toe.

'Je hóéft het niet af te staan.'

'Ik zweer je, ik heb die rugzak nog nooit gezien. Laat staan in mijn handen gehad.'

'Dan kun je het dus doen.'

Of zijn DNA erop staat is van belang, omdat het aan zou tonen dat hij liegt en dat hij de rugzak verstopt heeft. En als Sabines DNA erop staat, is hij van Sabine. Waarom staat hij dan in de gangkast en weet George daar niks van?

'Wij zoeken Karen op,' zegt ze tegen Tom.

Als ze de deur uit gaat kijkt ze onwillekeurig om. George opent zijn mond voor de onderzoeker, die het wattenstaafje over de binnenkant van zijn wang strijkt. In zijn ogen staat pure paniek.

Buiten staat de leider van het team nog te wachten.

'Rond het hier maar af,' zegt Lin tegen hem. 'De deur kun je gewoon achter je dichttrekken.'

Die gang van zaken bevreemdt de man, ziet ze, maar hij zegt niets en knikt. Misschien ziet ze er meer aangeslagen uit dan ze denkt.

Op de steiger, waarnaast een reiger op één poot in het water staat, pakt ze haar telefoon. Terwijl die overgaat blijft de vogel haar zijdelings aankijken. Zijn blik is verongelijkt, als die van een boos kind dat valselijk beschuldigd wordt. Ze draait zich van de reiger weg.

'Met Karen.'

'Hai, met Lin.'

'Ja.'

Dat ziet Karen natuurlijk op haar display. Maar ze is bang. Als ze niks vraagt, is er ook niks aan de hand.

'Waar ben je?'

'Is ze... hebben jullie...'

Haar stem breekt. Lin vervloekt zichzelf; ze is niet professioneel. 'Ik bel niet met slecht nieuws, maar ik wil je iets laten zien,' voegt ze snel toe. 'Waar ben je?'

Ze voelt de adem die Karen opgelucht uitblaast bijna langs haar oor strijken.

'De vergadering is nogal uitgelopen.'

'Hoe lang ben je onderweg naar huis?'

'Rick heeft de auto, ik moet met de bus, dat gaat wel even...' Haar stem trilt. 'Maar misschien kan ik...'

Lin onderbreekt haar: 'We zijn er met een kwartier.'

Tom loopt al naar de auto.

'Op dit tijdstip staat de A20 helemaal dicht.'

Tom kijkt haar vragend aan.

'We gaan met mijn motor.'

De deur van Georges ark staat nog open. Ze stapt het halletje in en kijkt omhoog. Aan een balk aan het plafond hangt inderdaad Georges helm, de helm die hij droeg als hij bij haar achterop stapte voor een tochtje naar Hoek van Holland, waar ze langs het strand uitwaaiden en in de koude zon een bord met pelgarnalen aten. Ze ziet nog hoe hij zorgvuldig de citroen erboven uitknijpt en met de pepermolen verse peper eroverheen maalt. Ze voelt de garnaal knappen tussen haar tanden en eet ook de schil erbij op. George ergert zich niet aan die gewoonte, maar moet daarom lachen, zoals altijd, zoals hoort bij het ritueel van de rit op de motor, de wandeling, de garnalen, hun ontspannen samenzijn – STOP.

De reiger vliegt krijsend en met klapperende vleugels op als ze zich de steiger op haast met de helm voor Tom onder haar arm. Ze lopen zwijgend over de steigers naar haar motor, die bij haar ark geparkeerd staat.

Als ze hem start gaat haar voordeur open en stapt Nina naar buiten, met zwarte vegen op haar gezicht.

'Laat die kachelpijp. Dat doe ik vanavond wel,' zegt Lin.

De kachelpijp die Nina met haar dronken kop ontzet heeft en die ze nu probeert te repareren uit boetedoening. Boetedoening alleen voor dat ontzetten, of ook voor het verleiden van George?

Lin draait haar hoofd om naar Tom en roept: 'Zit je?'

Ze hoort niet wat hij zegt, maar voelt aan het lichaam dat achter haar op de motor zit dat hij zich schrap zet. Ze doet het vizier van haar helm omlaag en rijdt langzaam de provinciale weg op. Daar geeft ze gas. Toms arm, die haar eerst nauwelijks raakte, klampt zich nu aan haar middel vast. Hij leunt mee in de bocht, gelukkig, denkt Lin.

Op de snelweg laveert ze de motor tussen de rijen auto's door, krijgt opgestoken middelvingers, maar negeert die. Binnen een kwartier weet ze of de rugzak van Sabine is. Kan zijn. Ze wil er nog niet aan denken wat dat betekent.

Het kantoor waar Karen werkt is een gebouw van dertig verdiepingen aan de Coolsingel, in hartje Rotterdam. Achter de glazen draaideuren vinden Lin en Tom een balie. Lin zet snel haar helm af als ze de verontruste blik van de receptioniste ziet.

'We hebben een afspraak met mevrouw Van Weelden.'

De receptioniste is afgeleid door de glimlach van Tom. Geërgerd draait Lin zich naar hem om, hij trekt onmiddellijk zijn gezicht in de plooi.

'De secretaresse van de baas?' verduidelijkt Lin.

'Zijn personal assistant bedoelt u denk ik?'

Lin wil bijna zeggen: in mijn tijd heette dat secretaresse, maar houdt haar mond. Ze is prikkelbaar, prikkelbaarder dan anders en ze moet zich concentreren. Op een moeder die zo meteen mogelijk de rugzak van haar verdwenen dochter gaat herkennen. De receptioniste praat in haar headset. Er staat een glazen kom met Koningin Wilhelmina-pepermuntjes op de balie. Lin wil er een handvol uit halen en in haar mond proppen. Ze verlangt ook naar zoete popcorn, of een stuk chocola dat langzaam smelt op haar tong.

'U kunt even plaatsnemen.'

Het meisje gebaart naar het zitje met twee rode banken met ronde, hippe vormen. Lin schat dat je hulp nodig hebt om daar weer uit te komen.

Ze reikt in haar binnenzak en toont haar badge. 'Ik dacht dat mevrouw Van Weelden wél begrepen had dat het haast heeft.'

Achter haar wordt een keel geschraapt. Karen, in groen mantelpak met kokerrok en pumps. Met haar haar opgestoken is haar gezicht opener, vriendelijker. 'Kunnen we even ergens...' Karens stem slaat over.

De receptioniste begrijpt nu ook het belang van de zaak. 'Vergaderkamer twee hierbeneden is vrij.'

Karen knikt, schraapt weer haar keel, durft niet te praten, bang dat haar stem haar laat zitten. Ze houdt de schijn op, knikt vriendelijk naar het meisje, dat nu op een nagel bijt, en gaat Tom en Lin voor.

Er staat een lange ronde vergadertafel met kleine flesjes Spa Blauw erop en een met plasticfolie afgedekte schaal met koekjes. Gemengde koekjes.

Lin gaat zitten, knikt naar Tom. Die haalt de plastic zak met de rugzak tevoorschijn en zet hem op de tafel. Karen blijft staan. Nu hoest ze. Ze ziet lijkbleek.

'Waar... Hoe...'

'Kan deze van Sabine zijn?'

Karen pakt de plastic zak, strijkt hem glad, kijkt. 'Dat ligt eraan.'

Lin kijkt haar vragend aan.

'Waar jullie hem gevonden hebben. Toch?' Karen kijkt haar aan, wil het wel en niet weten. 'Ik bedoel, als hij op school lag, dan kan het natuurlijk. Maar bij een vreemd iemand, dat lijkt me sterk.'

Lin ziet haar denken.

'Maar... ze ging zwemmen. Zonder rugzak. Wat betekent dit dan?'

'Dat weten we niet,' antwoordt Lin.

Karen kijkt weer naar de inhoud van de plastic zak. Naar de boeken. De iPod. Dan schudt ze beslist nee. 'Sabine heeft zo'n rugzak. Maar haar boeken zijn gekaft. Allemaal, daar let ik op omdat ik vind dat kinderen de waarde van spullen moeten kennen.'

Lin knikt. 'Maar ze heeft zo'n rugzak. Zo'n gele... Eastpak-rugzak.'

Karen slikt. 'Ze mag van ons die iPod niet meenemen naar school. Als ze door het verkeer fietsen met die dopjes in hun oren...'

'Misschien ging ze niet naar school,' zegt Lin, en meteen slaat ze zich voor de kop. Want daar komt de vraag die ze even heeft kunnen omzeilen.

'Waar ging ze dan heen? Waar hebben jullie deze gevonden?'

'Dat kan ik je pas vertellen als we zeker weten dat hij van Sabine is.'

Karen graait naar de plastic zak, wil hem openmaken, maar Lin is haar voor. Ze knikt naar Tom, die plastic handschoenen tevoorschijn haalt en die Karen aanreikt. Ze krijgt ze pas aan als ze haar tanden gebruikt, zo trillen haar handen.

Tom opent de sluiting, schudt de rugzak eruit. Karen pakt hem op, kijkt ernaar, opent de rits, kijkt en voelt erin.

'Ze heeft er zo één.'

'Maar of het deze is, dat kun je niet met zekerheid zeggen? Dat beertje?' Lin hoort zichzelf, hoort dat ze niet weet tussen welke hoop ze moet kiezen, de hoop dat ze Sabine eindelijk op het spoor zijn, of dat George er niks mee te maken heeft, dat hij het bestaan van die hele rugzak gewoon vergeten was.

'Lin. Alsjeblieft?' Karens masker is gevallen, ze staat daar als moeder, naakt onder een misplaatste outfit en wankelend op haar hakken. 'Waar hebben jullie hem gevonden?'

Lin voelt Tom naar haar kijken.

Ze handelt volgens protocol, herhaalt ze in haar hoofd. Het is niet verstandig iemand als mogelijk betrokken aan te wijzen als daar te weinig bewijs voor is. Het zou onrust veroorzaken in de kleine gemeenschap, met gevolgen die niet te overzien zijn. Ze weet dat ze zichzelf voor de gek houdt als ze zegt: 'We komen zo snel mogelijk bij je terug.'

Tom schenkt het glaasje water voor Karen in, die op een stoel zakt.

Lin wil haar op de kromme, ineengedoken rug kloppen, maar durft het niet. Sabine! Waar ben je? galmt in haar hoofd. En ongetwijfeld in dat van Karen.

Vlak voordat Tom bij haar achterop stapt zegt hij: 'Misschien zijn die boeken van Maaike.'

Dat had Lin ook al bedacht. Maaike heeft gezegd dat ze Sabine belde om te vragen wanneer ze haar boeken terug wilde. En dat ze ze toen nog even mocht houden.

'Dus gaan we dat vragen?'

'Nee,' zegt Lin. 'We laten Maaike en Jolien ophalen, nemen ze mee naar het bureau in verschillende auto's en vragen naar dat filmpje.'

Tom kijkt bedenkelijk. 'Trekt dat niet te veel aandacht?'

'Ze verbergen iets. En ik wil dat ze beseffen dat dat consequenties heeft.'

Ze zet abrupt de helm op en sluit het vizier. Nu pas ziet ze dat de helm van George Tom veel te groot is, dat zijn hoofd op zijn nek wiebelt van het gewicht, en ze neemt zich voor rustig te rijden.

Nadat ze de rugzak naar het lab heeft gebracht, zakt ze in haar stoel, achter haar computer, en wacht. Ze klikt bestanden aan en weer dicht. Ze weet niet hoe ze een spelletje moet downloaden. Bovendien heeft ze een hekel aan spelletjes. Ze ziet Sacha kijken en de uitdrukking op haar gezicht respecteren, die zegt dat ze niets moet vragen. Ook de anderen laten haar met rust. Tom luistert muziek, die zachtjes uit zijn oordopjes schettert. Hij zingt niet mee en ze kan niet horen wie er wel zingt.

Ze krijgt een Whatsapp binnen, van Yvonne. Iets bij George gevonden?

Lin blaast haar adem uit, ademt weer in, langzamer. Ze antwoordt niet.

Yvonne ontbiedt haar voor koffie met een gevulde koek. Of heeft ze liever chocola?

Ondanks alles glimlacht Lin. Ze staat op en gaat het zalmroze kantoor binnen.

Yvonne luistert. Fronst. Denkt na.

'Er klopt iets niet, hè?' zegt ze.

Dat is Lin met haar eens.

'George heeft toegegeven dat ze vaker bij hem thuis kwam. Waarom zou hij liegen over die rugzak?' gaat Yvonne door. 'Dat maakt hem alleen maar verdacht.'

Lin voelt ergens een haakje aan die gedachte, maar kan er niks aan hangen.

Yvonne denkt verder: 'Als hij Sabine ver–' Ze stopt met praten als ze Lins gezichtsuitdrukking ziet, gaat dan door: 'Als hij iets met Sabines verdwijning te maken heeft, dan zou hij die rugzak toch ook hebben laten verdwijnen?'

Lin denkt: als hij Sabine heeft laten verdwijnen en hij niet wist dat ze haar rugzak in de kast had gezet, dan is hij zich zojuist doodgeschrokken. Ze bijt een stuk van de harde pure chocola af en kijkt door het raam. De blaadjes aan de grote eikenboom, die vrijwel al het licht in de kamer wegneemt, beginnen al rood en geel te kleuren. Lin heeft zin die blaadjes te ruimen, de licht verrotte geur te ruiken, met haar handen erin te graaien. Ze wil dat Fem de vuilniszak voor haar openhoudt en naar haar lacht. Zij ruimden de blaadjes, elk najaar, Fem en zij, omdat niemand anders er zin in had en Lin het beschouwde als een luxeprobleem. Als je ergens woont waar blaadjes vallen, is het leven zo slecht nog niet. Soms, als de bladeren droog genoeg waren, sleepten ze zakken vol naar het grasveldje verderop, en staken de fik erin. Lin ruikt weer die zoete, later scherpe, verboden lucht en ziet de as opwaaien, ziet Fem haar gezicht zwart vegen – STOP.

Ze moet altijd weer terug, steeds opnieuw afscheid nemen, omdat Fem in haar hoofd nooit sterft.

'Lin?'

Ze kijkt Yvonne aan.

'Is het verstandig, die meiden hiernaartoe te laten brengen zonder dat je erbij bent?'

'Uniformen maken meer indruk.'

Yvonne knikt. De chocola is te puur, te bitter, plakt in plaats van dat hij smelt. Lin slikt, schraapt haar tong langs haar gehemelte.

Yvonne zegt: 'Het kan ze ook belangrijk maken voor hun medeleerlingen.'

'Als we ze een nachtje houden is dat snel over.'

'Heb je daar genoeg voor?'

'Nog niet. Maar ik kan ermee dreigen.'

'Lin. Het zijn kinderen.'

'Kinderen die pornofilmpjes maken en die op het net zetten om een ander kind kapot te maken.'

Yvonne knikt.

Als Lin opstaat en naar de deur loopt, pakt Yvonne de wikkel van de chocola op. 'Peper en basilicum.'

'Ah,' zegt Lin. 'Ik vond het al apart.'

Lin denkt dat Yvonne nog iets wil zeggen, iets als: blijf bij de feiten en schakel emoties uit, dus stapt ze snel naar buiten en trekt de deur achter zich dicht.

Door de gang loopt Jolien, met op haar schouder de hand van een agent die haar voortduwt. De blik die ze van haar krijgt kon niet giftiger zijn.

Ze laat Jolien wachten en gaat de kamer in waar Maaike op haar wacht. Tom heeft haar een cappuccino gegeven, ziet ze, en speelt *good cop*, zoals afgesproken.

Maaike staat niet op als ze binnenkomt en klemt haar handen om de koffiebeker. Ze had de peper-basilicumchocola mee kunnen nemen, denkt Lin. Maar zij is de *bad cop* en gaat rustig zitten, tegenover Maaike. Lin leunt naar achteren, zodat ze straks, als het moment daar is, naar voren kan leunen en de prooi binnen kan halen.

Maaike draagt korte mouwen, het is ook warm voor de tijd van het jaar. Het verband om de brandwond op haar arm is schoon, de huid eromheen lijkt minder rood.

'Gaat beter, hè,' zegt Lin.

Maaike antwoordt niet. Ze knippert snel met haar ogen, kijkt even naar Tom. Die heeft haar op het hart gedrukt dat ze mag vertrekken als ze gewoon de waarheid vertelt, en dat hij zeker weet dat er dan niets aan de hand is.

'Sabine wordt gepest,' stelt Lin.

Maaike kiest ervoor niet te reageren.

'Door jou. Door Jolien. En door anderen.'

'Wie zegt dat?'

'Iemand die we wél geloven.'

'Wat bedoelt u daarmee?' Maaike is fel nu, Jolien heeft vast tegen haar gezegd: je laat je niet zomaar beschuldigen, nergens van.

'We hebben die foto van je brandwond aan een arts laten zien.'

Maaike kijkt weer naar Tom; dat had hij niet verteld.

'En die is niet afkomstig van een ongelukje met een vlam in de pan. Waarvan dan?'

Maaike wil hierover nadenken, maar Lin gunt haar niet de tijd voor een nieuwe leugen.

'Waar heb je die opgelopen?'

'We deden iets stoms. Met een spuitbus haarlak. Die ontplofte.'

Dat is de waarheid, ziet Lin, of bijna de waarheid.

'Wie zijn "we"?'

'Gewoon. Een paar gasten van school.'

'Was Jolien erbij?'

Maaike kijkt weg. Ze wil haar vriendin niet verraden, dus is er meer aan de hand dan een stuntje met een spuitbus.

'En Sabine?'

'Nee.' Dat antwoord komt snel, te snel.

'Wat houdt dat pesten in?'

'Gewoon. Onschuldig. Wat overal gebeurt.'

Goed, denkt Lin, ze heeft nu het pesten bekend en ze leunt naar voren. 'Had Sabine daar last van?'

Maaike haalt haar schouders op en kijkt weg.

'Sabine had er last van,' vervolgt Lin voor Maaike. 'Erge last.'

Maaike schrikt. 'Het was gewoon... we bedoelden er niks mee!'

'Stel. Sabine had er meer last van dan iedereen dacht. Ze kon het goed verbergen. Maar het werd te erg. Er was een emmer en er was een druppel. Ze kon er niet meer tegen en besloot het water in te gaan. En er niet meer uit te komen.'

Fem besloot ook het water in te gaan, schiet door Lins hoofd. Maar die wilde er weer uit komen. Ze kwam er ook uit. Opgeblazen... STOP.

Ze komt terug bij Maaike.

Die schudt nu hard nee, haar lip trilt. Dit scenario voor Sabine heeft ze misschien al bedacht.

'Wat zou die druppel kunnen zijn?' vraagt Lin, op zachte, begripvolle toon.

Maaike slikt, denkt na.

'Je hebt gelijk,' vervolgt Lin. 'Overal wordt gepest. En niemand bedoelt er echt iets mee. Maar het kan soms grotere gevolgen hebben dan je zou willen.'

Lin knikt naar Tom. Die pakt zijn telefoon en zet het filmpje op. Het filmpje van Sam en Sabine. Maaike moet ernaar kijken, ook al wil ze het niet. Het geluid staat hard, Sam kreunt te luid, tussen deze muren. Maaike heeft het eerder gezien en gehoord, ziet Lin aan haar handen, die ze strak om het tafelblad klemt.

'Wie heeft dat online gezet?' vraagt Lin.

'Weet ik het!'

'Sam zegt dat het een vriend van hem was. Of een vriendin.'

Maaike schudt nee. 'Dat waren wij niet.'

Lin knikt. Maaike heeft zojuist de betrokkenheid van haar en Jolien bevestigd, of in ieder geval dat ze weet wie er verantwoordelijk is.

Ze knikt naar Tom. Die pakt twee boeken, verpakt in plastic.

'Herken je deze boeken?'

'Ehm. Die hebben we op school. Biologie. Latijn.'

'Zijn het jouw boeken?'

Lin ziet Maaike denken. Ze kijkt nogmaals naar de boeken, komt dan tot een reddend inzicht. Haar gezicht klaart op. 'Nee.'

'Hoe weet je dat zeker?'

'Ik had ze toch uitgeleend? Aan Sabine?'

Dat zou Jolien zich niet hebben laten gebeuren, denkt Lin.

Als Lin zwijgt gaat Maaike verder: 'Sabine heeft ze. Dan kunnen ze toch niet hier…'

Nu pas realiseert ze zich wat dat betekent. Verstrikt in leugens gaat ze door: 'Ik bedoel, het zou kunnen, maar misschien waren het wel andere boeken, die ik haar had geleend, ik weet het niet zeker meer…'

'Dank je,' zegt Lin en ze staat op. Maaike is totaal in verwarring, ziet Lin, waar wordt ze voor bedankt en wat gaat Lin doen? Maaike zoekt hulp bij Tom. Die geeft haar niets meer dan zijn glimlach. 'Je mag zo naar huis.'

Bij de deur kijkt Lin nog een keer om. Het tl-licht glanst in Maaikes nu vettige haar. Ze wrijft over het verband. Daaronder jeukt het, weet Lin. Het dreigement van een nachtje cel bewaart ze.

Jolien zit rechtop en kijkt haar recht aan.

'U mag me niet verhoren zonder mijn ouders of een advocaat.'

'We verhoren je niet. We voeren een gesprek.'

Jolien schuift met kabaal de stoel naar achter, expres, wil opstaan, maar ziet de agent bij de deur, die zijn benen spreidt. Ze aarzelt.

'Wil je dat Sabine gevonden wordt of niet?' vraagt Lin met kille stem.

Jolien gaat weer zitten.

'Maaike zegt dat jullie Sabine pesten.'

'Dat is een beschuldiging. Dat hoort bij een verhoor, niet bij een gesprek.' Jolien is slim, moet Lin haar nageven. En niet snel onder de indruk te krijgen.

'Alleen als je beschuldigd wordt van een strafbaar feit,' gaat Lin door, haar blik op die van Jolien. 'Pesten is niet strafbaar, helaas,' voegt ze toe.

Dat lokt een schamper lachje uit.

'Dus,' zegt Lin en ze leunt nog verder naar voren. Jolien leunt naar achteren, van haar weg. 'Pesten jullie Sabine?'

'Dat zijn Maaikes woorden.' Ze is dus ook niet te beroerd om haar vriendin af te vallen.

'Veel mensen pesten uit angst om zelf gepest te worden,' zegt Lin.

Weer een schamper lachje. 'Ik niet.'

'Waarom doe je het dan?'

Jolien neemt haar op. Lijkt haar kansen in te schatten. Dan haalt ze haar schouders op. 'Jij bent ook gepest, hè?'

Jolien bluft.

'Hoe zie je dat?' geeft Lin haar de bevestiging waarop ze hoopt, de bevestiging dat ze Lin nu kwetst, of ten minste raakt.

Jolien kan een glimlach niet onderdrukken. 'Zo kijken ze. Degenen die gepest worden.'

'En daar krijg je een lekker gevoel bij.'

Joliens neus gaat de lucht in. 'Weet u, school is een jungle. Weleens van de survival of the fittest gehoord?'

'Je hebt een filmpje online gezet. Een filmpje van Sabine en Sam.'

'O ja?'

'Sam heeft het gemaakt en naar je doorgestuurd.'

'Zegt hij dat?'

'Is het zo?'

'Pesten was niet strafbaar, toch?'

'Is dat een ja?'

Waarom glimlacht Jolien nu, vraagt Lin zich af. Omdat ze weer denkt dat ze Lin een stap voor is.

'Dus jij hebt dat online gezet.'

'Helemaal niet. Hoe kom ik aan haar accountgegevens?'

'Waarvan,' zegt Lin quasi-onwetend.

Weer die glimlach, triomfantelijk nu. 'Van haar Instagramaccount. Daar heeft ze het zelf op gezet!'

'En jij volgt haar. Op Instagram?'

Er flikkert heel even iets in Joliens ogen. Foutje gemaakt. 'Tuurlijk. Wij zijn toch vriendinnen?'

'Denk je dat Sabine zo dom is dat ze niet weet wat dat oplevert? Niet wist dat ze een slettenbak genoemd kon worden? Een hoer? Waar iedereen die zin heeft overheen mag gaan?'

Jolien haalt haar schouders op.

'Wat was dat met die spuitbus?' schakelt Lin over. Te snel voor Jolien, zoals haar opzet was, ziet ze op Joliens gezicht.

'Wat heeft dat ermee te maken?'

'Waarom was dat geheim? Gewoon een stom ongelukje?'

Als Lin Jolien aankijkt weet ze dat ze er bijna is, maar dat ze het antwoord niet gaat krijgen.

'Pubers kunnen vaak de consequenties van hun handelen niet overzien, hè?'

Jolien reageert niet.

'Maar vaak hebben ze wel een geweten. Ik hoop dat jij dat ook hebt.'

'Zie ik eruit als een seriemoordenaar?'

Op het moment dat ze het eruit flapt heeft ze er spijt van, ziet Lin. Ze verzwijgt iets. Dat ze weet waar Sabine is?

Een uur later staat Lin in haar woonkamer op een trap en duwt tegen de kachelpijp, die niet meegeeft. Nina komt binnen.

Die zwijgt, duwt van onder tegen de pijp. Hij verschuift, maar zit nu klem bij de aanhechting.

'We kunnen ook een kachelbedrijf bellen?' zegt Nina. 'Dat betaal ik dan natuurlijk.'

Van het geld uit de koektrommel? wil Lin vragen, maar ze heeft het benauwd. Dat zegt haar dat ze op dit moment die confrontatie niet aankan.

Ze rukt nog een keer aan de pijp, zodat roet vrijkomt en in Nina's rode haren landt. Die geeft geen kik. Schuldgevoel, concludeert Lin.

Met een laatste klap schiet de pijp goed.

Lin kijkt en voelt nog een keer, stapt dan de trap af.

'Wil je wat eten?' vraagt Nina.

'Ik dacht dat je het nooit zou vragen.' Lin klinkt bits, dat weet ze, maar Nina straalt.

Ze doet de koelkast open en haalt er een grote schaal uit. 'Salade meloen, ham, geitenkaas. Met een honing-mosterddressing.'

Lin zegt niet dat ze zin heeft in iets warms, in erwtensoep desnoods, maar lacht terug naar Nina.

Nina pakt borden, bestek, peper, en gaat zitten, terwijl Lin de kachel aanmaakt. Als hij rood en geel brandt achter het glazen ruitje schuift ze aan.

'Hoe is het met die stoelenzaak?' vraagt Nina, nadat ze zichzelf een glas wijn heeft ingeschonken. Lin bedankt.

'Geen tijd voor gehad,' zegt Lin.

Nina blijft haar aankijken, maar vraagt niets. Uit respect, denkt Lin.

Ze aarzelt, maar zegt het omdat ze het niet binnen kan houden. 'Er is een rugzak gevonden die van Sabine zou kunnen zijn.'

Nina kijkt haar aan, vraagt niet: waar? Ze neemt haar alleen maar op, met een begripvolle, maar ook voorzichtige blik, alsof ze niet weet wat ze van Lin kan verwachten.

'Ik hoorde over die huiszoeking,' zegt ze.

Natuurlijk, denkt Lin. Alsof je dat op het eiland verborgen kunt houden.

'Denk jij…' Nina durft haar zin niet af te maken.

Lin prikt een stuk meloen aan haar vork, stopt dat in haar mond, propt er een dik bolletje geitenkaas bij. 'Je bent de basilicum vergeten,' zegt ze, als ze na een lange minuut haar mond leeg heeft.

Nina kijkt. Met medeleven en iets gewonds. George is ook tien jaar haar zwager geweest, beseft Lin. En haar minnaar? vraagt het stemmetje in haar hoofd erachteraan. Maar daar luistert ze nu niet naar, er zijn al genoeg woorden in haar hoofd die haar doen twijfelen aan George.

'Ik weet het niet, Nina,' zegt ze. 'Ik hoop alleen maar.'

'Waarop?'

Lin denkt, op van alles, op een onschuldige George, op Sabine die zo binnen komt lopen en zegt: 'Geintje', op de meisjes die toegeven dat ze Sabine het leven zuur hebben gemaakt maar Sabine hebben meegenomen naar een plek waar ze veilig is. Op Fem, die niet dood is maar leeft.

Nina staat op, gaat naast haar zitten en omhelst haar. Ze ruikt naar mosterd en naar de shampoo die ze vroeger al gebruikte. Even laat Lin haar hoofd op Nina's schouder liggen, dan maakt ze zich los.

'Jij mag ook weleens zwak zijn, hoor,' zegt Nina.

Ja, wil Lin schreeuwen, ja, dat wil ik al zo lang, maar dat kon niet, want ik was de oudste en daarna de schuldige. Ze zegt: 'Ik kan het me niet permitteren. Morgen komt de uitslag.'

Nina kijkt haar even blanco aan.

'Als er DNA van George op de rugzak zit…'

Lin ziet het onheil weerspiegeld in Nina's ogen.

Zij staat aan het voeteneinde van de wieg, Nina aan het hoofdeinde. Nina duwt de wieg omhoog, zodat Fem, kleine, nu al witblonde Fem, eruit schuift, zo de poppenwagen in, die Lin klaar heeft staan. 'Ja, hè, zusje,' zegt ze op de toon waarop haar moeder ook tegen Femke praat. 'Ja, hè? We gaan een eindje rijden, hè?'

Fem kijkt naar haar, met grote ogen, het blauw past mooi bij het kussentje en de roesjes rond de rieten mand.

'Slaap kindje slaap, daarbuiten loopt een schaap,' praat-zingt Lin haar toe en duwt het poppenwagentje door de kamer. Nina steekt haar handjes over de randen maar kan net niet bij Fems gezicht. Fems vuistje pakt Nina's pink, maar de wijde babyglimlach en de kuiltjes zijn voor Lin. Dan is haar moeder binnen, graait de baby uit het poppenwagentje. Met: 'Linda! Ben je gek geworden?' krijgt Lin de schuld.

Ze schiet overeind. De kamer is donker, haar dekbed voelt vochtig en klam. Er is geen poppenwagen, Nina is er niet, er is geen boze moeder. Dat lucht allemaal op. Maar dat Fem er niet is, lucht nooit op.

Ze legt haar hoofd weer op het kussen. De rode cijfers van de wekker zeggen wazig dat het vijf uur veertien is. Of vier uur zeventien?

Ze graait naar haar telefoon op het nachtkastje. Vijf uur zeventien. Over een halfuur wordt het licht. Over een halfuur breekt de dag aan waarop ze zal horen of George de rugzak ooit eerder heeft aangeraakt en of die van Sabine is. Wat er daarna gebeurt duwt ze weg, weg onder het kussen. Ze staat op als de eerste streep licht op de horizon ligt, net boven de plas, in een zachte deken van dunne mist.

Haar badpak knelt bij de hengsels als ze zich erin gewurmd heeft. Als dit allemaal voorbij is, als Sabine is gevonden of zich heeft laten vinden, dan gaat ze een nieuwe poging wagen. Dan is alles normaal en moet ze weer beter voor zichzelf zorgen. De wetsuit spant om haar dijen als ze de schuifpui opendoet en op het platje stapt. Ze blijft staan omdat ze midden op de plas twee futen ziet die in de war zijn. Het is geen lente, het is bijna herfst. In het strijklicht over het water buigen en strekken ze synchroon hun nek, hun kop rijst en daalt om de ander heen, ze schudden nee, maar bedoelen ja. Het wijfje duikt dociel, het mannetje klimt. Het duurt maar even, dan wordt de dans afgebroken en worden ze van een twee-eenheid weer één, los van elkaar. Verwijst dit naar George en haar?

Zonder te aarzelen daalt ze de treden van de zwemtrap af, pauzeert niet, haar enkels worden omvat door het water, haar knieën, haar dijen, haar middel.

Druk op haar oren, dan komt ze weer boven. Haar hoofd blijft in de dunne mist, die het zicht verzacht. Intrekken, spreid, sluit; intrekken, spreid, sluit. Een waterhoentje maakt ruzie met een ander en kwettert opgewonden. Ze passeert de ark van Thijs, waar nog geen licht brandt. Bij Sabine is er al beweging achter de ramen, misschien slapen Karen en Rick nooit meer, blijven ze op om demonen te verjagen of juist controle te houden. Ze duikt onder voor ze haar voorbij kunnen zien zwemmen; ze heeft nog geen antwoord.

Als ze weer bovenkomt, schijnt er blauw licht boven de mist uit. Ze richt zich op, watertrappelt hoger. Het komt bij de ark van George vandaan. Haar hart bonkt, ze crawlt, zet aan. Dichtbij genoeg ziet ze boven aan de steigers de politieauto staan, met zwaailicht. Ze ziet een man, geboeid, ernaartoe lopen. Hij wordt begeleid door lichtgevende strepen op een donkere jas.

In één zwaai drukt ze zich met haar armen op op de omloop, loopt met petsende stappen om de ark heen. Ze voelt het ruwe hardhout niet aan haar voeten, voelt de splinters niet die in haar voetzolen dringen. Ze ziet alleen George, die gearresteerd wordt.

Als ze druipend de steiger op stapt, houdt een arm haar tegen. Die arm hoort bij Tom.

'Wat,' brengt ze uit.

'Er is op de rugzak, op de boeken en op de iPod DNA aangetroffen van Sabine,' zegt hij met zachte stem.

Verwilderd kijkt ze van Tom naar George, voor wie het portier wordt geopend. Zijn hoofd wordt naar beneden geduwd, ze ziet de handen op zijn rug. Zijn blik vangt de hare vlak voordat het portier dichtslaat.

'Maar niet van George?' vraagt ze met monotone stem.

'De officier zag genoeg reden om hem op te pakken. Naast die rugzak heeft hij informatie achtergehouden.'

'Sabine kan die rugzak zelf in de gangkast gezet hebben,' snauwt ze.

Ze kijkt weer naar de auto, die nu de weg op draait. Ze kan niet zien hoe hij kijkt, ze moet ernaartoe, ze moet hem even spreken, maar daar is de arm weer. En als ze niet stopt zijn daar twee armen.

'Lin. Je bent nu nog niet herkend als rechercheur.' Tom kijkt naar haar, ook met mededogen, mededogen dat ze niet wil, mededogen dat te laat komt. Ze rukt zich los en blijft dan stilstaan.

'Waarom hebben jullie me niet gebeld?'

'Dat heeft Yvonne gedaan. Je nam niet op.'

Omdat zij bezig was met de baltsende futen, denkt ze nu, en ze haar telefoon op de trilfunctie had staan.

'Maar de officier zei uitdrukkelijk dat ze je alleen maar op de hoogte mocht stellen van de arrestatie van je ex-man.'

'Dus ik mag hier niet zijn?' concludeert ze.

'Ik breng je even naar huis.' Ook in zijn stem het te late mededogen, dat nu medelijden wordt.

'Nee,' zegt ze, en ze draait zich om, stapt de omloop weer af en duikt hoofd vooruit het water in.

Ze ploegt door het water. George is opgepakt. Op verdenking van het achterhouden van informatie. Of op verdenking van ontvoering? Van moord? Ze crawlt verder, ze maakt een slingerend spoor in het water, het lijkt of het uiteenwijkt voor haar, alsof het sneller van haar afglijdt dan anders, het wil haar niet. Of wacht het tot het haar onder zal trekken, zoals het Fem onder trok?

Heeft George tegen haar gelogen? Wist hij wel van de rugzak? Moet ze gaan twijfelen aan haar intuïtie, aan zichzelf, omdat ze er te dicht bovenop zit, omdat ze haar helikopterview en mensenkennis aan het verliezen is? Ze ziet weer de hand van George, die die van Sabine pakt en haar de ark binnenleidt. Of trekt hij haar naar binnen, ruw, zodat ze haar scheen stoot aan de opstaande rand achter de pui, struikelt en valt? George vloekt, kijkt snel over het water, de ene kant op, de andere, heeft iemand het gezien? Houdt hij haar in bedwang, gilt en schreeuwt en worstelt ze? Of zit hij op de bank naar haar te luisteren, met de aandachtige ogen die zij ook kent, dat scheve hoofd, de zachte rimpels rond de ogen? Gaat Sabine op zijn schoot zitten en troost hij haar, kust hij haar op haar voorhoofd en zoekt zijn mond dan de hare? Wil ze dat niet en rukt ze zich los, maar lukt dat niet en duwt hij zijn tong bij haar naar binnen – STOP!

Hou je bij de feiten en schakel emoties uit, klinkt Yvonnes stem in haar hoofd, als ze zich de zwemtrap op trekt. Er ligt geen handdoek over de stoel. Ze stroopt de wetsuit af en loopt in haar natte badpak door de kamer naar de badkamer, draait de kraan van de douche open en stapt eronder.

Pas als er op de deur gebonsd wordt en ze Nina haar naam hoort roepen, met urgentie in haar stem, draait ze de kraan weer dicht. Ze trekt het badpak uit. De handdoek is niet zacht, maar hard als een plank omdat de wasverzachter op is. Ze schuurt ermee over haar rug tot haar huid droog is en schrijnt. Wie wil ze straffen en waarvoor?

Als ze de badkamerdeur opent zit Nina tegen de muur, haar knieën opgetrokken, te roken. Omdat Nina niets zegt of vraagt en al helemaal geen commentaar levert, laat ze zich in haar badjas naast haar zakken.

'George?' vraagt Nina.

Lin knikt.

Nina neemt een diepe trek van haar sigaret. Dan pakt ze hem tussen duim en wijsvinger en biedt hem Lin aan. Je weet pas wat een principe is als je ervan afwijkt, denkt Lin. Plotseling ziet ze niet Nina, maar Fem, veertienjarige Fem, met een sigaret in haar mond.

Lin schuift omhoog tegen de muur. Ze voelt de badstof langs het stucwerk schuren. 'Ik moet Yvonne spreken,' zegt ze.

Nina knikt, staat ook op en dooft de sigaret tussen haar vingers. Zoals haar moeder deed.

Vanuit de kantoortuin kijkt elke collega haar even aan, wendt dan zijn blik af, alsof die op haar afketst. Toms stoel is leeg. Ze hangt haar jack op. Verbeeldt ze het zich, of is het stiller dan normaal, houdt iedereen zijn adem in? Sacha staat bij de koffieautomaat en hoort de stilte ook.

Ze draait zich naar haar om, draait dan weer terug. Is ze zelfs voor Sacha melaats geworden? Dat is ze niet, merkt ze, als er een beker koffie voor haar wordt neergezet en het lange lijf van Sacha zich naar haar toe buigt.

'Iedereen is een beetje geschrokken,' zegt Sacha zacht in haar oor. 'En ze kunnen zeggen wat ze willen, veel van de rechercheurs zijn sociale nerds.'

Die opmerking wordt onmiddellijk bevestigd door de stem van Karel achter haar. 'Dat krijg je van dat wijkagentje spelen.' Hij lacht schamper. 'Vertrouw je eigen familie niet, leren ze dat ons niet op de academie?'

Sacha kan Lin nog net tegenhouden, ook al gooit ze haar hele gewicht in de strijd.

'Lin toch,' zegt Karel met gespeeld medeleven. 'Ja, dat is natuurlijk schrikken.' Hij grijnst erbij. Daarom herpakt Lin zich, trekt haar bloesje recht, legt haar hoofd in haar nek. Als ze oren boven op haar kop had, zouden die platliggen en zou ze grommen als een gevaarlijke Banjer.

Sacha legt een hand op haar arm. Lins oren gaan weer staan.

'Je hebt nu lekker alle tijd om naar Winterswijk te gaan. Of waar dan ook. Toch?' zegt Karel vals.

Ze wisselt een snelle blik met Sacha. Zij weten iets wat zij nog niet weet, maar wel vermoedt. Ze recht haar rug en loopt richting Yvonnes kantoor.

Karel verspert haar de weg. 'Ze is in bespreking. Met Beukering.' Hij slaat zijn armen over elkaar zodat zijn biceps goed uitkomen. De biceps waar hij zo trots op is, maar waar zij van heeft gewonnen.

'En?' Ze kijkt naar hem op, maar heeft het gevoel alsof ze op hem neerkijkt, van steeds hoger. 'Voor Beukering kan een mens wel respect hebben.'

Die aanval is te direct voor Karel. Ze loopt langs hem en voelt Sacha's blik haar voortduwen, ze hoort haar bijna zeggen: Juist. Laat die gorilla maar eens zien wie Lin Kramer is.

Ze klopt omdat het Yvonnes kamer is en daarom wacht ze ook op Yvonnes 'binnen'.

Aan haar blik ziet ze dat ze haar verwacht had.

Beukering ziet dat ook en staat op. Klein, maar breed en gedrongen. Zijn grijze krullen pieken alle kanten op. Daaronder priemen waterblauwe ogen. Hij steekt zijn hand naar haar uit. Ze speelt het spel mee, glimlacht en drukt hem. Stevig, ziet ze aan Beukerings iets vertrokken mond. Zou ze ook van zijn biceps winnen, die netjes verstopt zitten onder een jasje, net als het haar op zijn rug?

'George de Vries is zojuist gearresteerd,' zegt hij.

Ze wil bijna zeggen: ja, daar was ik live getuige van, maar dat slikt ze in.

'O?' zegt ze in plaats daarvan. Ze wil het uit zijn mond horen en daarom vraagt ze: 'Op verdenking waarvan?'

'Op verdenking van betrokkenheid bij de verdwijning van Sabine van Weelden.'

'Op welke gronden is die verdenking gebaseerd?'

'Lin,' breekt Yvonne in.

'Daar kan ik helaas geen mededeling over doen,' vult Beukering aan.

Verbluft kijkt ze hem aan.

'Je bent van de zaak gehaald.'

Woede borrelt op, al had ze het verwacht, hij hoeft haar niet helemaal buiten te sluiten. Het was haar zaak, door haar is er een verdachte opgepakt.

Alsof hij hoort wat ze denkt zegt hij: 'De verdachte is je ex-man.'

'Maar...' Ze stokt. Weet dat hij gelijk heeft. Als de rechercheur de verdachte persoonlijk kent, en dan niet uit de beroepspraktijk, wordt hij of zij van de zaak gehaald, om belangenverstrengeling en mogelijke tunnelvisie te voorkomen.

Beukerings blik wordt zacht, alsof hij een boer is die naar een fris groen blaadje jonge sla kijkt. 'Het spijt me.'

Lin slikt.

'En niet alleen omdat je van de zaak bent.'

Hij bedoelt: het spijt me dat het je ex-man is op wie we al onze pijlen gaan richten, die we gaan proberen zo ver te buigen dat hij breekt, die we zijn waardigheid gaan afnemen omdat het gaat om een jong meisje en zedenzaken altijd gevoelig liggen, omdat we bij de politie allemaal hebben gezien wat misbruik kan aanrichten… STOP.

Voor Beukering op tafel staat een gebaksbordje met daarop een aangebroken stuk appeltaart. Ze wil het voor één keer niet zelf opeten, maar in zijn gezicht duwen. Ze zaten net lekker appeltaart te eten, Yvonne en hij. Dan ziet ze de bloemen, nog in het cellofaan, met een kaartje eronder en ze herinnert zich dat Yvonne jarig is.

'Gefeliciteerd,' zegt ze, omdat ze het meent, en omdat met dat besef de spanning uit haar wegloopt.

Met heldere blik kijkt ze Beukering aan en vervolgt tegen hem: 'U heeft gelijk. Ik zou mij ook van de zaak gehaald hebben.'

Beukering knikt. Hij ziet nu een blaadje sla dat is uitgegroeid tot een lichtgroene krop met een sterke kern.

'Kan ik met Tom doorwerken aan Operatie Houtworm?'

Yvonne knikt en is blij met haar, ziet ze. 'Heb je een actie in gedachten?'

'Hans Hooghoudt aan de tand voelen?'

Yvonne legt snel uit aan Beukering: 'De chauffeur die werd vervangen door Arno de Lange en die vaker op die designwinkel reed waarvoor die stoel bestemd was.' Ze wil met die uitleg zeggen: mijn Lin is misschien soms met andere dingen bezig, maar ze is ook scherp op de zaken die prioriteit hebben. Yvonne knikt bij wijze van toestemming.

Lin bedankt Yvonne woordeloos en verlaat de kamer. Ze trekt de deur zachtjes achter zich dicht. Dan graait ze in haar broekzak, vindt twee muntstukken van twee euro en spoedt zich naar de automaat in de gang. Snickers, een gevulde koek en een zakje M&M's moeten genoeg zijn.

Tom voegt in op de snelweg. Ze rijden richting het Vlaardingse industrieterrein, omdat Hans Hooghoudt op de wagen zit en in de lunchpauze zijn trommeltje altijd bij Debby op kantoor leegeet. Dat heeft Debby Lin niet zelf verteld, maar een enthousiaste stagiaire die tegenwoordig de telefoon opneemt bij Draaisma Transporten.

Tom schaamt zich voor zijn optreden bij Georges ark, merkt ze, en hij voelt zich er niet fijn bij dat hij George moest arresteren in plaats van dat Lin dat deed. Hij zegt er niets over, maar haalt nog vaker zijn hand door zijn haar en slikt zijn opmerkingen tegen medeweggebruikers in, alsof dat haar ook minder boos zal maken. Ze zou hem willen zeggen dat ze niet boos is, dat hij gewoon zijn werk heeft gedaan, dat hij haar een dienst heeft bewezen door haar tegen te houden, omdat ze anders nu te boek zou staan als hysterische ex-vrouw van George in plaats van als competente rechercheur Lin. Maar ze is moe en murw geslagen. Dus komt ze niet verder dan een glimlach als Leonard Cohen begint te zingen. Tom lacht terug. In hun hart zingen ze allebei mee. Ze vraagt zich af wie zijn Suzanne is.

De wanden in de keet van Debby zijn leeg. De foto's hebben er lichtere plekken op achtergelaten. Ook de stapels papierwerk zijn verdwenen, de postbakjes puilen niet meer uit, en de koffie is vers. Ditmaal glimlacht Lin mee met Tom naar de stagiaire, wier verdienste dit allemaal is.

Het klapdeurtje wordt opengeduwd door Debby, die nieuwe nagels op heeft geplakt, paars met glitters. Na haar komt een jonge man binnen met een stierennek, een houthakkershemd en een pet zoals Amerikaanse mannen van middelbare leeftijd die dragen. Te hoog op het hoofd, te stijf.

De man steekt zijn hand naar haar uit. 'Hans Hooghoudt,' met een vet Rotterdams accent. Van hem zou ze niet winnen, voelt Lin onmiddellijk aan de handdruk.

Debby lacht haar plotseling te witte tanden bloot. Lin vraagt zich af of ze ze heeft laten bleken.

'De zaken gaan goed, zo te zien?' constateert Lin.

Debby kijkt onwillekeurig naar haar nagels, glimlacht dan. 'Hans heeft niet zo heel veel tijd.'

'Zou u ons dan even alleen willen laten?' slaat Lin terug.

Debby is verbaasd, maar staat op en wenkt de stagiaire. Die houdt de deur voor haar open. Hij valt met een fletse tik weer terug.

Hans neemt haar met open blik op. Zijn broodtrommel is gevuld met zes boterhammen, ze ruikt pindakaas en boterhamworst. Mama – of vriendin – heeft er een appel bij gestopt die zonder pardon de vuilnisbak in gaat. Hans ziet haar kijken en haalt verontschuldigend zijn schouders op. 'Ik blief geen appels.'

'Eet smakelijk,' zegt Lin terug.

Hij bijt met smaak in de bovenste boterham. 'Hoe ken ik jullie helpen,' zegt hij met volle mond.

Lin beantwoordt zijn heldere blik. 'Jij rijdt vaker voor Terra Incognita.'

Hans knikt. 'In die spullen is coke gevonden, hè?'

Hij is niet bang, constateert Lin. 'In een zending die jij zou rijden.'

Hans kauwt rustig door, begint vervolgens aan een nieuwe boterham. 'Ja.'

'Weet je van welk schip die lading kwam?'

Hans schudt nee. 'Die containers zijn altijd al uitgeladen als wij komen, dat barrel van een schip is dan alweer terug naar waar het vandaan komt.'

'Maar je brengt de container niet rechtstreeks naar de winkel, toch?'

Hans schudt nee. Hij lijkt niet meer met volle mond te willen praten.

'Die overslagloods op de Dantzigerkade is zo ongeveer direct gesloten nadat wij meneer De Lange een bezoekje hadden gebracht.'

'Toeval?' vraagt Hans. Hij probeert met even open blik te blijven kijken, maar slaagt daar niet in.

'Heb jij ze gewaarschuwd?' vraagt Lin.

Hans laat de boterham, duidelijk zogenaamd van schrik, uit zijn hand vallen. 'Pardon?'

'Jij was altijd aanwezig, als die Thai de meubels overlaadden van de container in de kratten voor jouw lading.'

'Wie zegt dat?' Hij bevestigt hiermee zijn betrokkenheid, omdat hij niet verbaasd vraagt: welke Thai?

Ze gaat door: 'Dat zegt De Lange.'

Lin weet dat ze niet mag liegen, maar er mag zoveel niet en De Lange heeft ontslag genomen, weet ze.

Hans schuift zijn broodtrommel van zich af en neemt een slok koffie. Dan legt hij zijn handen op zijn achterhoofd en spreidt zijn ellebogen aan weerszijden. Hij maakt zich groter.

Ze wendt zich tot Tom: 'Kun jij Hans hier laten zien welk bedrag er elke maand op zijn rekening wordt gestort? Door een bank op de Kaaimaneilanden?'

Beukering had geen enkel bezwaar gemaakt tegen het opvragen van Hans' bankgegevens, ook al was de verdenking alleen op speculatie gebaseerd. Misschien omdat Beukering, ook al ziet hij eruit als een boer zonder inlevingsvermogen, zich toch schuldig voelt? En haar daarom die bankgegevens gunt? Tom haalt het A4'tje nog tevoorschijn, maar Hans laat zijn armen al zakken.

'Luister. Ik ga over twee maanden trouwen. Mijn vriendin weet van niks. Na de bruiloft zou ik al kappen. Ik weet heus wel dat het foute boel is. Dus ik kap niet over twee maanden, maar vandaag. Het is het me niet waard. Weet je, ik was single en had overal schijt aan, en toen ik die vrouw tegenkwam… en zij vroeg of ik…'

Hij opent zijn handpalmen, onschuldig. 'Soms val je als een blok voor iemand.' Hierbij kijkt hij samenzweerderig naar Tom, die er niet op reageert.

'Welke vrouw en wat wilde ze van je?' vraagt Lin.

'Ze vroeg of ik wat bij wou verdienen. Of ik af en toe een oogje dichtkneep bij de overslag van de containers.'

'Hoe heette ze?'

'Geen idee. Geen naam, geen ontbijt. Maar ze had de contacten. En die klopten.'

'Zou je een compositietekening kunnen laten maken?'

Hans kijkt hulpzoekend naar Tom.

'Dat jij een tekenaar vertelt hoe ze eruitzag en dat hij daar dan een erop lijkend portret van maakt,' zegt Tom.

'Nou... het was in een club... en ik weet niet of jullie altijd het licht aanhebben in de slaapkamer...' Hij knipoogt naar Tom.

Lin heeft genoeg van hem. 'Hans. Op medewerking aan grootschalige drugssmokkel staat minimaal tien jaar. En als wij contact opnemen met de Thaise autoriteiten bestaat de kans dat ze vragen om je uitlevering.'

Dat dat niet waar is weet Tom, maar Hans niet.

'Weleens beelden gezien van de situatie in een Thaise gevangenis?'

Dat is genoeg. Hans haalt een portefeuille uit zijn achterzak. Hij opent hem, laat een foto zien van een blond mannetje, op een driewieler. 'Mijn gozertje.'

Lin ziet het verwijt op haar gezicht in zijn ogen.

'Ik was stom bezig, ik weet het. Maar moet hij daarvoor boeten?'

Lin wil zeggen: moeten al die jonge mensen die voor het eerst een lijntje coke snuiven boeten voor de verslaving die jij hun aandoet? Maar ze zegt: 'Jij wijst dat schip aan in de haven, dat je wel degelijk gezien hebt.'

'Ik zeg toch...'

'Anders weet je niet dat het een barrel is.'

Hans zucht.

'En je geeft mij alles wat je over die Thai in die loods hebt.'

Hans' gezicht licht op. Hij graait nu in een andere zak naar zijn telefoon, scrolt, en laat een foto zien. Daarop staan twee Thaise mannen. Lin maakt de foto groter, één van de Thai valt eraf. De andere stond bij haar voor de deur. Op zoek naar Nina.

Inademen door je neus. Adem vasthouden. Uitademen door je mond. Hans is opgestaan en heeft haar opgevangen.

'Lin. Lín!' Dat is Tom, bezorgd, maar ook een beetje kwaad, ziet ze.

Zij vraagt zich alleen maar af wat deze foto betekent, maar tegelijkertijd weet ze niet of ze het wel wil horen. Het antwoord waar ze bang voor is. Ze kan de vraag ook níét stellen en hier weglopen.

Ze moet het vragen. 'Die vrouw, die jou ronselde. Had die toevallig rood haar?'

Tom kijkt haar verbijsterd aan. Hans kijkt haar ook aan. Hij probeert het zich oprecht te herinneren. 'Ik denk het. Ik was een beetje over mijn theewater. En toen ik wakker werd, was ze alweer pleite.'

De duizeling in haar hoofd neemt af. Ze laat Hans' arm los.

'Mot je nog een bakkie?'

Zijn ogen zijn vriendelijk, ziet ze. Hij is een leuke vader. Ze schudt haar hoofd en wenkt dan Tom.

Als hij de deur voor haar opendoet hoort ze Hans nog vragen: 'En nou?'

Ze geeft geen antwoord.

Zwijgend stappen ze in de auto. Zwijgend start Tom de auto. Hij laat zijn handen even op het stuur rusten en zegt dan: 'Een vrouw met rood haar. Daar bedoelde je Nina toch niet mee?'

Ze zwijgt lang genoeg om zijn vermoeden te bevestigen.

Tom kijkt haar van opzij aan. 'Ze zeggen toch dat je nooit meer loskomt van een bloedband?'

Dat klopt, denkt Lin, dat klopt. Of degene met wie je in bloed verbonden bent nu leeft of dood is.

'Ik denk dat ik even naar huis moet,' zegt Lin. Tom knikt, grabbelt voor haar langs in het handschoenenvakje en biedt haar een reep aan. Een gluten- en suikervrije energybar. Lin neemt hem aan. Als ze hem nu gaat bedanken weet ze niet wat ze daarna allemaal gaat zeggen. Over Nina. Over waarom ze haar niet kan laten vallen. Over het zusje dat daar de oorzaak van is. Daarom knikt ze alleen. Tom geeft gas.

Op de steiger vraagt hij: 'Wil je dat ik erbij blijf?'

Lin denkt even na. Tom weet alleen maar dat zij even heeft gedacht dat Nina betrokken is bij de drugszaak. Hij weet niet waarom, weet niet dat zij de Thai heeft herkend. Ze schudt nee. 'Maar misschien kun je buiten wachten?'

Het is nog steeds warm weer, te warm voor de tijd van het jaar. Het waait wel, zodat het water rimpelt op de plas en klotst onder de steigers.

Ze opent haar voordeur, loopt de kamer in. De ramen staan tegenover elkaar open, ze ruikt een lichte chloorlucht. De trap staat weer in de kamer, onder de roetplek op het plafond. Er is geschrobd, waardoor de roetvegen alleen maar verder verspreid zijn.

Op het platje zit Nina, met haar gezicht opgeheven naar de zon. In de plastic stoel naast haar zit ook iemand. Lin haalt diep adem en loopt door. Ze neemt niet de tijd of de moeite haar jack uit te trekken. Als Nina een vriendin heeft uitgenodigd, prima, maar zij gaan nu eerst praten, onder vier ogen.

Als ze het platje op stapt blijft Nina zitten, houdt haar ogen dicht, ze koestert haar gezicht in de zon. De andere vrouw kijkt wel op. Het is Karen.

'Wat ben je vroeg,' zegt Nina. Karen springt op en roept: 'Bitch!'

Karen valt haar aan, wil haar bij de nek grijpen, maar Lin is sneller en sterker. Ze pakt haar zonder veel inspanning bij de armen en houdt haar in bedwang.

'Jij wist dat zij daarheen ging en je zei niks!'

Lin blijft haar vasthouden en kijkt haar recht aan. 'Ik wist niet dat Sabine daar kwam.'

'Maar je wist wel van zijn... dat móét! Als je getrouwd bent met iemand dan weet je dat!'

'Dan weet je wat?'

'Dat je neukt met een pedofiel!'

Het komt toch nog hard aan.

'Lin,' hoort ze Nina op de achtergrond.

Lin schudt Karen door elkaar, harder, ze wil zo hard schudden dat ze in stukjes uit elkaar valt.

'Lín!' Nina schreeuwt.

Lin kijkt op, daar staat Nina met haar hand voor haar mond. De andere wijst over de plas. Daar is een donkere rookwolk te zien. En uitslaande vlammen daaronder. Ze kan het vanaf hier niet met zekerheid zien, maar ze weet dat het de ark van George is.

ZEVEN

Lin duwt de gashendel helemaal naar beneden. Nina valt achterover, op de bodem van de boot, maar ze mindert geen vaart. De vlammen reiken nu tot aan de bovenkant van de bomen aan het eind van de steiger. Donkere wolken verduisteren de hemel, een rode gloed staat ertegenaan. De ark van George brandt. Op de steiger staat een lint van buren, die emmers water doorgeven en dat op de vlammen gooien. Is daar ook de buurman of -vrouw bij die het vuur heeft aangestoken? Ze ziet Mieke en Peter, Dirk. Vindt hij dat George zijn ark moet verliezen omdat mensen geloven dat hij een pedofiel is en dat hij Sabine iets aangedaan heeft? Ze ziet ook Nina met opeengeklemde kaken toekijken. Uit de rode brandweerwagen aan de wal wordt een slang gerold, over de steiger, naar de ark toe. Ze hebben in ieder geval genoeg water.

Lin mindert gas, laat de boot uitdrijven. Dan pas denkt ze aan Jozef. George heeft geen kattenluik omdat hij niet wil dat Jozef wegloopt en weer gaat zwerven. Lin vloekt en zoekt naar de lijn om de boot vast te leggen, maar het duurt te lang. Ze gespt de holster met haar wapen af en springt met kleren en al overboord. Die zullen haar wat langer beschermen tegen het vuur. Ze hijst zich op de omloop. Een muur van hitte slaat haar tegemoet. Ze houdt een arm voor haar gezicht, rukt aan de schuifdeur, die George nooit op slot doet. Ze knijpt haar ogen dicht tegen de rook die naar buiten walmt. Onmiddellijk laait het vuur op. Het vuur raast, ze hoort niets anders dan dat. De schuifdeur geeft verder mee, ze kijkt naar binnen.

Ze schreeuwt: 'Jozef!' Dieren vluchten naar een donkere koele plek, maar is daar hier nog sprake van? Ze stapt over de opstap heen, voorzichtig. Een ferme straal water breekt door een raam heen en blust iets. De rook wordt dichter.

Ze is in drie stappen bij de deur naar de gang, die al uit zijn scharnieren hangt. In de gang staat een laagje water. Ze begint te hoesten, trekt aan de klink van de deur van de gangkast. Nog een keer. Dan pas geeft hij mee. Ze wacht, er klinkt gesis van dovende vlammen. Verder niets.

'Jozef!' Ze graait blind naar voren, en daar is de klauw in haar hand. Haar hart springt op, ze is hardhandig, pakt de kat die worstelt en bijt om vrij te komen. Dan heeft ze hem klemvast en wankelt terug de kamer door, de schuifdeur uit, de omloop op. Daar vaart Nina, zo dicht mogelijk bij de ark. Jozef probeert zich los te wringen, haalt met zijn nagels haar hand open.

'Lin!' Nina's stem klinkt opgelucht en paniekerig tegelijk. Ze vaart de boot zo dichtbij dat Lin over kan stappen. Eerst laat ze de kat in de kuip vallen.

'Koel dat beest!' roept ze Nina toe, terwijl ze in de boot stapt. Ze duwt af met haar rechterbeen.

Als ze aan het roer staat en gas geeft, stort het dak van de ark in. Een verzopen kat zit aan haar voeten. Voor George, denkt ze. Ondanks alles.

Nina houdt Jozef in haar armen terwijl zij de boot aan haar ark aanlegt. Ze pakt haar wapen uit de kuip, stapt op het platje en neemt de kat van Nina over. Hij is wat rustiger, voelt ze, hij duwt zijn kop weg onder haar oksel op zoek naar veiligheid. Als ze binnenstapt hoort ze op de steiger opgewonden stemmen. Ze zet Jozef op haar bed in de slaapkamer, aait hem nog even over zijn dichte natte vacht en doet de deur achter zich dicht. Zou ze George mogen vertellen dat zij zolang voor Jozef zorgt? Zolang? echoot in haar hoofd. Voor hóé lang?

Lin komt de woonkamer binnen. Nina staat stokstijf door het raam naar buiten te kijken. Als Lin de buitendeur opent ziet ze waarom. Er staat een politiewagen aan de steiger. Tom staat te praten met een agent in uniform. Een andere agent houdt Jorkos op afstand, die roept dat het een schande is. Lin kijkt om naar het verschrikte gezicht van Nina achter het raam. Komen ze haar oppakken? Als Tom haar ziet loopt hij snel op haar af.

'Wat is er aan de hand?' vraagt ze, moe maar op haar hoede. Tom wijst naar Nina achter het raam, denkt ze, maar als ze omkijkt begrijpt ze dat Tom om een hele andere reden om versterking heeft gevraagd. In rode verf op de groene buitenbekleding van de ark staat PEDO gekalkt. Nu pas ruikt ze de doordringende poeplucht en ziet de hoop stront die bij haar opgang op de steiger ligt.

Ze rekt zich uit en probeert te zien of er iemand in de politiewagen zit. Dezelfde die Georges ark in de fik heeft gestoken? Als het Karen is, waar zou die zo snel die hoop stront vandaan gehaald hebben? Of had ze alles al bij zich, de verf, de poep?

Lin loopt al naar de auto toe als Tom haar tegenhoudt.

Hij zegt: 'Ik was een eind de steiger op gelopen omdat ik een rookwolk boven de plas zag. Toen ik terugkwam stonden Rick en Johan hier.'

Lin slikt.

'Rick met de verf en Johan met...' Hij knikt naar de stront.

'Johan zit in de auto.'

'En Rick heb je laten gaan?'

Tom knikt.

Rick denkt dat George zijn dochter misbruikt heeft. En dat zij daarvan wist. Als zij had vermoed, om welke reden dan ook, in de twee weken voordat Fem aanspoelde, dat ze was misbruikt door iemand van het eiland, had ze dan hetzelfde gedaan?

Ze knikt naar Tom en draait zich om.

'Ik zeg wel dat je niet meer op het bureau komt,' biedt Tom aan.

Ze kijkt hem nog een keer aan. Ze ziet nog een restje mededogen, maar daaroverheen schuift strijdbaarheid. Lin weet niet zeker of Tom in Georges onschuld gelooft, maar in ieder geval neemt hij haar niets kwalijk. Hij staat voor haar. Zonder glimlach.

Zij glimlacht wel naar hem, haalt haar schouders op en stapt naar binnen. Bij Nina, die staat te roken onder de afzuigkap.

Ze grist een aangebroken pak roomwafeltjes uit een la en stopt er twee in haar mond. Haar zus kijkt naar haar op, ze ziet ook bij haar de vechtlust in de ogen. Lin besluit te wachten. Als Nina zichzelf wil verraden, zal ze haar niet tegenhouden. Maar Nina is slimmer dan dat, natuurlijk. Of berust alles op toeval, en is het toevallig dat een Thaise man die betrokken is bij een omvangrijke drugssmokkel ook haar zus zoekt?

'George beschuldigt jou toch nergens van?' vraagt Nina op agressieve toon.

Lin schudt nee. Ze blaast kruimels, de room plakt in haar mondhoeken.

Nina's boosheid is oprecht, kwaad maakt ze de sigaret uit in de spoelbak, hoewel ze weet dat Lin dat haat. Lin denkt even na, wenkt haar dan en opent de buitendeur weer. De opgeroepen dienstwagen, met Johan op de achterbank en Tom voorin, rijdt weg.

Als Nina de tekst ziet en de stront ruikt zegt ze, tussen opeengeklemde tanden door: 'Godverdomme.' Ze meent het.

Nina loopt met grote stappen naar de schuur, trekt de deur open, haalt er een emmer aan een touw uit en schept water. Ze gooit die petsend over de poep heen totdat de hoop is weggespoeld, van de steiger af, het water in. Dan loopt ze naar de besmette buitenbekleding, voelt aan de verfletters en vloekt weer. 'Al bijna droog. Heb je een schuurmachine?'

'Nina. Wacht nou even.'

'Dat kunnen ze toch niet maken? Stelletje bekrompen idioten!'

Hoewel Lin het eigenlijk met Nina eens is, laat ze haar medebewoners niet zomaar beledigen. Alsof ook zij familie zijn, waar je zelf op mag schelden, maar waar anderen van af moeten blijven. Wie is meer familie, denkt ze, Nina of haar buren?

'Het zijn maar een paar idioten,' zegt Lin. 'Dus we laten het zitten. Om die paar de gelegenheid te geven zich te gaan zitten schamen.'

Nina aarzelt.

'Bovendien, hoe weet je dat het er morgen niet weer staat?'

Dat overtuigt Nina. Ze gaan naar binnen, Lin doet de deur achter zich op slot. Achter haar slaapkamerdeur mauwt Jozef. Ze laat hem eruit, hij draait rondjes om haar enkels, geeft kopjes die troosten. Nina vult de percolator, doet er koffie bij en zet hem op het vuur. Ze grabbelt in haar tas, steekt een sigaret op. De afzuigkap staat nog aan. Als ze Lin ziet kijken, wil ze hem alweer uitmaken, in de spoelbak, maar herinnert zich dan wel dat dat ook niet de bedoeling is.

'Rook hem maar op,' biedt Lin aan. 'In de la staat ergens wel een asbak.' Daar is Nina dankbaar voor, want ze neemt een hele diepe trek en vangt nog net de askegel op in de asbak die ze inderdaad nog heeft. George was een gelegenheidsroker.

Zwijgend pakt Nina mokken uit de kast en schenkt in.

'Die Thaise man die voor de deur stond,' begint Lin, omdat ze moet en niet anders kan, ook al loeit het vuur nog in haar hoofd, zit de rook nog in haar longen en ruikt ze de strontlucht nog. Haar billen plakken aan haar natte broek, en nu pas rilt ze. De kou dringt haar hele lichaam binnen. Nina kijkt naar haar, pakt de aanmaakblokjes en maakt met het gehakte hout een vuur in de kachel. Ze zet er een stoel naast. Als Lin erin gaat zitten, overwonnen, springt Jozef op haar schoot. Ze aait hem, maar maakt haar zin toch af. 'Die Thai, die is betrokken bij die drugssmokkel in die stoelen.'

Nina neemt een laatste trek van haar sigaret, die ligt te smeulen op de rand van de asbak, en maakt hem uit. 'Ik was niet eerlijk,' zegt ze.

Een bankklem wordt aangedraaid om Lins borstkas. George een moordenaar of verkrachter, haar zus betrokken bij drugssmokkel?

'Er was geen restauranteigenaar die geld van me wilde en die ik een beetje heb mishandeld.'

Lins linkerkant gloeit, de rechter is ijskoud.

'Er was wel een man van wie ik drugs had gekocht. En die me later nog wat gegeven heeft, toen ik even geen geld had. Dat heb ik hem niet terugbetaald.'

'Wat voor drugs?'

'Coke.'

'Hoeveel?'

'Honderd gram.' Nina kijkt haar recht aan. Betekent dat dat ze liegt of juist dat ze de waarheid spreekt? Lin rekent: honderd keer zestig is zesduizend euro aan straatwaarde. Dat lijkt haar weinig, te weinig om er een mannetje in Nederland op af te sturen.

'Weet je zeker dat het geen kilo was?' Voor zestigduizend kan ze zich een wraakactie voorstellen.

'Lin. Ik kocht het voor vrienden. Niet om te dealen.'

'Honderd gram of een kilo?' houdt Lin vol.

Nina pakt een nieuwe sigaret en wil hem aansteken.

'Hierbinnen roken is een uitzondering.'

Nina neemt haar op. Ze zucht, pakt aansteker en sigaret en loopt naar de schuifpui.

'Honderd gram of een kilo?' herhaalt Lin.

'Vijfhonderd,' zegt Nina, voordat ze naar buiten stapt.

Lin weet dat ze door moet vragen, dat ze moet informeren of Nina misschien een Hans Hooghoudt kent, of een chauffeur zonder naam, en of ze die geronseld heeft in opdracht van de Thai.

Maar ze ziet Nina's rode krullen, ze ziet haar wipneus, ze kijkt op het witblonde hoofd van Fem. Ze fietsen met zijn drieën over de steiger, zij op het zadel van haar vaders transportfiets, Fem op de stang en Nina staat op de bagagedrager. Ze valt er niet af als ze slingert, maar lacht en roept: '*I'm the winner!*' Met zijn drieën. Met zijn tweeën. Alleen.

Jozefs gespin klinkt luid in de kamer. Toch tilt ze hem van haar schoot, pelt in de badkamer haar natte kleren van zich af en zet de thermostaat van de douche op zijn hoogst.

Als ze rozig de kamer weer binnenkomt heeft Nina de kachel bijgevuld, maar heeft ze zich teruggetrokken in haar kamer. Lin hoort haar praten achter de deur, ze kan niet horen wat ze zegt of tegen wie.

Een zware motor overstemt Nina's stemgeluid. Het water klotst tegen de ark, die begint te deinen. Lin kijkt door het raam naar buiten en ziet een gevaarte voorbijschuiven, dat alle licht wegneemt uit de kamer. Het is een woonark van zo'n zes meter hoog, ongeveer vijfentwintig meter lang en pakweg zeven meter breed. Een sleepboot trekt hem langs de steigers, een tweede boot erachter remt hem af. Om de betonnen bak zijn beschoeiingen getimmerd van gebruikt hout voor het slepen, maar voor de rest is hij hagelnieuw. Een grote raampartij, een inpandig terras. Hij vaart richting de westkant, de kant van het eiland waar geen woonarken liggen. Vanachter een van de ramen zwaait Hiske naar haar.

Lin opent de koelkast. Het enige wat in aanmerking komt is een dikke plak ham. Zonder de moeite te nemen die op een boterham te leggen, neemt ze een grote hap. Zout. Vet. Haar adem wordt langzaam rustiger. Als ze een zachte vacht rond haar enkels voelt, stopt ze een klein stukje van de ham in haar mond, maalt dat fijn tussen haar tanden en voert het aan Jozef. Hij kan er ook niks aan doen.

Naast het gemeentehuis is met gele strepen een nieuw vak op de parkeerplaats aangemerkt. Het is een vak speciaal voor haar, voor motorrijders. Ze trekt de motor met haar hele gewicht op de standaard en zet haar helm af.

Achter de balie zit een vrouw in een blauwe bloes met epauletten erop. Lin herinnert zich haar eigen epauletten, de epauletten van de uniformdienst van politie, die ze er een keer afhaalde omdat ze vond dat ze toch niets waard waren. De vrouw lijkt haar niet op te merken, of niet op te willen merken, omdat ze in gesprek is met een collega, met dezelfde epauletten. De collega praat met witte belletjes in haar mondhoeken. Pas als Lin haar badge trekt, heeft ze de aandacht.

'Ik wil graag het bestemmingsplan inzien waar het Steigereiland onder valt.'

De ene epaulet kijkt haar aan, de ander tikt iets in op een toetsenbord.

'U heeft een afspraak?'

'Nu wel,' zegt Lin. Omdat ze haar badge niet opbergt en geen verdere uitleg geeft, pakt de ene epaulet de telefoon. De ander leest een naam voor: 'Frits van der Goot. Zit op 1943.'

'Ja. Ik heb hier een dame van de politie...'

'Recherche,' voegt Lin toe. Niet omdat dat nodig is, maar omdat ze het wantrouwen zat is.

'Een dame van de politie,' vervolgt de epaulet, 'en die wil het bestemmingsplan Steigereiland inzien.'

Er wordt iets gezegd aan de andere kant van de lijn.

'Ja, dat heb ik ook gezegd, maar daar luistert ze niet naar.'

De epaulet luistert, knikt dan en legt de telefoon neer. 'Meneer Van der Goot is met een kwartiertje bij u.'

Lin knikt, en loopt naar de lift.

'Maar... mevrouw!'

'Ik vind hem wel.' Als de liftdeuren zich sluiten ziet Lin nog net de boze, maar ook hulpeloze blik van de epaulet. Precies wat ze nodig had.

Na vier keer vragen op drie verdiepingen, klopt ze aan op een deur waar de naam van Frits van der Goot op staat. Ze opent hem zonder te wachten. Achter een bureau zit een man met een smal gezicht en een grote scherpe neus. Zijn haar ligt in een rechte, te korte pony op zijn voorhoofd. Desondanks lijkt hij op een trotse adelaar.

'Die vrouw van de politie had geen zin om te wachten,' zegt ze.

Van der Goot kijkt over haar schouder, begrijpt dan dat zij de vrouw van de politie is en staat op. 'Het is echt beter als u in dit soort gevallen een afspraak maakt.' Hij weet natuurlijk dat zij weet dat een bestemmingsplan openbaar is en te allen tijde mag worden ingezien. Zijn stem is te hoog en daarom rekt hij zich uit en maakt zich groter.

'Het is een spoedgeval,' zegt Lin.

De man weegt zijn kansen en kiest. 'Het ging om het inzien van een bestemmingsplan?'

'Dat waar het Steigereiland onder valt.'

'Oost of west?' vervolgt Van der Goot.

Lin trekt haar wenkbrauwen op.

'West valt onder Schiedam, Oost onder Rotterdam.'

'Allebei,' zegt Lin.

Van der Goot glimlacht, loopt naar een archiefkast, trekt een la eruit, haalt daar een dikke map uit, en een tweede uit de la daaronder.

Daar is Lin niet zo snel mee klaar, ziet ze.

Van der Goot legt de dossiers op zijn bureau. 'U mag ze alleen inzien, niet meenemen of kopiëren.'

Lin knikt. 'Bent u een beetje thuis in een van beide plannen?' vraagt ze, op naïeve toon.

Van der Goot neemt haar op.

'U weet hoe lastig bewoners kunnen zijn. Hoe ze je soms het bloed onder de nagels vandaan kunnen halen met bezwaarschriften?'

Dat herkent Van der Goot.

'Terwijl de gemeente toch meestal het recht aan zijn kant heeft, niet? Wetten en regels zijn er niet om de burger te beperken, maar om ze te helpen.' Lin gooit er een klein zuchtje tussendoor. 'Begrepen mensen dat maar wat vaker.'

Lin kijkt Van der Goot aan en ziet dat ze binnen is.

'Ik weet er toevallig wel wat van,' maakt hij zichzelf belangrijk. 'Ik was nauw betrokken bij de beleidsvorming.'

Een halfuur later weet Lin dat er in het bestemmingsplan Steigereiland Oost een verordening staat vermeld die verbiedt dat daar nog arken of ligplaatsen bij komen.

Lin knikt. Ze opent de andere map, die met bestemmingsplan Steigereiland West, en zoekt naar een vergelijkbare paragraaf.

'U zult zien dat die bepaling identiek is aan die van Oost.'

Lin knikt. 'Ja,' zegt ze, terwijl ze leest. 'Maar ik zie hier ook dat er een uitzondering is gemaakt. Op 15 juli jongstleden.'

Van der Goot fronst. Ze schuift de map naar hem toe, haar wijsvinger bij de betreffende passage.

Hij leest: 'Kunnen wij moverende redenen die bekend zijn aan B&W de enige en onvoorwaardelijke uitzondering verlenen aan...'

Lin maakt de zin voor hem af: '... projectontwikkelaar Kondor & Wessels te Vlaardingen.'

Van der Goot kijkt op. Deze passage is de man geheel onbekend.

'En weet u misschien of er een wijziging bestemmingsplan Oost in de pijpleiding zit? Op het gebied van recreatie? Misschien betreffende die jachthaven die jarenlang is tegengehouden? Om moverende redenen?'

Van der Goot slaat de map dicht. 'Daar is mij niets van bekend.' Hij haalt zijn vinger langs zijn grote neus. Hij liegt.

Banjer blaft hoog en schril als ze de loopplank op stapt. Ze loopt om de ark heen, het drassige veld op. Een halsband trekt zich strak om Banjers nek. Het stuk beton waaraan de lijn vastzit krijgt de hond niet van zijn plaats, hoe hard hij ook trekt. Lin fluit zijn fluitje en nadert hem, steekt haar hand naar hem uit.

'Shhhh. Shhhh.'

Even stopt hij met blaffen, dan trekt hij weer in frustratie aan de lijn en blaft. Hij geeft haar de schuld, ziet ze.

'Banjer. Banjertje. Ik ben het.' Ook dat is tevergeefs. Lin weet dat Dirk Banjer alleen in noodgevallen vastzet. Bijvoorbeeld als hij een projectontwikkelaar heeft aangevallen, denkt ze. Of als de hond even te veel is omdat ze naar een grote nieuwe ark aan het verhuizen zijn.

Lin doet een stap naar achteren en kijkt naar het raam op de eerste verdieping. Het zit dicht. Ze klopt op de deur. Geen reactie.

'Dirk! Goed volk!' Ze fluit weer Banjers fluitje, waar Dirk soms ook op reageert. Lin legt haar oor tegen de deur en hoort stemmen, gestommel. Dan wordt de deur opengetrokken. Door Anneke, de dochter van Hiske en Dirk. Anneke, net zo groot als zij, maar nog drie maten dikker. Anneke tuit haar gestifte lippen onder gestylede blonde krullen, zet haar handen op haar heupen en kijkt haar zwijgend aan. Anneke en zij zijn geen vriendinnen. Vroeger waren ze dat wel. Dan haalde Lin haar op als ze uit school kwam, en zwierven ze over het eiland, bouwden hutten, voeren met het bootje of klommen in bomen. Of liever gezegd, Lin klom in de boom, en Anneke gaf aanwijzingen. Lin sleepte met het hout voor de hut, zette hem in elkaar. Anneke zat erin en ontving de andere buurkinderen. Haarscherp staat Lin een middag bij het enige klimrek van het eiland voor ogen. Ze waren niet ouder dan een jaar of tien. Lin maakte een koprol over de metalen stang, en nog een koprol. Anneke probeerde het ook, maar bleef steeds steken. Ze ging even staan, probeerde het nog een keer en bleef opnieuw hangen, maar nu met haar middel op Lins hand. Heel haar gewicht drukte erop. Lin zei niets. Haar hoofd liep langzaam rood aan, maar ze zei niets. Haar hand deed zeer, begon te prikkelen en te slapen. Lin hield haar mond stijf dicht. Ook Anneke zweeg, steunde een beetje. Het werd langzaam donker, kraaien vlogen met schetterend geluid op. Het was een strijd. Zoals alles met Anneke een strijd was. Die dit keer onbeslist bleef omdat Hiskes stem klonk. 'An! Anneke! We gaan eten!'

Anneke draaide haar hoofd, dat net als het hare rood aangelopen ondersteboven hing, naar Lin toe. Anneke lachte en liet zich van het rek af zakken.

'Wat doen jullie nou?' vroeg Hiske verbaasd.

Lin kwam ook overeind. Ze klikte niet. 'Wat eten we?' vroeg Anneke, alsof er niks was voorgevallen. Hiske sloeg een arm om haar heen en nam haar mee. Ze keek niet om.

Nu vraagt Lin aan Anneke, terwijl ze met licht leedvermaak de vetrollen om haar middel bestudeert: 'Waar is je vader?'

Anneke neemt haar op. 'Binnen.'

'Kan ik hem even spreken?'

'Nee. Hij is niet lekker.'

'Alweer niet?'

'En wat interesseert jou dat?'

'Ik maak me zorgen,' zegt Lin, zachter, omdat ze het meent. Hiske en Dirk hebben nooit gezien wat zich in hun meisjesvriendschap afspeelde.

Anneke reageert niet.

'Ik heb de indruk dat ze zich hebben laten chanteren.'

'Mijn moeder? Zich laten chanteren?' Anneke lacht schamper.

Daar heeft ze een punt, denkt Lin. En ook aan díé opmerking zit een haakje, waar iets aan gehangen kan worden, maar ze weet nog niet wat.

'Ik zag de nieuwe ark.'

'Ja.'

'Mooi ding.'

'Beter dan dit, niet?' Anneke gebaart naar het rottende hout, het doorgezakte kozijn.

'Hebben ze die zomaar gekregen? Van Kondor & Wessels?'

'Dat was de deal.'

'Ik dacht dat het om een aankoopsom ging.'

'Kan dat niet in natura?'

Lin snuift even, probeert de spruitjeslucht op te vangen die vroeger om Anneke heen hing, en ze vraagt zich af of Anneke nog steeds het oorsmeer uit haar oor peutert met haar pink. En er vervolgens aan likt.

'Doe Dirk de groeten,' zegt ze. Als ze de loopplank op stapt: 'Ik denk niet dat hij het waardeert dat je Banjer zo martelt.'

Ze hoort nog net Annekes verontwaardigde lach.

De wind raast langs haar helm, ze rijdt op de linkerbaan, vlak achter een Saab, die denkt dat er verder niemand op de weg is. Als er nu een patrouillewagen achteropkomt, krijgt ze een vette bekeuring wegens bumperkleven. Ze ziet twee ogen in een achteruitkijkspiegel, de Saab wijkt uit naar rechts. Brullend gaat ze erlangs, in haar zijspiegel ziet ze een opgestoken middelvinger.

De motor parkeert ze onder de Visbank aan de Vlaardingse Oude Haven. Ze zet haar helm af en schudt haar haar. De man achter de haringkraam staat te kleumen in zijn witte katoenen outfit en steekt zijn hand op. Een frisse wind waait bladeren op een hoop. Ze kijkt naar de overkant, naar het kantoor van Kondor & Wessels. Dat kantoor heeft Hiske en Dirk een ark van ten minste twee ton cadeau gedaan, heeft een ligplaats voor ze 'geregeld'. En verder?

Die vraag stelt ze Wouter Post, als hij haar ontvangt in dezelfde vergaderkamer met dezelfde impressie van de jachthaven aan de muur. Ze zit er nu met haar rug naartoe, maar draait zich om als Wouter Post zegt: 'Hoe bedoelt u, "wat wij verder nog hebben geregeld"?'

De impressie is verder ingetekend, met een nog grotere horecabestemming en zo te zien een weg, die het gebied verder moet ontsluiten naar de snelweg.

'Het gaat voorspoedig, zie ik?'

Wouter Post vouwt zijn handen samen en legt ze voor zich op tafel. Dat betekent: ik heb geen kwaad in de zin. Lin draait zich terug naar hem en kopieert zijn houding.

'In het contract stond niets over betaling in natura.'

'We vonden dat we ze nog wat meer tegemoet konden komen.' Post vervolgt: 'De welstandscommissie van de gemeente zal komen kijken op de nieuwe ligplaats. We zouden niet willen dat de Geleijnses weer werden weggestuurd omdat de oude ark niet aan de voorwaarden voldoet.'

'En u kreeg de ligplaatsvergunning zonder problemen?'

'Ja, ik heb het nog even nagevraagd. Dat viel allemaal erg mee.' Post klinkt betrouwbaar en geruststellend, maar het is een projectontwikkelaar. Die kan zijn stem zo laten klinken als nodig is.

'U weet niets van een uitzondering?' Post kijkt haar alleen maar aan, en blijft haar aankijken als ze vervolgt: 'En ook niet van een plotselinge wijziging van het bestemmingsplan voor Steigereiland Oost?'

'Mevrouw Kramer. Kan ik verder nog iets voor u doen?'

Hij staat al op, maar in Lins hoofd herhaalt zich: dat we ze nog wat meer tegemoet konden komen.

Lin staat ook al half, maar gaat weer zitten en hoort in haar hoofd: In natura. Deal. Nog wat meer.

Ze glimlacht naar Post. 'Nog één dingetje. Het aankoopbedrag van de grond. Op wiens rekening is dat gestort?'

'Daar kan ik u helaas geen mededeling –'

'Ik heb het idee dat er wat haken en ogen aan deze overeenkomst zitten. Dus als u wilt dat ik er een jurist op zet…' Ze bluft, maar ze is hier niet in functie, ze is hier als ongeruste buur, die wat navraag doet.

Post maakt een keuze. 'Als u een momentje heeft. Ik vraag het even aan mijn assistente.'

'Heeft ze een fijne vakantie gehad?' vraagt Lin nog, voordat hij de kamer uit gaat.

Post komt terug met een afschrift. Alle bedragen zijn zwart gemaakt, behalve één.

Lin moet even de nullen tellen, maar komt dan op anderhalf miljoen. Gestort op de rekening van D.J. Geleijnse.

Dirk heet Dirk Anton.

Anneke heet Dirkje Johanna.

Thuis is de kachel uit. Ze klopt op Nina's deur, maar hoort dan een zwaar geronk. Nina snurkte al toen ze klein waren, en daarom sliep Fem bij haar op de kamer en niet bij Nina. Daarom had zij een band met Fem waar niemand tussen kwam, keek Fem altijd eerst naar haar voordat ze een beslissing nam en volgde ze die van Lin zonder vragen te stellen. Waar zou Fem nu gewoond hebben? Zou ze kinderen hebben gekregen, dochters, zou ze ze bij elkaar op de kamer hebben laten slapen of juist niet? Zou ze Lin die speciale tanteband hebben gegund, die lijkt op die van een moeder, maar gelijkwaardiger is en vrijer, juist omdát het geen moeder-dochterrelatie is? Zou Fem nog steeds bij haar zijn gekomen met oprechte verbazing over het leven en over de slechtheid van de mens? Of zou ze gewoon volwassen zijn geworden, teleurgesteld, maar wel weerbaar? Had Lin haar eerder weerbaar moeten maken, haar vleugels in moeten trekken, zodat ze er niet meer onder kon schuilen en het zelf moest doen – STOP!

Omdat het STOP hard klinkt in haar hoofd, hoort ze eerst niet waar het door wordt geflankeerd. Door een hoorn. Van een boot? De hoorn blijft aanhouden, verandert van toonhoogte, geeft alarm aan, hij is harder dan die van een boot kan klinken. Lin opent de pui naar het platje. Het geluid van de sirene trilt in haar oren, ze voelt bijna de lucht die hij verplaatst. Hij is afkomstig van de ark van haar buurman Thijs.

Ze haast zich door de ark naar de steiger, graait haar wapen uit de holster die ze op het bureau in haar kluisje had moeten stoppen, maar waar het door de brand niet van is gekomen. Dan rent ze naar buiten en drukt op de bel. De sirene blijft aanhouden. Dan realiseert ze zich dat Thijs, als hij thuis is, de deurbel niet kan horen, boven de sirene uit. Ze graait haar sleutelbos uit haar zak. Eigen voordeur, schuur, bureau, kluis… Terwijl de sleutels door haar vingers glijden vraagt ze zich af: heeft Thijs een nieuw alarmsysteem geïnstalleerd? Hij is erg op zichzelf, houdt niet van pottenkijkers. Heeft ze in haar preoccupatie iets gemist op de buurtapp? Dat het aantal inbraken, na een lichte daling de afgelopen maanden, weer is gestegen? Zo ja, waarom heeft hij dan voor een systeem gekozen dat alleen maar herrie maakt en geen politie of beveiliging waarschuwt en dan afslaat? Ze vindt de sleutel die ze van Thijs heeft gekregen voor noodgevallen, zoals hij ook van haar ark een sleutel heeft. Ze opent de deur. Abrupt stopt het geloei. Ze doet een stap naar achteren, observeert, en stapt dan in één keer de gang in, haar rug tegen de muur. Ze slaat op de lichtschakelaar die het trappenhuis naar de benedenverdieping bedient. Met haar voet voelt ze aan de woonkamerdeur, die los is. De keuze is aan haar: naar beneden, waar Thijs' slaapkamer is en zijn atelier, of boven blijven, waar de kans groter is op het aantreffen van waardevolle spullen. De deur van de woonkamer maakt de keuze voor haar, omdat hij langzaam opendraait. Ze overbrugt de open ruimte, drukt haar rug tegen de muur naast de deur.

'Politie!' roept ze en ze stapt met gericht wapen naar binnen. Haar zicht wordt vertroebeld door verlichte waterbellen. Ze deinst iets achteruit. Waar is ze in beland, waar moet ze naar tasten, wie ademt er nog?

Lin schudt haar hoofd, ziet nu dat de waterbellen zich bevinden in blauwverlichte kokers, lavalampen in het halfduister. De luiken voor de ramen zijn gesloten. In de cirkel van blauwe lampen zit Thijs, in lotushouding, met zijn ogen dicht. Lin laat haar wapen zakken. 'Goddomme,' zegt ze onwillekeurig.

Omdat de glimlach van Thijs haar woedend maakt, loopt ze terug naar de deur en doet het licht aan. Thijs opent zijn ogen en op zijn gezicht verschijnt de verongelijkte blik die ze van vroeger, en ook van nu kent.

'Dus je vindt het niet mooi?' Hij klinkt gekwetst.

Zonder zijn handen te gebruiken komt Thijs uit zijn lotushouding omhoog. Hij loopt naar de lichtschakelaar en hinkt iets. Aan het schudden van zijn hoofd ziet Lin dat hij zich daaraan ergert; hij moet onaantastbaar zijn, de kunstenaar in zijn schepping is los van de wereld, heeft geen prozaïsche beperkingen.

Hij doet het licht weer uit. 'Ik ben hier bezig met de transitie van het aardse naar het hemelse, het bereiken van de eeuwige gewichtloosheid. Waarom haal je me uit mijn trance?'

'Thijs, als je wilt mediteren, dan vind ik dat prima. Maar je hoeft niet het hele eiland de stuipen op het lijf te jagen.'

Thijs kijkt haar aan als een onschuldig, teleurgesteld jongetje. Zijn blik smeekt: begrijpt ze dan niet wat hij bedoelt? Herkent ook zij zijn talent niet?

'Die sirene, Thijs.'

'Maar die hoort erbij! Die roept mij naar wat ik niet mag zien!'

'Koptelefoon voor tweeën besteld, de volgende dag in huis,' zegt Lin.

'Dat is toch niet hetzelfde,' mompelt Thijs nu. Hij gaat met zijn rug op de grond tegen de bank zitten, zijn armen om zijn knieën geslagen. Hij mokt. Lin voelt nu pas het gewicht in haar hand en stopt het wapen achter haar broekband.

'Als je hem aanzet, kom ik weer, ja?'

Lin staat alweer in de deuropening als ze Thijs' stem nog hoort. 'Hoe is het met George?'

Lin draait zich om. Thijs kijkt haar aan vanachter luchtbellen die drijven in blauw licht. Ze doet het licht weer aan, moet hem goed zien. Hij is oprecht bezorgd.

'Ze moeten van jullie arken afblijven,' volgt daarop. Thijs is boos, ziet Lin, of nog steeds verongelijkt? 'Fijn van de kat.'

Thijs houdt alles in de gaten, vanuit zijn fort. Thijs verzamelt sferen en gebeurtenissen om door elkaar te husselen en dan om te vormen tot een kunstwerk, waarin hij de sferen en gebeurtenissen opsluit. Zo heeft hij het een keer uitgelegd.

Ze knipt het licht uit, loopt naar de bank en zakt naast Thijs op de vloer. Het hout is verrassend warm aan haar billen.

Thijs houdt zijn pink omhoog. Hij knipoogt erbij, de knipoog van vroeger, van een zevenjarig jongetje, en glimlacht erbij. Daarom, en omdat niets meer is zoals het gisteren was, haakt ze haar pink in de zijne. In koor zeggen ze: 'Inkie pinkie rood wit blauw, inkie pinkie...'

Hij zegt: 'Blauw.' Zij kan geen keuze maken, kan ze ooit nog een keuze maken? Ze haakt haar pink uit de zijne. Zo zitten ze even stil naast elkaar, terwijl de bellen blijven stijgen en dalen.

'Dit project. Dit wordt iets.'

Lin knikt bij deze bekende zin uit Thijs' mond.

'Nee, echt. Dit is anders.'

Lin knikt weer.

'Maar ik snap dat je het nog niet op waarde kunt schatten.'

'Nog niet?' vraagt Lin, omdat ook daar een haakje aan zit.

'Je geest is te druk met andere dingen. Is nog niet ontvankelijk.'

Lin moet hem daar gelijk in geven. De rugzak. De boeken. De meisjes. George. Het DNA. De brand. De verf. De stront.

'Denk je dat hij haar ergens vasthoudt?'

Blauw licht valt en profil op Thijs' gezicht. Er staat een diepe schaduw onder zijn jukbeen.

'Sorry,' zegt hij, als ze hem alleen maar zwijgend aankijkt. 'Mijn fantasie...'

Lin knikt. De blauwe betovering is verbroken en ze probeert op te staan. Er zit van alles in de weg, wat bij haar lichaam lijkt te horen. Uiteindelijk reikt Thijs haar een hand, en trekt haar omhoog.

'Ik ben bezig met een tentoonstelling.'

'Goh,' zegt Lin.

'Je krijgt binnenkort een uitnodiging.'

Als Lin haar broek afklopt en haar wapen terugduwt, vraagt hij bezorgd: 'Je komt toch wel?'

'Tuurlijk,' stelt ze hem gerust. Ze is er immers altijd. In dat café, op die kunstmarkt, in die werkplaats van een collega-kunstenaar, in die tijdelijk leegstaande winkelruimte. Ze zal weer zeggen dat het prachtig is, verontrustend maar schurend zoals kunst moet zijn, en ze zal het weer jammer vinden dat de rest van de wereld het niet ziet. Omdat ze hem van kinds af aan kent. Omdat hij haar nog kent als zus van Fem.

'Laat je die sirene uit?' vraagt ze nog een keer. Ze klopt hem dan even op de rug en vertrekt.

Waar zou George Sabine vast moeten houden? En waarom?

Op de steiger slaat ze niet links af, naar huis, maar rechts af, naar het winkeltje van Jorkos. Room, eigeel, gesmolten kaas. Spaghetti carbonara, ultiem troosteten. Het vertrouwde belletje klingelt als ze de deur openduwt. Daarna klinkt niet het vertrouwde *kalimera*.

Jorkos staat wel achter de toonbank. Hij glimlacht, maar het is een gereserveerde glimlach. Karen laat de pot met vijgen in wijnblad uit haar handen vallen op de betegelde vloer. Dat geeft Jorkos iets te redderen. Ook Karen bukt en pakt gebroken glas op.

'Niet met je blote handen,' kan Lin niet laten te zeggen.

Langzaam kijkt Karen naar haar op.

Lin slikt in dat Georges ark en Jozef er ook niets aan kunnen doen. Ze slikt in dat er nog geen enkel bewijs is, niet voor zijn betrokkenheid bij Sabines vermissing, niet voor zijn vermeende pedoseksualiteit. Er is alleen bewijs voor het feit dat Sabine bij hem op de ark komt. Om als een puber, die thuis niet de aandacht krijgt die ze nodig heeft, met hem te praten. Om zich te ontlasten van een geheim, het geheim dat ze gepest wordt, het geheim dat ze verketterd en geminacht wordt. Dat alles slikt Lin in.

De scherven vallen rinkelend in de vuilnisbak die Karen voor Jorkos openhoudt.

'Ik kom straks wel terug,' zegt Karen vervolgens tegen hem. Ze moet Lin passeren in het smalle gangpad, en dat wil ze ook. Lin staat klem tegen een schap met spaghetti en andere deegwaren. Karen is langer dan zij. Haar adem ruikt naar koffie met de zoete ondertoon van whisky.

Haar haar is vet en sliertig, haar blauwe ogen staan dof.

Dat herkent Lin allemaal. Jij doet er niet toe als je kind vermist is, of je zus. Jij bent van geen enkele waarde en zal dat ook niet meer zijn, niet als ze dood teruggevonden wordt en misschien ook niet als ze levend teruggevonden wordt.

'We vinden haar wel, hoor. Thijs kwam niet voor niks op dat idee. Die wist natuurlijk dat jij niet de aangewezen persoon was,' zegt Karen.

'Welk idee en waarom was ik niet de aangewezen persoon?' Hun neuzen raken elkaar bijna.

'Het idee om geld in te zamelen om Sabine te vinden omdat de politie daar maar niet in slaagt. En je bent niet de aangewezen persoon om Sabine te zoeken omdat je van alle kanten bevooroordeeld bent.'

Dan is Karens lijf weg, haar geur is weg, haar klank is weg.

Boosheid is een prima afweermechanisme, weet Lin. Tegelijkertijd denkt ze: aan wiens kant staat Thijs eigenlijk? Karen heeft hem niet gevraagd geld in te zamelen, maar hij bood dat zelf aan. Wat is er te halen aan Karens walletje?

Zonder naar Jorkos te kijken pakt ze spaghetti, geraspte kaas, spekjes, room en eieren uit de schappen en legt ze op de toonbank. 'Wat koopt George voor kattenvoer?' vraagt ze.

Jorkos rekt achter zich, pakt er kleine blikjes af. Zonder iets te zeggen houdt ze haar tas open.

Jorkos' meelevende blik kan niets goedmaken.

De kachel is aan, in de badkamer loopt de douche. Lin legt de boodschappen op het aanrecht, reikt al naar een zak paprikachips, maar beheerst zich. Ze moet zichzelf niet in slaap sussen, maar scherp blijven. Vandaag is ze te veel haakjes tegengekomen, waar ze dingen aan kan hangen, oorzaken, gevolgtrekkingen, inzichten. Maar de haakjes haken aan elkaar en belemmeren haar het overzicht. Ze pakt een pan, tapt water. Ze verwacht een luid protest uit de badkamer, zoals vroeger, als haar moeder vergeten was dat een van hen onder de douche stond. Later, als je boos onder de douche vandaan kwam, zei ze dan: 'Goed voor je bloedsomloop.' Nu blijft het stil in de badkamer. Ze bakt spekjes aan in een koekenpan en verbaast zich over de kunde van haar automatische piloot. In de grote plastic kom mengt ze eieren, room, kaas. Ze haalt een vinger door het mengsel, voelt de textuur al op haar tong, het rulle van de kaas, het zachte van de room en het plakkerige van de eieren, als er hard op de deur wordt gebonsd. Nina komt de badkamer uit. Buiten wordt iets geroepen, op agressieve toon. Johan? Rick? Andere buren? Lin likt snel haar vinger af en voelt aan haar wapen, dat ze niet meer weg heeft gelegd, trekt het en opent de deur met een zwaai. Ze kijkt recht in de loop van een wapen, dat wordt vastgehouden door een Thaise man. Ze laat haar eigen wapen iets zakken, maar aarzelt niet en schiet. Hij grijpt naar zijn knie, laat het wapen vallen en strompelt weg, verder de steiger op.

'Nina! 112!' roept ze naar binnen. 'Alleen maar het adres, en dat ze gewapend zijn.' De andere Thai is bezig het dak op te klimmen. Hij zou degene kunnen zijn die van de foto gevallen is, de foto van Hans Hooghoudt.

'Freeze!' roept ze, met het wapen in de aanslag. Hij laat zich plat op het dak vallen, zodat hij buiten schootsafstand is. Hij wil naar de andere kant van de ark, om daar binnen te komen, voor Nina. Ze rent de steiger af, omhoog de wal op, richt op de man die nu rechtop op haar dak staat. Dan hoort ze de motor van de Bayliner starten en de man springt.

Ze spurt naar de ark, terug naar binnen, rukt de schuifpui open. Voor de ark spartelt de Thai, hij is gesprongen. Nina staat aan het roer van de Bayliner en geeft plankgas. De boot trekt een diepe voor door het water.

Er klinkt een sirene. Deze herkent ze meteen, het is het vertrouwde geluid van een politiesirene. Terwijl ze de man onder schot houdt, ziet ze zichzelf – in een film waar Tom van zou houden – maar ze laat zich niet afleiden. De sirene zwijgt, portieren worden dichtgeslagen, en een commando geroepen. 'Hier!' roept ze.

Een agent rent door de ark naar haar toe, zijn wapen in de aanslag. De Thai heeft geen keus en laat zich uit het water vissen.

Op de zwemtrap zegt hij nog: '*We will find her!*' voordat de agent, die een kop groter is, zijn handen op zijn rug dwingt en hem boeit. De agent is niet meer de jongste en kijkt naar haar wapen, dat ze nu pas laat zakken.

'Er is er één gevlucht. Gewond in zijn knie.'

'Rechercheur Kramer?' vraagt hij.

Lin knikt.

'Kunnen we u zo wat vragen stellen?'

Ze knikt, wacht tot de man is weggevoerd en zet het gas onder de pan met water voor de pasta uit. Het mengsel voor de carbonara ziet er nu uit als een vieze drab, maar toch steekt ze er een lepel in en neemt een koude hap. Adem in door je neus, adem vasthouden, adem uit door je mond. De sirene van een ambulance nadert, wat betekent dat de ontsnapte Thai onderschept is. Hoopt ze.

Na tien lange minuten wordt er geklopt en twee laarzen stappen voorzichtig de woonkamer binnen. Deze agent is ook al wat ouder, maar geen leider, ziet ze.

'Koffie?'

De agent knikt.

'Uw collega?' vraagt ze.

'Voor hem melk en twee klontjes,' zegt hij snel. Daaruit concludeert ze dat de collega de baas is.

'En voor uzelf?' vraagt ze daarom vriendelijk.

De man, met kort stekeltjeshaar en lichte ogen, is verrast. 'Melk alstublieft. Eigenlijk meer melk dan koffie,' durft hij.

De collega komt met meer lawaai binnen. Hij heeft nu tijd om vorsend rond te kijken. Hij zegt wat de meeste mensen zeggen die niet op het water wonen: 'Koud zeker, in de winter? En veel onderhoud?'

Zijn haar kamt hij gewoonlijk van de ene kant van zijn schedel naar de andere. Nu hangt het aan een kant af, door de actie. Lin gebaart met haar hand, hij bloost, legt het haar terug.

'Frans de Meester en Duco de Waal,' pakt hij zijn rol weer op. De percolator pruttelt en Lin heeft iets te doen. Ze pakt melk, een pannetje, zet dat luidruchtig op het fornuis. Uitstellen en blijven ademen. 'Kende u die mannen?'

'Nee,' zegt Lin.

'Enig idee wat ze kwamen doen?'

Lin weegt af: het dichtst bij de waarheid blijven levert altijd het meeste op, maar hoe dicht? Ze zegt: 'Ze kwamen voor mijn zus.'

Frans krabbelt in een klein notitieblokje.

'Mijn zus logeert hier,' vervolgt ze omdat ze weet wat hij gaat vragen, 'totdat ze haar eigen huis weer in kan. Dat heeft ze onderverhuurd omdat ze op reis was, maar ze is eerder teruggekomen. Door omstandigheden.'

Ze klopt de melk, en giet die in een mok, met een blik op Duco. Die knikt als de beker twee derde vol is. Ze giet er de koffie bij en zet de mok voor hem neer.

'Doe geen moeite,' maakt Frans het zijn collega moeilijk. Als hij geen koffie accepteert, had Duco dat ook niet mogen doen.

'En waarom zochten ze uw zus?'

'Geen idee.'

'Hoe weet u dan dat ze haar zochten?'

'Omdat die ene dat zei. In het Engels.'

'En waar is uw zus?'

'Ze kan ieder moment thuiskomen voor het eten.'

Frans kijkt naar de pastapan en de kom. 'Kunnen we haar bellen?'

Lin neemt Frans heel even op. In de grijze iris van zijn rechteroog zit een bruin vlekje.

'Natuurlijk,' zegt ze dan en ze pakt haar telefoon, selecteert Nina en zet hem meteen op de speaker. Frans kijkt naar haar foto op het scherm, die hem bevalt. Hij laat Duco nog net niet meekijken. Lin doet een schietgebedje terwijl haar telefoon die van Nina belt.

Dan klinkt Nina's stem zo helder alsof ze naast haar zit: 'Met Nina. Ik ben even niet bereikbaar. Je kunt een berichtje inspreken of een appje sturen.'

Lin blaast uit. Telefoon uitzetten als je op de vlucht bent, die les heeft Nina onthouden van de keren dat ze detectiveje speelden.

Frans staat op. Duco is pas halverwege zijn koffie. 'Als u iets van uw zuster hoort, neemt u dan contact met ons op?'

'Natuurlijk,' liegt ze.

Ze hoort de laarzen klossen op de steiger en blijft stil zitten. Hoe lang kan ze Nina blijven verdedigen? En moet ze dat wel doen? Is Nina betrokken bij professionele drugssmokkel? En zo nee, kocht ze die coke dan echt voor eigen gebruik en voor vrienden? Waar is ze naartoe met de boot? Hoe ver kan ze komen? Lin pakt de kom van het aanrecht, steekt er de lepel in en eet tot ze misselijk is. Jozef is uit zijn schuilplaats gekomen en strijkt zijn vacht langs haar enkels. Ze steekt haar vinger in de kom en hoopt op zijn ruwe kattentong, maar Jozef ruikt even en loopt dan weg.

In de badkamer kijkt ze in de spiegel. Haar haar is even vet als dat van Karen, diepe wallen liggen onder haar ogen, haar gezicht is opgeblazen. Doe je er ook niet meer toe als je buurmeisje vermist wordt? Als de hoofdverdachte je ex-man is, van wie je nog steeds houdt? Als je zus je voorgelogen heeft, van je gestolen, misschien verraden? Lin schudt haar hoofd en haar schouders los. Recht dan haar rug.

'Blijf bij de feiten en schakel emoties uit,' zegt ze. In de kamer pakt ze de sleutels van haar motor en loopt naar buiten.

Het hek voor Yvonnes vesting schuift al open als ze aan komt rijden. Het tl-licht knippert niet meer, de hond blaft in zijn kennel. Ze stuurt de motor over het grindpad, parkeert hem naast Yvonnes auto en stapt af. De brede voordeur gaat open. Yvonne, in een halo van het licht achter haar, wenkt haar binnen.

Het hout in de haard knapt.

'Goed,' zegt Yvonne. 'Je kreeg weer bezoek. Van die Thaise man die op zoek is naar Nina. En nu waren ze met zijn tweeën.'

Lin knikt. 'Nina was niet thuis,' jokt ze. 'Maar ik wist al dat ze tegen me gelogen had. Het ging niet om een onbetaalde rekening in een restaurant, maar om een andere schuld.' Yvonne wacht, dus voegt ze toe: 'Een drugsschuld.'

Yvonne kent haar, Yvonne kent Nina. Ze weet van Fem. Brengt dat coulantie?

'Ze had drugs gekocht, daar op zo'n party-eiland. Voor haarzelf. Daarna wilde ze ook voor haar vrienden inkopen, en dat werd toen voorgeschoten. Ze is zonder te betalen naar huis gekomen.' Lin weet niet of het precies zo is gegaan, maar het zou kunnen.

'Hoeveel?' vraagt Yvonne.

'Een halve kilo.'

Yvonne fluit. 'Dat is een hoop geld.'

Lin springt snel in: 'Wat het logisch maakt dat ze het geld kwamen halen. Hier.'

'Wel toevallig,' zegt Yvonne. Er zit niets van de gebruikelijke empathie in haar blik. Ze is bezig haar te testen, ziet Lin. Yvonne heeft de foto die Hans Hooghoudt van de Thai gemaakt heeft gezien, concludeert ze. Via Tom? Yvonne is haar voor: 'Tom had de foto in de database van gezochte personen gezet.'

Lin knikt. Ze kijkt Yvonne recht aan. 'Nina doet domme dingen. Maar niet zo dom.'

'Je dekt haar.'

'Ik geloof haar.'

Yvonne staat op, gooit nog een blok op het vuur.

'Hoe ver ga je om een zus te beschermen?' stelt Yvonne de vraag, die Lin zichzelf ook heeft gesteld.

'Jij gelooft stiekem toch in God?' vraagt Lin, als laatste redmiddel.

Yvonne neemt haar op, weet niet waar ze heen wil.

'Mijn vader zei altijd: "Toeval is het pseudoniem van God."'

'Lin. Ik weet niet hoe je je gedrag aan het goedpraten bent, maar ik zou ermee stoppen.'

'Ik geloof Nina.'

'En waar is Nina dan? Niet hier om jouw verhaal te ondersteunen.'

Lin slikt en geeft toe: 'Ik weet niet waar ze is. Maar ze is een volwassen vrouw!'

'Ik moet Beukering inlichten,' is Yvonnes antwoord.

Lin knikt. Yvonne staat op en gaat in de fauteuil bij de haard zitten, een teken dat Lin kan gaan. Lin zoekt oogcontact, maar krijgt dat pas als ze vraagt: 'Geloof jij dat ik Nina geloof?'

Lin ziet een sprankje medeleven. 'Ja,' zegt Yvonne.

Als Lin de deur naar de gang opent voegt ze toe: 'Lin? Je had een wapen. Thuis.'

Lin vroeg zich al af wanneer dat zou komen. 'Er was een noodsituatie. Met die brand in Georges ark. Moest ik dan speciaal naar het bureau om het daar in de kluis te leggen?'

'Dat is het voorgeschreven protocol.'

'Bovendien had ik het hard nodig.'

'Dat doet niks af aan het protocol, zal Beukering zeggen.'

Lin knikt en opent de deur.

'En Lin?' Lin houdt zich vast aan de gedachte dat ze Yvonne beter de bijnaam Colombo kunnen geven, de tv-rechercheur die zijn belangrijkste vraag altijd op de drempel stelde. 'Je zou je kunnen afvragen waarom je Nina wil geloven.'

Dat weet Lin. Maar dat zegt ze niet.

Net voor ze haar helm dichtklapt, voelt ze in haar broekzak haar telefoon trillen.

'Kramer,' zegt ze tegen Tom, omdat ze ergens lucht moet blijven zoeken.

Tom grinnikt. 'Zin in een borrel?' Zijn spraak sleept al iets.

Lin kijkt om naar de villa, stelt zich Beukerings oordelende blik voor. 'Prima,' zegt ze daarom. 'Waar zit je?'

Het café ligt op de Koemarkt in Schiedam en nodigt uit met een neon-uithangbord: HOOGHOUDT. Lin fronst als ze afstapt. Maar dan realiseert ze zich dat Schiedam de jeneverstad van Nederland is en Hooghoudt een groot merk, dus ze glimlacht. Als het een grap is, waardeert ze Toms gevoel voor humor.

Achter de deur hangt een zwaar velours gordijn. Ze schuift het open en de muziek komt haar tegemoet. Tavares zingt 'Heaven must be missing an angel'. Toeval? Of laat Tom muziek draaien waar zij van houdt? Het café is verder bruin, met nautische details: koperen scheepslampen, barometers, een ouderwets groot kompas en oranje reddingsboeien sieren de muren. Tom zit aan de hoefijzervormige bar, aan het eind, met zijn rug tegen de muur. Als hij haar ziet, spat zijn glimlach van zijn gezicht. Ze schuift aan.

'Wat wil je drinken?'

Lin ziet de kantoortuin voor zich, Karel die haar met onverholen leedvermaak bekijkt, Sacha die haar koffie aanreikt en ze ziet zichzelf, haar wallen, haar pafferige gezicht boven een te dik lijf.

'Een pilsje lijkt me wel gepast,' zegt ze.

Tom is aan de kopstoot, ziet ze aan het jeneverglaasje naast het vaasje.

'En zo een erbij,' zegt ze, roekeloos. Ze kan altijd met de taxi naar huis. Tom glimlacht nu niet meer, maar grijnst en bestelt bij de barman. Diens buik hangt op het werkblad achter de toog, tussen de spleet in zijn overhemd piept borstelig haar. Lin wendt haar blik naar het glaasje met de kop erop dat voor haar wordt neergezet. Ze slobbert de kop eraf, heft het glas naar Tom en ze proosten. Beiden drinken ze het in één teug leeg. Wat zou Tom hebben meegemaakt vandaag, schiet door Lins hoofd. Hij is een gezondheidsfreak en houdt graag controle.

'Zo,' zegt hij nu, met die slepende stem.

Zij zegt: 'De dochter van Hiske en Dirk heeft de boel opgelicht. Thijs liegt tegen me. En Nina is ervandoor.'

Tom kijkt haar vragend aan.

'Ik denk dat Anneke, zo heet hun dochter, haar vader heeft gedwongen om te tekenen voor een nieuwe ark, een betaling in natura. En zij strijkt de afkoopsom op, omdat Kondor & Wessels zo stom zijn om niet te checken of die rekening wel op de juiste naam staat.' Lin ziet dat Tom het niet kan volgen, niet in deze staat, maar denkt hardop verder. 'Het zou zomaar kunnen dat Hiske ook in het complot zit.' Hiske, denkt ze, die de vervallen ark zat is, die het jarenlange geraaskal van Dirk zat is en daar nu compensatie voor zoekt. Het zou kunnen.

'En waarover liegt Thijs?'

'Hij zegt dat Karen hem gevraagd had geld in te zamelen. Maar dat was zijn eigen idee.'

'En wat is daar erg aan?'

Tom is er meer bij dan ze dacht, merkt ze nu.

'Dat geld werd ingezameld omdat de politie haar werk niet goed zou doen. En ik ben die politie. Waarom kiest Thijs Karens kant?'

'Sommige mensen maken van hun emoties, of die van anderen, een project.'

Dat is waar, denkt Lin. Thijs zet emoties om in kunst. Maar dit keer misschien in zoiets banaals als geld inzamelen.

Sister Sledge begint te zingen over familie.

'Kas,' zegt Tom. 'Sla dit liedje maar effe over.'

Tom komt hier dus vaker.

'Misschien moet jij ook effe overslaan,' zegt Kas. 'Dit is sterker spul dan die sapjes die je altijd drinkt.'

Lin besluit dat ze moet weten waar Tom mee zit en steekt twee vingers op naar Kas. Die haalt zijn schouders op; hij heeft gewaarschuwd, en schenkt in. De tweede jenever geeft háár in ieder geval genoeg moed. 'Nina was wel thuis. En is er met de boot vandoor gegaan.'

Tom verslikt zich, ze moet hem op de rug kloppen voordat hij stopt met hoesten.

'Dat is best ernstig,' zegt hij.

'Maar ze heeft zelf 112 gebeld!' Dat kon Lin tegen Yvonne niet zeggen, omdat Nina in die versie niet thuis was, maar nu tegen Tom wel.

Die schudt nee. 'Je buurman belde.'

Lin gaat rechtop zitten. 'Wat?'

'Er is gebeld van de vaste telefoon op Steigereiland 54, met de mededeling dat er bij de buren op 52 verdachte mannen rondslopen. Yvonne vroeg er niet naar.'

Ze beseft dat ze zich voorhield dat het feit dat Nina 112 had gebeld, haar in ieder geval een zweem van onschuld gaf. Maar ze moet nu onder ogen zien: Nina kent de Thai, in ieder geval een ervan. Ze heeft in Thailand drugs gekocht. En Hans Hooghoudt, de link met de Thai, had het over een roodharige vrouw. Die hem ronselde voor drugsvervoer.

Lin haalt diep adem en steekt haar hand op naar Kas. Lou Rawls zingt '*I'll see you when I get there.*'

Ze proosten weer.

'Ik moet je iets vertellen,' zegt Tom.

Daar komt het, denkt Lin. Ze kijkt hem zo invoelend mogelijk aan.

'Ik ehm… ik wil zeggen… ik heb bewondering voor je. Veel bewondering.'

Lin kan een lachje niet onderdrukken.

'Ik zit niet te slijmen, ik vind gewoon dat ik dat moet kunnen zeggen.'

'Natuurlijk,' zegt Lin.

'Ik bewonder je professionaliteit. Je moed. En vooral…'

Hij neemt een slok bier, dus doet Lin dat ook. Kas houdt hen uit zijn ooghoek in de gaten, ziet ze.

'Vooral je mensenkennis. En dat je hoort wat mensen níét zeggen.' Hij knikt erbij. Is dit een hint? Of is hij aangeschoten en sentimenteel?

Ze probeert het. 'En wat zeg jij niet?'

Tom schrikt daarvan, leegt zijn borrelglas met gesloten ogen, trekt een gezicht en gooit er dan uit: 'Ik heb George verhoord.'

Ah, denkt Lin. Daar voelt hij zich schuldig over. 'Ja,' zegt ze daarom. 'Dat is logisch, ik ben van de zaak gehaald.' Tom knikt en neemt een slok bier. Er is meer dan schuldgevoel, ziet Lin.

'Wat zei George?'

'Hetzelfde. Dat hij alleen maar met Sabine praatte. Dat ze die dag langs zwom en dat hij haar daarvoor had gezien bij Jorkos. Dat hij geen idee heeft hoe die rugzak in zijn gangkast terecht is gekomen. Of waarom.'

'En?'

'Hij wil het jou niet kwalijk nemen, maar hij doet het toch.'

'Dat ik geen kinderen wilde?'

'Dat hij geen dochter heeft en daarom nu met Sabine zit.'

Er schiet iets door haar borst, angst, schrik. Wat nog meer? Blijven ademen. In door je neus, uit door je mond. Ze wil iets zeggen, maar heeft het te benauwd.

Tom kijkt haar verschrikt aan, wenkt naar Kas, die niet meteen ziet wat er aan de hand is. 'Een plastic zakje!'

Kas zoekt in een la, haalt er een pakje brood uit, schudt de boterhammen en de kruimels eruit, draait het zakje om en geeft het aan Lin. Het bolt op en zuigt zich vast aan haar wangen. En nog eens. En nog eens. Het duizelen wordt minder. Ze knijpt haar hand om het lege zakje heen, schraapt haar keel en vraagt dan zo rustig mogelijk: 'Hoe bedoel je: hij zit met Sabine?'

Tom slaat zijn blik neer.

'Waar is ze! Weet je waar ze is?'

'Nee, nee, dat is het niet,' zegt Tom snel, geschrokken, 'hij zit met Sabine omdat hij verliefd op haar is.'

ACHT

Ze opent haar ogen en zoekt rode oplichtende cijfers. Die vindt ze niet, of wel, daar in de hoek? Waarom heeft ze de wekker zo ver weg gezet? Ook hangt er ineens een gordijn voor het raam, zodat ze niet kan zien hoe laat het is, in dit zachte ochtendlicht. Het matras is raar hard, en smal, ze ligt niet onder een dekbed, maar onder een deken.

De herinnering komt hard binnen. De bar. De glaasjes met een kop erop. Kas, die blijft schenken maar hen wel in de gaten houdt. Ze hoort de soulmuziek. En dan de slepende stem van Tom: 'Hij zit met Sabine omdat hij verliefd op haar is.'

Lin wil de dag niet, wil niet dat ze hier ligt, in Toms appartement, op de bank in de woonkamer. Ze wil terugkruipen in haar slaap en nooit meer wakker worden.

Ze gaat rechtop zitten als ze zich herinnert wat Tom nog meer zei. Dat George het haar kwalijk neemt dat hij verliefd is op Sabine, omdat zij hem geen dochter gunde? Hoe krom kan een redenering worden?

Dan voelt ze, in paniek, aan haar lichaam. Wat heeft ze aan? Opgelucht haalt ze adem, broek, bloes, onderbroek, bh. Alleen haar schoenen zijn uit. Naast de bank op de grond ligt haar wapen en staan twee glaasjes water. Ze drinkt er één leeg, slikt door en wil tegelijkertijd de slok weer ophoesten omdat er iets in zit, maar het is al te laat. Flarden van haar en Tom aan het aanrecht, zij die omviel, Tom die haar op de bank trok en erop stond dat ze haar lenzen echt uitdeed, die hij van haar overnam en in glaasjes water deed. Hij heeft voor haar gezorgd. Zal zijn bewondering nu gezakt zijn?

Ze neemt de kamer in zich op. Tegenover de leren bank, waar zij op ligt, staan twee rieten designstoeltjes onder een raam, waar nu zonlicht door naar binnen valt. In de hoek een bureau met twee computerbeeldschermen, een groot tv-beeldscherm aan de wand. Een kale vloer van linoleum, zonder kleed. Geen eettafel. In de hoek is een aanrechtje geplaatst, met daaronder een koelkast. Er staan een kookplaatje, een waterkoker en een espressoapparaat dat bijna het hele aanrecht in beslag neemt. De rest van het blad wordt ingenomen door een blender. Geen afwas, geen rommel, een stapel tijdschriften netjes geordend.

Ze hoort gestommel op de gang. Een straal landt in een toilet, dat wordt doorgetrokken. Even hoopt ze dat hij teruggaat naar bed, dat ze hier ongezien kan wegkomen, maar de kamerdeur gaat open. De gestalte van Tom, alleen in onderbroek, haar alle kanten op, schuifelt de kamer binnen. Ze meent te zien dat hij goed gebouwd is, en zijn lichaam onderhoudt. Terwijl hij naar het espressoapparaat loopt, gaapt hij hartstochtelijk. Hij pakt een glas uit een kastje, vult het met water en drinkt gulzig. Nog steeds zonder haar op te merken vult hij een piston met koffie, drukt die aan. Het rode lampje, dat zij aanzag voor wekker, hoort bij het espressoapparaat, dat dus ook 's nachts aanstaat. Voordat hij het apparaat in werking zet, dat – aan formaat en profi uiterlijk te zien – een hoop herrie maakt, schraapt ze haar keel. Ze zit inmiddels rechtop, met de deken om zich heen geklemd, omdat ze niet naakt ís, maar zich dat wel voelt.

Toms hand blijft naast de schakelaar in de lucht hangen. Hij draait zich om. Hij schrikt even erg als zij; nee, erger, want hij is slechts in onderbroek. 'Lin. Wat?'

Snel laat ze de deken zakken, waarmee ze laat zien: niks gebeurd, niks aan de hand, geen paniek. Tom knippert met zijn ogen.

'Ik kon niet meer rijden,' zegt ze.

'Nee. Weet ik,' probeert hij het gat in zijn geheugen te maskeren.

'Jij wilde niet dat ik een taxi nam.' Waarom voegt ze dat eigenlijk toe?

'Nee?' zegt hij dan ook.

'Die kopstootjes?' probeert Lin. 'Kas? Soulmuziek?'

Er komt iets van een herinnering bij hem binnen. Maar geen grotere schrik. Dus hoopt Lin heel even dat wat Tom haar verteld heeft, over George en Sabine, niet waar is. Dat het een idee was, ontstaan in een alcoholnevel, maar dat het nergens op berust.

'Wil je koffie?' Zijn stem slaat over. Hij zoekt naar iets om zich te bedekken, maar in Toms woonkamer slingeren geen kleren, geen handdoeken. 'Sorry,' zegt hij daarom, en hij loopt de kamer uit. Hij komt terug in een broek en een shirt, met plat haar en zijn glimlach.

Maar ze moet het weten. 'Weet je nog wat je zei over George?'

'Tuurlijk,' bluft hij. Dan herinnert hij het zich wel: de kleur trekt weg uit zijn gezicht. 'Heb ik het gezegd?'

Lin knikt.

'Sorry. Ik had het voor je… er is nergens enig bewijs voor. Ik had niet…'

'Je was geschokt en wilde dat ik het wist. Gisteren dan.'

Het blijft even stil.

'Heb je melk?' vraagt ze dan, om het ongemak te verlichten.

'Sojamelk goed?' antwoordt hij.

Zij knikt, kijkt rond in de kamer, ziet dan pas de boxen die aan het plafond hangen. 'Is het geen tijd voor Barry White?'

Ze moeten allebei lachen om het rijm. Tom pakt een afstandsbediening van een bureau, en daar klinkt de zware stem al.

'*I need love. I need life.*'

Ze zoekt verbaasd naar een cd-speler, een pick-up, maar hij knikt naar de tv. 'Spotify?'

De koffie is sterk. Omdat het zwijgen wat minder vanzelfsprekend is in deze situatie vraagt ze: 'Krijg je nog geld van me?'

Hij kijkt haar blanco aan.

'Ik dacht dat jij betaald had?'

Tom herinnert zich een ander stukje: 'Jij was je pasje vergeten, ja.'

'Ja?' Hier moeten ze allebei om lachen. Lin pakt haar portemonnee uit de binnenzak van haar jack. Rijbewijs, kentekenbewijs van de motor, de bonuskaart onttrekt ze snel aan Toms oog, zorgverzekeringspasje, ov-chipkaart. Geen bankpas. Nu stopt ze die ook niet altijd in haar portemonnee, soms stopt ze hem los in haar zak als ze even naar Jorkos gaat, dus hij ligt waarschijnlijk thuis op tafel.

Het blijft weer stil. Tom loert of ze haar koffie al op heeft. Snel neemt ze een laatste slok, zodat hij haar hopelijk de douche kan wijzen. Schoon, geen haren in het putje, de cabine blinkt. Op de wastafel staat een batterij aan huid- en haarverzorgingsproducten. Lin slaagt erin zich alleen daarop te focussen, en niet op wat op de loer ligt in haar hoofd, en ze grinnikt; Tom is net zo ijdel als ze dacht. Ze kiest een douchegel van L'Óreal en zeept zich kwistig in. De dag is er nu eenmaal, dan kan ze hem maar beter lekker ruikend aanvallen.

Ze heeft het tweede glas met het bodempje water meegenomen en houdt het tegen het licht. Er drijft iets blauwigs in. Ze weet hoe het brandt, een lens in je oog die bewaard is in water, en één lens is vervelend, maar ze heeft geen bril bij zich en dus geen keus.

Het brandt. En brandt. Ze knippert vervaarlijk, haar oog traant en wordt rood, maar de pijn trekt weg. En het is de goede lens in het goede oog, bij toeval. Goed. Fase drie. Er staat maar één tandenborstel in een bekertje. Geen haar op haar hoofd. Maar waarschijnlijk kun je van een mijl afstand ruiken wat ze de avond ervoor achterover heeft geslagen.

Ze opent een la onder de keurig opgevouwen stapel handdoeken, gesorteerd op kleur. In de la minstens tien tandenborstels, in verschillende kleuren en – veelzeggender – nog in de verpakking. Ze grijnst; zou hij na elke onenightstand de tandenborstel weggooien? Of bewaart hij sommige, omdat dit meisje net iets leuker was en hij stiekem een beetje hoopt op meer? Lin kiest een groene, de kleur van de rust, van de kalmte. Die heeft ze nodig vandaag.

Op het aanrecht wacht een glas met een eveneens groen mengsel erin. Hij knikt ernaar; opdrinken. Ze ruikt er even aan, trekt dan een gezicht. 'Beste antikatershake,' zegt hij. 'Ik heb het opgezocht en geprobeerd. Werkt onmiddellijk.'

Lin neemt een slok van de dikke vloeistof en probeert zonder te kokhalzen te slikken.

'Helemaal opdrinken,' zegt Tom. 'We hebben een zware dag voor de boeg.'

Lin slikt en slikt.

'Dank je,' zegt ze dan verlegen. 'Wat zit erin?'

'Banaan, honing…'

Ze kijkt nog eens naar de felgroene kleur.

'En boerenkool,' zegt Tom.

Boerenkool op de vroege ochtend. Ze dacht dat zíj een bijzonder eetpatroon had.

'Was al een rage in New York. Dus wordt het nu hier.'

Lin is flink, zoals Fem vroeger flink was, als ze een lepeltje Olvarit voor Lin naar binnen werkte, en een lepeltje voor Nina. Fem was flink als de drab op haar kin zat en Lin die er met het plastic lepeltje afschraapte en weer in haar mond stopte, zoals haar moeder haar geleerd had. Soms knipoogde ze naar haar en stuurde bij het 'en een hapje voor Lin' het lepeltje haar eigen mond in. Ze werd dan beloond met glanzende ogen en een tevreden geluidje. Het geluid wat ze later niet meer maakte en dat ook haar kinderen nooit zouden maken – STOP!

Om zich af te leiden kijkt ze nogmaals de kamer rond. Op het tv-scherm beweegt er beeld, achter een desk staat een vrouw in een kokerrok en met stilettohakken te praten. Maar dan verschijnen de hoofden van twee mensen, naast elkaar. De mond van de vrouw beweegt. Het zijn Rick en Karen. Lin springt op, zoekt een afstandsbediening, vindt er een. Ze zet daarmee onbedoeld het achtergrondkoor, dat zingt dat het zo blij is een vrouw te zijn, nog harder. Tom, die de shakeglazen omspoelt en ze in de afwasmachine zet, kijkt op. Hij vindt een andere afstandsbediening, het geluid van de dames gaat uit en Ricks geluid gaat aan.

'Daarom zijn wij zo bezorgd over het handelen van de politie. Het is alsof ze deze man, deze man met pedofiele neigingen, hebben vastgezet en dat het daarmee basta is. Dat ze Sabine, onze dochter, helemaal niet wíllen vinden. Dat ze haar liever laten sterven dan dat de schuld van die man bewezen wordt. En waarom? Omdat hij getrouwd is met de rechercheur die de zaak behandelt. Dat vinden wij een schande. Het is een zoveelste voorbeeld van de overheid, die er niet voor de burgers is en hen minacht. Het is het zoveelste bewijs…'

Karen legt een hand op Ricks arm. 'Wij willen alleen maar onze dochter terug. Is dat zo veel gevraagd?' Een traan blinkt in haar ooghoek, de camera zoomt professioneel in en heel Nederland ziet de traan rollen.

De presentatrice komt weer in beeld. 'Tot zover dit emotionele betoog van twee ouders, geschokt door het feit dat de overheid ze in de steek laat. Laten we hopen dat de politie nu alles op alles zet en dat Sabine gevonden wordt!' De mond praat door.

'Wat voor programma is dit?' vraagt Lin.

'Populistisch. Rechts. Gebruikt alles om zijn politieke standpunt te uiten.'

'Zeg je nou dat ze Rick die tekst hebben gegeven?'

'Zou me niks verbazen.'

Lin schudt haar hoofd. Wanhoop mag je niet misbruiken, niemand mag dat. Een stem in haar hoofd vraagt of haar moeder Lins wanhoop niet heeft misbruikt. Om die van haarzelf te kunnen hanteren? STOP.

Lin staat op en gespt haar holster vast. 'Wie was er bij dat verhoor van George?' Ze hoopt op Sacha, Sacha is degene die het minst last heeft van tunnelvisie.

'Karel.'

Ze voelt het mes in haar rug.

'Beukering vroeg om een vrijwilliger.'

'Maar Yvonne… Waarom greep die dan niet in?'

'Yvonne was ziek.'

Adem in door je neus, laten zakken naar je buik, adem uit door je mond.

'Je hebt zeker geen boterham?' vraagt ze. 'Met een beetje roomboter?'

In de winkelstraat die in het verlengde ligt van de bar van Kas, is een bakker open. De roombotercroissants ruiken net zo vet als ze wil en smaken ook zo. Een jong meisje op straat neemt haar nieuwsgierig op, die kleine te dikke vrouw op het zadel van een motor, met schilfers croissant over haar jack en op haar bolle wangen.

'Carola!' roept een vrouwenstem. Het meisje kijkt om en rent naar mama, verbergt haar hoofd in haar schoot, legt haar handen om haar heupen. De vrouw kijkt ook naar Lin. Snel slikt ze het laatste stukje croissant door en zet haar helm op. Het is niet nodig om met brullende motor weg te rijden maar ze doet het wel; ze neemt het risico dat ze geen diepte ziet en niet scherp. Ze moet Beukering spreken.

In de hal van het Paleis van Justitie zijn de vloeren tot glimmens toe geboend. Zonlicht valt door de grote ramen op schilderijen aan de muur. Ze onderscheidt vaag mannen met witte pruiken. De receptioniste heeft haar verteld dat meester Beukering een zitting heeft in de grote zaal en dat die kan uitlopen, maar dat ze in de gang kan wachten als ze daar behoefte aan heeft. Lin zit en wacht. Ze ruikt de geur van de douchegel, die nog om haar heen hangt, ook al zijn haar kleren niet schoon. Heeft Nina schone kleren meegenomen? Waar is ze naartoe? Wat doet ze? Wat heeft ze gedaan, waarvoor is ze op de vlucht?

'Mevrouw?'

Lin kijkt op.

De receptioniste, een oudere vrouw met haar haar in een staart en lieve ogen, houdt een bekertje koffie voor haar op. 'Met melk en suiker, nam ik aan?'

Lin is tegelijkertijd geërgerd en geroerd. Deze vrouw ziet aan haar dat ze haar koffie met melk drinkt en dat ze nu suikers nodig heeft. Aan haar postuur? Of kijken de ogen verder, zien ze de paniek en het verdriet en de angst die ze nooit mag tonen?

Omdat ze haar stem niet vertrouwt, glimlacht ze zo dankbaar mogelijk en neemt de koffie aan. Ze brandt haar mond, zoals ze hoopte.

Een dikke boerennek komt boven de bef van de toga uit. Beukering ruist al langs haar als ze koffie morst.

'Au,' zegt ze onwillekeurig.

Beukering merkt haar op, de receptioniste kijkt mee. Hij houdt zijn pas in. 'Lin?'

Ze zet de koffie op de bank neer bij gebrek aan een tafeltje en steekt haar hand naar hem uit. Zo begroeten ze elkaar nooit, maar hij neemt de hand aan, en even laat ze die rusten in de zijne. Hij is niet eeltig en ruw, zoals die van de boer die ze altijd in hem herkent, maar zacht en droog.

'Ik moet me aan de regels houden,' zegt Beukering. 'En een wapen mee naar huis nemen betekent schorsing en nader onderzoek.'

Lin kijkt hem aan zonder iets te zeggen.

'Ik heb een boodschap achtergelaten? Op je antwoordapparaat?'

Lin zucht. Natuurlijk. Maar ze is hier niet om deze mededeling te incasseren.

'Ik heb een verzoek,' recht ze haar rug.

Beukering trekt zijn wenkbrauwen op.

'Ik zou graag met George de Vries praten.'

Beukerings hoofd begint al nee te schudden. Snel voegt ze toe: 'Niet in mijn functie als rechercheur. Nu al helemaal niet meer. Maar in mijn functie als ex-vrouw.'

'Is dat een functie?' Beukering glimlacht erbij.

'Ik ben voor altijd Georges ex-vrouw,' zegt ze. Ze voegt er net niet aan toe: En ik ben voor altijd de zus van Fem. En van Nina.

Beukering neemt haar op. 'Wat denk je ermee te bereiken?'

'Ik wil hem in de ogen kijken. Zodat ik weet of hij de waarheid spreekt.'

'Een kat in het nauw...' begint Beukering.

'Ik doe er verder niks mee. Maar ik wil het weten. Zodat ik ermee kan dealen.'

Beukering aarzelt.

'Las ik niet laatst een artikel van uw hand? Waarin gepleit wordt voor confrontaties tussen dader en slachtoffer?'

Beukering wil al iets gaan zeggen als: 'Ben jij slachtoffer dan?' maar Lin voegt toe: 'Ik zou dat willen uitbreiden tot daders en de mensen die het dichtst bij hen staan.'

'Het kan nu wel even, denk ik.'

Hij loopt naar de receptie. Verdwaasd loopt Lin achter hem aan.

'Geef me het Huis van Bewaring, de westvleugel,' zegt hij tegen de receptioniste. Die belt, geeft de hoorn aan Beukering. 'Ik heb een bezoeker voor gedetineerde De Vries.' Aan de andere kant wordt iets teruggezegd. Wat snibbig antwoordt hij: 'Nú, ja,' en hij geeft de hoorn terug.

'Ik had hem al van het bureau hiernaartoe over laten brengen. Dat leek me beter.'

'Maar de rechter-commissaris…'

'Het is niet helemaal volgens de procedure, dat weet ik. Maar na die uitzending van vanmorgen kunnen we niet voorzichtig genoeg zijn. Je weet wat voor sentimenten dit soort zedenzaken losmaakt.'

Lin wacht even, zegt dan langzaam en duidelijk: 'Dus het is al een zedenzaak? Met alleen indirect bewijs?'

Ze beeldt zich in dat de receptionistes meelevende glimlach voor haar bedoeld is en dat ze haar wil steunen.

'De mensen trekken hun eigen conclusies, Lin. Of die nou juist zijn of niet.'

De bewaker, die de deur naar de bezoekruimte voor haar opent, blijft daar niet naast staan, de benen gespreid, de blik op oneindig, zoals het in politieseries hoort. Hij knikt naar de rechte mannenrug, die midden in de ruimte aan een tafeltje zit, en gaat wijdbeens aan een ander tafeltje zitten terwijl hij een pakje shag trekt.

Lin loopt naar de rug toe, de rug van George, die ze ook zonder lenzen zou herkennen, die ze jaren gestreeld heeft, waar ze tegenaan mocht kruipen, ook al was haar hele lichaam koud. De rug blijft naar haar toe zitten, al klinken haar naderende voetstappen luid en duidelijk. Even blijft ze staan, wil het liefst haar hand in zijn nek leggen, maar ziet dan het lichaam van Sabine, glanzend van het water, haar lange blote benen onder haar badpak.

Ze gaat tegenover George zitten. Dan pas kijkt hij op. Zwijgend zitten ze daar. De bewaker rolt een sjekkie. Maakt het af en tikt ermee op het tafelblad.

'Weet je George,' begint ze. Hij kruipt weg naar binnen, ziet ze, is bang. 'Verliefdheid is een chemische reactie in de hersenen.'

Er komt iets van opluchting terug in zijn ogen.

'Maar de vraag is, laat je die reactie woekeren, of blus je hem.'

Ze wil het laatste weer inslikken, want wat weet hij van de brand, van het verkoolde wrak dat zijn huis is? Niks, ziet ze, dus dat laat ze nog maar zo.

'Dat heb ik geprobeerd,' zegt George zacht.

'En dat lukte niet?'

George slaat zijn blik neer. Lin bidt in zichzelf: laat hij zich niet schamen, want schaamte betekent schuld.

George verzamelt moed en kijkt haar aan. 'Ik ben verliefd op een vijftienjarig meisje. Maakt me dat een slecht mens?' vraagt hij naar de bekende weg.

Lin stapt met hem die weg op, met: 'Dat ligt eraan.'

George knikt. 'Ik heb haar met geen vinger aangeraakt.'

Dat zeggen ze allemaal, wil Lin plotseling schreeuwen, de woede vlamt op, waar is ze boos om? Twijfelt ze wel degelijk aan zijn onschuld? Dat denkt George ook, ziet ze aan de teleurgestelde blik in zijn ogen.

'Lin. Echt niet. Dat zou voelen als incest.'

'Maar het is wel mijn schuld, toch? Omdat ik jou geen dochter heb geschonken, ben jij chemisch verliefd geworden en daar kun je niks aan doen.' Haar stem klinkt hard, bitter.

'Ik moest íémand de schuld geven.'

Lin denkt: en je was gewend mij de schuld te geven, dus doe je dat nu weer. George reikt naar haar, legt zijn handen open op tafel, smeekt daarmee. Maar haar lichaam is haar voor, haar lichaam dat zich hem voorstelt met Sabine, en ze deinst terug.

Er klinkt geruis van kleren; de bewaker staat op. 'Geen lichamelijk contact.'

George slaat zijn blik neer. Hij hunkert niet naar haar, maar naar Sabine, die nog steeds vermist is, wier lichaam misschien ergens drijft, die zij niet heeft kunnen redden, weer niet – STOP!

'En die rugzak?' zegt ze in plaats daarvan.

George heft zijn handen. 'Sabine is niet iemand die andermans kasten openmaakt.'

Dat is Lin met hem eens.

'Nog een minuut,' klinkt van het andere tafeltje. Lin kijkt naar de tappende sigaret. Daar heeft de bewaker meer zin in dan naar een gesprek te luisteren van mensen die hij niet wil kennen. Waar rook is, is immers vuur. Hij staat al op, klaar om haar terug naar buiten te brengen.

'Ze had iets teruggedaan,' zegt George nog, snel. 'Tegen dat pesten.'

Lin fronst.

'En dat voelde heel goed.'

Ze wil hem tegelijkertijd omhelzen en in het gezicht slaan, maar vraagt, omdat ze het moet vragen: 'Dus ze was niet somber, of verdrietig?'

'Juist niet. Ze zag het allemaal weer meer zitten.'

'Wat had ze gedaan?'

'Mevrouw. Nu.' De bewaker staat naast het tafeltje en kijkt naar George, die het niet moet wagen nog iets te zeggen.

Dat doet hij wel. 'Gedreigd.'

De bewaker trekt hem omhoog.

'Waarmee?' probeert Lin nog, maar hij wordt weggeleid, hardhandig. George laat zijn hoofd hangen. Bij de deur kijkt hij pas om als ze zegt: 'Ik zorg voor Jozef.' Zijn glimlach had niet dankbaarder kunnen zijn.

De kantoortuin lijkt een vesting, de mensen aan de bureaus de wachters op leven en dood. Ze loopt met opgeheven hoofd door het vertrek naar de kamer van Yvonne. Het blijft stil. Tom zit niet op zijn plek, Karel heeft zijn armen over elkaar geslagen en zijn blik strak op haar gericht. De anderen kijken net langs haar heen of doen alsof ze niet merken dat ze is binnengekomen. Behalve Sacha, die haar opvangt in de gang.

'Yvonne is nog steeds ziek,' zegt Sacha.

'Hoe kan ze net nu ziek zijn?' valt Lin uit.

'Migraine?' vraagt Sacha.

Natuurlijk, herinnert Lin zich nu. In tijden van stress wordt Yvonne gevloerd door sluipmoordenaar migraine. Dat gebeurt zelden, maar als het gebeurt, is er niets anders te doen dan zich opsluiten in een verduisterde kamer en wachten.

'Ben ik de oorzaak van de stress?' vraagt ze.

Sacha haalt haar schouders op. Lin kijkt haar aan, gespt dan haar holster los, doet haar badge af en houdt ze op voor Sacha.

'Zo bedoelde ik het niet,' zegt Sacha.

'Dat weet ik,' zegt Lin met heldere stem.

Met even rechte rug loopt ze terug, op weg naar buiten, terug naar te veel tijd en te weinig te doen.

Tom zit nu wel aan zijn bureau en maakt aanstalten op te staan, maar ze schudt nee naar hem.

'Het is best nog lekker zwemweer, toch?' zegt Karel.

'Hou je bek, man!' schreeuwt Sacha. 'Weet je wat jij bent? Een kinderachtig, kleinzielig en uiterst vervelend macho mannetje, dat er niet tegen kan als een vrouw...'

Lin glimlacht. Sacha heeft haar stokpaardje gevonden en is er voorlopig niet vanaf te krijgen.

Als ze de steiger op stapt, hangt er iets in de lucht. Er klinken stemmen over het water, aan de horizon liggen wolken te wachten om met de wind op te stijgen en regen te brengen. De verf, waarmee nog steeds in rode letters PEDO op haar ark gekalkt staat, is niet afwasbaar, schat ze. Of afregenbaar, maar er is niets nieuws bij geschreven, en er ligt geen nieuwe stront.

Ze opent de deur, en een scherpe ammoniaklucht komt haar tegemoet. Ze kijkt rond, begrijpt niet waar die vandaan komt, maar ziet dan Jozef in de vensterbank zitten. Hij verwaardigt zich niet naar haar om te kijken. Kattenpis ruikt naar ammoniak; Jozef heeft buiten de kattenbak geplast, uit wraak, omdat zij er vannacht niet was. Ze pakt een van de blikjes die ze bij Jorkos heeft aangeschaft uit de kast, eentje met tonijn en jonge sardines, en houdt het op voor Jozef. Hij kijkt haar met scheve kop aan, komt niet in beweging. Als ze tegen zijn voederbakje tikt wel. 'George denkt aan je, hè?' zegt ze tegen Jozef. Hij eet en smakt.

Terwijl ze in de badkamer een reservelens indoet, hoort ze een stem roepen: 'Maar het slaat nergens op!'

Ze kijkt naar buiten. Daar staat Thijs op zijn vlotje, dat voor zijn ark drijft. Een buurman aan de volgende steiger is de roeper: 'Wij vallen onder Rijkswaterstaat! Het hoogheemraadschap heeft hier niks te zoeken!'

Ze stapt het platje op.

Thijs houdt een oranje sticker omhoog, en een wit A4'tje. 'Maar het staat er wel!' Hij begint te lezen: 'Binnen een termijn van vierentwintig uur kunt u nog een vignet aanschaffen en dat op uw boot of drijvende object bevestigen. Indien u niet aan deze betalingsverplichting voldoet, wordt het object verwijderd en naar de bewaarhaven gebracht, alwaar u het, na betaling van een boete en alsnog de aanschaf van een vignet, kunt ophalen.'

Als woonbootbewoners moeten ze jaarlijks een vignet kopen voor wat er naast de arken drijft. Die vignetten kosten zestig euro de strekkende meter. Dus zijn er veel bewoners die geen vignet aanschaffen. Lin ook niet, uit solidariteit. Acht jaar geleden vond de vorige razzia plaats.

'Zeg jij er eens wat van.' Dat is Johan, die bij de roepende buurman aan boord is. Hij heeft het tegen haar.

'Ik weet van niks,' roept ze terug.

'O nee? En waarom heb jij die Bayliner van je dan ergens verstopt?'

Net als stemgeluid draagt ook vijandigheid ver, over het water. Daarom stapt ze weer naar binnen. Thijs kijkt haar niet aan. Johan heeft gelijk, Steigereiland valt onder Rijkswaterstaat, maar al jarenlang is het vechten tegen de bierkaai. Hoogheemraadschap Schieland beboet, sleept vaartuigen weg en stalt ze. Zonder enige tussenkomst van wie dan ook. Juristen bijten er iedere keer hun tanden stuk op.

Ze opent de koelkast. De plak ham, waarvan nog de helft over is, ruikt zuur. Ze legt hem terug als er op de deur geklopt wordt. Ze gaat erachter staan, mist haar wapen en roept: 'Wie is daar?'

'Heb je zin in soep?' komt er terug.

Ze opent de deur. Hiske heeft een grote tupperwaredoos bij zich en is geheel gekleed in het wit.

Komt ze vergiffenis vragen voor het feit dat ze het mogelijk heeft gemaakt dat ze straks overspoeld worden door watertoeristen? Lelijke polyesterboten? Mannen met geaffecteerde stemmen en wijnkoelers? Gezang om drie uur 's nachts?

'Niet meteen oordelen,' zegt Hiske. 'Dat doe ik ook niet.'

Omdat Lin begrijpt dat Hiske niet meegaat in het volksgericht, draait ze zich om en loopt terug naar binnen.

Hiske is wél iemand die bij mensen de kasten opent en pakt er twee kommen uit. Ze vindt een soeplepel, schept de kommen vol en zet ze in de magnetron, alsof ze elke dag bij Lin soep komt brengen en eten.

Lin doet ook alsof het de normaalste zaak van de wereld is, pakt lepels uit een la en gaat aan tafel zitten.

'Kippensoep. Zoals oma die maakt,' zegt Hiske, terwijl ze de kommen op tafel zet. Vet, zout, het draderige van de kip. Hiske weet wat ze nodig heeft. 'Ik weet niet hoe het precies zit met George. En jij weet niet hoe het zit met onze nieuwe ark. Dus...'

'Mag ik er wel naar vragen?' vraagt Lin.

Hiske heeft haar mond vol en schudt nee. Haar haar is vandaag netjes in een knot gevouwen, ze heeft zelfs iets van lippenstift of gloss op. Ze ziet er opgelucht uit, vrolijk bijna. Kan Hiske vrolijk worden van het idee van een jachthaven? Omdat zij er aan de andere kant van het eiland geen last van hebben? Zo kent Lin Hiske niet. Hiske is stronteigenwijs, en je moet haar niet tegenspreken, maar ze gunt een ander geen ellende. Eerder de troost die Lin nu oplepelt uit de kom.

'Als je wordt gechanteerd, wil ik het nú weten. Dan kan ik er misschien nog wat aan doen.'

'Waar zie je me voor aan,' zegt Hiske met opgeheven hoofd. 'Het wordt vanzelf duidelijk.'

Hiske neemt haar op. 'Of ben je op de hand van die ontwikkelaarsman?'

Lin ziet Wouter Post voor zich en hoopt dat Hiske weet wat ze doet. Ze mag de rest van de soep houden, en die doos 'komt wel'.

Ze aarzelt, maar omhelst Hiske dan toch even. Ondanks de jachthaven, ondanks het complot met haar dochter Anneke. Ze weet immers niet wat er nog meer speelt. Al zou ze Annekes hand graag verpletteren onder haar gewicht en hoopt ze niet dat zij er met de grootste taartpunt vandoor gaat. Als de deur zich achter Hiske sluit, zucht ze. Ze dénkt nu ook al in eten.

Ze gaat aan tafel zitten. Ze kan de kommen afwassen, en dan meteen de keukenkastjes soppen. De bovenkant van de afzuigkap ontvetten. Ze kan door de voorraadla gaan en daar de pakken en blikken uit halen die over de datum zijn. Ze kan ook de stapel kranten achter de bank opruimen. Tijd zat en beelden genoeg die ze moet verdrijven. Jozef springt uit stand op de tafel en mauwt. Kijkt hij gepijnigd of verbeeldt ze zich dat?

Hij gaat voor haar liggen. Ze kroelt hem onder de kin. Was Jozef erbij als Sabine bij George kwam? Wat heeft hij gezien? Lag er af en toe plotseling een ander lijf naast dat van George in het bed, stribbelde dat tegen, maakte het protesterende geluiden – STOP.

Ze graait haar badpak van het wasrek, trekt het aan en wurmt zich daarna in haar wetsuit. Ze duikt met haar hoofd vooruit het water in, blijft onder water. Ze drijft uit, blijft dan zo lang mogelijk zweven, totdat het stil wordt en ze alleen nog maar hartslag is en rondpompend bloed. Ze houdt haar ogen open, maar die ontmoeten geen andere ogen, niet de donkere van Sabine, niet de lichtblauwe van Fem. Waar is Sabine? Bij een vermissingszaak zijn de eerste achtenveertig uur cruciaal, en die termijn is allang overschreden. Haar hoofd begint te bonken en het water duwt haar naar boven. Hoewel haar hoofd niet zeker weet of het wil ademen, weten haar longen dat wel.

Een waterhoentje peddelt verschrikt weg als ze begint te hoesten, een gulp water binnenkrijgt en die weer uitspuugt. Ze zwemt op haar rug verder. In de lucht staan de wolken die eerder al regen beloofden, het water golft van een briesje dat eroverheen strijkt.

Ze kijkt om, ziet dat ze een zwalkende baan aflegt, draait zich om en concentreert zich op haar crawl. Een twee drie, links ademen, een twee drie, rechts ademen. Arm zo ver mogelijk strekken, trappelen onder water in plaats van het naar boven te schoppen, weerstand langs het lichaam verminderen. Dan valt er iets in het water, vlak voor haar hoofd, dat ze opricht. Dan is er een klap en hevige pijn. Ze voelt met haar hand aan haar hoofd, trekt die snel terug als ze iets slijmerigs voelt. Haar hand is niet rood, maar geel. Er kleven schilfers aan. Een ei. Ze kijkt rond naar de arken aan de steiger die ze passeert. Ze is net bekogeld met een ei.

'Hé,' roept ze, want ze wil dat de dader dan tenminste toont wie hij is. En daar stapt Johan een deur uit, met zijn vrouw Katja. Hij houdt haar een doos met twaalf eieren voor. Katja aarzelt niet, pakt een ei en gooit dat. Lin duikt niet weg, maar heft haar hand en slaat het ei stuk. Daar worden Johan en Katja kwaad van, en ze gooien, snel, sneller. Ze raakt er zeven. Dan zijn de eieren op en ze zwemt door, in schoolslag, haar hoofd steekt ze steeds boven om te tonen dat ze niet bang is. Zou Johan nu op de buurtapp zetten: Ze zwemt langs. Pak snel je rotte tomaten?

Intrekken, spreid, sluit, intrekken, spreid, sluit.

Er petst weer iets op haar hoofd. Voor haar blijft het petsen. Het zijn dikke regendruppels. Het licht is weggetrokken achter de horizon, het schemert. Een vlaag wind blaast de regen in een gordijn in haar gezicht. Er klinkt donder, niet zo ver weg, en aan de donkergrijze hemel flitst een bliksemschicht.

Ze moet beschutting zoeken, het water uit, en wel zo snel mogelijk.

Ze watertrappelt, is gedesoriënteerd door het donker en het weinige zicht dat ze nog heeft, maar daar torent zwart het silhouet van de molen omhoog. Daar is ze niet meer geweest sinds toen, sinds de surfplank, de politielinten aan de wal en het zware, koude lichaam van Fem.

Een stem weerkaatst over het water, er wordt gezwaaid achter een raam. Is het Jorkos, die haar waarschuwt dat ze in levensgevaar is? Of is het een kreet die haar de dood in wenst? De wind verandert in een storm. Een woedende storm. Het klompje aan de hengel bij de brug wijst haar waar ze naar binnen kan zwemmen, beschutting kan vinden, maar het waait alle kanten op, ze moet tegen de storm in, crawlt tegen het opspattende water in. Naar de wal waar zij voor altijd schuldig werd, de wal waar ze haar met geweld van Fem af moesten trekken omdat ze niets meer in dat lichaam kon blazen, maar dat wel wilde. Wil ze nu ook aanspoelen, omdat alles dan voorbij is? Omdat ze dan niet mee hoeft te maken dat George schuldig is, dat Nina van haar gestolen heeft, dat het eiland haar uitkotst? Nee, ze moet volhouden, niet opgeven, dus zwemt ze door, met lange halen, wild, maar wel effectief. Nee, Sabine verdient het dat ze haar vindt, waar en in welke staat dan ook. Sabine, haar zwemmaatje, Sabine, die zich veilig voelt, weg van de wereld onder haar astronautendekbed. Voelt, niet voelde.

Lins voeten reiken naar de bodem en vinden modder. Ze zwemt door, verder de inham in, totdat de bodem compacter wordt en ze het water uit kan lopen. De regen raast nu in vlagen over de plas, ze struikelt eruit, druipend, valt op haar knieën. Tegen de storm in zwemmen heeft haar meer energie gekost dan ze dacht. Krakend scheurt het onweer door de lucht.

Ze gaat Sabine vinden, mompelt ze, terwijl ze haar wang op het zand legt. Ze gaat Sabine vinden, maar rust nu heel even uit.

Als ze door en door koud is, maar de regen niet meer op haar benen voelt, staat ze op. Ze kijkt op naar de molen, dan voorzichtig naar rechts. Daar ligt geen lichaam op het zand, maar een boot. Haar boot. Haar en Nina's Baylinertje.

Rillend loopt ze ernaartoe. Aan een nog net niet helemaal verregend sleepspoor kan ze zien dat Nina de boot de wal op heeft gevaren en daarna verder getrokken aan een lijn, die ze om een boom heeft gebonden. Lin kijkt om zich heen. Alsof Nina hier op haar zou wachten? Alsof het een bedevaart is ter ere van Fem? Ze schudt haar hoofd, natte slierten haar vallen voor haar ogen. Het struikgewas schramt haar blote benen, de takken op de grond doen pijn aan haar voeten. Als ze één keer aan de lijn trekt, schiet hij al los. Nina was nooit goed in knopen maken, ze kon zelfs niet onthouden hoe je een paalsteek legde. Ze ziet Fem voor zich, Fem die het wel wilde leren, oefenend met een stukje touw. Ze sloeg het om de reling van de boot, nog een keer, dan het uiteinde er links onderdoor? Of rechts? Fem keek vragend op, naar haar, die het wel wist, die het best nog een keer voor kon doen. Daaroverheen schuift het beeld van het opgezwollen gezicht van een vreemde, het gezicht waar Fem uit vertrokken was, de lippen blauw, de huid strakgespannen, geen kuiltje meer in de wang – STOP!

Ze duwt tegen de boeg van de boot, met alle woede die ze in zich heeft. Hij schuift over het zand, glijdt dan plotseling het water in, zodat ze erachteraan valt, weer met haar gezicht in het zand. Ze spuugt het uit, stapt in de boot, start hem met de sleutel die Nina in het contact heeft laten zitten en zet hem vol in de achteruit. Jammer dat ze hier geen eieren verkopen, denkt ze nog. Dan kon ze teruggooien.

Windvlagen met miezerregen slaan in haar gezicht, ze voelt haar voeten niet meer. Ze geeft gas en vaart langs de arken naar huis, nog steeds zonder licht. Bij Johan valt een gordijntje terug. Ze staat rechtop en wijdbeens, haar gezicht opgeheven. Pas als ze aanlegt ziet ze het A4'tje dat met een rode waarschuwingssticker op het dashboard van de Bayliner is geplakt. Ze mag nog blij zijn dat ze de boot niet meteen hebben weggesleept.

Thuis is er een warme douche en de kachel. En soep. De ark deint van de harde wind. Terwijl het vet langs haar kin druipt pakt ze haar telefoon. Nina heeft niet gebeld. Yvonne heeft niet gebeld. Sacha heeft niet gebeld. Tom heeft niet gebeld.

Over de steiger naderen voetstappen. Lin zet zich schrap, pakt haar telefoon alsof het haar wapen is. De Thai zitten achter slot en grendel. Rick en Johan niet. De brievenbus kleppert. Lin blijft stil aan tafel zitten. De voetstappen verwijderen zich weer.

Ze staat langzaam op. Op de mat onder de brievenbus ligt geen poep, geen dode muis, geen rotje. Er ligt een witte envelop met haar naam erop. Onwillekeurig denkt ze aan Tom; zal ze een vel papier aantreffen met letters die uit een tijdschrift zijn geknipt en op het papier geplakt, zoals in oude detectives? Of staat er gewoon geprint: *Voor pedo's geen plek*?

Op de voorkant van de kaart staat het logo van de Openbare Bibliotheek. Ze is al jaren geen lid meer, willen ze haar weer overhalen? Op de achterkant is een foto van Thijs geprint, Thijs in lotuszit, tussen de lavalampen.

De opening van zijn tentoonstelling, in de bibliotheek van Maassluis, vindt plaats op vrijdag tussen vier en zes. Thijs heeft er iets bij gekrabbeld: *Je komt toch wel?*

Natuurlijk komt ze. Maar ze vraagt zich wel af waarom Thijs de envelop alleen maar door de brievenbus heeft gedaan, en niet even persoonlijk heeft afgegeven. Ze opent de deur alsnog, de wind slaat naar binnen, maar daar staat Thijs natuurlijk niet. Dan is er opluchting; hij weet niet dat ze geschorst is en op dit moment van de dag al thuis. Hij mijdt haar niet, maar nodigt haar juist ergens voor uit. Ze zet het kaartje op tafel, tegen de lege bloemenvaas aan. Ze kijkt op haar telefoon. Het is halfvijf 's middags. Ze kan bloemen gaan kopen voor zichzelf, in die mooie zaak in de stad, die ze soms bezoekt als ze iemand wil verwennen. Ze ruikt de zware geur al, loopt al tussen de hangplanten door naar achteren, waar ze een boeket zal laten maken. Van dahlia's of van die klaproosachtige, of misschien een bos late hortensia's? Maar daar zit Georges rug weer, aan dat tafeltje, daar liggen Georges smekende handen weer waar zij voor terugdeinst. Hij zei over Sabine dat ze iets had teruggedaan. Gedreigd.

Lin opent de voorraadla, niet om hem uit te mesten, maar om er een pak soepstengels uit te pakken, dat open te maken en er twee tegelijk tot het eind toe op te happen. Ze opent een pot mayonaise en dipt de volgende twee stengels erin, staand aan het aanrecht. Ze is geschorst én van de zaak gehaald. Als Sabine bij Maaike en Jolien ergens mee heeft gedreigd, mag ze dat de meisjes niet gaan vragen. Als ze eigenwijs is en dat wel doet, kan ze niks met het resultaat van dat gesprek. Bovendien zijn de meiden dan gewaarschuwd, zodat ze hun verhaal kunnen bijstellen voordat een volgende rechercheur verhaal komt halen. Karel bijvoorbeeld, knarsetandt ze. Maar Karel weet niet dat George gezegd heeft dat Sabine iets heeft teruggedaan, en dat gaat ze hem ook niet vertellen. Ze kan haar eigen gedachtestroom nauwelijks nog volgen.

Er zijn nog drie soepstengels over als Lin het pak terugzet. Ze pakt haar jack. Niemand kan haar verbieden om langs te gaan bij haar buren. Dat ze daar hoogstwaarschijnlijk een getuige aantreft van iets wat Sabine aangedaan is, daar kan ze ook niets aan doen.

Op de steigers staan buren te praten, sommige met wapperende A4'tjes in hun handen, maar als zij nadert lopen ze een omloop op of een openstaande deur in. Alleen Jorkos zwaait vanuit zijn winkeltje naar haar, woest, alsof hij wil dat iedereen het ziet. Ze heft haar hand in een retourgroet en neemt zich voor niet meer naar de grote supermarkt in de stad te gaan, maar alle boodschappen, ook het dure wc-papier, voortaan bij hem te kopen.

Als je hier kan blijven wonen, zeurt het plotseling in haar hoofd.

Als ze het leven volhoudt, zo, met alleen ruggen die haar toegekeerd worden en eieren die op haar hoofd kapotslaan. Haar rug wordt nog rechter en ze heft haar hoofd nog fierder. Zij zal zich niet weg laten pesten, ook al is George schuldig, waar dan ook aan, ook al zullen ze haar bij geen enkele plechtigheid voor Sabine willen hebben. Ze zal er wel zijn, omdat ze dat Sabine verschuldigd is. Nog meer is ze haar verschuldigd haar te vinden. Levend.

In Peters bijenkorven krioelen bijen over de raten en over elkaar heen, Peter is er niet bij. Ze proeft de zachte honing al op haar tong, maar zo erg is het gelukkig nog niet, dat ze met haar blote handen in een bewoonde bijenkorf reikt.

Tegen de schuur staat de fiets van Sam geparkeerd, een jongensfiets met kleinere wielen en een hoog stuur. Sam fietst erop naar school, maakt er wheelies mee en stunt er soms op als hij publiek heeft. Ze klopt op de deur. De ark van Peter en Mieke is tweedehands, en paste niet precies aan de steiger zoals bedoeld was, zodat de voordeur nu in hun achtertuin ligt. Dat draagt bij aan het imago van mensen die op hun manier leven, en daarom laten ze het zo, weet Lin.

Ze probeert niet te laten zien hoe tevreden ze is dat Sam zelf de deur opendoet. Hij is zelf helemaal niet tevreden en wil in een reflex de deur alweer sluiten.

'Zijn je ouders thuis?' vraagt ze daarom. Nu is er opluchting op zijn gezicht, en hij schudt nee. 'Mooi,' zegt ze en ze stapt langs een verbouwereerde Sam de hal binnen. Het is een kind, zegt iets in haar hoofd. Maar wel een kind dat liegt over Sabine, zegt ze geluidloos terug.

Sam blijft in de deuropening staan terwijl zij naar het grote raam loopt. De zonnepanelen waren te groot voor het dak en daarom steken ze over en nemen het licht in de woonkamer bijna helemaal weg. Op het aanrecht staat een krat met groenten. Ze draait zich om naar Sam; kleine, magere Sam. Hij kijkt ernstig terug, te ernstig.

'Heb je nog nagedacht over ons laatste gesprek?'

Sam slaat zijn blik neer en pulkt aan zijn elleboog. Lin vermoedt dat hij een korstje krabt van de schaafwond die er permanent op zit.

'Ga je me nog vertellen aan wie je dat filmpje had gestuurd?'

Sam aarzelt, maar kiest ervoor zijn woorden binnen te houden.

'Waarmee dreigde Sabine?'

Sam kijkt op. Dat weet hij niet, ziet ze aan zijn blik. 'Deed ze dat?'

Lin knikt.

'Wie zegt dat?' Nu fronst hij weer, ernstig.

Dan hoort Lin Georges stem weer, die zegt: Sabine had iets teruggedaan én ze had gedreigd – én.

Bedoelde George dat ze twee verschillende dingen had gedaan?

'Was je erbij, toen ze wraak nam?' Dit is een hypothese, maar wel een logische.

Sam schrikt ervan. 'Ik weet niks van dreigen. En niet van wraak nemen.' Hij is emotioneel. Boos? Lin vraagt zich af wie hij dekt, of in bescherming neemt.

'Als Sabine er iemand pijn mee heeft gedaan, dan begrijp ik dat.'

Sam schudt nee.

'Ze deden haar ook pijn. Psychisch, maar soms ook fysiek. Toch?' Ze ziet dat hij daarvan weet en ziet nu ook dat hij Sabine inderdaad beschermt. 'Sam. Vertel het nou maar gewoon.'

Sam slikt, pulkt weer aan zijn elleboog.

'Of hebben Jolien en Maaike gezegd dat je er met niemand over mocht praten? En zeker nu niet meer? Nu Sabine weg is?'

In de roos, ziet ze aan Sams blik die alle kanten op schiet. Hij hoort iets achter zich, in de tuin, en grijpt de reddingsboei met beide handen vast. Hij draait zich om naar Mieke, zijn moeder.

Die vangt hem op, verrast, zo vaak springt haar puberzoon haar waarschijnlijk niet meer in de armen, en vraagt: 'Wat is er, lieverd?' Dan ziet ze over zijn schouder Lin staan en haar gezicht betrekt. 'Wat doe jij hier?'

'Ik ga even langs om te kijken of iedereen dat dwangbevel heeft gekregen. Zodat we met zijn allen protest aan kunnen tekenen.' Sam schiet uit Miekes armen, zijn kamer in.

Mieke ontdooit iets. 'Lin. Ik weet niet of dat nu verstandig is.'

Lin wacht af.

'Ik bedoel, ik snap dat je iets goed wilt maken, maar…'

'Ik kan niet iets goedmaken waarvan ik niet weet dat het fout is.'

'Of wist,' zegt Mieke. En ze voegt toe: 'Het valt je natuurlijk niet te verwijten, dat je niet wist dat Sabine steeds bij George zat, maar dat doen mensen nu wel.'

'En jij?' vraagt Lin. 'Verwijt jij het me?'

Mieke haalt haar schouders op en slaat haar blik neer. 'Sam is ook erg overstuur.'

Lin zucht. Waar kan ze allemaal nog meer de schuld van krijgen? 'Dank je,' zegt ze, om iets te zeggen te hebben en daar weg te kunnen. Mieke stapt opzij als ze haar passeert. De bijen zwermen op als ze buiten komt.

Ze vult de kachel bij, zet vervolgens melk op en maakt een papje van cacao met suiker. Ze is nog steeds niet helemaal opgewarmd. Ze wil de televisie aanzetten, maar omdat ze bang is voor de pratende hoofden van Karen en Rick doet ze dat niet. Ze schudt haar hoofd, pakt een vel papier uit de kast en de doos met kleurpotloden. Ze strijkt met haar hand over het vel, het is maagdelijk, waar zij het nu gaat bevlekken. Maar ze kan niet anders. Eerst draait ze de voordeur op slot, en tilt in de slaapkamer haar matras op. Ze haalt er alle tekeningen onder vandaan, legt ze onder het felle licht van de lamp en draait ze een voor een om. Fem in badpak. Fem en profil. Een portret met een Mona Lisa-glimlach om de mond. Een meerminnenstaart met twee vinnen, één met één vin. Blauwe staarten, groene staarten, parelmoeren staarten. En overal het gezicht van Fem, de kuiltjes in de wangen. De laatste tekening lijkt wat minder, omdat ze toen Sabine wilde tekenen, maar Fem het overnam en haar van het papier verjoeg.

Ze zet lijnen op het papier, haar hand met het roze potlood schuift als vanzelf over het vel. Dit keer is de staart niet het sluitstuk van de tekening, maar de opening. Misschien moet ze eens aan Thijs vragen hoe dat werkt, als ze het idee heeft dat de tekening er al was, maar ze hem alleen maar tastbaar hoeft te maken.

Er verschijnt een zeemeermin met twee hoofden. Een donker hoofd en een licht. Kuiltjes en gladde wangen.

Ze trekt met het zwarte potlood twee verticale lijnen onder ieder hoofd.

Vijftien uur vijftien. Sabine neemt op de kruising afscheid van Maaike en Jolien, schrijft ze onder Sabines hoofd.

Zestien uur twintig. George spreekt Sabine bij Jorkos.

Plusminus achttien uur dertig. Sabine zwemt langs de ark van George.

Daaronder schrijft ze een rij vraagtekens.

Ze aarzelt even, maar maakt dan de lijst onder Fems hoofd.

Vijftien uur dertig. Fem meegenomen naar het vlot waar Nina en vrienden zijn.

Zestienhonderd uur. Gevraagd of Fem mee gaat zwemmen. Fem achtergelaten.

Zestienhonderd uur tot zestien uur vijfenveertig. Vraagtekens en *Geen herinnering.*

Zeventien uur vijfenveertig. Fem zwemt naar me toe, in paniek.

Bij de k valt er een druppel op het papier. Ze wil verder schrijven maar haar hand beeft te erg. Voorzichtig legt ze het zwarte potlood terug in de doos, voorzichtig reikt ze naar de chocolademelk, die koud is geworden. Er zit een dik vel op, wat ze toch naar binnen slobbert. Ze kan er bijna op kauwen.

Ze proest het weer uit als er op de deur wordt geklopt. Net naast de tekening spettert de chocomel. Ze aarzelt tussen een doekje en de deur.

Vanachter de deur klinkt een stem: 'Kramer?'

Ze veegt snel met haar mouw over haar wang, pakt het doekje, haalt het chocovel weg, dumpt het doekje in de spoelbak en haast zich naar de deur. Háást zich naar de deur, realiseert ze zich, omdat Tom ervoor staat. Wat betekent dat? Moet ze niet eerst de tekeningen weghalen?

Ze rukt de deur open en trekt Tom aan zijn arm naar binnen. Ze beantwoordt zijn verbaasde blik met: 'Ik word tegenwoordig met eieren bekogeld.'

Als Tom uitblaast, merkt ze pas hoe warm ze het heeft gestookt.

'Ik was gaan zwemmen en werd overvallen door die bui,' ratelt ze. 'Wil je warme chocomel? Of nee, natuurlijk niet, dat komt van een kip, ik bedoel, ik kan sojamelk halen? Bij Jorkos?'

'Graag,' zegt Tom. Als ze haar jack pakt begrijpt hij de verwarring. 'Ik wil graag chocomel. Van een kip,' zegt hij. 'En is het geen tijd…'

'Voor Barry White,' vult zij aan.

Ze beginnen allebei te lachen.

'Ga zitten.'

Lin draait zich naar het fornuis en warmt, zonder om te kijken, de chocomel op. Ze wil niet zien hoe Tom reageert op haar tweekoppige monster.

'Er ontbreekt informatie,' zegt hij, op zijn beurt haar niet aankijkend. 'Mag ik?'

Lin knikt en kijkt mee. Hij pakt het zwarte potlood en schrijft in een keurig net priegelhandschrift boven Sabines hoofd: *Sabine maakt filmpje met Sam.*

Filmpje komt op internet via Instagramaccount.

Maaike heeft een brandwond waar ze over liegt.

Sam wil niet zeggen aan wie hij het filmpje gestuurd heeft.

Jolien is geen volger van Sabine op Instagram.

Verrast kijkt Lin op. Hij knikt. 'Richard is nog wat verder in Sabines socialmediagebruik gedoken. Dus Jolien liegt. Ze volgt Sabine niet, maar heeft haar Instagramaccount gehackt en het filmpje erop gezet.'

Lin knikt, pakt het zwarte potlood van hem aan en schrijft in haar hanenpoten: *Sabine heeft wraak genomen op Maaike en Jolien.*

En ze trekt een pijl naar de zin: *Maaike heeft een brandwond waar ze over liegt.*

Tom pakt het potlood terug en stopt het in zijn mond, kauwt erop. Ze schenkt de chocomel voor hem in. 'Slagroom?'

'We zijn nou toch fout bezig,' zegt hij met een bloedserieus gezicht. Ze pakt met een even bloedserieus gezicht de spuitbus, die ze het liefst direct aan haar mond wil zetten maar er zijn grenzen, en spuit een zo hoog mogelijk torentje op de beker. Als ze de beker voor hem neerzet, krijgt zij zijn glimlach en hij haar grijns. Hij neemt een grote hap, en een slok. Ze ziet hem vanuit zijn ooghoek naar de andere tijdlijn kijken. 'Daar weet ik niks van,' zegt hij.

'Ik vertel het je nog weleens.' Als haar schorsing niet leidt tot ontslag, denkt ze.

Tom knikt en drinkt met gesloten ogen van de chocomel. 'Weet je dat dit net zo verboden voor mij is als de appel voor Adam en Eva in het paradijs?' zegt hij dromerig.

Lin pakt de spuitbus en spuit een toef op haar koude chocomel.

Ze neemt een hap. 'Maar ze genoten er wel van,' antwoordt ze.

Tom opent zijn ogen en landt weer op de vier poten van zijn stoel. 'De Thai hebben bekend. Grootschalige drugssmokkel, spul erin gestopt door Nederlandse fabrikantenbroers, op die overslagplaats in Rhoon door hen eruit gehaald en doorverkocht aan de lokale markt.'

'En Draaisma Transporten?'

'Hans Hooghoudt opereerde in zijn eentje. Is gearresteerd, Draaisma gaat vrijuit. De enige missing link is de vermoedelijk corrupte douanier. Daar zit Narcotica nu op.'

'En de ronselende vrouw?'

'Die heb ik uit het verhoor gehouden.'

Lin blaast van schrik de slagroom van de mok. 'Je hebt informatie achtergehouden?'

'Ga jij het ze vertellen?'

'Nee. Maar Hooghoudt wel.'

Tom trekt een gezicht dat Lin niet kan plaatsen. Ondeugend? Dreigend? 'Ik heb hem gezegd dat zijn vrouw niet alles hoeft te weten.'

Dan ziet ze John Travolta, alias Chilli Palmer voor zich zitten die zegt: '*Look at me.*'

Lin zakt achterover in haar stoel. Ze is trots, realiseert ze zich. Trots zoals wanneer je kind iets bijzonders heeft gepresteerd, denkt ze er onwillekeurig bij, maar ze heft haar mok en ze klinken.

Op dat moment wordt er weer geklopt. Lin blijft stokstijf zitten. Tom trekt zijn wapen. Ze schudt haar hoofd, maar Tom legt, als in een andere film, zijn vingers op zijn lippen en sluipt naar de deur. Die rukt hij open.

'Kom binnen,' nodigt hij uit, terwijl hij een stap naar achteren doet. Zijn pistool is gericht op Thijs' hoofd, die met hem meestapt.

'Thijs, dit is Tom, mijn collega. Tom, dit is Thijs, mijn buurman.'

Tom laat het pistool zakken. 'Sorry. Lin wordt nogal belaagd, dus ik dacht...'

'Nee, nee, heel goed. Ik snap het.'

Thijs heeft het zweet op zijn bovenlip staan. Thijs die tegen alle vormen van geweld is, maar haar vroeger wel pootje haakte, ook op het dak van een ark, waar ze dan vanaf viel.

'Wil je warme chocomel?' vraagt Lin.

Thijs schudt zijn hoofd. Hij is in de war van haar luchtigheid, vermoedt ze. 'Ik wilde alleen maar vragen... Mijn uitnodiging. Die is een beetje laat, en misschien heb je genoeg aan je hoofd, maar...'

'Ik ben erbij,' zegt Lin zo overtuigend mogelijk.

'Misschien wilt u ook een kijkje komen nemen?' vraagt hij abrupt aan Tom.

Tom kijkt van Thijs naar haar.

'Thijs is kunstenaar en heeft een expositie, vanaf morgen. Toch Thijs?'

Thijs knikt. 'De wethouder heeft ook beloofd te komen.'

'Fantastisch,' zegt Lin, omdat ze hem Toms weigering wil besparen.

'Echt geen chocomel?' Ze houdt de bus slagroom erbij op.

Thijs probeert te glimlachen. 'Ik moet er al even heen. Voorbereiden.' Hij knikt naar Tom en loopt de deur uit.

Voordat Tom iets kan vragen pakt ze de kaart van de bibliotheek en geeft hem aan Tom. Die kijkt ernaar.

'Hij hoopt al jaren op die doorbraak.'

'Fijn dat de wethouder dan komt.'

Ze houden hun bloedserieuze gezichten niet lang in de plooi. Lin voelt zich een verrader, maar ze moet ergens de vrolijkheid vandaan halen.

Ze wordt wakker van loeiende hoorns. Niet de sirene van Thijs, geen politiesirenes, maar hoorns. In alle hoogten. Ze richt zich op in bed. Een colonne van boten die naast de arken op het eiland liggen komt recht op haar ark af. Ze herkent alle bestuurders. Johan, Rick, Peter, Dirk en Hiske. Niemand zwaait, zelfs Hiske niet. Hun gezichten staan grimmig als de colonne nadert, als een blok van boten. Ze nemen geen gas terug, varen door, langzaam maar dreigend. Ze staat stokstijf. Johan kijkt haar door het raam grijnzend aan.

NEGEN

Ze kijkt Johan strak aan, stapt dan naar buiten, en blijft met haar armen over elkaar op het platje staan. Hoewel er geen gas meer wordt gegeven, drijft de colonne nog door, vanwege het gewicht. Lin stapt naar voren, wat willen ze? Haar ark rammen? Vanwege George? Dat gaat toch veel te ver? Ze wil het Johan zeggen, dan roept iemand iets. Hiske? De motor van de boot van Johan zwelt aan. Lin doet onwillekeurig haar ogen dicht. Als ze ze weer opent vaart de boot achteruit, de andere boten varen mee.

Nadat de colonne haar ark is gepasseerd – ergens anders naartoe dus, ze hadden het niet op haar gemunt – gaat ze naar binnen. Ze gaat aan tafel zitten, steunt met haar hoofd in haar handen. Die trillen. Te erg om iets te eten te pakken, weet ze. Zo blijft ze zitten, totdat in de slaapkamer haar telefoon gaat. Ze haast zich erheen. Yvonne.

'Lin? Wat is hier…' De wind wappert haar woorden weg. 'Ik sta hier bij jou… er liggen allemaal boten… met mannen erop. Boos, zo te zien. Dit loopt uit de –'

'Kappen,' hoort Lin een boze mannenstem aan de andere kant van de lijn.

Yvonne slaakt een kreet. Er klinkt een bons, dan niets meer.

Lin sprint naar de woonkamer, rukt de schuifpui open en stapt weer naar buiten, houdt zich vast aan de paal van het afdak terwijl ze verder naar buiten leunt. Zo kan ze de blokkade verderop zien, die de bewoners nu met hun boten hebben gevormd. Erbovenuit torent een politiesleepboot. Daar komt ze met haar eigen boot niet doorheen, dus moet ze binnendoor, over de steigers.

Ze rent zonder haar jack naar buiten, de deur klapt tegen de buitenkant van de ark, maar ze neemt niet de tijd die achter zich dicht te trekken.

Yvonne wordt belaagd.

Ze passeert arken en ziet dat alle bijbootjes zijn losgemaakt. De Zeehavenpolitie heeft zo geen recht van spreken, denkt ze razendsnel: de boten liggen niet op de ligplaats waarvoor betaald moet worden, dus is het dwangbevel voor die boten niet geldig en kan er niet weggesleept worden. Dat is op zich een slim plan van haar medebewoners, denkt ze, maar er moet geen agressie bij komen. En al helemaal geen agressie die niet alleen het gevolg is van de razzia.

Lin heeft steken in haar zij, ze voelt de overtollige kilo's, maar blijft doorrennen.

Het witte haar van Yvonne wordt plat tegen haar hoofd geblazen. Ze staat op de steiger, tegenover een grote kale man die Lin niet kent. Hij verspert haar de weg naar de blokkade op het water.

Lin blijft even staan, haalt diep adem, veegt het zweet van haar voorhoofd en loopt ernaartoe. De hoorns beginnen een nieuwe klaagkanonnade. In het midden ligt de boot van de Zeehavenpolitie. Een hoofd steekt uit het stuurhuis, en het praat. Het is de agent die bij de duikexpeditie was, de collega van het enthousiaste meisje, die zelf in slaap viel. Niemand luistert naar hem, de boten rukken slechts op, schuren tegen elkaar, omringen de sleepboot. De kleine bootjes zijn niet in staat de sleepboot echt in de verdrukking te brengen, en hebben straks waarschijnlijk zelf meer schade, maar de dreiging hangt tastbaar over de plas. De hoorns zwijgen en het wordt stil.

Lin stapt tussen Yvonne en de kale man in. 'Wie ben jij?' vraagt ze, niet zo vriendelijk.

'En wie wil dat weten?'

'Ik woon hier. En jij niet.'

'En?'

'En heb je hier niets te zoeken.'

'Als Johan om een beetje versterking vraagt, geven wij die graag. Als je begrijpt wat ik bedoel.'

Lin ziet nu dat op elke kop van de steigers eenzelfde uit de kluiten gewassen type staat.

'Ook een juut, zeker,' stelt de kale kop.

Lin geeft geen antwoord, knikt geruststellend naar Yvonne. Nu pas ziet ze dat die bloedt aan haar hoofd en dat stelpt met een zakdoek. Maar Yvonne schudt nee en knikt naar het oproer; dat is nu belangrijker. Lin scant de omgeving, loopt dan weg, de steiger af, de wal op.

De kale kijkt haar nog even na, maar als ze het eiland op lijkt te lopen, weg van het water, wendt hij zijn blik weer af. Ze slaat links af, een bosje in, en bereikt aan de andere kant weer het water. Hier zijn geen steigers en geen boten, maar ze kan erin. Ze kleedt zich uit tot op haar ondergoed en waadt het water in.

Een twee drie, links ademen, een twee drie, rechts ademen. Lin probeert niet te denken, zich niet voor te stellen welke actie ze gaat ondernemen. Automatische piloot. Alle boten zijn met de steven naar de politieboot in het midden gewend. Iedereen kijkt vooruit, niemand naar het water achter zich. Of naar het water naast zich. Het is niet ongevaarlijk, maar ze ziet een lege strook tussen twee boten met een smalle kiel. De gangboorden raken elkaar, maar de rompen van de boten wijken. Als ze daar tussendoor zwemt, kan ze het bootje bereiken dat tegen de politieboot aan ligt. Dat heeft achterop een plaat net boven de waterspiegel waar ze zich aan op kan trekken. Ze blijft even watertrappelen, de strook wordt wijder, dan weer smaller. Sterke stroming trekt aan haar voeten, snel grijpt ze zich vast aan de rand van de boot die gas geeft. De schroef zuigt aan, draait dan weer stationair. Wat heeft ze te verliezen, denkt ze, en ze wringt zich tussen de boten. Het is nog steeds dreigend stil, dus ademt ze zo geluidloos mogelijk en probeert het water niet te laten opspatten.

'Stelletje lafaards!' klinkt dan een harde stem. 'Kom dan gewoon naar buiten en leg uit wat jullie komen doen.'

De kreet 'lafaards' wordt overgenomen en nu gescandeerd. Nog vier meter. Lin duwt uit alle macht tegen de twee rompen en krijgt ze iets verder uit elkaar.

'Ze zijn allemaal corrupt!'

'Pedo's zijn het.'

Oké, denkt Lin, het is eruit. Dat duurde nog best lang.

'Nou? Kom dan naar buiten?'

Lin hijst zich in één keer op de plaat, stapt de kuip in, een bank op, en dan kan ze zich over de reling van de politiesleepboot laten vallen. Op een niet uitgehangen stootwil, die hard in haar buik stoot. Ze krabbelt overeind, richt zich op. In volle glorie, denkt ze er sarcastisch bij. De stemmen stoppen met roepen. Alle hoofden draaien zich naar haar toe.

Ze kan zich voorstellen dat het er verrassend uitziet, een te dikke vrouw, druipend van het water, die oprijst in haar ondergoed.

'Ik ga met ze praten,' roept ze. 'Want dit heeft geen enkel effect, zoals jullie zien.'

'Net of jij ergens effect op hebt,' roept Johan vanaf zijn boot natuurlijk terug.

'Er is ongetwijfeld om versterking gevraagd. En dan worden jullie niet alleen ingerekend voor bedreiging met de dood en poging tot zware mishandeling, maar is het zinloos nog te hopen op een akkoordje. Met het hoogheemraadschap.'

'Heb jij Sabine gevonden? Heb jij ervoor gezorgd dat je man niet met zijn poten aan haar kon zitten?'

'Laat die vrouw met rust! Zie je niet wat ze doet?' Dat is Jorkos, aan boord bij Sam, die de boot van zijn vader mee heeft. 'Ze had in een schroef kunnen komen, of klem worden gedrukt tussen twee boten!'

Er klinkt nu geroezemoes.

De stem van Hiske draagt ver: 'Ze stáát er voor ons! Altijd!'

De discussie is opgestart, er wordt gepraat en geroepen, en de aandacht is verschoven. Daarom kijkt Lin door het raam van het stuurhuis van de politieboot naar binnen en klopt erop. Het gezicht van het enthousiaste meisje verschijnt aan de andere kant en ze opent de deur.

'Was u niet...'

Lin knikt. Het meisje kijkt naar Lins lichaam. Haar collega is snel en geeft haar een handdoek aan, een handdoek met een politielogo.

'Gaat het?' vraagt hij.

'Dit moet stoppen,' zegt Lin.

De man knikt. 'Ik ga ze niet nog bozer maken dan ze al zijn. Als er één overboord valt en tussen die boten terechtkomt...'

'Je kunt het hoogheemraadschap bellen? Een schikking voorstellen?'

'We laten ons toch niet intimideren!' Dat is het meisje. Ze is jong en overschreeuwt haar angst met principes. Haar vingers friemelen aan haar uniformjas.

'Gaat dit niet heel ergens anders over?' vraagt de collega.

Lin slaat haar blik neer.

'Ik begrijp dat je buurmeisje nog niet gevonden is? In of naast het water?' Zijn stem klinkt zacht en begripvol.

Lin zucht. 'En mijn ex-man is opgepakt als verdachte.'

'Dus is hij nu een pedo,' concludeert de man.

'En wij ook,' voegt Lin toe.

Lin heeft bereikt wat ze wilde, want de man pakt zijn telefoon. Solidariteit.

'Stel voor dat ze de heffing handhaven,' oppert Lin, 'maar verlagen, en dat dat "binnen vierentwintig uur aanschaffen" van de baan is.'

Terwijl de man de trap af gaat naar de kajuit, kijkt Lin naar buiten. Daar hebben zich groepjes gevormd in de verschillende boten, er wordt gepraat. Hiske en Jorkos hoppen van boot naar boot. Johan staat wild te gebaren, maar heeft niet meer alle aandacht. Hij laat zijn motor brullen, kijkt nog een keer naar de sleepboot. Na verrassend korte tijd komt de collega weer boven met een geprinte e-mail.

Hij laat hem zwijgend aan Lin zien. Ze stapt het stuurhuis uit.

Ze heeft niet meteen de aandacht.

'Hallo!' roept ze. 'Hallo!'

De gesprekken op de boten gaan door. Dan wordt ze opgemerkt door Hiske; Hiske kan hard roepen. 'Lin wil iets zeggen!' Het geroezemoes verstomt.

'We hebben een deal,' begint ze zo positief mogelijk. 'Het vignet kost nog maar vijf euro de strekkende meter. We hebben een week om het aan te schaffen en kunnen maandelijks aflossen.'

Het wordt stil.

'Pappen en nathouden, dat doen ze,' roept Johan.

'Onzin,' wordt ergens teruggeroepen, 'dit is toch heel redelijk?'

Die mening wordt zo te zien overgenomen.

'Heb je dat zwart op wit?'

Lin houdt het A4'tje omhoog, er wordt geroezemoesd.

'Zullen we dan naar huis gaan?' roept Lin.

Het blijft even stil waarbij de bestuurders elkaar opnemen. Dan wordt de eerste motor gestart en de boot van Sams vader vaart achteruit. Sam kijkt nog even naar haar, of ze het wel gezien heeft; hij weet nergens iets van en wil alleen maar helpen.

Johan laat weer zijn motor brullen, duwt met zijn boot andere boten opzij. De gesloten rijen openen zich vanzelf. Hij vaart hard weg.

'Wie zin heeft in soep...?' klinkt Hiskes stem. Lin grinnikt, maar vraagt zich af of Hiske serieus denkt dat ze zo veel goodwill kan kweken dat ze haar de jachthaven zullen vergeven.

Als alle boten vertrokken zijn en de politieboot in zijn eentje aan de steiger is aangemeerd, kijkt het Zeehavenmeisje naar Lin. 'Zullen we u even naar huis varen?'

Lin knikt dankbaar, trekt de handdoek vaster om zich heen. Dan pas herinnert ze zich Yvonne, gehavende Yvonne. Ze stapt het gangboord in, de steiger op. Aan het eind, met de rug naar haar toe, zit een grijs hoofd. Met de boten zijn de kale mannen verdwenen. Yvonne houdt haar hoofd gebogen, Lin laat de handdoek vallen en rent naar haar toe.

'Yvonne?'

Haar gezicht zit onder het bloed. Ze houdt haar hoofd gebogen omdat het bloed in haar ogen druipt, ziet Lin.

'Godverdomme,' vloekt Lin. 'Wat heeft hij gedaan?'

Yvonne geeft geen antwoord en Lin haast zich terug naar de boot.

'EHBO-doos en water,' zegt ze alleen maar tegen het meisje, dat de motor al laat draaien. De collega pakt het kistje uit de ruimte onder de bank, vult een beker met water en loopt zonder iets te vragen met haar mee.

Lin maakt Yvonnes gezicht voorzichtig schoon met een nat papieren zakdoekje. Die heeft pijn maar wil dat niet laten merken. Lin snapt dat dat niet lukt, want haar wenkbrauw is gescheurd. Lin krijgt van de collega een zwaluwstaartje aangereikt.

'Dit is even vervelend...' zegt ze. Yvonne gromt tussen op elkaar geklemde tanden als ze de wenkbrauw dichtknijpt en het zwaluwstaartje eromheen klemt.

'Heeft hij je geslagen?' vraagt Lin.

'Ja. En ik denk dat hij die ring niet voor niks om had.'

'Zullen we u naar een ziekenhuis brengen?' vraagt de collega.

'Nee, dank je,' zegt Yvonne met zo veel autoriteit in haar stem dat de collega het accepteert. 'Lin, kunnen we even naar jouw huis?'

Lin knikt en helpt Yvonne overeind.

'Waar zijn je kleren? Je bent toch niet helemaal van huis komen zwemmen?'

Lin was haar kleren vergeten en knikt naar de collega, die Yvonnes hand pakt en haar ondersteunt, ook al wil ze dat niet. Lin stapt de wal op en loopt naar de plek waar ze haar kleren heeft achtergelaten. Daar liggen geen broek, schoenen en een bloesje. Lin kijkt om zich heen, ziet geen giechelende buurkinderen. Maar wel een badpak, opgehangen aan een tak in een boom.

Weer kijkt ze om zich heen, durft het bijna niet aan te raken, maar pakt het toch van de tak. Het is donkerblauw, met lichtblauwe biezen en een rondje op de rug. Eenzelfde als eerder bij haar aan de zwemtrap hing.

Adem in door je neus, adem uit door je mond. Blijven ademen. Ze steekt haar hoofd tussen haar knieën omdat het zwart voor haar ogen wordt. Iemand heeft Sabine. En wil haar dat laten weten. Wil haar laten weten dat ze door moet zoeken. Wil hij dat ze haar vindt?

'Lin?' wordt er geroepen.

Ze staat voorzichtig op en loopt naar de politieboot. Ze kan het badpak niet in haar onderbroek verstoppen, dus kan ze deze vondst niet voor Yvonne verborgen houden.

Als Yvonne haar ziet naderen, nog steeds zonder kleren aan, fronst ze. Bij wijze van antwoord houdt Lin het badpak omhoog als ze aan boord stapt. Lin ziet dat ook Yvonne het herkent als identiek aan dat van Sabine.

'We kunnen nu wel gaan,' zegt Lin met vaste stem tegen het meisje. Yvonne opent haar tas en biedt haar een halve rol drop aan.

Als ze afgedroogd en aangekleed weer de kamer binnenkomt, heeft Yvonne koffiegezet. Het ruikt naar verbrand stof, en Lin begrijpt dat Yvonne de centrale verwarming – die de ark ook heeft – heeft aangezet. Ze gaat zitten achter de kop die voor haar is neergezet en klemt haar handen eromheen.

'George kan het niet geweest zijn,' zegt ze. Yvonne kijkt haar aan vanonder haar gehavende wenkbrauw.

'Sam?' vraagt Lin zich hardop denkend af. 'Die was daar, op de boot van zijn vader. Maar die bedenkt toch niet zo'n truc met een badpak?'

'Iemand heeft je daar te water zien gaan. En wist dat je dan terug zou komen voor je kleren. Die is dat badpak toen gaan halen. Ergens vlakbij,' zegt Yvonne. 'Dus die Jolien en Maaike vallen af.'

'Het klopt met Sabines telefoongegevens,' zegt Lin. 'Dat het iemand van hier zou zijn. Dus is zij hier ook ergens.'

'Ik geef het door aan Tom.'

Lin kijkt op. Ze is van de zaak, zegt Yvonne daarmee, en ze blijft van de zaak. 'Yvonne. Ík ken deze mensen. Als ik hier verder onderzoek mag plegen, dan kan ik hem vinden. Wie anders?'

'Ik kan die schorsing niet zelfstandig ongedaan maken.'

'Bel Beukering dan!'

'Dan komt er een onderzoek naar jouw functioneren. Door de Rijksrecherche.'

Lin kreunt in frustratie. De Rijksrecherche, die het ambtenaarschap heeft uitgevonden en regels heilig verklaart. 'Zet ze er dan op. Dan kan ik zo snel mogelijk weer aan de slag!'

'Dat lijkt me voorlopig verstandiger van niet.'

'Yvonne! Het gaat om Sabine! Iemand heeft haar! Misschien leeft ze nog!'

Het blijft even stil, Yvonne gaat verzitten. Met zachte stem vraagt ze: 'Heb jij eergisteren twintigduizend euro van je rekening naar iemand overgemaakt?'

Lin staart haar aan. 'Nee. Waarom zou ik...' Dan staat ze ongecontroleerd op, gooit haar koffie daarmee om, rukt het laatje van de tafel open, zoekt er furieus in, tilt de fruitmand op, zet de bloemenvaas opzij. Ze loopt naar het tafeltje naast de stoel, kijkt onder kussens.

'Wat zoek je?'

Waarom denkt Lin dat Yvonne het antwoord al weet?

'Mijn bankpas! Die had ik niet bij me, gisteren, bleek toen ik met Tom...'

Ze kijkt naar het kastje onder de telefoon. Rukt de la open. Het resterende geld is uit de koektrommel verdwenen. Ze blijft even stokstijf staan. Adem in, adem uit.

Yvonne zwijgt en wacht. Zij heeft blijkbaar al bedacht dat Nina haar pasje heeft gepikt en haar rekening heeft geplunderd. 'Weet Nina je pincode?'

Lin zakt op haar stoel en knikt. 'Ik heb haar een paar keer boodschappen laten doen. Zij was blut.'

'Ja,' zegt Yvonne, met gevoel voor understatement.

Lin bedenkt een uitweg: 'Maar op mijn betaalrekening staat niet zo veel geld.'

Yvonne opent haar tas en haalt er papieren uit. 'Het is eergisteren om achttien uur negenentwintig overgeboekt van je spaarrekening naar je betaalrekening. En vandaar naar een bankrekening in Londen.'

De Thai waren er rond zes uur. Het tochtje van haar ark naar de molen duurt maximaal een kwartier. Dus heeft Nina de boot aan de wal getrokken en toen meteen dat geld overgemaakt, vraagt Lin zich af. Hoe kan dat? Nina kent Lins telefonische identificatiecode niet.

Ze staat weer op, zoekt dan in het laatje van de koektrommel naar haar e-dentifier van de bank, waarmee je met pincode en internetverbinding kunt internetbankieren. Die is ook verdwenen. Nina heeft dat pasje dus niet in paniek meegegraaid, maar heeft weloverwogen nagedacht. Gepland.

'Van wie is die rekening in Londen?' vraagt Lin zacht aan de geduldige Yvonne.

'Een onbekende bv. Gevestigd in India.' Yvonne pakt een doekje van het aanrecht en veegt de koffie op, die van de tafel op de vloer drupt.

Lin blaast langzaam haar adem uit. Yvonne vindt in haar broodtrommel een halfje brood, in de koelkast de roomboter en smeert die er dik op. Ondanks haar schaamte, over alles, eet Lin hem op, omdat ze zo haar ademhaling weer reguleert en niet flauw kan vallen.

'En nu?' vraagt ze daarna.

'Je hebt vierentwintig uur. Als Nina dan nog niet is opgedoken moet ik Beukering en de Rijksrecherche inschakelen.'

'Maar...'

'Ze zullen zich afvragen of jij misschien ook in het complot zit.'

Dat voelt alsof er een bus over haar heen rijdt. Yvonne haalt verontschuldigend haar schouders op, staat op, pakt een plastic zak uit haar tas en vouwt het badpak erin, zonder het aan te raken.

'Er staan toch geen vingerafdrukken op,' verwacht Lin.

Yvonne legt even een hand op haar schouder. Lin legt de hare erop, pakt hem vast als een baken, moet dan loslaten. Yvonne loopt naar de deur.

'Denk jij dat ook? Dat ik in het complot zit?'

Lin ziet aan haar ogen dat Yvonne aan haar twijfelt.

Als het geluid van Yvonnes voetstappen is verstomd, pakt Lin een vuilniszak. Ze opent de voorraadla.

Een pak rijst, aangebroken. Ten minste houdbaar tot januari 2014. Een pak spaghetti, nog dicht. Maart 2016. Bloem. Kan die bederven? Suiker. Idem? Blikken gepelde tomaten. Er staat iets op de onderkant van de blikken wat ze niet kan lezen. Tortilla's. Zitten beschimmeld in de zak. Twintig potjes kruiden.

Ze schuift de la dicht en zakt er op haar billen tegenaan. Het tocht tussen de kieren van de planken op de vloer.

Moet ze in het wilde weg gaan zoeken? Overal aanbellen misschien? Ze heeft geen doorzoekingsbevel en is van de zaak. Maar Sabine, of Sabines telefoon, bevindt zich ergens rond of in de plas. Iemand heeft een badpak gekocht dat identiek is aan dat van Sabine, heeft Lin gevolgd naar, of gezien op haar tocht over de steigers naar de botenblokkade. Heeft geobserveerd hoe zij haar kleren uittrok en het water in is gegaan. Hij heeft het badpak opgehangen als een teken.

Lin sluit haar ogen. Het kan natuurlijk ook een vrouw geweest zijn.

Op ooghoogte, vijf meter van haar vandaan, wordt er iets door de brievenbus geschoven. Ze verstijft even. Het is een krant. Ze staat op en pakt hem van de mat; het plaatselijke sufferdje. Omdat ze niet weer op zoek wil gaan naar iets eetbaars en ervoor wil zorgen dat haar gedachten tot rust komen, legt ze hem voor zich op tafel. Een benefietdiner voor vluchtelingen, een auto-ongeluk, een kitten in een rioleringsslang. Ze slaat de pagina om, en herkent op een foto een landje. Het drassige landje met houthok erop van Dirk.

VERONTREINIGDE GROND STEIGEREILAND

Verbouwereerd laat ze de krant zakken. 'Je weet niet precies hoe het zit,' echoot Hiskes stem in haar hoofd. Ze leest hardop: 'De gemeente heeft projectontwikkelaar Kondor & Wessels een bouwstop opgelegd voor onbepaalde tijd, met de verplichting de grond te reinigen.'

Lin grinnikt. Wat zal Wouter Post daarvan balen.

Bij de vermolmde roze ark is het stil, deuren en ramen zijn dicht. Als ze de loopplank op loopt, slaat Banjer niet aan. Ze vraagt zich af of

Dirk en Hiske zó snel in de nieuwe ark zijn getrokken. Waarschijnlijk moeten de stroom- en gasleidingen daar nog aangelegd worden, dus dat zou behelpen zijn. Ze stapt op het landje, wat op diverse plekken is omgespit. Banjers halsband ligt los aan de lijn op de grond. Omdat ze door het raam het licht van de tv ziet flakkeren, klopt ze aan.

Na herhaaldelijk kloppen gaat de deur langzaam open. Dirk houdt zich vast aan de deurpost. Op zijn ingevallen wangen staat een grijze baard, ook zijn ogen staan hol.

Met schorre stem zegt hij: 'Wat kom je doen?'

'Hiske vroeg of iemand soep wilde.'

Ze verwacht dat Dirk zal zeggen: maar jij bent niemand, en de deur dicht zal slaan, maar de deur gaat verder open. Hij draait zich om en sloft op blote voeten naar binnen. Nu pas ziet ze dat hij zijn pyjama nog aanheeft onder een versleten bodywarmer. Het ruikt bedompt, maar het is een onmiskenbare geur, een geur die Lin, zelfs als rechercheur, niet heel vaak is tegengekomen.

Hiske zit aan tafel. Ze kijkt even op als Lin binnenkomt, richt haar blik dan weer naar de hoek van de kamer. Daar ligt Banjer in zijn mand. Lin schrikt toch nog. Zijn poten zijn stijf gestrekt, zijn ogen zijn dicht, zijn tong hangt niet uit zijn hijgende bek, zoals gewoonlijk. Ook staat hij niet op om haar tegemoet te springen. Ze kijkt naar Hiske, dan naar Dirk. Zijn lippen trillen en hij gaat naast de mand zitten. Hij legt zijn hand op Banjers kop, alsof dat hem nog troost zal bieden.

'Het spijt me,' zegt Lin. Dirk reageert niet, maar Hiske knikt en steekt haar hand uit, reikt naar haar. Lin omhelst haar. Haar schouders zijn knokig en scherp, Hiskes haar ruikt naar rottend water. Of is het Banjer?

Hiske zegt iets in Lins schouder.

'Het spijt me,' herhaalt Lin.

Nu maakt Hiske zich los. Haar felle oogopslag is terug. 'Banjer begroef zijn botten in de grond, en groef die weer op, waarna hij er alsnog aan begon te kluiven.'

Lin slikt, kijkt weer naar de stijve dode hond. 'Dus is hij vergiftigd?' concludeert ze.

Hiske knikt.

'Maar... sinds wanneer weet je van die verontreiniging?'

Het landje van Dirk is al lange tijd ongebruikt. Lin herinnert zich nu pas dat zij en Anneke er soms lege blauwe vaten aantroffen, die ze dan trots aan Dirk kwamen laten zien. Dirk bracht die vaten weg, op zijn aanhanger, waarnaartoe wisten ze niet.

Hiske kijkt op. 'Ik had Dirk eindelijk zover dat hij mee wou naar de dokter. Die vermoedde hersenschade. Hij vroeg of Dirk in aanraking was geweest met chemische stoffen. Ik vertelde dat hij altijd op het landje bezig was. Toen hebben we een expert laten komen.'

'Die constateerde vervuiling,' concludeert Lin.

'Die Kondor-ontwikkelaarsman was toen al geweest.' Hiske haalt haar schouders op. 'Ik weet dat zij niet verantwoordelijk zijn, maar...'

'Je wilde iets van genoegdoening,' vult Lin aan.

'Anneke wilde dat,' zegt Hiske. Lin is niet verbaasd.

'En nu?' vraagt Lin. 'Gaan ze het schoonmaken?'

Hiske haalt haar schouders op. 'Ik heb heel veel soep over,' zegt ze toonloos.

'Graag,' zegt Lin, om Hiske iets te doen te geven.

Haar blik zwerft weer naar Dirk, die mechanisch Banjers kop blijft aaien.

'En Banjer?'

'Hij gaat níét in de grond,' valt Dirk uit, met priemende ogen.

'Nee, nee, natuurlijk niet,' sust Lin.

Aan Hiske vraagt ze zacht: 'Hoe lang... Wanneer is hij gestorven?'

Hiske geeft geen antwoord, maar zegt: 'Ik weet niet... Dirk wil niet.'

Lin knikt. Ze gaat aan de andere kant naast de mand zitten en haar hand ontmoet die van Dirk op de kop van Banjer.

Hij trekt hem niet terug.

'Je mag hem bij mij begraven,' biedt Lin aan. Dirk kijkt op. 'Dan zetten we er een grafsteentje op en kun je elke dag even langskomen.'

Dirks hand draait zich om en verschuilt zich in de hare.

Ze trekt hem overeind en zet hem aan tafel. Hiske zet de pompoensoep voor hem neer. Etend zwijgen ze met zijn drieën.

Ze loopt over de steigers en neemt elke ark in zich op. Die van Mylene en Chris, waar nog een slinger aan de buitenbekleding hangt met de letters 'Happy Birthday'. Die van Johan en Katja, met de oranje kano ernaast, en de veranda aan de buitenkant. Het valt haar plotseling op dat de gordijnen stijf gesloten zijn, het is klaarlichte dag. Zit Sabine daar gewoon achter? Met tiewraps vastgebonden aan een stoel? Heeft Johan die stront bij haar voor de deur gelegd om de aandacht van zichzelf af te leiden? Ze zet al een stap de dwarssteiger op, maar stopt. Van de zaak gehaald. Geen doorzoekingsbevel. Geen enkele redelijke verdenking.

Bij Mieke, Peter en Sam zitten twee mannen op hun knieën op het dak. Ze rollen bitumen uit, en bevestigen dat met een gasbrander. Je gaat niet je dak laten repareren als je een meisje van vijftien in je ark schuilhoudt. Maar misschien wel in een schuur die je gebruikt als sauna. Peter heeft die een halfjaar geleden omgebouwd; in de tuin staat ook een koud dompelbad, dat wordt gevuld met hemelwater. Zit Sabine in die sauna, is ze misschien naakt en brengt Peter haar af en toe een bezoekje? Maar dat zou Sam merken en er wordt gezwaaid vanachter het raam. Het is Mieke, die haar best doet contact met haar te blijven maken.

Van het volgende arkje kent ze de bewoner, Gerard, alleen van zien. Hij beweegt zich uitsluitend over het water in een laag vletje; hij is een lange dunne man met altijd een schippersmutsje op zijn hoofd. Hij praat met niemand en groet zelfs nauwelijks. Ze neemt de ark in zich op; oud, smal, slechts tien meter lang. Heeft Gerard Sabine daarin opgesloten? Ze stelt het zich voor.

Gerard zit op het terrasje aan de kopse kant een sjekkie te roken, een van de sjekkies die altijd aan zijn lip kleven. De spreeuwen zwermen nog na, vliegensvlugge zwarte patronen aan de nog lichte hemel, het dreigende gekwetter ebt langzaam weg. Gerard is eenzaam, die dag meer dan anders, omdat de zomer ten einde loopt en hij slecht tegen de korte grijze herfstdagen kan. Ook is het koud op zijn ark, omdat de verwarming niet naar behoren werkt en hij geen puf heeft om die te repareren. In de stilte die de spreeuwen hebben achtergelaten klinken de regelmatige slagen van een zwemmer. Handen petsen op het water, een lichaam wordt erdoor gedragen, het komt dichterbij. Gerard staat op, ziet onder het wateroppervlak het blauw van het zwempak, het rondje op de rug. Sabine ziet hem niet, zwemt geconcentreerd door, vlak langs de ark. Hij pakt de katoenen doek, die hij eerder in chloroform heeft gedoopt, omdat de kans groot was dat Sabine zou komen, zoals ze elke dag langs zwemt. Hij verlangt al een hele zomer naar dat lichaam, haar huid tegen de zijne, haar warmte die hem zal troosten en op zal vrolijken. Hij laat zich in het water zakken en zwemt rimpelloos naar haar toe; dat heeft hij geoefend, keer op keer. In één beweging pakt hij haar vast, ze schrikt en trapt, maar de dot katoen past precies op haar mond. Ze spartelt nog heel even, maar wordt dan slap. Gerard neemt haar in de reddingshouding, sleept haar naar zijn zwemtrap. Daaraan heeft hij een lijn vastgemaakt.

Nu komt het moeilijkste deel: hij moet haar vastbinden en dan even loslaten, op de trap stappen en haar er dan ophijsen. Het touw zit strak genoeg om haar middel, hij laat haar los, het lichaam knakt, het gezicht, het meisjesgezicht verdwijnt onder water… STOP! klinkt in haar hoofd, maar ze ziet het gezicht verder zakken, dieper, nog dieper. Dan wordt het zwart.

Lin vindt zichzelf terug met haar gezicht plat op het geribbelde hout van de steiger. Ze moet flauwgevallen zijn. Zo snel mogelijk krabbelt ze overeind, kijkt om zich heen, heeft iemand haar gezien? Ze wankelt, het wordt weer zwart voor haar ogen. Adem in door je neus, laat je adem zakken tot in je buik, adem uit door je mond…

Het zwart verdwijnt, haar ademhaling wordt rustiger. Ze voelt geen ogen in haar rug als ze doorloopt, de steiger af langs Jorkos, daar is haar ark al, niet nu de sleutels laten vallen, openmaken.

'Lin?'

Ze leunt even met haar voorhoofd tegen de deur, bijna was ze ermee weggekomen, bijna had ze het gered. Het is een lichte vrouwenstem, die roept. Voordat ze zich omdraait is er een hand op haar schouder.

'Gaat het wel?'

Verrast kijkt ze op, het is de stem van Sacha, en ja, hij komt echt uit Sacha's mond, Sacha staat hier en nu op haar steiger en kijkt haar met lieve, bezorgde blik aan. De tranen komen snel en heftig.

'Wat?'

Ze herkent Toms stem, maar houdt haar gezicht in de kom van Sacha's schouder geklemd, kan zich niet losmaken uit deze troost, dit schuilen, dat voor altijd moet duren en waaruit ze wakker zal worden als uit een droom. Dan is er niets gebeurd, komt ze gewoon thuis na een werkdag; ze gaat zo even lekker zwemmen, zal zwaaien naar George die aan het vioolspelen is, en dan zal Sabine klaarstaan op de omloop, in het blauwe badpak met de lichtblauwe biezen; ze zal voor haar in het water duiken en roepen: wie het eerst bij de brug is, en zij zal erachteraan zwemmen, maar zorgen dat ze Sabine niet inhaalt; Sabine zal lachend omkijken – STOP!

Lin probeert zo regelmatig mogelijk te ademen, de hand van Sacha blijft over haar rug strijken.

'Wat! Wat is er aan de hand?'

Lin kijkt op, Tom heeft een wilde blik in zijn ogen; nu is niet het moment om in te storten, ziet ze aan zijn blik. Dus veegt ze met de mouw van haar shirt haar neus af, draait de sleutel om in het slot en stapt naar binnen.

Tom wacht niet tot ze heeft gevraagd of ze gaan zitten, wacht niet tot ze koffie aanbiedt, maar zet de rugzak op tafel. De gele rugzak, Sabines rugzak, die aangetroffen is in Georges gangkast en die het voornaamste bewijsstuk is voor Georges betrokkenheid.

'Ja, er zitten vingerafdrukken op. Van Sabine,' zegt Tom, alsof hij haar gedachtegang gevolgd heeft. Of heeft ze die hardop uitgesproken? Dat zou natuurlijk best kunnen, gezien haar staat van zijn. 'Maar de vraag is, hoe zijn de afdrukken erop gekomen?' Toms woorden rennen voor zijn adem uit, hij wijst op de rugzak.

Lin voelt haar eigen adem haar borstkas vullen; ze heeft ruimte, lucht, de dwangbuis wordt losgemaakt. 'Wat bedoel je?' vraagt ze. Ze kijkt Sacha aan, die knikt naar Tom, vooruit maar.

'Mijn afstudeeronderzoek ging over vingerafdrukken.'

Lin fronst; waarom nu beginnen over afstuderen, wil hij een complimentje, iets bewijzen?

'Tom,' zegt ze daarom op scherpe toon.

Maar Tom gaat door: 'Ik heb verf gebruikt en diverse ondergronden. Daarmee heb ik aantoonbaar verschil gevonden tussen vingerafdrukken die op natuurlijke wijze op oppervlakken terecht zijn gekomen... zoals wanneer ik dit glas oppak...' Hij pakt Lins lege theeglas van tafel. Lin kijkt hulpzoekend naar Sacha. Die blijft zwijgen. '... en vingerafdrukken die erop gedrukt zijn... door een ander.'

Lin fronst. Dat ziet Tom. 'Ik bedoel, je kunt zien of jij het glas pakt, of dat ik jou het glas laat pakken.' Hij pakt Lins hand, opent die en legt die om het glas heen. Drukt aan.

Lin kijkt van het glas naar de rugzak. 'Bedoel je...'

Tom knikt, nu enthousiast. 'Sabines vingerafdrukken zijn niet op natuurlijke wijze op deze rugzak beland. Maar haar hand is erop geplant. Door iemand anders.'

'Dus de rugzak hoeft niet van Sabine te zijn?'

'Iemand, en dan hoogstwaarschijnlijk degene die haar ontvoerd heeft, wilde dat het zo leek,' vervolgt Tom.

'Hij heeft niet alleen de vingerafdrukken op de rugzak geplant. Maar ook de rugzak in Georges gangkast,' concludeert Lin. Het is of er kristallen door haar hoofd zwerven, een ragfijne ijskou, waarin alles helder wordt. 'Die iPod is niet van Sabine. Die boeken zijn inderdaad niet van Maaike, maar die heeft hij erin gestopt.'

‘Hij. Of zij,’ zegt Sacha.

‘Ik weet het. Maar dat kan ik me nauwelijks voorstellen,’ zegt Lin. Sacha houdt haar hoofd scheef en Lin weet wat dat betekent: pas op voor tunnelvisie.

‘De vraag die overblijft is: wie heeft dat gedaan?’ zegt Tom.

‘En waar is Sabine nu?’ vullen Sacha en Lin in koor aan.

Het haast euforische moment wordt afgebroken door een rinkelende telefoon.

Tom neemt op. ‘Ja?’ Hij luistert. ‘Nee, we zijn bijna bij Karen.’

Lin begrijpt dat het Yvonne is, en dat Sacha en Tom haar niet hebben verteld dat ze Lin zouden gaan inlichten.

‘Helder,’ zegt Tom. Hij hangt op. ‘Er is een klacht binnengekomen. Van de vader van Maaike. Die zegt dat onze verhoren haar psychisch zo zwaar belasten dat ze beschadigd dreigt te raken.’

Lin denkt na.

Sacha ook. ‘Maaike en Jolien gaan nog steeds niet vrijuit. Waarom zou Maaike zichtbaar en merkbaar in de war zijn als ze nergens iets mee te maken heeft?’

Lin knikt. ‘Sabine heeft Maaike en Jolien ergens mee bedreigd. En ze heeft ook iets teruggedaan. Iets anders.’

‘Teruggedaan tegen dat pesten?’ vraagt Sacha.

Lin knikt. ‘Sam mag er van de dames niks over zeggen. Maar hij weet wat het is.’

‘Die brandwond,’ draagt Tom bij. ‘Die was geheim en ze loog erover. Mensen moesten denken dat de vlam in de pan was geslagen.’

‘Als Sabine dat gedaan heeft, waarom hebben ze het dan hun ouders niet verteld? En zijn die niet verontwaardigd verhaal gaan halen bij haar ouders? Of bij een rector?’ vraagt Lin zich hardop af.

‘Omdat Sabine dreigde dat ze dan alles zou vertellen over wat ze haar aandeden?’ veronderstelt Sacha.

‘Of omdat ze Sabine nog iets aan hebben gedaan. Iets wat uit de hand liep.’ Lin pakt haar jack.

‘Wat ga je doen?’ vraagt Sacha op voorzichtige toon.

'Naar Karen,' zegt Lin vastbesloten. Ze pakt haar telefoon al. Ze is Sacha voor met: 'Jullie zijn er samen heen gegaan. Ik was er niet bij.'

Karen neemt op. 'Ja, met Lin. We willen even met je praten. We hebben wat nieuwe informatie.'

Het blijft stil aan de andere kant van de lijn.

'Karen? Ben je nog op je werk?'

'Ik heb me ziek gemeld.'

'Oké. Tot zo.' Ze hangt op en loopt al naar de deur, maar ziet Sacha kijken.

Lins blik verzacht. 'Ik weet dat ik veel van je vraag,' zegt ze. 'En ik weet wat de consequenties kunnen zijn.'

Sacha grinnikt kort. 'Ik zit liever thuis dan in één ruimte met Karel. Zonder jullie.'

Karen zit op de bank voor de televisie. Ze kijkt naar *As The World Turns* en blijft kijken als Sacha, Tom en Lin binnengekomen zijn. De deur was open.

Lin ziet de spanning in Karens lijf, ze heeft haar benen opgetrokken, haar armen om zich heen geslagen. Ze weet niet dat ze zachtjes heen en weer wiegt, om zichzelf rustig te houden, om de wanhoop, die op de loer ligt, niet vrij te laten. Daarom begint Lin niet over de ochtendnieuwsshow, waar Rick en Karen hun verhaal gedaan hebben, ze noemt niet de aan haar adres openbaar geuite beschuldiging dat ze corrupt is, maar pakt de afstandsbediening van de glazen tafel en zet het geluid uit.

Dat verandert niets aan Karens houding of haar blikrichting.

'Wist jij dat Sabine gepest wordt?'

Heel langzaam draait Karens hoofd haar kant uit, pauzeert even bij Sacha, en kijkt haar dan aan. Alsof ze net ontwaakt uit een sluimer, bedoeld om haar krachten te sparen. 'Gepest?'

'Door klasgenoten. Zowel psychisch als fysiek.'

'Gepést?' Karen kijkt langs haar heen, maar stuit dan op Tom, die ervoor zorgt dat ze niet terug kan vluchten in haar sluimer.

'We denken dat ze wraak heeft genomen. En dat dat iets te maken heeft met haar verdwijning.'

Dat werkt als een vingerknip die haar wakker schudt. Haar blik schiet van Tom naar Lin, haar handen stoppen met wrijven over haar bovenarmen, ze zet haar voeten op de grond. 'Mijn dochter wordt niet gepest en neemt geen wraak.'

'We hebben het uit meerdere bronnen.'

'Wie?' Haar stem klinkt agressief, boos.

Daarom geeft Lin een waar antwoord. 'George. En Sam.'

'Waarom laten jullie George praten over pesten? Zorg dat hij zegt waar ze is!'

'Sam mag van Sabines vriendinnen niks zeggen over die wraak. Wij denken dat hij erbij was.'

Tom voegt toe, om te zorgen dat Karen niet weer kan ontsnappen: 'Jolien en Maaike hebben het aan niemand verteld omdat Sabine dreigde te vertellen wat zíj allemaal deden.'

'Jolien en Maaike?'

'Zeggen die namen je wat?' Ja, ziet Lin.

'Sabine is slimmer dan die twee wichten bij elkaar!'

'Misschien pesten ze juist daarom.'

Karen blijft haar hoofd schudden.

'Er is iemand gewond geraakt,' probeert Lin. Karen fronst. Lin gaat naast haar op de bank zitten. Karen deinst iets terug, maar Lin zet door. 'Karen. Ik weet dat het lastig te accepteren is dat jouw dochter, jouw prachtige, slimme, unieke en bijzondere Sabine, gepest wordt. Dat wil je niet. Je bent plaatsvervangend boos, verdrietig, eenzaam. Maar ook een beetje beledigd. Toch?' Lin ziet dat ze de juiste snaar raakt.

'Jij hebt geen kinderen,' mompelt Karen nog.

'Als Sabine verdwenen is vanwege dat pesten, wat moeten we dan doen?' Advies vragen is een compliment, en zo vat Karen het ook op.

'Met die pesters gaan praten. Zorgen dat ze ermee ophouden.'

'Als we weten wat er precies gebeurd is, hebben we munitie.'

'Ik wéét het niet! Ik zweer het!'

'Wij denken dat Sabine zelf munitie had.'

'Met haar woord tegen het hunne?'

'Misschien heeft ze meer dan dat. Bewijs.'

Karen fronst.

'We kunnen een doorzoekingsbevel regelen…'

Karen springt op. 'Haar laptop. Op het aanraken daarvan stond de doodstraf.' Ze haast zich de trap af, een deur slaat open, ze komt terug met een klein, licht, superdun apparaat. Tom fluit in bewondering. Karen glimlacht gevleid, ondanks alles. 'Rick regelt graag het nieuwste van het nieuwste voor haar.'

Ze klapt de laptop open en zet hem aan. Ze staart naar het scherm. 'O ja.'

Er wordt gevraagd om een wachtwoord.

Tom haalt zijn schouders op, dat had hij al verwacht. 'We kunnen hem meenemen en Richard erop zetten? Als u dat goedvindt?'

'Dat hoeft niet. Rick wil zien wat ze op het net uitspookt, dus ze vertelt hem elke dag haar wachtwoord. Als ze dat weigert, pakt hij haar telefoon af, dus ze heeft geen keus.'

Karen pakt haar telefoon. Ze belt.

'Ja, met mij. Wat was Sabines wachtwoord op de dag dat… de dag dat…' Ze luistert, kijkt dan op naar de drie mensen in haar woonkamer. 'De politie wil in haar laptop kijken.' Rick zegt iets waar ze boos van wordt. 'Dat weet ik, maar dat duurt te lang. Ze hebben een aanwijzing dat daar iets bruikbaars op staat. Wat duidelijk maakt wat er gebeurd is.'

Ze gaat op een stoel zitten, tikt monomaan met haar voet tegen de tafelpoot, terwijl Rick een verhaal afsteekt. Waarschijnlijk over de incompetentie van de politie en van Lin in het bijzonder, denkt Lin, en dat ze zich niet moet laten intimideren. Dat doet Karen niet, want ze zegt: 'Vertrouw er nou een keer op dat ik het goed zie.'

Ze rolt met haar ogen. 'Rick. Onze dochter wordt zo erg gepest dat ze wraak heeft genomen en er is iemand bij gewond geraakt.'

Karen wacht even, pakt dan een pen en een papiertje. Lin leest het op voor Tom, die de laptop naar zich toe heeft geschoven. 'Victory punt J streepje M.'

Hij toetst het in en de computer wordt opgestart.

Tom klikt bestanden aan, pakt zijn telefoon.

'Wie ga je bellen?' vraagt Lin.

'Richard. Als we er TeamViewer op zetten vindt hij zo wat we zoeken. Ik zie versleutelde videobestanden.'

Een kwartier later kijken Lin, Sacha, Tom en Karen gebiologeerd naar de beelden. Een screenshot van Sabines telefoon, met een mail: Jolien Visser heeft u een bericht gestuurd. Het bericht wordt geopend en zegt: we maken je dood.

Een close-up van een blauwe plek op een arm, van een fiets die half in de sloot ligt.

Het filmpje van Sam en Sabine, met daarna: Slet, hoer, zal ik even langskomen schatje dan doen we het nog een keer over. Je bent niks waard.

Beelden van Sabine, die ergens op de grond ligt en geschopt wordt. Jolien, duidelijk Jolien, kijkt van boven op haar neer en spuugt op haar, Maaike schopt nog een keer en spuugt ook.

Lins handen trillen. Karen draait zich om en loopt de kamer uit.

'De wraakactie. Staat die er ook op?' vraagt Lin, gehaast. Ze kómen ergens, denkt ze, ze moeten hiermee zo snel mogelijk naar Maaike en Jolien.

De cursor, die Richard op afstand bedient, schuift over het scherm, een lijst bestanden komt in beeld.

'Daar,' wijst Tom. 'Revenge punt J streepje M.'

Het videobestand wordt geopend. Sabine filmt zichzelf en zegt: 'Vandaag is de eerste dag van de rest van mijn leven.' Ze laat zien hoe ze de telefoon, met draaiende camera met een clip aan de kraag van haar jas klikt.

Het beeld wordt zwart, en dan worden Maaike en Jolien gefilmd, die aan komen lopen. Ze naderen, lachend.

'Sabientje, Sabientje. *Shall we play some more?*'

Joliens grijnzende gezicht komt dichtbij.

'Blijf van me af,' zegt Sabine.

Jolien lacht en zegt, alsof ze het tegen een kleuter heeft: '*All we want is to play with you.*'

'Ik heb traangas,' zegt Sabine en ze houdt een spuitbus op.

Jolien slaat de bus uit haar handen. Maaike raapt hem op. Het beeld schokt, het geluid van een aansteker die aangeknipt wordt, het vlammetje dat de bus nadert en een klap. De camera valt achterover, maar krabbelt weer op. Twee meter verderop zit Maaike op de grond. Ze gilt en heeft haar arm vast. De camera zoomt in.

'*I enjoyed it. Shall we soon play again?*' klinkt Sabines stem.

Achter Lin, in de deuropening, wordt gesnikt.

'Ik wist het echt niet,' zegt Karen met trillende stem, als Lin haar arm om haar heen slaat.

Op de steiger kijkt Lin op haar horloge. 'Nu maar hopen dat Jolien en Maaike tot het laatste uur les hebben.' Ze kijkt om naar Sacha en Tom, die naar de politiewagen lopen. 'Ik haal de motor op en kom jullie achterna.'

Dan pas ziet ze Sacha's gezichtsuitdrukking.

'Je kunt niet mee, Lin.'

Tom vult aan: 'Karen is geen verdachte. Jolien en Maaike wel.'

Lin voelt zich een ballon, die eindelijk vrij was gelaten, de vrije hemel in, maar die nu ruw aan zijn touwtje naar beneden wordt getrokken. Ze klemt haar kaken op elkaar. Een troep ganzen vliegt kwakend over, verwoordt haar frustratie. 'Maar ik zie of ze liegen!'

Sacha schudt nee. 'Als je meegaat is alles wat ze verklaren onbruikbaar.'

'Ze weten waar Sabine is! Dat is toch belangrijker?'

'Wat wil je, ontslagen worden?'

'Dat is nu toch niet belangrijk!'

Adem in door je neus, laten zakken naar je buik…

‘Ze hoeft niet mee, maar ze kan er wel bij zijn,’ zegt Tom.

‘Hoe dan?’

‘Facetime? Met een los cameraatje en het geluid via dopjes in mijn oren?’

Lin begint opgelucht te lachen.

‘Als iemand erachter komt…’ twijfelt Sacha.

‘Liever alleen met Karel op het bureau? Zonder ons?’

Lins opmerking trekt Sacha over de streep.

‘Trekken we ons nog iets aan van die klacht?’ vraagt Sacha. ‘Van Maaikes vader?’

‘Haal ze allebei op. Begin met Jolien,’ zegt Lin, weer in controle, haar oude zelf. ‘Als het niet anders kan, pak je Maaike. Die heeft de brandwond. En haar vader zal ook niet heel erg gecharmeerd zijn van beelden van zijn spugende dochter. Die zomaar op het internet kunnen belanden.’

‘Lin,’ waarschuwt Sacha zuchtend.

‘We moeten Sabine vinden,’ zegt Lin alleen maar.

‘Oké,’ zegt Tom. ‘Ik maak contact voordat we het verhoor in gaan. Goed?’ Hij kijkt Lin een moment ernstig aan, houdt haar blik vast. ‘Vooral blijven ademen,’ zegt hij.

Lin knikt.

Na een lange anderhalf uur meldt haar telefoon de Facetimemelding. Ze accepteert de oproep, ziet de camera door de gang bewegen en stoppen voor de deur van de verhoorkamer.

‘Ben je er klaar voor?’ klinkt Tom.

‘Is vader of moeder erbij?’

‘Wilde Jolien niet.’

Lin glimlacht. ‘Dat is een goed teken,’ zegt ze.

‘Yep.’

Lins adem is rustig, omdat het erop aankomt. Tom vertrouwt op haar, Sacha vertrouwt op haar, en Sabine vertrouwt op haar. Ze vertrouwt erop dat zij haar komt zoeken en redden.

Jolien zit met haar armen over elkaar geslagen, achterovergeleund in haar stoel.

De camera gaat zitten, Joliens hoofd is precies in beeld. Ze denkt dat Tom geoefend heeft met Sacha.

'Wat nu weer,' opent Jolien de aanval. 'En wie ben jij?' Dat slingert ze naar Sacha. Die houdt haar telefoon op.

De beelden worden afgespeeld, Jolien kijkt ernaar.

Haar gezicht vertoont geen uitdrukking.

Het geluid schettert: 'Sabientje. Sabientje. *All we want is to play with you.*'

'De bitch,' laat Jolien zich ontvallen. Ze draait haar hoofd weg, maar kan het geluid niet uitzetten.

Bij: 'I enjoyed it. Shall we soon play again,' gooit ze haar stoel naar achteren en springt op. Het beeld schudt, een arm slaat, de vloer komt in beeld. Dan wordt het beeld stabiel. Lin vermoedt dat Tom haar in een houdgreep heeft.

'Zitten,' zegt hij.

'Jullie moeten mij niet hebben!' roept Jolien. Het beeld laat het achterhoofd van Jolien zien, dat gaat zitten. Lin vermoedt onder lichte dwang van Tom.

'Ze heeft die beelden al gezien, alleen die van de spuitbus niet,' zegt Lin in Toms oortje.

Hij zit weer tegenover Jolien. 'Dus Sabine dreigde alles wat jullie haar hebben aangedaan op het net te zetten.'

Jolien zwijgt, kijkt weg.

'Daar was je niet blij mee. Je school heeft namelijk een nogal rigoureus antipestbeleid. De pesters worden eraf gestuurd.'

Lin is verrast, maar aan Joliens gezicht te zien, heeft Tom de juiste informatie.

'Als de pester dat niet wil, worden hij – of zij – en de ouders verplicht therapiegesprekken te volgen.'

'Sukkels.'

'Waar is Sabine?' vraagt Tom.

'Hoe moet ik dat weten?'

'Je wilde niet van school, maar je wilde ook geen therapiegesprekken. En al helemaal niet met je óúders! Dus zorgde je dat Sabine haar mond hield.'

Joliens ogen schieten van Tom naar Sacha. 'Wacht even. Zeggen jullie nou...'

'Je wordt verdacht van betrokkenheid bij Sabines verdwijning.'

'Nee! Ik heb er niks mee te maken!'

'Waarom gaf je George de schuld?'

Jolien is in paniek. 'George? Ik geef hem de schuld niet!'

Lin vloekt zachtjes en zegt tegen de telefoon: 'Ze weet er niks van.'

'Deze rugzak,' vervolgt Tom, 'is bij George op zijn ark geplant. Met nepvingerafdrukken van Sabine.'

Jolien is het helemaal kwijt, ziet Lin.

'Daar weet ik niks van! We waren kwaad, ja, om die spuitbus, en ook bang dat ze alles aan onze ouders en school zou laten zien, maar we hebben haar voor het laatst gezien op die kruising, toen zij naar huis fietste. Ik zweer het!'

'Laat maar,' zegt Lin tegen Tom.

'Ik weet niks van die rugzak!' smeekt Jolien nu.

'En Maaike?'

'Ook niet.'

De camera staat op.

'Goed,' zegt Tom. 'Je kunt gaan.'

Jolien weet niet hoe snel ze op moet staan en haar tas moet pakken.

'We nemen wel contact op met je ouders. En met de rector,' laat Sacha haar niet zomaar gaan. Jolien heeft voor het eerst geen bijdehante opmerking terug.

'Sorry,' hoort Lin Tom zeggen, terwijl ze hapt in een negerzoen die nog goed was tot maart 2015.

'Doe Maaike maar zonder mij,' roept ze met volle mond naar de telefoon.

Ze hoort Sacha nog roepen: 'Lin! Wat ga je doen?' als ze haar jack pakt en de deur uit gaat.

Sam wist dat Sabine bij George kwam. Sam kan de rugzak geplant hebben. Uit wraak. Ze duwt de gedachte weg dat die waarheid haar niet dichter bij Sabine brengt. Misschien weet hij nog iets. Iets wat ze over het hoofd heeft gezien. Iets!

Mieke, Sams moeder, doet de deur open.

'Is Sam thuis?' vraagt Lin. Een spier in haar been trilt. Haar mond misschien ook, leidt ze af uit Miekes reactie.

'Hij is met zijn fiets weg. Maar misschien moet je even binnenkomen?'

'Heeft hij iets gezegd over Sabine?'

'Nee,' zegt Mieke, 'maar gaat het wel?'

Nu pas ziet Lin dat Mieke haar jas aanheeft. 'Je ging net weg.'

'Ja,' zegt Mieke, 'ik wilde toch even gaan kijken.' Ze houdt de bibliotheekkaart met de uitnodiging voor Thijs' tentoonstelling omhoog. 'Maar als je even een kop thee wilt.'

'Dank je,' zegt Lin. 'Het gaat wel. En ik zie je straks dan daar wel.' Ze kijkt nog eens naar de kaart. Er is iets mee, maar ze weet niet wat. Ze moet eerst naar Sam.

Ze treft hem op het veldje bij de hijskraan, waar hij een parcours heeft uitgezet. Hij slalomt met zijn fiets tussen flessen met water door, springt ermee op een bankje en schuift met het voorwiel over de leuning.

'Sam!' roept ze.

Hij doet net of hij haar niet hoort, maar als ze nog een keer roept fietst hij recht op haar af. Ze ziet dat hij verwacht dat ze opzij zal gaan, maar ze blijft staan. Net op tijd maakt Sam een wheelie en valt van zijn fiets.

'Shit,' zegt hij. En terwijl hij opkrabbelt: 'Waarom ging je niet opzij?'

Omdat ze niks te verliezen heeft, denkt Lin. Ze zegt: 'Omdat ik wil weten wat er precies was tussen George en Sabine.'

Sam neemt haar op, ziet haar emotie. Interpreteert hij die als boosheid op George?

‘Ik weet het niet,’ zegt hij.

‘Wat vertelde ze je over die bezoekjes?’

‘Niks. Dat ze met hem praatte.’

‘Meer niet?’

‘Dat zei ze, ja.’

‘Geloofde je haar?’

Sam haalt zijn schouders op, wat ‘nee’ betekent.

‘Was je jaloers?’

Dat is een rottige vraag, ziet Lin.

‘Jaloers op een ouwe vieze vent?’ schampert Sam. Dan herinnert hij zich wie George is en zegt: ‘Sorry.’

‘Jaloers zijn is niks om je voor te schamen. Het overkomt iedereen.’

Sam kijkt haar aan en denkt dat ze zichzelf bedoelt, ziet ze aan zijn zachtere blik. Misschien is dat ook zo, denkt Lin.

‘Ik denk dat ze hem meer vertelde dan mij,’ zegt hij. ‘Dat was kut.’

Lin knikt.

Ze wil het niet, omdat hij eerlijk is, maar ze moet. ‘Iemand wilde George de schuld geven. Van Sabines vermissing.’

‘Dat wou ik wel, ja,’ zegt Sam, terwijl hij zijn blik neerslaat.

Lins hart gaat sneller kloppen, ze voelt de adrenaline. ‘Dus heb jij die rugzak met Sabines vingerafdrukken in zijn kast gezet?’

‘Een rugzak?’

Ook hij weet van niks, moet Lin toegeven.

‘Waar is ze, Sam? Waar is ze?’ probeert Lin nog.

‘Ik weet het niet,’ fluistert Sam. ‘Ik wou dat ik het wist.’

Een traan biggelt over zijn wang. Ze omhelst een knokig puberlijf, dat daar zacht van wordt. Haar traan valt in Sams haar.

Als ze neerzakt aan haar tafel doet alles zeer, vanbinnen en vanbuiten. Ze gaat Sabine niet vinden, niet op tijd. Er zijn geen leugens meer te ontmaskeren. Tenzij.

Tenzij George toch liegt. Tenzij hij er goed in is geworden, dat jaar zonder haar. Misschien zag Lin zelf niet meer dat hij loog, omdat ze er te dicht op zit en te graag wil dat hij de waarheid spreekt. Misschien was George wel degelijk niet bestand tegen die chemische verliefdheid, snakte hij naar die dochter en wilde hij haar hebben, ook al was ze niet van hem.

Lin laat haar hoofd op de tafel zakken en steunt op het hout.

Achter haar gesloten oogleden verschijnt de bibliotheekkaart op haar netvlies.

Thijs nodigt altijd de hele buurt uit op zijn exposities. De meeste mensen komen, uit beleefdheid, of omdat ze het hem gunnen, de aandacht waar hij zo naar hunkert, de erkenning. Misschien moet ze er inderdaad heen gaan, en gewoon kijken, kijken naar menselijk gedrag, zien wat afwijkt, wie haar anders bejegent dan anders.

Misschien is dat degene die het badpak heeft opgehangen, en hoopt hij dat ze komt, hij wil haar immers signalen geven? Ze kijkt op haar horloge. Tien over vijf. Het was van vier tot zes. De bibliotheek in Maassluis is een kwartier rijden.

Lin graait haar helm van het tafeltje in de gang en rent de steiger op. Mist ligt over de plas, dichte mist, zoals die plotseling kan optrekken hier.

Een lang rood lint van stilstaande achterlichten strekt zich voor haar uit op de toegangsweg tot de snelweg. Ze vloekt, kan nog net de ventweg opdraaien en bedenkt razendsnel hoe ze er dan kan komen. Op de provinciale weg mag ze maar tachtig, zeker met deze mist. Ze kan het risico niet lopen een fietsend kind achterop te rijden en te scheppen, dus ze rijdt langzaam, langzamer dan ze wil. Ze houdt zichzelf voor dat degene die haar wil ontmoeten dat ook op een andere manier kan doen, morgen bijvoorbeeld, ergens anders. Maar misschien is hij ongeduldig, en reageert hij zich af op Sabine, doet hij haar wat aan, moet zij boeten voor het feit dat Lin niet slim genoeg is, zet hij een kussen op haar mond – STOP!

Ze heeft het gevoel dat haar gedachten ook in de mist vertoeven, ze krijgt ze niet helder, niet rationeel.

De ramen van de bibliotheek zijn hel verlicht, de bieb lijkt een baken dat haar roept.

Even denkt ze dat dat de plek is, de plek waar Sabine is, waar hij haar vasthoudt, dat hij een hok van boeken om haar heen heeft gebouwd, die te zwaar zijn om om te duwen, dat hij een kleine opening heeft gelaten waardoor hij haar te eten geeft, waardoor hij tegen haar praat en zich hardop afvraagt waar ze blijft, zij, Lin, die Sabine kan redden – STOP!

Ze gaat op de stoep zitten met haar hoofd tussen haar benen. Je bent er bijna, zegt ze tegen zichzelf, nu niet opgeven, niet wegvallen, erbij blijven.

Als ze opstaat gaat de zware deur net open. Mieke komt naar buiten. 'Lin! Ach, Thijs vroeg al of ik wist of je nog kwam.'

Lin knikt naar haar, glimlacht de verwachte glimlach en loopt de hal in.

Een oma komt met haar kleinzoon de klapdeuren uit. 'Odysseus werd naar dat eiland gelokt door een sirene, maar hij bond zich aan de mast van zijn schip vast, omdat hij de sirene niet mocht zien. Dan was hij verloren.'

'Die sirene roept mij naar wat ik niet mag zien,' hoort Lin Thijs tussen de lavalampen weer zeggen. Was een sirene geen synoniem voor zeemeermin?

Ze ziet Miekes uitnodiging voor zich, ziet het logo en ziet nu, rechtsonder in het hoekje, een tekeningetje. Van een zeemeermin. Aan de wanden achter de klapdeuren hangen manshoge schilderijen. Van zeemeerminnen. Zeemeerminnen met een blauwe staart, een groene, een parelmoeren, een roze. Haar zeemeerminnen, de portretten van Fem, verdronken Fem, die Thijs bij haar op tafel heeft zien liggen.

De gezichten zijn leeg, zonder glimlach, zonder ogen. Maar ze weet dat Sabines gezicht er precies in past.

'Waar is Thijs?' vraagt ze aan de vrouw met de bibliotheekbadge.

'Hij ging even naar het toilet,' zegt de vrouw.

Je komt toch wel? ziet ze op de uitnodiging staan en ze hoort het hem weer zeggen, verongelijkt, dwingend. Thijs is degene die het badpak heeft opgehangen. Thijs is degene die haar wil treffen. Hij wil dat zij ziet welk kunstwerk hij van Sabine heeft gemaakt.

TIEN

Op het pleintje is de mist gezakt tot een dichte nevel aan de grond. Lin ziet nog net het zadel van haar motor erboven uitsteken. Thijs heeft Sabine, heeft haar geschilderd als zeemeermin zoals zij Fem tekende. Schilderde hij een levende Sabine, of een dode Sabine? Sabine in het water of Sabine uit het water? Wat zegt het dat hij haar geen gezicht heeft gegeven, op de schilderijen die tentoongesteld worden in de bibliotheek achter haar?

Ze rent naar haar motor. Houdt hij Sabine vast in zijn eigen ark? Bevond zij zich al die tijd in het huis van haar buurman, hoorde zij dat Lin binnenkwam met haar eigen sleutel, dacht ze heel even dat het nu voorbij was, tot de stappen niet naar de benedenverdieping afdaalden maar doorliepen naar de woonkamer? Leefde ze toen nog en is ze nu dood?

Lin haalt haar motor van de standaard en duwt hem de hoek om. Thijs heeft haar niet gezien, hoopt ze, blijft misschien nog op haar wachten. Als hij het geluid van haar startende motor herkent, zal hij begrijpen dat ze een voorsprong heeft, op weg naar zijn ark, naar Sabine. Of is hij niet naar het toilet gegaan maar al onderweg?

Ze zet haar voet al op het pedaal van de kickstart, gaat erop staan, als ze aarzelt. Moet ze de politie bellen? 112? Dan moet ze uitleggen wat er aan de hand is, wie ze is, misschien geloven ze haar niet, ze zullen met haar aan de lijn blijven en kostbare seconden verspelen. Ze kan ook Yvonne bellen en vragen om een arrestatieteam. Die heeft daar Beukerings toestemming voor nodig en zij is van de zaak, dus zou Yvonne moeten liegen, voor haar, terwijl ze denkt dat ze fout is en haar verraden heeft. Tom en Sacha hebben hun nek al genoeg uitgestoken. En bovendien hebben die geen sleutel. Ze zullen lawaai moeten maken om binnen te komen, en misschien duwt dat Thijs over het randje van ontvoerder naar moordenaar. Zij heeft wel de sleutel van Thijs' huis en kan ongemerkt binnenkomen.

Het licht van haar koplamp verlicht een witte ondoordringbare mist, maar hij hangt zo laag dat ze eroverheen kan kijken, en ze geeft gas. Op de snelweg mag ze harder, dus ze slaat af, voegt in, de waarschuwingsborden lichten rood op, straatverlichting vecht tegen de mist. Als ze honderdveertig blijft rijden kan ze er binnen tien minuten zijn.

Dan licht er iets op, voor haar, het blijft rood knipperen.

'Godverdomme!' Op haar dashboard brandt het lampje dat haar waarschuwt dat ze bijna geen benzine meer heeft. Ze passeerde net de laatste Texacopomp voor de afslag naar het eiland. Ze gaat het niet halen, ziet ze aan het wijzertje dat diep in de min staat. Ze stuurt de motor naar de vluchtstrook, zet haar blauwe zwaailichten en sirene aan en stuift over die vluchtstrook terug, naar de brandstof.

Haar vingers trillen als ze de dop van de tank draait, ze trillen als ze de slurf erin steekt, cijfers rollen voor haar ogen. Halfvol, meer dan genoeg. Ze ramt het vulpistool terug in zijn standaard, draait de dop aan, stapt op en rijdt weg. Ze zien aan de zwaailichten wel dat ze van de politie is.

Zeven kostbare minuten verspeeld. Ze draait de smalle weg naar het eiland op, de mist ligt hier hoger, ze kan het water van de plas niet zien, alleen een witte vlakte. Ze schakelt de zwaailichten uit. Als ze op vijftig meter afstand van de steigers is, dooft ze ook haar koplamp en achterlicht.

Ze parkeert de motor, pakt haar telefoon, zet de zaklampfunctie aan en loopt op gevoel de steiger op. Ze kan haar voeten op het hout net zien, stap voor stap. Het hout houdt op, daarna is er water. Ze draait zich om, zoekt naar herkenningspunten, ziet dan de lamp branden van Jorkos' winkeltje, alsof hij wist dat ze hem nodig had.

Na tien meter stopt ze bij de ark van Thijs. Er brandt geen licht, maar hij kan achter de ramen zitten wachten, uitkijkend in het niets van de mist, denkend aan zijn project, zijn sirene, die ervoor gaat zorgen dat hij doorbreekt, dat hij erkend wordt als kunstenaar.

Ze loopt naar zijn voordeur toe, verlicht hem met de zaklamp. Ze pakt haar sleutelbos uit haar zak, selecteert de sleutel, bukt om hem in het slot te steken. Haar adem stokt. Aan de deurklink hangt een oranje fluorescerend opblaasbaar tasje. Sabines tasje. Lin deinst terug, gaat met haar rug plat tegen de wand naast de deur staan. Thijs weet dat ze komt, laat haar zien dat hij de controle heeft. Of is zij hem voor, heeft hij dat tasje al opgehangen toen hij naar de tentoonstelling vertrok? Is Sabine alleen daarbinnen? Ze tast automatisch naar haar holster en wapen, dat ze bij Sacha heeft ingeleverd.

Is Thijs zo gevaarlijk dat ze om versterking moet vragen, eisen, moet ze Beukering zelf bellen? Ze draait zich terug naar de deur, steekt met vaste hand de sleutel in het slot en draait hem om. Ze duwt met haar voet de deur open. Geen sirene die afgaat, geen Thijs die erachter staat. Ze stapt over de drempel naar binnen, tast naar het licht dat de trap naar beneden verlicht. Hoort ze iets stommelen daar? Trapt Sabine tegen een dichte deur?

Ze zet een voet op de trap, houdt de gesloten deur van de woonkamer in de gaten.

Een tree kraakt. Nu hoort ze echt een doffe bons, achter de deur naar zijn atelier. Als ze verder afdaalt, ziet ze een blauwig licht onder de kier van de deur door schijnen. Ze pakt de klink, drukt hem naar beneden. Op slot. Weer een bons, een stemgeluid.

'Sabine?' zegt ze zacht, maar hard genoeg, want het stemgeluid wordt luider, er klinkt een kreet als vanachter een afgeplakte mond.

'Ik ben het, Lin. Ga weg bij die deur!'

Ze hoort niets, maar moet het risico nemen; op een andere manier krijgt ze de deur niet open.

Lin doet twee stappen terug, zet af en trapt tegen de deur. Die slaat open, tegen de wand van de kamer. Blauw licht schijnt in haar ogen. Het is afkomstig van een glazen bak, die de hele wand van het atelier beslaat. De bak is voor de helft gevuld met water, maar er zwemmen geen vissen achter het glas.

Er klinkt weer een luide 'hmmm!' en dan pas ziet ze haar. Ze ligt voor de bak op de vloer. Haar handen zijn op haar rug gebonden, haar enkels bij elkaar, en haar mond is afgeplakt met tape. Dat scheurt Lin er in één keer af.

Sabine, gekleed in een te wijde broek en een groot T-shirt met een print van Banksy erop, begint te hoesten. Lin klopt op haar rug, maar het helpt niet. Sabines haar is nat en hangt in slierten om haar gezicht. Lin schijnt bij; het gezicht ziet er gaaf uit. Lin graait naar het zakmes in haar zak, standaarduitrusting, opent het schaartje en knipt de tiewrap rond Sabines polsen los, dan die rond haar enkels.

'Lin. Lin,' zegt Sabine, en ze wijst naar de blauw verlichte bak. 'Ik moest...'

Lin luistert niet, maar trekt haar aan haar polsen overeind, hijst Sabine omhoog, slaat haar arm om haar eigen nek en begint haar de trap op te sleuren.

'We moeten hier weg, Thijs...' Lin maakt haar zin niet af, heeft er geen tijd voor.

Ze heeft reuzenkracht en is al boven, stapt de gang in, met Sabine, wil al richting de voordeur lopen, maar hoort een autoportier dichtslaan. Ze draait om, Sabine krijgt gevoel in haar voeten en loopt zelf, steunend op haar de woonkamer in. Lin weet dat er geen andere weg is en ziet dat Sabine het ook beseft. Sabine huivert, weer dat water in, dat water dat haar heeft verraden. Lin rukt Thijs' schuifpui open, trekt haar schoenen uit. Ze pakt Sabines hand om samen te springen als ze voetstappen horen in de kamer.

Lin geeft Sabine zonder te aarzelen een duw. Ze valt in het water. Dit is de enige manier, Sabine kan ergens de wal op gaan en zij houdt Thijs tegen.

'Ben je daar eindelijk,' zegt Thijs verongelijkt, terwijl hij over zijn sikje wrijft. 'Waarom duurde het zo lang?'

Het geluid van Sabine in het water verwijdert zich, Lin kan niet horen welke richting op.

'Ik vond je werk prachtig,' zegt Lin, maar Thijs duikt naar voren, hoort het ook, wil langs haar. Lin houdt hem tegen, met heel haar gewicht gooit ze zich tegen hem aan. Hij worstelt, Lin gaat op hem liggen; gaat ze het redden, overmeestert ze hem nu gewoon? Maar er wordt iets in haar zij gedrukt.

'Ga van me af of ik schiet,' zegt Thijs.

Een halve seconde aarzelt ze. Bluft hij? Dan rolt ze van hem af. De loop van het pistool wordt op haar hoofd gezet.

'Opstaan,' zegt Thijs, terwijl hij zelf opkrabbelt. Als ze hem nu een trap geeft ligt hij in het water, maar ze moet tijd rekken, voor Sabine. Hoe ver moet Sabine zwemmen voordat ze aan de wal kan? Haalt ze dat?

'Naar beneden,' commandeert Thijs. Hij heeft een wilde blik in zijn ogen, is boos, gefrustreerd.

'Thijs, luister,' probeert Lin, maar hij geeft haar een duw en gebaart met het pistool. Het is een Glock 17, ziet ze. Hoe komt Thijs daaraan?

Ze loopt voor hem uit de gang in. De voordeur staat open. Ze wil erheen sprinten, maar Thijs is sneller en duwt nu het pistool onder haar kin. Hij duwt haar de trap af.

'Thijs. Je doet me pijn. Zo ben je toch niet?'

In gesprek blijven, maalt rond in haar hoofd, laat hem praten, maak ruimte voor zijn frustratie, erken die, steun hem erin, geef hem gelijk. Waar is Sabine, wanneer bereikt ze een telefoon, haalt ze het?

Het blauwige licht komt hen weer tegemoet, hij duwt haar zijn atelier in. Nu pas ziet ze de foto's. Manshoge afdrukken van foto's aan de muren. Foto's van Sabine, drijvend in het water, met een duikmasker op en een mondstuk in. Thijs heeft Lin losgelaten en neemt haar op terwijl zij de foto's bekijkt. Ze kijkt van de glazen bak naar Sabines gezicht op de foto's. Ze drijft daar in de bak, realiseert Lin zich. Hij heeft haar in die bak, dat aquarium gedwongen om haar te fotograferen en vervolgens te schilderen. Ze trekt net op tijd een neutraal gezicht, hoopt ze, bant de afschuw uit haar ogen en veinst bewondering.

'Ze zijn prachtig,' zegt Lin. 'Je moet meer met fotografie gaan doen.'

'Niet,' zegt Thijs. 'Fotografie is registratie, geen nieuwe werkelijkheid, dus geen kunst.'

'Je schilderijen zijn dat wel. Dat vindt de wethouder vast ook,' probeert ze, terwijl ze een kleine losse foto bekijkt, die op de grond ligt bij haar voeten. Een foto van een gele rugzak.

Thijs ziet niet waar ze naar kijkt, en praat verder: 'Ken jij één wethouder die verstand heeft van kunst?'

'Er waren best veel mensen, hè?' leidt Lin af. Hij weet misschien niet op welk moment ze precies binnengekomen is. 'Ik sprak er een paar, die maakten zelfs de vergelijking met de Odyssee van Homerus.'

Dat treft doel, ziet ze aan Thijs' ogen. Hij probeert dat te maskeren met het commando: 'Zitten.' Maar hij wil meer, ziet Lin.

Ze gaat op de enige stoel in de hoek van de kamer zitten.

Thijs haalt een tiewrap uit zijn zak. 'Handen achter je rug.'

Lin wil vloeken, hem in elkaar schoppen, maar zegt: 'Is dat nodig?'

Thijs doet de tiewrap om haar polsen, trekt hem hard aan. Ja, dus.

'Ik zag ook een journalist, die heel enthousiast aantekeningen maakte.'

Thijs kijkt even op. Er staan belletjes spuug in zijn mondhoeken.

Lin gaat door: 'Ik denk dat je gelijk hebt. Dat dit project echt iets is.'

'Het is nog niet klaar,' zegt Thijs.

'Maar je hebt de basis nu toch? Nu kun je gaan perfectioneren. Dat doe ik ook altijd, bij mijn...' Tekeningen, wil ze gaan zeggen, maar Thijs onderbreekt haar ruw, gehaast.

'Die dienden ter inspiratie. Meer niet.'

'Natuurlijk niet,' zegt Lin snel.

'Waag het niet me van plagiaat te beschuldigen.'

'Hoe kom je erop. Ik ben maar een amateur. Iemand die registreert. Jij legt er een nieuwe werkelijkheid in.'

Thijs kijkt naar haar, fronst.

Gaat ze te ver, door zijn woorden letterlijk te herhalen?

Maar hij zwijgt en lijkt na te denken.

'We kúnnen samen naar het bureau gaan,' biedt Lin aan. 'Uitleggen dat je Sabine nodig had. Als model. Dat je haar geen pijn hebt gedaan.'

Thijs schopt tegen een van de foto's, zijn laars gaat er met een scheurend geluid doorheen. 'Ik was nog niet klaar, dat zeg ik toch?'

'Nee, maar je bent wel creatief. Zo creatief dat je geen registraties meer nodig hebt. Het gebeurt in je hoofd. En in je ziel.'

Dat was te veel, ziet ze, als hij naar de andere hoek van de kamer loopt en zegt: 'Je hebt me mijn muze ontnomen. Dus...'

Lin besluit in de aanval te gaan, ze is hem al kwijt, het enige wat ze nog kan doen is zijn empathie aanspreken. Of heeft hij die niet? Ze denkt aan Karen, en zijn aanbod om geld op te halen voor een zoektocht naar Sabine. In een flits komt de realisatie dat hij die smoes gebruikte om bij mensen binnen te komen. Bij George binnen te komen en een rugzak in de gangkast te plaatsen.

'Dus...' vervolgt Thijs, terwijl hij knikt naar het harnas met de duikfles en de automaat dat op de vloer staat.

'Hoe vond Sabine het, model te zijn? Je muze?'

Dat raakt hem toch, ziet Lin, aan de irritatie waarmee hij de duikbril van de vloer pakt.

'Is kunst dat waard? Dat je er mensen mee beschadigt?'

'Damien Hirst gebruikte ook een menselijke schedel.'

Lin schrikt van deze wending, maar moet nu verder, hem weer menselijk maken, zijn moraal aanspreken, hem wijzen op goed en kwaad. 'Maar dat wás al een schedel.'

Thijs kijkt haar aan. 'Ken je Tinkebell?'

Lin moet nee zeggen.

Natuurlijk niet, betekent zijn hoofdschudden.

'Dat is een briljante kunstenares. Die statements maakt. Bijvoorbeeld door een tas te maken van haar dode kat.'

'Daarvoor geldt hetzelfde,' zegt Lin, ook al graaft ze daarmee misschien letterlijk haar eigen graf. 'Die kat was vast al dood. Ik denk niet dat zij vindt dat kunst mensenlevens moet kosten. Maar die juist moet verrijken, de ogen openen.'

Thijs laat haar de manometer van de persluchtfles zien. 'Je kunt zelf zien hoe lang je hebt om naar tevredenheid te inspireren.'

De meter geeft tweehonderd bar aan, wat betekent dat ze op geringe diepte ongeveer een uur onder kan blijven. Tenzij ze sneller ademt.

Thijs pakt een schaar, die ook op de vloer ligt, en knipt de tiewrap om haar polsen los. 'Kunst is lijden, Lin. Het spijt me.'

Terwijl hij haar onder schot houdt gebaart hij dat ze het harnas aan moet trekken.

Ze hijst de fles op haar rug en vraagt zich af: is een uur genoeg voor Sabine, voor Beukering, voor een arrestatieteam?

Thijs blijft achter haar staan terwijl zij het masker op haar hoofd zet en duwt haar dan naar de bak. In de zijkant is een uitsparing in het glas gemaakt. 'Erin.'

Lin kijkt Thijs aan, probeert niet te smeken maar verstandig te zijn. 'Ik ben geen muze, Thijs. Ik ga tegenvallen, na Sabine. Dat schaadt je prestaties.'

Hij aarzelt.

'Houden mensen van kunst die over lijken gaat?'

Thijs lacht hoog, schamper. 'Weleens middeleeuwse kunst gezien? Taferelen van bloedige oorlogen? Van kruistochten, gehouden in naam van de katholieke kerk, waarbij duizenden mensen zijn omgebracht?'

Lin vervloekt zichzelf, weet dat ze een fout heeft gemaakt. 'De kunstenaar verbeeldde die taferelen. Veroorzaakte ze niet zelf. Stond er ver boven.'

In het water aan de andere kant van de muur zitten waterhoentjes elkaar kwetterend achterna. Ze ziet dat ze Thijs terugbrengen in het hier en nu, in de onmogelijke positie waarin hij zich heeft gemanoeuvreerd en hij richt het pistool weer op haar.

Ze slaat een been over de uitsparing in het glas. Het glas dat eruit gezaagd is, zal werken als een luik, met zuignappen. Twee schuiven kunnen er van de buitenkant voor geschoven worden.

Ze kijkt Thijs aan, die moe is, murw, maar het pistool in de aanslag houdt. Ze slaat haar andere been over de rand en laat zich in de bak zakken. Het water reikt tot haar borst. Voordat hij het glazen luik achter haar sluit, zegt hij: 'Een uur.'

Zij probeert nog: 'Je weet van mijn hyperventilatie. Ik zal binnen no time verkeerd gaan ademen en stikken, dan heb je geen muze meer, alleen maar een drijvend lijk, waar je vanaf moet zien te komen…'

Het luik sluit zich, Thijs drukt de vacuümzuigende nappen goed aan, schuift de schuiven aan.

Hij bukt, draait ergens aan en water stroomt uit een pijp de bak in. Het stijgt snel.

Het bereikt haar sleutelbeen al. Adem in door je neus, adem uit door je mond. Adem vasthouden in je buik, niet versnellen.

Het water bereikt haar hals. Zal ze hem geven wat hij wil? Zal ze een uur rondzweven in een aquarium, lucht ademen uit een fles, zal ze hem de bellen gunnen die opstijgen?

Het water raakt haar kin, die ze omhoogsteekt. Thijs' hoofd komt vlak bij dat van haar, ze zijn slechts gescheiden door glas. Hij zegt iets wat ze niet meer kan horen, gebaart.

Ze houdt zich voor dat Sabine een telefoon vindt. De politie waarschuwt. Een arrestatieteam is er dan binnen tien minuten. Lin reikt naar de duikbril op haar hoofd, zet hem op en trekt hem vacuüm. Ze blijft Thijs aankijken als ze het mondstuk van de automaat in doet. Langzaam ademen nu, zo langzaam mogelijk.

Het water raakt haar wangen, staat halverwege haar duikbril. Ze blijft naar Thijs kijken, maar die heeft zich omgedraaid en loopt de kamer uit. Ze slaat op het glas, maar dat geeft geen geluid en ook niet mee.

Het water stijgt, bereikt haar oren. Dan sluit het zich boven haar hoofd, het omvat haar en het wordt stil. Het enige geluid is van haar adem, de bellen en haar hartslag.

Ze denkt aan George, haar George, zoals die naast haar zweefde in het Turkse water, jaren terug. Ze voelt zijn hand in de hare, ziet zijn ogen achter zijn masker; lieve ogen, bemoedigende ogen, ogen en een duim die wordt opgestoken, die zeggen: je kunt het, je bent sterker dan jezelf, je hebt mij om je erdoorheen te trekken. Ze ziet het zonlicht, dat nu door het water breekt en de bodem verlicht, de kleuren van het koraal lichten op, in roze, parelmoerwit. Een school vissen nadert haar en George, hij kijkt om naar haar: ziet ze het wel? De vissen zijn blauw met een gele vin, ze omringen hen beiden. Als ze haar handen naar ze uitsteekt schieten ze weg, in een flits draait en zwermt de school, wordt lichtblauw als de vissen keren, geeft licht. De ogen van George lachen naar haar. Hij is trots; is dit geen prachtige wereld, die hij haar laat zien, een wereld die haar zal redden van de onderwaterwereld van de plas. Die is immers donker en ondoorzichtig, en daarin reikt ze naar een gezicht, een lichaam, dat zakt en waar ze niet meer bij kan, dat slap wordt en de ogen sluit, uit haar vingers glipt, ze moet zelf naar boven, het water duwt haar, al vecht ze terug, terug naar Fem, die zakt – STOP!

Lin probeert tegen het glas te slaan in het blauwe licht, ze kan niet door haar neus inademen, maar moet dat door haar mond doen. Langzaam, langzamer dan ze wil, ze mag nu niet duizelig worden, omdat ze George, haar George, terug moet zien. George, wiens blik gebroken is en diep teleurgesteld, omdat zij aan hem heeft getwijfeld, serieus heeft gedacht dat hij Sabine iets aan zou doen, zelfs gedacht dat hij aan haar heeft gezeten, dat hij zich niet heeft kunnen beheersen. Ze moet blijven ademen, zodat ze hem haar excuus kan aanbieden, al weet ze niet of dat nog helpt.

Ze concentreert zich. Adem in, langzaam. Hou de adem vast. Adem uit. Langzaam.

Ze kijkt door het glas de donkere kamer in, het glas waarachter Sabine vandaan is, de kamer waaruit ze ontkomen is. Zij heeft Sabine gevonden en bevrijd. Levend.

Dan valt er licht de kamer binnen. Ze maakt onwillekeurig een zwemslag, naar het licht toe; zijn ze daar, komen ze haar redden, is het voorbij? Een lichtflits verblindt haar. Ze knippert achter haar masker, nog een lichtflits. Het silhouet van de man die binnen is gekomen is niet dat van een lid van een arrestatieteam, niet van een agent, niet van Tom. Het is het silhouet van Thijs, met een camera voor zijn oog, die haar vastlegt, registreert. Die haar het leven wil ontnemen om er zijn werkelijkheid aan toe te voegen. Inkie, pinkie, wil ze zeggen. Inkie pinkie blauw!

Maar Thijs staat buiten en zij zweeft binnen. De meter van de duikfles is al iets teruggelopen. Ze duwt het water weg, duwt zich met de rug naar het glas en dan probeert ze met de fles het glas te raken, het te breken, maar het water beweegt mee en doet haar kracht teniet, zwakt die af, maakt hem langzaam en ongevaarlijk. Het geflits houdt op en het binnenvallende licht door de deuropening verdwijnt.

Donker, vijandig water.

Ze haalt zich Georges ogen weer voor de geest, Georges bemoedigende ogen, maar daaroverheen schuift het beeld van George die op een brits in zijn cel zit. Hij steunt met zijn ellebogen op zijn knieën, kijkt de cel rond. Een ruimte van twee bij drie, met kale betonnen wanden, een zware groenblauwe metalen deur met een luikje erin. Geen raam met tralies waar hij doorheen naar buiten kan kijken. In de hoek het open toilet dat blijft stinken, hoe vaak hij het ook doortrekt. Hij denkt aan Sabine, ziet haar voor zich zoals ze bij hem op de bank zat, net uit school, haar voeten onder haar billen getrokken, de peinzende blik in haar ogen die hij goed heeft leren kennen.

'Maar hoe dan?' vraagt Sabine hem.

'Je afsluiten,' zegt hij. 'Ze krijgen alleen hun zin als jij laat zien dat het je raakt wat ze doen.'

'Dat probeer ik ook. Maar ik schrik soms gewoon, als er weer een in de fietsenstalling op me afkomt. En als ze me pijn doen...'

'Wat doen ze dan?' wil George weten.

Sabine kijkt weg, ze schaamt zich.

'Ik kan met de rector gaan praten?' biedt hij aan.

Sabine schudt haar hoofd, de paardenstaart schudt mee. 'Dan wordt het alleen maar erger.'

'Vertel het dan aan je ouders!'

Sabine lacht kort. 'Mijn moeder krijgt een hartverzakking. Niet omdat ze met mij te doen heeft, maar met zichzelf. Omdat zij de moeder is van een loser.'

'Nou,' wil George matigen, maar Sabine gaat door: 'En mijn vader, die hoor ik al zeggen: "Gewoon terugslaan, dan is het zo over. Je laat je toch niet op je kop zitten? Zo ken ik je niet." En dan is het wat hem betreft klaar.'

Georges hart stroomt over van genegenheid, nee, liefde, voor dit kind dat zich niet wil laten beschadigen maar al is beschadigd, dat worstelt om boven te blijven.

Lin ziet George voor zich, hoe hij voor zich uit staart in de cel, naar die lege witte wand en aan háár, Lin, denkt. Aan haar terugdeinzen in die zaal aan dat tafeltje, aan haar opvlammende boosheid. Hij begrijpt het niet, hoe kan Lin aan hem twijfelen, zelfs zij, die toch moet weten wie hij is. Hij steekt weer zijn handen naar haar uit, reikt naar haar, maar haar lippen blijven een smalle streep. Als hij hier ooit uit komt, uit deze cel, als duidelijk zal worden dat het allemaal een misverstand is, dat opgelost wordt, wat gebeurt er dan? Waar rook is, is vuur, denken mensen bij zedenzaken, en de bewoners van Steigereiland zijn daarop geen uitzondering.

Lin hoort haar eigen ademhaling weer, ze ziet de bellen die opstijgen. Ze wil naar George roepen; het spijt me, ik ga het goedmaken, je rehabiliteren, zal blijven herhalen dat het Thijs was, dat jou geen blaam treft, dat je nog steeds George bent en dat ik nog steeds van je hou. Zou George ook nog van haar houden, achter of onder of naast die chemische reactie die verliefdheid heet? Is zijn liefde voor haar nog ergens, heeft hij er een muurtje omheen gebouwd? Kan ze dat muurtje afbreken? Ze is nog niet te oud, het is nog niet te laat, ze kan hem nog geven wat hij wil.

Ze ziet Tom voor zich en voelt weer de haast waarmee ze de deur voor hem opendeed, de moederlijke haast waarmee ze hem naar binnen trok, de trots die ze voelde toen hij kwam met die vingerafdrukken, de vertedering die ze voelt als hij haar Kramer noemt en films na lijkt te spelen. Ze kán misschien best een moeder zijn, een moeder die wel bang is maar de verantwoordelijkheid toch neemt. George en zij kúnnen samen genieten van haar opbollende buik, George kán er zijn oor op leggen en voelen dat het kindje dat voelt. Ze kan in zijn hand knijpen als de eerste wee komt, en de laatste, en ze kunnen samen kijken naar het bebloede, met schilfers overdekte wezentje dat op haar borst wordt gelegd, nu van haar gescheiden door huid, maar voor altijd verbonden. Ze kunnen samen kijken naar het haar dat witblond zal groeien, de ogen die het blauwste blauw zullen worden, de hartvormige lippen – STOP!

Lin dwingt zichzelf terug in de bak; een aquarium, haar aanstaande mausoleum. Ze mag niet wegdrijven, ze mag niet vluchten in een droomwereld, daar willen blijven en dan stoppen met ademen. Ze mag ook niet te snel gaan ademen, ze mag zich niet duizelig ademen. Hoe sneller ze ademt, hoe sneller de lucht op is en hoe groter de kans dat ze te laat komen, de mannen die haar komen redden.

Ze staart door haar masker naar het glas, realiseert zich dat niemand haar mist, dat niemand op haar zit te wachten met het eten, dat niemand een afspraak met haar heeft vanavond. Behalve Jozef, die met haar de afspraak heeft dat ze een blikje voor hem opent, vanavond een met kip en pompoen, wat hij verrassend lekker vindt. Jozef kan haar niet komen zoeken, en al kon hij dat… Ze ziet hem voor zich, het lange zwarte haar van zijn vacht, zijn kop met de amberkleurige ogen die hij vlak bij het glas brengt. De mauw die ze wel ziet maar niet kan horen, en die zegt: kom nou thuis, ik heb honger en wil kroel.

Wat als Sabine het niet haalt, als ze te moe is, uitgeput van de uren die ze in het aquarium heeft gedreven, voor muze gespeeld, uitgeput van de doodsangst en de adrenaline, moe van de hoop die het meest uitput. Wat als ze de oever niet heeft gehaald, de wal niet op heeft kunnen klimmen, maar het heeft opgegeven? Dan is alles voor niets geweest. Dan zal Sabine zwijgend aanspoelen, voor altijd zwijgen, er zal afscheid van haar worden genomen zonder dat iemand weet wat ze haar laatste uren heeft doorgemaakt. Niemand zal háár, Lin, komen redden, die dat kan vertellen, want Thijs zal wachten tot hij zeker weet dat ze verdronken is. Dan zal hij de bak leegpompen en hij zal haar zware koude lichaam eruit tillen. Zal hij haar ergens begraven? Of sleurt hij haar naar de achterbak van zijn auto en vervoert haar naar de westkant van het eiland, de natuurkant, en zal ze met de rottende blaadjes vergaan? Dan zal niemand weten hoe het zit, dat George onschuldig is. Dat kan niet. Dus blijft ze ademen, zo langzaam mogelijk, zo veel mogelijk lucht rekkend en daarmee tijd.

Er licht iets op, op de vloer buiten de bak. Ze drukt haar masker tegen het glas, en ziet het zwakke licht van haar telefoon door haar broekzak heen schijnen. Iemand belt haar, iemand wil weten waar ze is, wat ze aan het doen is, wil iets van haar! Zal die iemand ongerust worden, en denken, laat ik eens bij Lin gaan kijken, het is raar dat ze niet opneemt, misschien is er iets aan de hand? Is het Nina, die contact zoekt? Tom? Misschien belt hij aan bij haar ark hiernaast, vraagt hij of ze thuis is: 'Kramer?' Misschien klopt hij nog een keer, maar keert hij dan onverrichter zake terug naar huis, want waarom zou hij bij de buurman gaan kijken?

Ze wil schreeuwen, roepen: hier ben ik, zoals Fem wilde schreeuwen en roepen, zoals Sabine misschien wel heeft geroepen, maar er kwam niemand om haar te helpen, ook zij niet, Lin, die op tijd had moeten zijn, die beter had moeten opletten, wel naar beneden had moeten gaan, die ook dieper naar Fem had moeten duiken, die zich niet naar boven had moeten laten duwen – STOP!

Het licht van haar telefoon dooft.

Langzaam ademen, zo langzaam mogelijk, zorgen dat ze niet duizelig wordt. Lin kijkt op de meter. Die staat halverwege. Dat betekent dat er een halfuur voorbij is, dat Thijs een halfuur voorsprong heeft. Zou hij Sabine zijn gaan zoeken? Wil hij haar meenemen, naar een andere plek, om zijn werk af te maken? Of weet hij dat dat te riskant is, weet hij dat hij zich beter uit de voeten kan maken, onderduiken voordat Sabine iemand heeft kunnen waarschuwen en zijn naam heeft kunnen noemen? Gaat hij nog snel het land uit voordat hij staat gebrandmerkt als gevaarlijke voortvluchtige? Of wacht hij hierboven eenvoudigweg tot het uur voorbij is? Heeft hij Sabine al onderschept, duurt het daarom zo lang? Is de planning om twee lichamen met zijn auto naar het bos te vervoeren?

Lins ademhaling versnelt weer. Ze kijkt het blauwe licht in, zoekt het licht van haar telefoon, dat er niet is. Ze moet anders denken: blijf bij de feiten en schakel emoties uit. Doodsangst is ook een emotie.

Ze stelt zich Sabine voor.

Sabine heeft een harde duw gekregen, van Lin, die ook haar hand heeft losgelaten. Ze gaat kopje onder, de kleren die ze draagt zuigen het water onmiddellijk op en worden zwaar; ze kan zich erdoor mee laten trekken, mee naar beneden, naar onder, dan is alles klaar. Maar haar lichaam is het daar niet mee eens en klauwt zich naar boven, ze hapt naar lucht, komt boven. En ziet nog net hoe Thijs het pistool op Lins hoofd zet, het pistool waarmee hij haar ook de waterbak in heeft gedwongen, ook al vertelde hij er een mooi verhaal bij over inspiratie en creatie en iets overstijgen. Lin is gekomen, zoals altijd is Lin gekomen, al duurde het een beetje lang, dus moet ze nu niet opgeven maar haar eigen leven redden, en dat van Lin.

Ze voelt niets, alleen het koude water, dat veel kouder is dan dat in de bak. Naalden steken in haar armen, haar benen, maar vanbinnen voelt ze niets. Een twee drie, rechts inademen, een twee drie, links inademen. Het water is zwaarder dan normaal, onwilliger, draagt haar niet, stuwt haar niet vooruit, maar houdt haar tegen. Aan haar rechterkant passeert ze een ark, ziet een zwemtrap, een omloop. Ze zwemt er al naartoe, maar dan schiet alle paniek die ze eerder niet voelde door haar heen. Wat als daar ook iemand zit die haar wil vangen, wil houden, haar wil bestuderen? Van wie ze moet blijven drijven tot ze uitgeput is, al is ze dat al en kan er weinig meer bij? Hoe kan ze dichte deuren vertrouwen, hoe kan ze erop vertrouwen dat die open zullen gaan en niet meer dicht?

Bij de ark van Hiske, Hiske van de soep, kan ze aan land, dat modderige stukje land, met de hond, die altijd blaft, maar wel vrolijk en vriendelijk, hij wil altijd spelen, of mee zwemmen. Haar armen zijn zwaar, te zwaar, haar longen raspen, barsten bijna, doen pijn en nemen geen nieuwe lucht op. Ze is er bijna, maar dan denkt ze aan Thijs, Thijs die weet dat ze via het water ontsnapt is, en die ook weet dat het landje van Hiske de eerste mogelijkheid is om de wal op te gaan. Misschien wacht hij haar daar op, opent hij zijn armen als hij haar ziet en zegt hij: 'Kom maar muze van me, kom maar,' en waadt hij dan het water in om haar te komen halen.

Dus moet ze doorzwemmen, doorzwemmen, naar huis? Dat is ver, nog een bocht om, door die koude stroming heen die daar altijd is, en ze is al zo koud, kouder kan niet, vermoeider ook niet. Dan ziet ze Sam voor zich, de lieve oogopslag van Sam, die hij voor haar bewaart. Sam, met wie ze al sinds haar vierde getrouwd is, met wie ze vaak ruzie heeft, maar die ze kan vertrouwen. Die zal haar niet gevangennemen, die zal haar in een handdoek wikkelen, of eerst onder de warme douche zetten, hij zal erbij gaan staan, ook met zijn kleren nog aan en hij zal haar vasthouden, troosten.

Nog veertig meter, nog twee arken verder, dan is ze er. Hij móét er zijn, Sam, of anders Mieke of Peter. Hoe laat is het? Het schemert aan de horizon boven de plas, het licht trekt zich al terug, het wordt dadelijk donker, of vergist ze zich en wordt het zo licht? Waar was het oosten ook weer en hoe zat het? Kwam de zon daar juist op of ging hij daar onder? Maar bij beide schemeringen, die van de ochtend en die van de avond, zal Sam thuis zijn, hij gaat zo eten, of is net wakker en gaat zo naar school. Die gedachte geeft haar de moed om door te zwemmen. Het licht dat door de ramen op het water valt roept haar, als een baken, hij heeft het vast voor haar aangestoken, hij wist dat ze zou komen. Een twee drie, links, een twee drie, rechts. Dan kan ze het smalle plastic trappetje pakken, zoekt met een voet de onderste tree, vindt hem, wil zich optrekken en zakt erdoorheen, ze valt terug, gaat kopje onder. Die tree was al kapot, herinnert ze zich nu, de tree erboven is nog heel, maar heeft ze de kracht nog om zich daarop te trekken?

Dan hoort ze een geluid. Er schuift iets open, iemand stapt de omloop op.

'Help,' kan ze nog zachtjes uitbrengen. Dan wordt het zwart.

Lin zweeft met gesloten ogen in het aquarium. Haar vingers zijn gerimpelde witte worstjes waar geen gevoel meer in zit, haar voeten klompen die niet meer doen wat zij wil. Ze weet dat ze moet bewegen, de bloedsomloop gaande houden. Toen ze het water voelde stijgen rond haar lichaam, schatte ze het op zo'n zesentwintig graden, nog aangenaam, nu heeft ze het koud en rilt. Ze beweegt haar benen, gaat horizontaal liggen, zet haar handen plat tegen het glas en trappelt, als in crawl. Als ze hard genoeg aanzet, genoeg water verplaatst, kan ze dan het glas eruit duwen, zichzelf naar de vrijheid duwen?

Niemand komt haar zoeken, denkt ze, maar op dat moment licht haar telefoon weer op. Iemand is wel ongerust, iemand wil iets van haar, waarom komt die iemand niet kijken waar ze is, of ze veilig is, waarom ze niet thuis is? Is het Tom die belt? Ze stelt zich Tom voor.

Hij krijgt geen gehoor, legt neer, loopt door de verlaten kantoortuin naar de kamer van Yvonne en klopt aan.

'Binnen,' zegt haar stem.

Tom schraapt zijn keel, als hij een pet ophad zou hij die afnemen. 'Ik kan Lin niet bereiken,' valt hij met de deur in huis. Tom kijkt Yvonne aan, haar haar glanst zilver, achter haar ogen bonkt geen pijn meer, ze kan weer alle kanten van de kamer zien. Ze neemt Tom op.

'En wat denk je dat dat betekent?' vraagt ze hem.

'Ik weet het niet.'

'Ze neemt altijd op als ik bel. Tenzij ze op de vlucht is,' zegt Yvonne.

'Denk jij echt dat ze wel wist van dat geld?' vraagt Tom. 'Dat ze dat zelf van haar rekening heeft overgeboekt naar die bank in Londen?' Tom wil dat ze dat niet gelooft.

'Ik denk niks. Ik blijf bij de feiten. Die zeggen dat Lin Nina gedekt heeft. Dat ze niet heeft verteld dat die Thai op de foto bij haar voor de deur stond. Dat ze Nina heeft laten ontsnappen.'

'Omdat het haar zus is.'

'Misschien. Misschien ook niet.'

Tom verzamelt moed. Vanwege Barry White, vanwege de tandenborstel, vanwege de autoritten.

'Ik ken Lin nog niet zo lang, maar als ik íéts van haar weet, is het dat ze zich nooit, maar dan ook nooit met drugssmokkel zou inlaten,' zegt hij dapper. Hij is een politieheld, die zijn maat nooit in de steek laat, voor haar door het vuur gaat, altijd loyaal is, zoals in de film.

'Haar familie heeft een bijzondere status,' zegt ze. 'Daar gaat ze vóór liggen. Wat ze ook doen.' Laat Yvonne haar zomaar in de steek?

Tom slaat zijn blik neer.

Dat ziet Yvonne. 'Is er iets wat jij me niet vertelt?'

Tom aarzelt. Dan pakt hij zijn telefoon en laat Yvonne een foto zien. Yvonne kijkt naar een afbeelding van een borduursel. Van een zeemeerminnetje. Ze fronst, weet niet wat dat betekent.

'Dit zat in het voorzakje genaaid van de rugzak die we bij George hebben aangetroffen,' zegt hij. 'Aan de binnenkant.'

'En?'

'Heb je haar tekeningen nooit gezien?'

Aan Yvonnes blanco blik ziet Tom dat ze de tekeningen van Fem als zeemeermin niet kent en ook de tekeningen van Sabine niet.

'Lin maakt tekeningen van haar zus. Als zeemeermin.'

Yvonne knippert even met haar ogen. Ze kijkt weer naar Toms telefoon in haar hand, tikt de foto opnieuw aan. 'Wat concludeer je daaruit?' vraagt ze rustig, te rustig.

'Dat degene die de rugzak bij George in de kast heeft gezet niet alleen George de schuld in de schoenen probeert te schuiven, maar ook Lin.'

Het blijft even stil. Yvonnes neusvleugel trilt, wat betekent dat ze haar emoties uitschakelt. En bij de feiten blijft. 'Of dat Lín schuldig is. Aan de verdwijning van Sabine. Dat Sabine wachtte tot Lin langs kwam zwemmen, maar haar ging halen toen ze niet op kwam dagen. Dat ze langs George zwom, en toen naar Lin, waar Lin haar binnen vroeg en binnen hield.'

Tom is stomverbaasd, maar Yvonne gaat door: 'Hoe reageerde Lin toen je vertelde van het verhoor met George? Toen hij toegaf verliefd te zijn op Sabine?'

Tom zoekt in zijn hoofd naar woorden, maar andere woorden dan: 'Dat weet ik niet meer, ik was dronken,' vindt hij niet.

'Misschien wist ze al langer van Sabine en George. Was er geen misbruik, maar een affaire aan de gang. En wilde ze wraak nemen.'

Tom schudt zijn hoofd, blijft nee schudden terwijl hij zegt: 'Dan gaat ze toch geen aanwijzing geven met dat borduursel?'

'Misschien wilde ze dat George de rugzak vond, en het borduursel zag. En dan wist dat zij het was die wraak nam.'

'Wraak? Lin?' zegt Tom ongelovig, geschokt bijna.

'Weet jij wat er vroeger met haar zusje gebeurd is?'

Tom schudt nee, combineert het tweekoppige monster met deze vraag, maar weet dan nog niet welke conclusie hij moet trekken.

'Als je dat wist, zou je het best begrijpen als Lin wraakgevoelens koestert. Tegenover de wereld. En tegenover zichzelf.'

Tom bijt op zijn lippen. Yvonne staat op; hij heeft haar de kans gegeven haar vermoeden uit te spreken en de verdenking daarmee reëel te maken.

'Ik bel Beukering en regel een doorzoekingsbevel,' zegt ze. 'En ik ga zelf. Met Sacha.'

Tom slikt, blaast uit.

'Het spijt me. Je zit er iets te dicht op,' zegt Yvonne zacht. 'Ga naar huis, ik bel je als we de doorzoeking gedaan hebben.'

Tom knikt. Hij verlaat Yvonnes zalmroze vertrek, hij pakt zijn jas en autosleutels en loopt het bureau uit. Het licht van een straatlantaarn verlicht zijn auto. Hij stapt in, start de auto, maakt de veiligheidsgordel vast en slaat links af de weg op, richting huis. Niet richting Steigereiland.

Lin kijkt op haar meter. Nog een kwartier? Tien minuten? Het blauwige licht dat de waterbak omlijst wordt ook zwakker. Doorzoeking van haar huis betekent niet dat ze haar vinden. Betekent niet dat ze bij Thijs gaan kijken. Betekent alleen maar dat ze haar thuis niet aantreffen, maar wel de tekeningen, en ze zullen denken dat ze zich ergens anders schuilhoudt, met Sabine, of op de vlucht is, Nina achterna.

Tenzij Tom remt, even met zijn handen op het stuur voor zich uit staart.

Ze stelt zich Tom voor, die gas geeft, over de weg scheurt, achter een andere auto kleeft, hem uit de weg dwingt, een middelvinger opsteekt en hardop vloekt. Ze stelt zich voor dat hij binnen vijf minuten bij haar ark is, de auto parkeert, uitstapt zonder het portier achter zich te sluiten en over de steiger naar haar voordeur rent.

Hij bonst op de deur, roept: 'Kramer!'

Hij doet twee stappen naar achteren en trapt de deur in. Hij komt de gang binnen. 'Kramer!' roept hij nog een keer, hij wil dat ze er gewoon is, dat er niets aan de hand is. Of denkt hij ook dat zij Sabine ergens vasthoudt, in háár ark? Maar de gang is leeg, de woonkamer is leeg, Nina's kamer is leeg en de andere slaapkamer is leeg. Hij stormt terug de woonkamer in. Weet hij waar hij naar moet zoeken? Heeft hij in zijn onderbewuste de bibliotheekkaart met de uitnodiging opgeslagen, de kaart met de uitnodiging voor de tentoonstelling van Thijs? Vindt hij de kaart in de fruitschaal en ziet hij de afbeelding van het zeemeerminnetje in de rechterbenedenhoek, op de achterkant?

Rent hij naar buiten, stuift hij de steiger weer op en ziet hij de buitendeur van Thijs, met het drijftasje aan de klink, als dat er nog hangt? Trapt hij de deur in?

Het blauwige licht wordt nog zwakker en dooft uit. Het is stil en blijft stil. Haar meter zegt dat de fles leeg is. Ze sluit haar ogen, ziet George voor zich, in de cel.

'Sorry,' zegt ze in haar hoofd, trekt het mondstuk uit haar mond, maakt het harnas los, en slaat uit alle macht met de fles tegen het glas. Ze hoort de fles niet tegen het glas bonken, het glas breekt niet.

Dan valt er een rechthoek licht naar binnen, er knalt iets, er vormt zich langzaam, heel langzaam een grillige ster in het glas. Dan wordt ze meegezogen door een enorme kracht.

Lin drijft in water, in het halfdonker. Ze strekt haar handen uit, maar ontmoet geen glas. Ze drijft in een donker vierkant, daaromheen is het licht, zonlicht weerkaatst op het water. Is dit de hemel, of de hel die zij verdient? Boven zich hoort ze stemmen, ze kijkt omhoog. Vlak boven haar hoofd is een plafond, een houten plafond. Ze voelt eraan, laat haar arm terugvallen in het water. Het echoot. Dan klinkt van boven een lichte meisjesstem, ze kent die stem, die zal ze nooit vergeten.

Ze hoort Fem: 'Maar Lin zegt...'

Een andere stem, Nina's stem, onderbreekt haar. 'Ja, Lin zegt zoveel. Maar denk zelf eens na. Wil je altijd haar kleine zusje blijven? Dat alleen maar dingen durft die van haar grote zus mogen? Wil je zelf niet eens iets proberen?'

Lin drijft onder het vlot in de plas, in de tijd die ze vergeten is, of die ze verdrongen heeft, de tijd tussen het moment dat ze wegzwom van Fem en Nina op het vlot, en het moment dat ze Fem hoorde roepen, in paniek, en haar zag spartelen in het water vijftig meter van het vlot weg.

'Maar van roken krijg je kanker!'

'Van pindakaas ook. Kom op, Fem, ik zie dat je het wilt proberen. En dat is toch prima? Dan weet je tenminste waar je nee tegen zegt.'

'Maar wat voor sigaretten zijn het dan? Ze ruiken anders. En zo sterk.'

Lin verstijft, onder het vlot. Nina probeert Fem niet alleen te laten roken, nee, ze wil haar laten blowen! Lin wil al onder het vlot uit zwemmen, ingrijpen, haar zusje behoeden.

Maar Nina zegt tegen Fem: 'Je bent toch geen klein kind meer?'

Boven blijft het stil. Dan zegt Nina: 'Even vasthouden. Je adem.'

Fem hoest, hoest nog eens, kucht na.

Nina begint te lachen. 'Dat is toch lekker?'

'Ik weet niet. Ik ben een beetje duizelig.'

'Dat hoort erbij. Ga maar even liggen, op je rug.'

'Nee! Ik wil niet liggen! Nee!'

Een lichaam komt in Lins blikveld, een lichaam dat springt, van het vlot af. Er klinkt een plons, water beweegt, Lin ziet Fem wegzwemmen, wild, snel.

'Fem!' roept Nina.

Lin duikt onder, zwemt onder het vlot vandaan, kijkt dan om zich heen. Meters van haar af zwemt Fem, nog steeds wild, angstig zo te zien, ergens voor op de vlucht. Lin zet de achtervolging in, een twee drie, adem in rechts, een twee drie, adem in links.

Ze kijkt op, nadert, maar Fem zwemt niet meer, maar spartelt, op tien meter afstand gaat ze kopje onder. Ze komt nog een keer boven, hapt naar adem, en dan sluit het water zich boven haar hoofd. Lin zet aan met alle kracht die ze heeft, duikt, duikt weer. Het is donker, ze ziet niks, ze graait, slaat het water weg, reikt dieper.

Een hand landt op haar voorhoofd. Wild grijpt ze die, pakt die vast, trekt eraan.

'Lin? Rustig maar. Ik ben het.'

Langzaam wordt ze naar boven getrokken, naar het licht, maar ze wil niet, ze wil onder blijven, moet Fem zoeken, ze heeft nog lucht.

Ze opent haar ogen onder fel tl-licht. Een gezicht hangt boven het hare, wel met licht haar, maar grijs, niet blond.

Yvonnes ogen trekken haar het ziekenhuisbed binnen.

De waterbak, de fles, het vierkant van licht, de barst in het glas.

'Lin. Je bent er nog. Hier.'

Lin knippert nog een keer. 'Sabine? Waar is ze?'

'Sabine is ook hier, veilig. Sam heeft haar bij hun ark uit het water gehaald. Ze was buiten bewustzijn en kon niet vertellen wat er gebeurd was. Het komt allemaal goed met haar.'

Yvonne dept haar voorhoofd met een koel washandje, wat fijn is, want ze heeft het warm, te warm.

'Je hebt koorts. Maar die gaat weer over. En die angstdromen hopelijk ook.'

Lin hoort het weer, wat ze onder het vlot hoorde, luid en duidelijk. Ze sluit haar ogen voor die waarheid.

Zo zacht dat Yvonne het nauwelijks kan horen vraagt ze: 'Heeft Thijs haar verder nog...'

'Nee,' komt er meteen.

Ze doet weer haar ogen dicht, haar rol is uitgespeeld, ze is klaar.

'Lin? Blijf nou even hier. Probeer wakker te blijven. Tom wil ook graag zien dat je er weer bent.'

Tom. Ze opent haar ogen, kijkt vragend naar Yvonne.

'Hij was net op tijd,' zegt ze. 'Hij heeft die bak stuk geschoten.'

De knal. De ster in het glas. De fles was leeg, ze had haar mondstuk al uitgedaan, sloeg vergeefs tegen het glas.

'Thijs is verdwenen,' vervolgt Yvonne.

Maar Sabine is veilig, denkt Lin. Ze heeft Sabine wel kunnen redden. Dat zegt niet dat ze haar schuld heeft ingelost, maar er is geen schuld bij gekomen. En Nina heeft een deel van haar schuld overgenomen.

'Heeft Nina nog gebeld?'

'Lin...' Yvonne kijkt haar meewarig aan.

De arts staat aan haar voeteneind met haar status in zijn handen. Hij bladert naar de volgende bladzijde, neemt haar op, kijkt dan weer op de status. Onder zijn lange witte jas, die openhangt, draagt hij een witte polo. Ze vermoedt erg bruine armen in de mouwen, zijn haar wordt grijs aan de slapen. Hij zou niet misstaan in een Amerikaanse ziekenhuisserie, grinnikt ze vanbinnen en ze mist Tom. Tom, die loyaal was tot aan het bijna-einde, Tom die haar leven heeft gered. Ze herinnert zich haar gedachten over George en haar, het pasgeboren lijfje op haar borst, maar wijt de gedachte aan de stress en de vervreemding.

'Wanneer mag ik naar huis?' vraagt Lin.

De arts neemt haar op. 'Op zich is er geen reden u nog langer hier te houden. U bent gezond.'

Lin wil al uit bed stappen, maar de arts gaat door: 'Maar ik wil u nog een nachtje houden ter observatie. Uw bloeddruk is te hoog, u hyperventileert en in combinatie met uw overgewicht...'

Hij laat even een stilte vallen, die Lin niet opvult.

'U weet toch dat u overgewicht heeft?'

'Het gaat er weer af,' zegt ze met geknepen stem.

'Dan weet u vast ook dat voortdurend diëten niet gezond is, maar dat het gaat om een verandering van levensstijl?'

Ze houdt de blik van de betweter vast totdat hij de status terughangt, naar haar knikt en wegloopt. Ze heeft zin om hem na te roepen: armpje drukken? Maar doet dat niet.

Hij passeert Tom in de deuropening. Ze is hem voor: 'De Klerk.'

'Kramer.'

Toms glimlach is mooier dan ooit, maar ze zegt: 'Bespaar me die grijns.'

Die wordt alleen maar breder.

'Is het geen tijd voor...' zegt ze. Als op cue pakt hij een iPod uit zijn zak, houdt haar een dopje voor en stopt het andere in zijn eigen oor. 'You're the first, my last, my everything,' schettert in haar oor.

Ze wil zijn wangen vastpakken en hem een kus op zijn voorhoofd geven, maar doet het niet.

'Dank je,' zegt ze. 'Je was net op tijd.'

Tom knikt en zegt met serieus gezicht: 'Kwestie van de spanningsboog zo ver mogelijk rekken.' Nu kan ze niet anders dan ook breed naar hem glimlachen.

Dan stelt ze hem de vraag die steeds bij haar opkomt. 'Was er echt een zeemeermin in het voorzakje van de rugzak genaaid?'

Voordat hij antwoord geeft, weet ze het al. 'Ik had een soort visioen,' zegt ze.

'Yvonne was bang dat je medeplichtig was geworden aan die drugssmokkel. Om Nina te dekken. Dat geloofde ik niet. Dus dacht ik, dan ga ik gewoon thuis kijken. Als ze haar telefoon niet opneemt. En toen zag ik die uitnodiging weer liggen.'

'In de fruitschaal,' voegt Lin toe.

Tom knikt. 'Daar stond wel een zeemeermin op.'

Ze aarzelt, maar stelt hem de vraag niet of Yvonne ook dacht dat zij Sabine ontvoerd had. Dat zal ze Yvonne zelf vragen, een andere keer, als alles weer normaal is.

'Denk je dat Beukering nu mijn schorsing opheft?'

'Ik heb begrepen dat je nog niet van de Rijksrecherche af bent.'

Lin knikt. 'Maar?' Ze hoort zelf hoe hoopvol dat klinkt.

'Yvonne heeft gevraagd of ik jouw lopende zaken waarneem. Tijdelijk.'

Lin sluit haar ogen.

Als ze die weer opendoet, staat er een ander bed naast het hare. In dat bed ligt Sabine. Ze kijkt naar Lins ontwaken met een licht verwonderde blik.

Ze wil haar hand uitsteken, ziet Lin, maar die zit vast aan een infuus. Lin komt overeind uit het kussen, buigt naar Sabine toe en pakt de hand vast. Hij is kouder dan de hare, terwijl zij het niet zo warm heeft.

Sabines hand knijpt. Hard. Ze kijkt haar aan. Een traan kruipt uit een ooghoek. Die veegt ze weg met haar andere hand, ferm.

'Ik krijg slaappillen,' begint ze. 'Want zonder word ik steeds in die bak wakker.'

'En dan kun je er weer niet uit?' concludeert Lin.

'De dokter zegt dat het overgaat. Het kan misschien even duren, en misschien is het goed om in therapie te gaan, maar...'

'Je hebt een traumatische ervaring ondergaan,' zegt Lin. 'Daaroverheen komen kost tijd.'

'Jij ook,' zegt Sabine. De hand knijpt harder.

'Dan gaan we toch samen in therapie,' zegt Lin, licht, geruststellend.

Sabine glimlacht. 'Kun jij aan George vragen of hij een keer langskomt? Ik moet nog wel een paar dagen blijven.'

'Ja,' zegt Lin. Haar stem klinkt overtuigend en eerlijk. En dat is ze ook. George zal vrij zijn en ze zal het hem vragen. Wat hij daarmee doet is aan hem. Ze herinnert zich haar wens het goed te maken met hem, voelt de liefde, maar ook de twijfel. Misschien zijn ze beiden de vergeving voorbij en is dat wat het is.

'Lin?'

Ze komt boven en kijkt Sabine aan.

'Wanneer gaan we weer zwemmen?' vraagt Sabine, moedige Sabine.

'Zo snel mogelijk,' antwoordt Lin. Ze denkt erachteraan: en dan zal ik beter op je letten. Ze glimlacht in zichzelf; dat gaat nooit meer over. Maar dat geeft niet.

Omdat Sabine niet over Thijs begint, doet zij dat ook niet. Misschien zit hij op een eiland onder een palmboom aan de andere kant van de wereld. Zoals criminelen in een politiefilm doen, en waar ze dan na enige tijd toch opgepakt worden. Dank je Tom, zegt ze in haar hoofd.

Ze laat de taxi stoppen bij het begin van de toegangsweg naar het eiland en de steigers. Lichaamsbeweging, en dan ook op de wal, is cruciaal voor de verandering van levensstijl. Ze stapt de steiger op bij een gapend leeg gat. Het stuk grond van Dirk en Hiske ligt er nog hetzelfde bij. Het is drassig, de verroeste grasmaaimachine staat er nog, de stootwillen liggen er nog, het ingezakte houthok. Ook de riem van Banjer hebben ze niet opgeruimd. Als eerbetoon, vermoedt ze.

Ze passeert de ark van Johan. Hij verwelkomt haar niet met rotte eieren. Bij het winkeltje van Jorkos kijkt ze hoopvol naar binnen, maar er klinkt geen geklingel van de deur die opengaat, er is geen glimlach, geen 'Kalimera' en geen warme omhelzing. Lin recht haar rug en loopt door. Ze kijkt niet opzij naar de ark van Thijs, houdt haar blik strak naar voren gericht. Hij is er niet, zit niet achter het raam op haar te wachten, hij is gevlucht.

Ze stapt haar steiger op. Iemand heeft geprobeerd de verfletters weg te schuren, ze zijn niet meer leesbaar. Hij of zij is begonnen het over te schilderen, netjes, in bijna dezelfde groene kleur. Rick? Karen? Dat zal vanzelf duidelijk worden.

Pal voor haar deur staat een pan. Ze tilt het deksel op en snuift. Groentesoep met balletjes. Ze kijkt even om zich heen, ze zal naar de westkant van het eiland lopen, vanmiddag, en Hiske bedanken. Dan ziet ze het stapeltje blikjes voor Jozef, neergezet door Jorkos. Of door George, schiet het door haar heen.

Haar keel is dik als ze de sleutel in het slot van haar eigen voordeur steekt. Daarachter klinkt een klaaglijk gemauw.

Ze lacht vertederd. Er wacht wel iemand op haar, ze is ergens nodig. Ze stapt naar binnen en voelt de dikke vacht, de kopjes, ze kijkt Jozef in zijn amberkleurige ogen en tilt hem op. Hij is niet boos, niet beledigd, haalt niet uit met zijn nagels, maar geeft haar wang een kopje.

Het lampje van het antwoordapparaat knippert. Ze staat stil, met Jozef op haar arm.

Wat gaat ze haar moeder vertellen? Over Nina? Over nu en over vroeger?

Ze schudt haar hoofd, zet Jozef neer en schept de kip met pompoen uit het blikje in een bakje.

Haar moeder zal het niet willen horen. Maar zij weet wat er gebeurd is. Nina heeft al die tijd haar mond gehouden, terwijl ze wist dat zij schuldig was, en niet Lin. Ze loopt naar haar slaapkamer, tilt het matras op en pakt de bovenste tekening, die van Sabine en Fem, eronder vandaan. Met een schaar knipt ze hem in kleine stukjes. Dan opent ze de schuifpui, pakt een volle hand papiersnippers, stapt naar buiten en verstrooit ze over het water. De wind neemt ze mee, laat ze een tijdje dwarrelen in het zonlicht, dan landen ze een voor een op het water.

Lin gaat weer naar binnen en zet de soep op.

Dan pas valt haar blik op de bruine envelop op tafel. Ze aarzelt, opent hem. Er valt een foto uit. Een gefotoshopt beeld van haar in de bak. Ze heeft geen masker meer op, geen mondstuk in, ze zweeft, haar gezicht is opgezwollen, haar lippen blauw. Ze reikt naar de foto en sluit haar ogen.